中国少数民族文学发展工程
出版扶持专项丛书

长河遗恨

（苗族）颜永江／著

作家出版社

颜永江　苗族，湖南人，警察职业。中国作家协会会员、中国少数民族作家学会会员、全国公安文联会员、中国法学会法治文化研究会理事、湖南省作家协会会员，影视编剧。研修于鲁迅文学院第二十三届中青年作家高级研修班。著有长篇小说《生死在凤滩》《下药》《青春血祭》，纪实文学集《滴血玫瑰》，中篇小说《不该飘落的雪》，短篇小说《背后凶手》《私家侦探》《永远情人》等。影视作品《里耶·情简》《老警》。曾荣获湖南第十三届“五个一”工程奖、海内外首届华语文学创作最佳影视改编奖、湖南省公安系统多届金盾文学奖。

作者近照

目录

第一章　节外生枝

女人尖细唱戏声，从阎老六家的宅院里传了出来。这声音清脆而尖细，又不失勾魂诱魄，一听就知道是老六家的那骚婆娘在唱。黄桥院子里只有她会唱戏！

阎老六家的女人丁香花，是阎老六在大叔阎长坤家开犁口铺子的时候娶来的。十里八乡人都知道阎老六娶了个戏子。娶丁香花时，阎长坤与侄子老六还闹翻过脸。阎长坤说了，婊子无情戏子无义，老六就不认这个理，非要娶丁香花为妻。

丁香花是戏子没错。而且她是城里戏班唱红了的角，别看她小小年纪，戏台上的一招一式，一个媚态、一个扭腰、一摆臀部，早把城里的大老爷们迷倒一大片。城里有名怕老婆的警察局探长刘怀宗，只要有空闲就屁颠屁颠跑戏园子里。晃山上的土匪头子李麻子都放了话，不把戏班里丁香花抢了，他这辈子就不算是土匪。丁香花毕竟是刘怀宗的人。李麻子是土匪，匪不与官斗，在刘怀宗面前可不敢放肆。刘怀宗金屋藏娇了一年，阎老六家向戏班里的老板提亲来了。阎家是什么人？长河岸边响当当的首富，犁口铺子开了半个省。连县长杨春、警察局长冯其良见了阎家老爷阎长坤也恭敬三分。他一个小小探长算个鸟！刘怀宗吃了哑巴亏，眼睁睁看着心爱的女人嫁给了阎老六……

丁香花在堂屋里挪着戏步，双袖挥舞："夫君呀，平日把夫当条汉，哪知事临你如草签。无勇无谋这不算，笨头笨脑惹麻烦。如今家境不如前，怎奈你坐视仍不管。罢罢罢……"

坐在方桌前喝茶的阎老六实在忍无可忍了，颤抖着手抓起桌上的茶杯，猛地向天井石板上砸去。瓷杯清脆的撞击声，将正在唱戏的丁香花打断。丁香花停住手，眼瞪着发怒的阎老六："哟，长本事了？"

阎老六指着丁香花的手在颤抖，脸也被气得铁青："我日……"

丁香花身子向阎老六面前一挺："哟，还日？平日里就蔫不拉唧的，你有能耐日谁呀？阳雀还未开口，你叔就把犁铺的生意做到了家门口了，有能耐跟他争去呀。"

丁香花一甩衣袖，转身扭着浑圆的屁股，一步一摇地向前走去。随后传来女人尖细的唱戏声："哥哥耶，你是妹的心头肉，妹把哥哥放心间……"

阎老六望着从身前飘洒而去的轻盈身体，全身血液几乎涌上了头顶。他悔当初不听人劝，娶了丁香花这个祸孽。自己戴了两顶绿帽子还不算，时不时地还遭这风骚婆娘的贬损，动不动就拿刘怀宗、李麻子他们来唬他。刘怀宗、李麻子他们是什么角色？一个是长河岸边上的警察局探长，一个是长河岸边占山为王的土匪头子。老六对丁香花稍有动粗，丁香花就使出杀手锏，什么刘探长说了，什么李麻子要她捎句话啦！老六一听毛发都竖了起来，哪还敢教训这骚疯婆娘。阎老六在这长河岸边也算得上是一户上等人家，自从娶了丁香花当老婆后，他自感在长河岸边的上上下下人眼里矮人一截。

丁香花的戏文里分明在侮辱他。骂他平日里就蔫不拉唧的，缺了男人的本事。不与她做那事不是他没了那个本事，是他对她产生了厌倦情绪，他想到她与刘怀宗，想到她与李麻子那些龌龊的事，到头的兴趣早就烟消云散了。自己感到十分欣慰的是，在丫环彩菊的身上他又找回了男人的本事。这事丁香花自然没有发现，她说他蔫不拉唧就蔫不拉唧呗，只要抱着彩菊睡，总比她那匹多人骑的马好，干脆让自己蔫下去好了。一年多了，他担心在彩菊那里能不能下好种，生个胖乎乎的娃儿出来，丁香花还能说他蔫不拉唧吗？

说阎老六家在长河这个地方，算得上是一户上等人家一点都不假。老六的爷爷就是长河岸边有名的铸犁匠，铸犁的技术方圆三百里地的百姓都竖过大拇指。爷爷生育二子，老六的父亲、老六的大叔长坤。爷爷去世后不久，老六的父亲也病逝了。据说是老六的爷爷与人结了梁子，被人放了蛊，使他们父子俩相继离开了人世。老六的母亲改嫁远方，年幼的老六跟着大叔长坤一家生计。老六父亲留下的家产也由长坤代管，不过几年，阎家东山再起。阎长坤把父辈和大哥留下的家业办得更大，犁铺的生意旺得发紫，三百里地的万户农户用犁全收在了阎记犁铺。长坤家有长工六十多号人，炼铁炉三座。那气派，称得上长河第一家。老六长大后，跟着大叔学铸犁。人大了，也长了野心。老六十九岁那年，长坤想给老六娶媳妇，也好了了大哥临终前的遗愿。可老六死活要娶戏子丁香花，无奈之下，阎长坤由了老六。丁香花进门半年，阎家是非不断，老六也与大叔长坤产生隔阂，一气之下，大叔长坤将大哥的遗产交还了老六。老六搬出了长河县城，在离县城不远的黄桥古寨上开起了犁口铺子。

老六与大叔长坤分家另过后，虽分了点家产，也开了生产犁口的铺子，可凭他那点铸犁的技术，在长河这个地盘上哪有他的客户？家境日渐败落，仅有的一点积蓄也快要用光了。家丁的开销，大烟的开销，还有这骚婆娘的开销，眼看就要坐吃山空。如今大叔又把铺子开到了家门前，这不分明把他往绝路上赶吗，哪里还有他生存的余地？丁香花不唱他就心烦，这一唱使他更恼火！人为财死，鸟为食亡，你阎长坤不仁，我也不义，你休怪我不记叔侄情分……

阎长坤的犁铺建在县城中央。门前是溜光的石板街，老远能看到飘在吊脚楼屋檐下的“阎记犁铺”三角旗。阎记铺子房子是清朝乾隆年间修建的，一概的古色古香建筑。当街面的门面是一栋一楼一底的木质楼，楼上走廊几根木柱漆得红红的，并且把木柱向下延伸了一米。木柱的底端，木匠们精心雕上了各式的图案，走廊的栅栏上，采用窗棂的形式，各种龙凤、花草图案跃然呈现。

楼下就是犁口铺出售犁口的铺房和店铺结算的地方，两扇大门漆得乌黑乌黑。窗子上的栏栅枋上，精雕着龙凤呈祥的图案，那气派简直就跟皇宫一样。

进得店铺，背后就是一个三进三出的大宅院。大宅院的建筑模式与门前的铺子建筑一样，清一色的吊脚楼。几道大门常年是关着的，里面随时有人为你开门关门，用不着你去声嘶力竭叫门。院内的人不多，大都是阎长坤的嫡亲，常年生活在这个大宅院里。

雨大一阵小一阵地下了个把钟头后，慢慢停了下来。小麦子仍然为阎长坤撑着伞，一前一后地走在街上。

雨停之后，街两边的摊贩们又开始了使劲的吆喝。身背苗篓，头戴银饰的苗家妇女三五成群地穿梭于大街中，时而在一家摊铺前驻足，挑选着各式所需的商品；时而挤进人群中，嬉笑谈论着自家男人的问题。

阎长坤从拥挤的人群中好不容易才走到阎记铺前，看到已经有很多人在店铺里挑选着犁口。他们见阎长坤进来，便停止了手中的活，与阎长坤一起拉起了家常。

一位身着土布黑色衣服的中年男子与阎长坤开着玩笑：阎老爷，今年的开犁节又是十分隆重吧?

阎长坤笑笑不答。

往年的开犁节是十分热闹的。县城里长长石板街两边，吊脚楼屋顶上，到处插满了阎记犁铺的红色三角旗，沿街的屋檐下挂着阎记犁铺的大红灯笼。阎记铺前更是热闹，两扇暗红色的大门也重新漆刷成了大红色，门前的两座大石狮脖子上披上了艳红的彩带。大门上的对联是用红色的丝绸挂的，上面用黄纸剪贴上去的对联是这样写的：昔日犁铺旺盛仗仰乡邻众亲，今朝犁市开犁还望风调雨顺。意思是说他阎家犁铺的兴旺离不开各位乡邻乡亲，也离不开天老爷顺承民意风调雨顺，才有他阎记铺子的今天。就看这对联，阎记犁铺就声名远播。十里八乡的经销商们都找上阎记门来，每一年犁口的销量在万多张。这只是上季的，还有下季的冬种不算，加上后每年的销量在一万五千张左右。

开犁节还有一项更为隆重的活动，那就是请神。那时阎记犁铺会杀猪宰羊，请来道士敲锣打鼓地抬着供品到神坛庙烧香敬神。请神开恩，保佑风调雨顺，五谷丰登。

晚上，阎记犁铺还得请来戏班子，在犁铺前搭台唱戏，供那些商贩们消遣。

今年的开犁节怎么办，阎长坤其实心里早有了准备。各地的商贩帖子早已发了出去，戏班子的事也已谈妥了，就是县城里的那帮唱花灯调的。他想今年也该换换口味了，不能老是请那帮高腔剧团的了，那些商贩们都听腻了。来一个本地的本土戏，调调味，可能比老听高腔要好。道士是请原来的那道士，那道士的法事比谁都作得好，阎长坤还真的认准了他呢。有人提了好多次，想让阎长坤请请别的道士，阎长坤就是不愿意，在这方面阎长坤是较为内行的。外行看热闹，内行看门道，每当道士作法时，阎长坤也跟着道士吟念，他就看出了这道士作法讲究，不是混钱的角儿。所以每年开犁节其他的活动可以免掉，但请神作法这一道环节可不能少了。并且，都是他亲自来安排这件事的。

炉子房那边，李蛮子昨天就来报了信，已经出了四千多张新犁了，要不了一天工夫，估计五千张就可以进铺。阎长坤没有想到炉子房的那帮伙计干事这么卖力气，他原先估计到开犁节的那天也只能在四千六百张左右，可现在提前了三天就出了五千。

阎长坤站在门前看着小麦子为石狮披着红绸彩带，不时指指点点，嘴里哼着跟着高腔戏班子学来的高腔。夫人带着十岁的女儿和八岁的儿子走到了他的身边：看把你乐的，又不是没有办过开犁节！

阎长坤没有理夫人，只是上前抱起儿子，在儿子的小脸蛋上亲了一口。儿子连军用小手在他的胡须上狠狠地抓了一把。阎长坤“哎哟”一声，儿子“咯咯”地笑了。

什么叫开犁节呀？女儿莲英天真地问着阎长坤。阎长坤告诉女儿，开犁节就是春天来了，下了第一场春雨过后，农民就要开始犁田了。犁田需要犁口，我们家就是生产犁口的，那时我们家就把四面八方卖咱家犁口的商贩请来，在这儿举行一个仪式，让他们把我们家的犁口卖给各地的农户。莲英仍想问她的父亲，夫人将孩子的话岔开，抱过连军，拖着莲英向石板街走去。

三天后。

阎记犁铺开犁节如期举行了。

长河县城里彩旗飘扬，阎记犁铺前已是人山人海，锣鼓喧天。一对狮子在长长的司号中跳得十分欢快，花灯戏的戏班子也早早地来到阎记犁铺凑个热闹，把锣鼓班子摆在了铺子大门前左侧。唢呐手的嘴吹得鼓鼓的，眼睛闭成了一条缝，缠在唢呐上的红色绸缎微微地飘动着。

一阵喧闹过后，开犁节仪式就要正式开始了。只见司仪披着长长的红绸缎，从阎记犁铺的大门里从容走了出来。他站在石阶上，向下面的人群喊了声："请大家安静，安静！"

站在石板街上的观众戛然安静了下来。随后，司仪清了清嗓子，冲着下面的观众宣布了开犁节的开始。

春雨刚下，农民开犁在即，阎记犁铺一年一度的开犁节今天在这里隆重举行。多年来承蒙各位的大力相助，阎记犁铺的生意是越做越火，阎记犁口声名远播。这次开犁节旨在求上天顺承民意，求天风调雨顺，求地万物生辉，五谷丰登，各路商贩财源广进。阎记犁铺开犁节正式开始，唢呐吹起来，狮子舞起来，锣鼓响起来，让阎记银犁耕出金元宝吧！

司仪的话音刚落，长长的司号和戏班的锣鼓就响了起来，唢呐手们吹着欢快的曲儿。阎记炉子房的三十多名伙计，身着崭新的黑色衣服，腰间扎着红色的绸带，个个显得精神十足，他们排成长长的队伍，开始了铸犁表演。

生火哟——风箱拉起来！

出炉嘞——模盖掀起来！

端稳钢勺把哟，当心哎烫了脚呀。开模啦，好——嘞！

起水噢，又是张好犁哟……

道士穿着法袍，手中提着大红公鸡，身后是抬着供品的队伍，在唢呐的簇拥下，口中念念有词地向神坛庙走去。

阎长坤这时变成了大忙人了。每年就在这个时候，阎长坤最忙。他虽有一帮人给他打下手，但场面上的事还得他自己来应酬。后院里各路商贩云集在此，发送的六十多张帖子的主人都已陆续赶来了，这些都是经销阎记犁口的老顾主了，见了面难免要多寒暄几句，并且还得领着他们到铺房里看看今年新出的犁。

屋角处，三位头缠丝帕，手里拿着烟枪的中年男子，他们在相互说着什么。屋子里喧哗声大，阎长坤一句也没听清。阎长坤看了看这三位，他认不出是哪路“神仙”。几年的开犁节没有见他们来过，他想可能是新来的顾客吧。于是，他抖了抖崭新的黑色长布衫子，走向了后院的戏台。

小麦子进来告诉阎长坤：“老爷，台子搭好了，戏班子的说请老爷您发句话，他们就可以开戏了！”

阎长坤告诉小麦子，要戏班子他们先打打闹台，过后他们就来。

后院的戏台子是与大宅院连着的，大宅院里已经摆上了桌子，桌上放了碗筷、酒之类的东西。阎长坤想，往年都是吃了饭后看戏，今年不妨改动一下顺序，把看戏同吃饭一起来，这样在饭桌上免得多有应酬。

阁楼处也放了两桌子，那是阎长坤专门招待像张厚德那样的大客户的。当然自己也在那阁楼上用餐了。那儿正好与戏台子正对面，看戏台看得清清楚楚。阎长坤领着张厚德几人先上了阁楼，下面那些散户他要麻先生和小麦子在那应酬。他放心，小麦子同麻先生都应酬了多年了，在接待方面还是相当在行的。每年的开犁节，没有顾客说他阎长坤对他们招待不周的，也没有谁说他阎长坤冷落了他们。

麻先生和小麦子先请好了各位入座，然后麻先生扯着嗓子报告老爷：“老爷这边准备好了！”

阎长坤答了一声，他朝戏班子大喊：“今天你们可得给我唱好喽，唱好了我明年的开犁节还得请你们唱。”

戏班子的领班站了起来，朝阎长坤深深地鞠了一躬，然后回答老爷：“阎老爷您就放心吧，有您好看的嘞！”

“开戏哟！”阎长坤喊了声后，戏台上的锣鼓响了起来，唢呐、笛子、二胡声悠扬地飘荡在了阎家大宅院的上空。

楼下的嘈杂声不时传进了阎长坤的耳朵。猜拳声、酒杯碰撞的声音、为戏台表演的叫好声，把整个阎家大院像要掀翻似的。

戏到高潮处，阎长坤与张厚德他们一起为戏班子叫绝。楼上不时传来了猜拳划令声。

大门外。一群穿着黑色制式服装的警察包围了阎家大院，几名警察在一个领头的的带领下冲了进来，麻先生和小麦子拦也拦不住。

那领头的手握一支驳壳枪，耀武扬威地站在大宅院天井处，大声吆喝着要阎长坤出来！麻先生是见过世面的人，心想这警察的突然来“访”，个中定有蹊跷。领头的那位警察瞪着麻先生吼着，非要找出阎长坤，要不然就踏平你阎家大院！

阎长坤突然站了起来，他想冲下去掴上这位警察几个耳光。张厚德拖住了他，让他且慢！看看是得罪了哪路神仙再说。

阎长坤又坐了下来。

楼下的警察见阎长坤仍没出来，便开始发怒了，说他们阎家不要敬酒不吃吃罚酒，他是奉了上司的命令来缉拿土匪的！

夫人见外面闹得凶，忙走出来想花点钱财打发了几位。听面前的刘探长一说，顿时吓出了一身冷汗。阎家与他们无冤无仇，怎把通匪的罪名安在了阎家的头上。阎家世代都是本分的生意人，怎就说成了是通匪呢?

刘探长将手中的枪提了提，歪着头看着夫人。他说，他也不是故意为难他们阎家，可有人告密说阎家今天通匪窝匪。说完，他瞪着一双贼眼向阁楼上扫去。

就在这时，坐在屋角处的三名男子，突然从腰间抽出了枪，朝天井的上方连开两枪。“砰砰”两声枪响，把大宅院内的人惊呆了。刘探长刚回过神，他指着屋角处的三个男人，朝他的下属们吼着，“抓土——土——匪！”站在刘探长身后的那群警察，稀里哗啦地把枪弹推上了膛，然后蜂拥着冲向了那屋角处。

警察这一动作已经迟了，那三人在警察还没回过神的当口，已经消失得无影无踪。刘探长命令他部下封锁了整个阎家大院，可一切变成了徒劳。

这时的刘探长更来了火。他指着惊魂未定的夫人大骂他们阎家是活得不耐烦了，要他的弟兄们给搜，就是挖地三尺也得找出土匪的人来。

阁楼上阎长坤终于露了头："且慢！"

然后，他冲刘探长说，今天的事他也在想，他阎长坤不是一天两天地住在这个城街上。警察局冯局长更清楚他阎长坤的为人了，能说他阎长坤通匪？刘探长质问阎长坤，那刚才的事怎么解释？他说这里面一定有人在陷害他阎某人吧！

"陷害？"刘探长满头雾水地盯着阎长坤问。

"既然是我通匪，那土匪在向你开枪后，你怎就一动不动地在我的大宅院里无动于衷呢？"阎长坤的话刚说完，满屋子的人都起了哄。

刘探长吼了一声："阎长坤你不要在这耍什么老爷的，有本事到我们局长面前去才算你有能耐。"

"局长？你们的冯局长吧！回去告诉你们冯局长，就说我阎长坤今天就会去他那里登门拜访。"

"阎长坤你大胆！敢在我们冯局长的头上要起了威风？兄弟们，给我看准了，照着阎长坤的脑袋儿打！"

在刘探长下令的当口上，身后传来了冯其良的骂声："你放肆！谁让你们到这儿来大喊大叫的？"

刘怀宗一时愣了，他没想到冯局长会这么快赶到他阎家大宅院来。他忙向冯其良行了一个礼，告诉冯其良，正如他所料的那样，土匪藏在阎长坤家里。

冯其良阴阳怪气地问土匪哪儿去了？刘探长蔫了，说土匪跑了。刘怀宗十分委屈地看着冯其良：“局长这不都是你……”

刘怀宗话还没说完，冯其良骂刘怀宗：“我回去好好地收拾你！”

刘怀宗不知局座今天吃错了什么药，骂骂咧咧地带着队伍撤出了阎家大宅院。

冯其良见刘怀宗撤走，他马上换成了一副笑脸，老远就向阎长坤打了招呼说让阎老板受惊了，不是夫人及时地通知他，不知那帮小子会在阎老板这里闹出什么乱子来的。

阎长坤在楼上对冯其良的一举一动看得十分清楚，他知道刚才的这出戏就是冯其良唱的。不过冯其良能亲自上门，阎长坤面子上也得过，于是走下了楼，给冯其良合手施礼。

冯其良说其实都是误会，要早知道是他在举行开犁节，什么土匪不土匪的，只要土匪不在阎府闹事，警察局是不会来搅乱好事的。

这话说得好听。阎长坤听了，虽然明知是假的，但非常中听。错不在他们警察局，而是在他没告诉他们阎府在办开犁节。

阎长坤请冯其良上了阁楼，随后他向蛮子喊，要蛮子通知厨房上菜，上最好的酒！

蛮子一边答着阎长坤，一边跑向了火房。

阎长坤等冯其良落座后，他朝戏班子的领班喊：“领班的！开戏吧！”前台的锣鼓又响了起来。

冯其良在张厚德几人的你让我劝中，他的舌头已经短了半截，说话开始不由自主了。他指着阎长坤说，其实今天这事也不能全怪他们警察局，是有人硬说你阎长坤私通了土匪。

阎长坤听了冯其良的话感到大吃一惊，他没想到，今天开犁节的这一败笔是有人一手炮制的，这就怪不得刘怀宗他们了。

冯其良打了个饱嗝，然后冲着在座的说，他干了这么多年警察局长，在长河县里没给自己丢过脸，上能对得起上司，中对得起朋友，下能对得起百姓，不管怎么说他算是尽职尽责了！

阎长坤听出了冯其良的话音，忙奉承冯其良是全城百姓的骄傲，是为民办事的楷模。阎家铺子的今天全凭他冯局长的关照，他阎长坤能有今天，是他冯局长的器重。阎长坤说完将头扭向了身后小麦子，要小麦子看夫人将冯局长的那份薄礼备好了没有。

小麦子转身“咚咚”下了阁楼。过不了多久，小麦子双手托着一个用红绸缎铺着的托盘，送到了阎长坤面前：“老爷！夫人说这次冯局长为我们阎家出了气，礼不算重，就只是一百块大洋，还望冯局长多多体谅！”

阎长坤接过托盘，把红绸缎掀开，将托盘送到了冯局长的面前：“局长请笑纳！”

“阎——阎老弟！这是什么意思？我冯其良为民办事在长河城里收过礼么？”冯其良装着很生气的样子。

“冯局长，哪个不晓得您是一个清官哟！可这是人家阎家的一片心意，您就连人家的心意都不领情了，恐怕没这个理吧？”张厚德见冯其良有些推辞，忙帮着阎长坤说了两句。

同桌的见张厚德插上了话，也纷纷为张厚德帮腔。

冯其良环视了同桌，见同桌的几位都是满脸的笑容，于是，“嘿嘿”地笑了。笑过之后，他看了看阎长坤：“阎老板这礼不收还不行！”

“当然得收！大伙都说得够明白的了，那不叫礼，那是我阎家的一点心意！心意也不收吗？不收那就是看不起我阎长坤，就是看不起我阎家铺子！”阎长坤也接过了张厚德的话。

“他奶奶的，收礼还有这么多讲究！那好吧，我冯其良就收了您阎老板的这份心意，不收的话真还让你们大伙说我冯其良不仁不义呢。”冯其良说完，“哈哈哈哈”地把嘴都笑歪了。

冯其良将阎家铺子送来的大洋装进那只公文包里。装完后，冯其良望了望大伙，“嘿嘿”“嘿嘿”笑了两声，站起身，将杯子端了起来：“我说，大伙今后就是朋友了，谁要在长河这个地盘上向你们撒野，我冯其良决不会轻饶他！”说完脖子一仰，那杯酒又进了他的肚内。随后，他双手抱拳向各位施了礼：“阎老板，咱公务在身不敢久留，实在是对不住大家，失陪了！”

阎长坤扯着嗓门：“送冯局长嘞！”楼上楼下‘哗’的一声全站了起来，纷纷目送着这个冯局长。

冯其良走下阁楼，脚下轻飘飘的，在警卫搀扶下，嘴里吐着含混不清的句子：“他娘的，他——六算个——个什么东——东西。敢在老子的局里下——下套，他娘的混——混蛋！”

阎长坤将冯其良送至大门口时就不想再送了，他现在心里感到恶心，像干了一桩十分龌龊的事一样，心里难受极了。

时候已经不早了，天色渐渐地暗了下来。前台的戏班子唱了一天，也开始收场。酒桌上的各路商贩经刘怀宗、冯其良他们一折腾，也没了食欲。冯其良到来后，他们只是想为了阎长坤不失体面而在酒桌上硬撑着。只等冯其良一离开，他们陆续离开酒桌，与阎长坤道别。

阎长坤站在大门前将商客们一一送走后，才离开阎记犁铺的大门。

阎家大宅院里。

天井四周、阁楼上、前后三道大门、吊脚楼挑出屋檐的傲头上，又大又红的灯笼亮了起来，将阎家大宅院照了个通明。

阎长坤走回到了天井，站在了天井边，仰望着天空，做人为什么这样难？他是个正经的生意人，是谁要来设计陷害自己？是苍天无眼还是我阎长坤为人不公呢？

天空中这时突然划过一道闪电，沉闷的春雷“轰隆”一声。阎长坤想，这春雨似乎有点早了……

第二章　明争暗斗

黄桥古寨。这是一个上百年的古老寨子，寨子就像一个铁扎的木桶子。俯瞰黄桥古寨，像一块圆圆的铁饼子。中间那两条呈十字交叉的清亮乌黑石板街，恰似两条直径线，均匀地将这个古老镇子分成了四个等分。

外面的围墙是用青色的火岩石砌成的，围墙高在五米左右。墙顶上长满了杜鹃花，每当春季来临，艳红艳红的杜鹃花开满了城墙，就像一根粗粗的红绸带，在古寨画了一个大大的圆圈。城墙的脚下，是一条环绕城墙的石板路，石板由经过石匠们精细加工的青光岩石铺成。尽管年代已久，行路人将石板磨得溜光，石板边沿残留下来的细小纹路，仍不使人想到石匠们的工艺精细。

进入黄桥古寨要经过那道高四米、宽两米的城门，那道城门是木质的，门的表面贴了一层厚厚的铁皮。开、关时，城门发出“吱呀”响声，整个黄桥寨的人听得清清楚楚。

阎老六与阎长坤“分灶吃饭”后，他就相中了这块“风水宝地”。他把铺子设在了这里。在后来的几年中，这风水宝地对阎老六的犁口生意并没有多大的帮助，邻近的几个寨子虽有几千户人家，并且也是专司耕作的，就是不愿买老六的犁。

阎老六心里清楚，自己的手艺是从大叔阎长坤那儿学来的。阎长坤的犁早已是声名远播，这方圆两百里地的地方，恐怕没有他阎老六的施展之地。就是铸犁的技术精了，也不见得能与阎长坤分个高低。莫说这黄桥古寨与长河县城只隔六十里地，就是隔个上百里，怕对自己的生意也无多大的益处。

阎老六坐在一张太师椅上，身边的丫环彩菊在为他捶着腿儿，身后的青年正为他口中含着的长长烟斗点着烟。那烟斗前端装烟的地方黄黄的，听人说那是用金子做成的。究竟与否，反正别人是无法证实的，因为阎老六一步不离地将那烟斗带在身边，别人碰也别想碰它。

阎老六嘴对着烟斗，吸了一口烟，随后吐出一长串的烟雾，把身边的彩菊呛得直咳嗽。阎老六"嘿嘿"地笑了两声，将手在彩菊的头上理了理，又是"嘿嘿"笑。每当这个时候，身后的青年总是知趣地离开阎老六的身边，溜进背后的厢房里。

大门处丁香花身着艳红旗袍走了进来。彩菊眼尖，自那女人踏进门的第一脚，彩菊就打开尖尖的嗓门，喊着进门的女人。丁香花摇摆着身子，旗袍的开口很高，走路时露出了那双玉白的大腿。

阎老六刚到头的兴致被眼前女人搅了局，心里有一种说不出的滋味。他推了推彩菊，彩菊懂事，低头绕过丁香花走了出去。丁香花瞪了一眼走过的彩菊，在老六的身边坐下。

阎老六一副坦然的样子问丁香花，丁香花带给他的消息使他从太师椅上一蹦跳起来："咋了？！"

"李麻子的人还在外房候着领赏钱呢！"女人说完抬起屁股，扭动着腰肢向大门前走去。

阎老六急了，他将烟斗一磕，敲打得桌子"哐哐"响，然后骂骂咧咧地向外房走去。

阎老六到外房没多久，便又回到了那里，脸色十分难看，就他那脸色别人也能猜出他几分。他遇到了麻烦！

阎老六确实遇到了不小的麻烦。这麻烦很有可能让阎老六犁铺今后无法生存。李麻子的那三位手下回来了，本想到阎长坤犁铺开犁节弄些手脚，却反被他阎长坤抓了个把柄。这阎长坤是一个好惹的角色吗？这只有他阎老六自己心里清楚了。

开犁节可不是件想办就办的事，阎长坤对开犁节是最讲究的，谁要搅了他的局，那不就是往自己的头上扣屎盆子——找死吗！

可这事却偏偏是他阎老六干的，并且还干得并不光彩，阎长坤不把自己往死路上整才是怪事。

阎老六窝了一肚子气可没地方发作，只有拿自己的宝贝烟斗出气，用烟斗使劲地敲打着跟前的桌子。

阎老六还真算是倒了霉，前三年他开的犁铺也算过得去，自从他阎长坤开了什么开犁节，阎老六家的犁铺生意就淡了起来。这也算他阎长坤想得出，什么开犁节呀，不就是请些给他卖犁的来聚一聚，吃上他阎家一顿，听上一段戏，就是开犁节了。阎老六虽这么想，可还得真佩服他阎长坤了。唉！这么一弄竟把自己地盘上的主顾也弄了过去，在阎老六的眼里，他阎长坤只不过是使用了点花花肠子罢了，这些手段是上不了大雅之堂的，充其量只不过是个乡下人使的手腕，不像一个大老爷们干的事情。他要有真本事就拿出来和我阎老六明鼓响当地干上一场，那才算真有本事。

可世上的事情不是由阎老六说了算。人家阎长坤的开犁节办了好几年，生意是越做越红火起来，那些贩子们也大都依顺于阎长坤了，现在的阎长坤可是家大业大，就连警察局的冯其良也让着他阎长坤几分。

说起冯其良，阎老六深知他是个什么货色，也对他恨之入骨了，并且有切肤之痛的感觉！冯其良是一头山弯里拴住的牛，两个山头上的草都能吃上。这真是应了那句成语“鹬蚌相争渔翁得利”。冯其良就是那守在他与阎长坤身后的渔翁，让他不声不响地捞了把便宜。说好的在阎长坤开犁节那天给他一个下马威，杀杀他的傲气，也好让阎长坤知道这世界上还有人敢对他说“不”字！可冯其良却不这么想，他想的是让咱与阎长坤窝里斗，到头来他来捞上一把，两边都过得去，既为你阎老六做了事，又为阎长坤挽回了面子，青龙白虎都不伤，谁能说他冯其良狠？刘怀宗虽在警察局里干了十多年的探长，对冯其良的良苦用心是无法理解的。就说阎长坤开犁节那天，冯其良不是说他阎家有通匪藏匪之嫌吗，最后他却与通匪的人乐在了一起，这算是哪门子事？他阎老六简直气了个半死。恨不得去要回送给冯其良的六十块大洋来。

阎老六心里又想，虽没有伤了阎长坤的筋骨，只是有惊无险，但毕竟他被险过，也在众多的贩子面前丢过一次脸。怎么说阎长坤也被人要过一次，我阎老六得到了一点安慰，花六十大洋也值！

阎老六想到这里，心里渐渐地宽畅起来。

“六爷！六爷！”门外一个身着长衫的汉子跌跌撞撞地撞了起来，一进门就朝阎老六喊着。

“嚷什么？着火啦，真他妈的晦气！”阎老六变了脸，愤愤地骂着外面的人。

来人是替阎老六管事的，他告诉老六，卖出的货全被退了回来。阎老六一听，皱了皱眉头，眼珠子瞪得圆圆的。来人告诉他，今年阎记犁铺的开犁节他阎长坤又是赊账，又是让利的，六爷的犁就更难销了。

阎老六干瞪着眼，看着面前的人。那人怯生生地把头缩在了衣领里，像有话不敢说。阎老六逼着来人，要他说下去。来人看了看老六，怯生生、声音很轻地说别人嫌他的人品太差，人家都不愿与他交易。

阎老六听了，几乎气炸了肺："他娘的，是哪家铺子敢如此大胆的！"阎老六再也坐不住了，他从太师椅上跳了起来，接着在来人的脸上"啪"地掴上了一记耳光。那人"哎哟"一声，捂着自己的脸，低下头。

等了一会儿，那人好像对阎老六的那记耳光并不服气，他抬头，冲阎老六吼道："六爷不信到铺子里看看，那里全是退回的货。"

阎老六越听越来火，终于忍不住发作了起来："给我滚！"

就在阎老六火气冲天的时候，外面又有人来报："六爷，李麻子来了！"

阎老六吭了一声，随后坐在了太师椅上。

李麻子头缠着黑色丝帕，身着黑色土布长衫，一左一右地挎着两支驳壳枪，在阎老六面前站着。

阎老六忙站了起来，给李麻子让了座后，将那支黄金烟斗递给了李麻子。然后，把黄黄的烟丝装在那烟斗上，划燃了火柴，给李麻子点了烟。

李麻子自然心里乐滋滋的。李麻子清楚，眼前的这个家伙是一个十分势利的家伙，不是他有求，他是不会将这宝贝递给自己过把瘾的。

李麻子美滋滋地从嘴角处发出"滋——滋"响声，看样子他抽得蛮过瘾。

李麻子抽了一会儿后，阎老六开口说话了，说麻子的手下连那点小事也办不好，太让人失望了！

李麻子又装了一些烟丝，还是将烟斗递了过来。阎老六又划了根火柴点上，李麻子抽了一口后，吐了一圈烟雾，慢条斯理的。他说这不能全怪他的三个兄弟，只能说明那阎长坤也太有能耐了，他竟连冯其良也给拉上了，你想麻子的三个小兄弟能与他警察局对着干？那不是找死。

李麻子的说法，让老六心里很不舒服，他只能眼睁睁地看着阎长坤把他的铺子活活挤垮喽？这事是他麻子挑起的，祸自己惹的，阎长坤那儿是不会就此罢休的，到时他要见死不救怎么办？这事使老六心里发虚。

李麻子倒是爽快，说他干这一行的也有行规，不用老六来操心这事，只要阎长坤敢动他一根汗毛，他李麻子就不会轻饶了他！

阎老六终于松了一口气，有了麻子这句话，他阎老六就能睡一个安稳觉了！

老六的疑惑释然了，心情也舒坦，李麻子也好说他的难处了。最近警察局和县政府对他们查得紧，下山比以前困难多了，所以手头上……

阎老六知道李麻子会提这个要求。不就是百把号人的饷款吗？只要他麻子能为自己收拾他阎记铺子，一切都好说。阎老六也学会了隐藏自己，他这话说得够明白了，你李麻子问我要饷款没关系，可前提是收拾了阎记铺子。

李麻子不紧不慢地说得轻松。君子报仇十年不晚，要老六也不要太着急。就像他已经站在阎家铺子的大门前，只要他李麻子喊一声打，那阎记犁铺就变成了阎老六的一样。

阎老六可不这么想，他不是什么君子，报仇十年不晚也是屁话，他要的是现实。该怎么处理，只有把那阎记犁铺踏平了，省得自己晚上做噩梦。

李麻子也想这么干。但只要他一打就牵动了警察局和龙嗣斌那股土匪，到时阎记犁铺捞不着，反倒赔了夫人又折兵。

龙嗣斌为什么要帮阎长坤，老六心知肚明。阎长坤的犁铺子这几年里为什么越来越红火？他是官有冯其良，道有龙嗣斌。这黑白两道同时帮衬，能不红火起来？龙嗣斌在长河岸边没人说他是匪，都只说他是那条道上的人。因为他不抢不偷不掠不夺，偶尔沿长河而上，进贵州闯四川，专干那里名声很臭的大户人家。按冯其良对龙嗣斌的分类，他应该是赤匪一类。麻子同老六对这些不懂，上了山当了匪还分什么土匪赤匪吗？在麻子心里龙嗣斌早就同自己是一类了，就是一伙土匪！赤匪是他冯其良说的，可能是龙嗣斌不在长河沿岸打家劫舍，官不追究而给的一个好听的名字罢了。要是打阎长坤情况就不同了，龙嗣斌是阎长坤儿子的干爹。早在三年前阎长坤就将儿子连军拜给了龙嗣斌，还在龙家的祠堂里行了香火，从此两家来往密切，只要动阎长坤，龙嗣斌肯定会拼命。况且龙嗣斌一向与自己井水不犯河水，相安无事地各行其是，他也不想因老六的野心去与龙嗣斌结下梁子。

丁香花摇摇摆摆嗲声嗲气地走了进来，她停在了李麻子跟前，用那双勾魂的眼睛瞪着李麻子。

麻子此时心也痒痒的，不过还是碍于阎老六在旁的面子，不敢对那骚女人有过多的打量。只是调侃似的说她还是像戏班子里那个时候的那样，说起话来像在唱戏文。

丁香花抖了抖那艳红的旗袍，故意将那双白玉似的大腿露在了外面。说自己变了，变成了另外一个丁香花了，哪里还有戏班里的半点味儿。

阎老六再也忍不住了，他瞪着圆圆的眼睛，向自己的女人吼道："去去去，少在这里掺和男人的事！"

丁香花朝李麻子挤了个媚眼，快快不快地转过身子，扭动着水蛇腰，摇呀摇地走向了大门口。走时她还是哼着："哥哥耶，你是妹的心头肉，妹把哥哥放心间……"

阎老六朝李麻子看了看，见李麻子正用那双色眯眯的眼睛瞪着向大门走去的女人，他“嘿嘿”苦笑了一声，才把李麻子的眼神收回。

丁香花是阎老六从县城戏班里花了三百块银元娶来的，李麻子对这事很清楚。长河的上上下下都清楚。其实丁香花爱的可是另外一个人，这事就只有老六和麻子清楚了。麻子心里还清楚，丁香花还爱着自己，与自己有了那么几次苟合。在麻子心里，女人与自己做了爱就算得上是爱自己了。他不管她还爱着另外一个人，或是同时爱着几个男人，这些与他无关。她能与自己上床，就是爱的铁定事实，他就不用去有什么追究，要追究也是她男人的事。

丁香花爱的是谁？警察局里的刘怀宗是丁香花最难忘的情人！她把女人的第一次给了他。女人只要给了贞操，这辈子就跟定了那个男人。她知道刘怀宗是有老婆的人，刘怀宗也答应娶她做姨太。但刘怀宗很惧内，在夫人面前他不敢提说二房的事，况且岳父就是长河县前任警察局长，连这份职业也是岳父给的，与丁香花交往的事他是瞒了老婆还得瞒岳父。反过来哄着丁香花说，过阵子就向老婆挑明。不管老婆如何反对，不管他岳父老子如何愤怒，就是辞了这份差事也要娶了她。丁香花难得刘怀宗的一片忠心十分感动，与他卿卿我我地好了一年多，刘怀宗仍没有把事办下来，丁香花开始怀疑刘怀宗在拿她当玩物。正值丁香花为情所困的时候，阎长坤来为老六提亲。戏班子里的老板不好挑明丁香花暗地里已经名花有主的事，把主意交给了丁香花自己拿。丁香花一气之下就答应了老六这个生意人。嫁给阎老六不是丁香花当初的本意，原本想用这事来气气刘怀宗，看刘怀宗有没有反应。丁香花万万没想到刘怀宗是一个薄情寡义之人。阎府提亲过了一个多月了，长河城里传了个遍，上上下下，老老少少都知道戏班里的丁香花要嫁给犁口匠的侄子阎老六，刘怀宗就是没有丝毫的反应。丁香花这次死了心，戏班的老板收了阎长坤的聘礼三百银元，给丁香花置办了嫁妆，阎府八抬大轿，吹吹打打地将丁香花娶了过去。

刘怀宗不是不想收了丁香花做二房，他也是有说不出来的苦衷。老婆那里不能开口，岳父在长河城里还是有些人缘，事儿闹大了真要辞了这份差事，刘怀宗连狗屎都不如。权宜之计还是忍痛割爱，将丁香花让了老六。在长河这块地盘上，只要他刘怀宗还当着这个探长，他不相信阎老六能把他怎样，到那时什么丁香花，说是他刘怀宗的那不就是他的，谁敢与他争？

丁香花嫁给老六不久，刘怀宗托人给丁香花捎话，说他很想她，仍然惦记她。丁香花本来是一个水性杨花的角色，哪能经得起刘怀宗这样诱惑，不久，又与刘怀宗好上了。天下没有不透风的墙，丁香花与刘怀宗相好的事传到了老六的耳朵里，把老六气了个半死。如果是别人，老六会打断那人的双腿，丁香花相好的偏偏是警察局刘怀宗，这碰也碰不得，骂也骂不得。老六只得窝着一肚子气，任由这个妖里妖气的女人折腾。

刘怀宗是不敢到阎老六的府上来的，因那毕竟不是一件体面的事，张扬出去对他名声不好。再说了，太太知道这事，那就了不得了。于是，当刘怀宗需要丁香花时，刘怀宗便让他的内勤骑着马跑上几十里地，把丁香花带到县城的一个小院子里寻欢。这院子是刘怀宗专为丁香花租的，别人并不知道，只有他的内勤知道这事。阎老六早知道了这事，他只得睁一只眼、闭一只眼才是，他是没有法子去阻拦这事的。但心里恨着那骚女人，也恨刘怀宗。恨过之后，阎老六打起了另一张算盘，你丁香花不是与刘怀宗相好吗？咱可是你的夫君，那整阎长坤的事就交给你去办！这事还管用，果不其然刘怀宗为阎老六还真出了口恶气。虽然没有达到目的，但终归出气了。算是刘怀宗为阎老六办了一桩大事，这事阎老六都记在心上。

李麻子也在丁香花身上打着小九九。麻子是按阿Q的那个逻辑行事，只要和尚摸得的东西，他也摸得。前一阵子，他有事无事老往阎老六家里钻。来的目的你当阎老六是瞎子？阎老六心里清楚得很呢！丁香花与李麻子缠上没缠上，阎老六不是很清楚，就要干了那事儿，那也是比较隐蔽的。他谅李麻子暂时还没那个胆，敢像刘怀宗那样明目张胆地来与他老婆厮混。

丁香花也确实招人喜爱，天生就是一个情圣。她与阎老六结婚都好几年了，可就是不见有后，不知是阎老六那事儿不行，还是她丁香花过多过滥地干了那事儿没了生育能力。阎老六没把这事放在心上，身边的女人可爱就行了，还管她有没有后。在他的心里那是以后的事，现在还年轻，把阎记犁铺能弄到手就行。丁香花没生育，身子骨架子一直保养得很好，加上抹些化妆品之类的东西，那模样儿简直能让男人吃下去不吐骨头。个子高高，水蛇般的腰，黑黑的眸子，高高的鼻梁，那皮肤白里透着红润，红润里透着一股子蜜汁般的灵气，肌肤光洁平滑。胸前两个挺挺的东西将红色的绸缎旗袍顶得高高的，旗袍的开口很高，大腿上的腰际也露出了半截，那白白的腿儿长得十分匀称，走路的步子让人瞧着就心痒痒。眸子里随时流露着一种左顾右盼的欲火，只要向谁投一个媚眼儿，准把你的魂儿勾去一半。这方面不是丁香花天生就有的，在戏班子里，丁香花学会了那套本事，到后来男人缠上了，那眼神儿还真管用，让那些好色的男人神魂颠倒，想入非非。

李麻子就是见了丁香花的眼神儿才很勤快地跑阎老六家的。

李麻子胆子也够大，当着阎老六的面也敢与丁香花说那些出格的话，他是欺着阎老六现在有求于他的。阎老六只要他李麻子不是与自己的老婆上床，他什么也不会去管。他还巴不得丁香花把李麻子抓牢一点，好为他整垮阎长坤一家效力。

丁香花对李麻子的好感也不比阎老六好到哪儿去，她拿阎老六与李麻子相比较，李麻子身材魁梧些，骨子里透着男人味，就是说话粗鲁了点，但他具有山里男人的那股子野性。阎老六就没有，阎老六除了骂娘还是骂娘，是一个自认为有了几个臭钱就了不得的那种男人。与这样没有品位，没有浪漫的男人生活在一起是一件痛苦的事情，所以她要与刘怀宗好，也想勾上李麻子。尽管李麻子是土匪，名声有点坏，这年月他阎老六不也在施计算计阎记铺子吗？刘怀宗就更比土匪坏了，他明里不抢不偷，暗里比偷抢更为恼火。

李麻子见丁香花走远了，听不到丁香花唱的曲儿，便又与阎老六扯上了正题，说这整阎长坤的事还得从长计议。

阎老六在烟斗装上烟丝，划了根火柴，然后“滋呀——滋呀”地抽了起来。吐了一口烟，看着麻子，他想听麻子还有什么高招。

麻子诡秘一笑，他让老六从长计议有他的道理。凭老六现在的势力是不能与阎长坤相比的，明摆着干不过长坤。既然明里干不过何必非得鸡蛋碰石头？何不以柔克刚，文火慢炖，与阎长坤周旋拉他个精疲力竭。

老六停住抽烟，像看天书那样看着麻子，好似麻子的脸上写有答案。其实麻子的脸除了麻子疙瘩外，还有一些长年不被释放而堆积在脸上的骚痘痘。麻子的一席话，老六似懂非懂。什么文火慢炖，那是麻子山上人的黑话，用在他与长坤的事儿上有点牵强附会。再说了，阎长坤不怕文火，越是慢慢来越伤不到他的筋骨。麻子瞪了一眼老六，莫名其妙地问阎老六父亲和爷爷是怎么回事。屁话！长河城都知道是被人放蛊弄死的。老六骂完，看着麻子，心生疑虑。莫非他想用这个办法来“慢炖”阎长坤？父亲和爷爷的死那是二十五年前的事了，在很小的时候听大叔长坤说过，要他记住他的父亲和爷爷的死，他们就是青山坑里的罗氏蛊婆放蛊弄死的。罗氏蛊婆为什么这样做，她与阎家有什么深仇大恨，大叔至今也没有向他交代清楚。

长河县放蛊要数罗氏蛊婆最毒了。大叔长坤要他记住罗氏，因为他相信终有一天会水落石出，到时阎家会清算这笔账的。老六年少时，据说罗氏蛊婆死了，还死了好些年。阎长坤和老六更加坚信了罗氏蛊婆是造成阎府灾难的罪魁祸首。湘西人害怕蛊婆，总是对蛊婆敬而远之，蛊是什么东西，谁也无法考证。她总是戴着一层神秘面纱，显得那样神秘和恐怖。放蛊的人一旦害死了别人，自己因罪孽深重会遭报应。罗氏大概就是因此而早亡。

老六的父亲和爷爷是不是罗氏放蛊弄死的？他们死的时候是那样的突然。老六爷爷死前的两天，罗氏蛊婆曾到过阎府，老六的奶奶是认得罗氏蛊婆的。虽说罗氏蛊婆离开阎府后，老六奶奶请人烧了纸作了法，但于事无补，仍没免除一家的厄运。坚信他们是被放蛊而死的另一个理由是，老六的爷爷和父亲死时满身红色斑点，长河有名的中医告诉长坤，他们是沾了不干净的东西。于是老六的奶奶想到了罗氏蛊婆。他们一定是罗氏蛊婆害死的。

罗氏为什么要害他们，至今还是一个解不开的谜团。

阎老六想过，蛊婆为什么单单选中了自己的父亲和爷爷。据奶奶说，那时大叔也是身强力壮的青年了，罗氏蛊婆进阎府放蛊时大叔长坤也在家中，罗氏为什么放过了长坤叔呢？这个疑点在老六的脑子里困惑了很久。蛊婆死了，所有一切迷惑成为了种种假想。老六假想过是大叔长坤请的罗氏加害父亲和爷爷，而独享阎府的丰厚财产；也假想过是爷爷的生意对手下了黑手，凡此种种都有可能。

李麻子这时想用这种手段去为自己的利益争得一席之地，从良心上讲他是万万不能答应的。但今非昔比，如今的大叔哪儿还有承让老六之意，财大气粗的架势咄咄逼人，使他喘不过气来。大叔的犁铺开在了家门口了，分明是让他在长河这块地界上别想有出头的一天。生意场上无父子，利益才是终身伙伴。阎老六抽烟的嘴微微动了下，看了一下李麻子，想说什么又咽了下去，终没有说出口。

麻子对老六的性情是很掌握的。老六最需要表达而又难以启齿时，他能把老六的意思完整地表达出来。李麻子看了看老六，说只要他应许了他的设想，一切就交给他去承办。一旦不留痕迹办成了，阎家财产他得有一份。老六将烟斗在桌上磕了磕，寻想麻子的做法是不是违背天良，让他背上千古骂名的那种下三滥手法，他会不会像罗氏蛊婆那样遭到天谴。

正为李麻子说的事冥思苦想的时候，身着黑色制服，头戴白边黑底大盖帽的刘怀宗耀武扬威地走到了阎老六的大门前。

阎老六忙起身上前迎去，等刘怀宗落座后忙将烟斗递了过去。

刘怀宗早听丁香花说过，阎老六有一只黄金做的烟斗。接过了阎老六送来的烟丝装上，阎老六赶紧划上了火柴给刘怀宗点燃。刘怀宗美美地抽了一口，然后嘴上发出“滋滋”的响声。看来刘怀宗是看上了这只很是诱人的金烟斗了。

刘怀宗一直没有说话，只是认真地抽着烟。阎老六摸不着刘怀宗来他家的目的，也就不敢贸然多问，等待着刘怀宗说话。

刘怀宗抽罢烟，端详着那只金烟斗，左瞧瞧右瞧瞧的，像对那只烟斗很感兴趣的样子。阎老六心里开始凉了起来，他最怕的就是刘怀宗喜欢上那只烟斗。那只烟斗是阎老六花了四两黄金定制的，那可是他阎家的一笔不小的财产。

刘怀宗看了一会儿烟斗后，将烟斗退给了阎老六。然后他站了起来，扫视着他阎家大院。阎老六跟在刘怀宗的屁股后面，一会儿给刘怀宗递水果，一会儿给他递烟斗，可刘怀宗就是不说什么。阎老六心里好生纳闷，左右寻思着他刘怀宗来他阎家大院的目的。阎老六突然拍了下脑门，猛然记起了什么，他吩咐跑堂的二愣子快去通报丁香花，说刘探长来了。

二愣子答了声，然后闭嘴一笑，偷偷乐上了。

刘怀宗见阎老六终于开了窍，眼睛也有了神色。他坐在那张太师椅上，架起了二郎腿，悠闲自得。阎老六心里很不舒服，但得闷在心里。刘怀宗这次能亲自上门，那肯定有重要的事情，不然他是不敢上老六家门的。

刘怀宗见阎老六急急的样子，也不想再对他戏弄。他端起桌上的茶杯，慢慢地喝了一口，然后对阎老六想说点什么。门外老远就听到了丁香花娇柔地喊刘怀宗的声音。阎老六心里升腾出了一股怒火，隐藏着阴森又带着惧怕的眼神瞪了丁香花一眼。丁香花打了个寒战，从老六的这一眼中领悟到了男人不到事临不暴发的那种恐惧。尽管老六知晓了她与刘怀宗的那种关系；尽管她如此地不在乎老六，但在这个院子里老六是主人，是她的男人。丁香花靠近了刘怀宗的身子，慢慢腾腾，又极不情愿意地挪回到了老六身边坐下。

阎老六很想听刘怀宗会为他带来什么消息。刘怀宗告诉阎老六，阎长坤开犁节那天，李麻子的手下并没有朝警察局的人开枪，弄得他好被动。他们可是有约在先，只要打伤了人，就让阎长坤吃不了兜着走。可冯其良那老头子偏偏在那个时候出现在阎长坤家里，这说明了什么？刘怀宗故意吊上了阎老六的胃口。

“这——这——这说明了什么？”阎老六并不知道这其中的利害关系。

刘怀宗骂阎老六是真不明白还是装糊涂。这冯其良一出现，事情就来了个一百八十度的大转弯。他在阎长坤家里又喝又拿，以后的日子怕是不好过了。阎老六听不明白，冯局长那里他们是有言在先，他不插手阎记铺子的事。为什么冯其良偏偏在那个时候去了阎长坤家？刘怀宗诡秘一笑，不再解释。然后又看了看老六身边的女人，好像这辈子离了这个女人不能过活一样。

丁香花从刘怀宗瞧她的眼神中读懂了什么，她故意将高耸的胸部向前挺了挺，算是迎合刘怀宗瞧她的眼神。在丁香花的心目中刘怀宗才是一个真正意义上的男人。

刘怀宗看了一眼急得冒汗的老六，然后又看了看丁香花，想说点什么可又欲言又止。老六明白了，他催着丁香花：这里没你事儿！

丁香花站起身，将那块香水味很浓的手帕在刘怀宗的眼前一甩，瞪了一眼猪头猪脑的阎老六，很不情愿地摇着步子向门口走去，嘴里唱着："哥哥耶，你是妹的心头肉，妹把哥哥放心间……"刘怀宗看着丁香花走去的背影，先是嘿嘿一笑，然后凑近了阎老六的耳朵边说了一会。

阎老六脸"唰"的一下变成了猪肝色，汗珠儿就像山泉直往外冒，头摇得货郎鼓似的。嘴里含混不清地连连说着使不得，使不得！

刘怀宗冷笑了两声，骂着阎老六是一个长着猪头不想事的家伙！这事儿能让他去办吗？他就不会想一个两全其美的办法了？

阎老六还在为刘怀宗说的那事害怕，他忙擦拭着脸上的大滴大滴汗珠。刘怀宗又凑近了阎老六的耳朵边……

刘怀宗对阎老六不置可否，他站起身走了。阎老六还是那样呆呆地坐在那里一动不动，门外又响起了那骚女人的娇柔声，才让阎老六想起刘怀宗已经起身走了。于是他忙站起来，跑到了门前，追着刘怀宗喊："刘探长，刘探长，你可常来哟！"

"你叫魂呀！人家人都走远了你叫什么叫！"丁香花因没能留住刘怀宗而感到扫兴，又见男人这副死里死气的样子，心里烦作了一团，见了阎老六就骂。

“我日……”阎老六话还没有骂出来，丁香花见男人又在动粗了，“啪”的一声，阎老六的脸上留下了五根指头的印子。

“我让你骂！有本事到他阎记犁铺去骂去，他现在把我们家的生意全给占了，你怎么不去骂呀?”丁香花两手叉腰，杏眼圆瞪。

“他妈的，我咋就这样倒霉呢?”他捂住刚才被丁香花打着的脸，哭丧着脸又回到了那个客厅。

李麻子在背后的厢房里气也不敢大出地憋了许久。他听不清刘怀宗究竟说了些什么，但他走出厢房的第一眼就知道，刘怀宗的到来不是给阎老六带来好的运气。他想问阎老六，见阎老六呆呆的样子，他打住了要问的话。

阎老六唉声叹气坐在那里，简直像丢了魂似的。他弄不清刘怀宗出的这道题是为他阎老六好，还是为了他自己的争权夺利。

李麻子真的忍不住了，他问：“刘怀宗那龟儿子跟你说了什么?”

“没——没什么!”回答虽然干脆，李麻子还是看得出阎老六心中的隐情。李麻子见阎老六不愿说也就不再去问，他见天色不早了，便起身与阎老六告了别，走时他抛下一句话，要老六考虑他提出的建议。阎老六连身都没起地说了句好走，仍低头想刚才刘怀宗对他所说的那番话。

过了好长一段时间，阎老六走出了他的大院，向街头走去。

湘西的集镇都有一个相同的特点，那就是统一的石板路。石板又是清一色的青光岩，铺设也很平整。黄桥古寨也不例外，就是这石板街窄了点。因为在这寨子里常年生活的只有一万多人，也就用不着铺上宽畅的大街。黄桥古寨全是木质的吊脚楼，街两边的屋基要比街面高出一尺左右，从街面到屋里有两级石阶，呈十字交叉的黄桥古寨都是这样，每家每户都是一个样，这样就显得街面十分的整洁。

黄桥古寨还有一个特点，每家每户都爱种花，什么杜鹃花、月季花、兰花，虽不是些名贵的花种，但使整个黄桥古寨充满了花香。当各种花草争相开放时，这里的人就会把开得鲜艳的花搬出来，放在临街的墙角处，供人欣赏。

阎老六走到了大街上，他无心去欣赏那带着清爽香味的鲜花，一直朝前走着，前边就是他的犁铺了。

阎老六的犁铺是在十字交叉的路口上，按理说，他的犁铺生意应该变得越来越好，上千户农民需要犁去耕作。离黄桥不远的寨子就有好几个，三千多户，这算起来阎老六也该有些赚头。可头两年阎老六的生意很不错，但阎长坤办了开犁节后就让他的生意冷了下来，尽管这离阎长坤那儿很远，人家的店铺仍愿用船运、用马驮地将阎长坤的犁口运进黄桥古寨，断了他阎老六的财路。

阎老六的犁铺子前围满了人，乱哄哄的一片。有人大喊："这能怪谁？只能怪你阎老六家的犁质量不过硬，让我们用不了，你们不退咱们的钱也行，那我们大伙就砸你的铺子！"

"你敢！你又不问问六爷他答不答应？"这是阎老六家的店铺伙计在说话。

"你家六爷怎么啦？咱用不上的犁口就得退，人家阎记犁铺的老板用不上的犁不光退还，还得赔上工夫钱呢！"又是一个头缠丝帕的农民在骂。

阎老六家的伙计气急了，话赶话地顶上了："阎长坤家的犁口好用，你怎不去买他家的犁口呢？"

"哎！这还让你真猜准了，我就是想买阎长坤阎老爷的犁了。你瞧对门的铺子就是专卖阎记铺子的犁呢！"另一青年人指了指对门的铺子。

对门的铺子。一面"阎记犁铺黄桥分铺"的三角旗插在铺子的门上方。铺子前三辆马车正在卸货，那里围着大群人，正等待买货呢。

老六朝阎记犁铺黄桥分铺的店面走去，多日来郁积在心中的愤怒正无处发泄，感觉到那股仇恨的火焰在他的胸膛熊熊燃烧。他快步上前抓起阎记犁铺地上的几张犁口使劲往地上砸去。“哐当”几声，犁口砸得粉碎。老六冲着自己的犁铺大喊，要兄弟们把这个店铺里的货统统砸碎了，谁砸碎得多回去有赏！

阎记犁铺门前正在卸货的几人也抄起了家伙，准备与老六拼个你死我活。

阎老六的那帮子人，乒乒乓乓地朝铺子里的货一阵乱打，铺子里的货顿时变成了一团废铁。

阎记犁铺一个青年再也无法忍受眼前的一切，他抄起那根长长的木棒，狠狠地朝站在身前的阎老六打去。阎老六还算反应得快，他偏了一下头，便就势向后跑去，可嘴里仍在向他的那帮伙计们喊：“给我打！往死里打！”

铺子里已经乱作了一团。哭声、喊打声、砸烂东西的声音混在一起，谁也分不清谁是哪方的。只有被打得头破血流的人跑出那个铺子才能分辨谁是阎老六家的人，谁是阎记犁铺的伙计。

打斗延续到了天黑，双方的人都躺在了地上不能动弹才平息下来。阎老六没敢到阎记犁铺的那个铺子里去认领他的那帮伙计，他要管事的二愣子拉了一辆马车，把自家受伤的弟兄拖回到了他的铺子里。阎记犁铺的伙计也伤得很重，穿蓝布衫子的青年人仅剩下一口气。他对身边那位只有十七八岁的男子说：“快！快去通知老爷！就说阎老六他动手了。”说完那男子头一歪，昏了过去。

阎老六对阎长坤的黄桥犁铺大打一阵之后，闷在心里的气也消了一半。但他的兄弟也伤了不少，最感到痛心的是，陈二愣掌柜的也被黄桥铺子里的人打了。阎老六有点恨不得再同黄桥铺子里的人打上一场，分出个高低来。阎老六正在客厅里寻思着下步该怎么办时，外面有人报，黄桥铺子里的人去了县城。

阎老六“噢”了一声，然后突然坐在了太师椅上。

“六爷！我看你这次是把事惹大了，上次是暗地里干，这次可是明目张胆地与阎长坤那老头儿干上了，他可是一个好交不好惹的角色，他能就这样白白地让你老六砸了他的店铺吗?”老六的老婆站在跟前，不阴不阳地在阎老六面前火上浇油。丁香花扭动了一下水蛇般的腰肢，将手搭在了阎老六的肩上，然后她抿嘴一笑，看着面前尽出洋相的男人。

陈二愣不知什么时候拄着拐棍走了进来，他知道丁香花有解决这个问题的能力。他催着丁香花快跟六爷说出个收场的办法来，不然就来不及了！

丁香花干脆坐了下来，眼睛看着阎老六。每当老六遭遇困难而又无法解决时，她总是用这样的目光看着他，她喜欢看面前老六就像刚从斗鸡场上败下阵来的公鸡的样子；她喜欢他失败之后的那种沮丧表情给她所带来的强势优越感。在她的优越感下，她希望老六用近似乞讨的方法向她求得解决问题的良方，以此才能在这个家庭里永保她的主导地位。

丁香花欣赏完之后，告诉老六，这事其实也好办。阎老六仍吸着烟，但眼睛顾盼着丁香花快点能给出答案。

丁香花犹豫了一下，她不知道男人是不是会往歪处想。目前的情形也只有这个主意靠得住，也是最保险的办法！丁香花停顿了一会儿后，还是说了。她说阎长坤家有冯其良撑腰，那咱们也有刘怀宗！

丁香花没有猜错，果然阎老六跳将起来。

陈二愣见阎老六发火，壮着胆子劝老六，现在可不是发火的时候，太太是为自己的犁铺着想，才出了个下下策，兴许还真能管用呢。

“管屁用！他刘怀宗能斗过冯其良吗？”阎老六对刘怀宗确实反感，也不放心。

丁香花轻蔑一笑，她说老六是个猪脑子不会想事，也从来不思考问题。刘怀宗是不亲自来黄桥古寨的？虽然刘怀宗明里不敢与冯其良作对，可暗地里还是向着咱们一家。到时刘怀宗来了黄桥，就是不帮咱们家，可也不会放着阎长坤打而不管。刘怀宗做到了这一点，自己家就不会很吃亏。陈二愣站在一旁，像与丁香花事先商量好那样，竖起拇指与丁香花一唱一和。

阎老六经丁香花一点拨，“嘿嘿”笑了。但这笑容很快从他的脸上消失，因为这笑里隐藏着他的无奈和无尽的耻辱，他不能把无奈耻辱的笑当成丁香花欣赏的杰作。尽管老六极不情愿；尽管他蒙受的是耻辱，他无可奈何也别无选择地选择了让丁香花去县城里找刘怀宗。

一顶轿子被四个壮实的青年男子抬着，后面急匆匆地跟着四名男子，轿子后面的男子不断在催抬轿子的：“快点！快点！”

抬轿子的人说：“太太坐稳哟，当心别摔着！”

轿中传出一个年轻女人的声音：“快点！快点，天亮前得赶到县衙里……”

第三章　叔侄争雄

长河县城的夜静得出奇，白天热闹的石板街已经没有了拥挤和喧闹。

长长的石板街上只有两边挂着的红灯笼在风中摇曳，将光溜的石板照得忽明忽暗。远处“汪汪”的狗叫声，将深夜的长河县城蒙上了一层阴森和恐怖。

石板街的尽头，一个单薄的影子在慢慢向阎记犁铺前移动。看样子，那走路的人已经拼尽了全身力气，在做最后的冲刺。

那影子在石板街上艰难地行走了很久后，来到了阎记犁铺大门前。那人慢慢地举起了右手，在门上“嘭嘭嘭”敲了几下后，便倒在了地上。

大门“吱呀”一声开了，麻先生提着一个大红灯笼，朝外看了看，他惊讶地发现门边倒下的人。麻先生忙将灯笼丢在了地上，迅速将倒在地上的人扶了起来，接着他背上那人朝里屋走去。

麻先生将那人背进里屋后，用灯笼在那人的面前照了照，这不是猛子吗？接着他推了推那人，大声喊着猛子的名字。

猛子仍没回答，麻先生继续推着猛子。这时，麻先生觉得一种黏糊糊的东西粘在手上，他把手凑近灯差点惊呼起来。麻先生没有再推猛子，提着灯笼摇醒睡着的小麦子。小麦子揉着惺忪的双眼，疑惑看着麻先生。麻先生指了指地上的猛子，小麦子“嘣”地从床上弹了起来，他瞪着不省人事的猛子，不知该怎么才好。

麻先生催小麦子，快去禀报老爷呀！

阎长坤起床赶到麻先生的住处时，猛子已经被麻先生用姜糖开水灌醒了。猛子见阎长坤披着衣，忙上前向阎长坤扑去，眼泪也汩汩流了出来。

阎长坤扶着猛子，安慰他别哭。猛子擦了一把眼泪，说黄桥古寨分铺被阎老六那狗日的砸了！

阎长坤听说阎老六砸了他的铺子，先是一惊，即刻又冷静了下来，他低下头看了看猛子的伤后，问铺子里的伙计情况怎样。

猛子费力地告诉阎长坤，伙计们伤的伤，现在都不知他们是死是活。铺子里运去的一千多张犁，能卖的恐怕不到一半了。

小麦子摸了一根长镖，气愤地骂阎老六反啦，竟敢明目张胆与老爷干上了，要老爷让他带上兄弟们去黄桥古寨，打他阎老六一顿。

阎长坤制止了小麦子，他想老六再不济也是他的侄子，虽砸了自己的铺子，可还是他的侄子。再说了，阎老六敢砸了店铺就不怕阎家报复他，这时去与他硬碰，到时怕是两败俱伤。让他老六嘛，老六会得寸进尺；与他打嘛，自家叔侄相打让外人笑话。这让也让不得，打又打不得，这事让长坤伤透了脑筋。

平日里夫人舒氏对他们男人间的事很少说话，这时她插话了。说老六自分开以来，就一直盯着他们家。开犁节那天的事，冯其良说得十分清楚，就是他阎老六和刘怀宗在中间作祟，难道砸铺子的事他刘怀宗就不会插手？

阎长坤认为刘怀宗没必要混在这生意场中的纷争里，让自己陷入这个旋涡中。

舒氏不这么看老六，她说说不定这会儿老六家的人都到了县衙了！

阎长坤穿了那件长衫，边骂边向院外走去，说是要去会会老六，问他与自己有什么仇。舒氏忙拉住长坤，说这深更半夜地去县衙不合适。再说了他老六也不会来县衙，定是他那戏子丁香花去找刘怀宗，你找丁香花又有什么用？阎长坤似乎明白了夫人话中的含义，停在了那里，他让麻先生赶紧安排人去黄桥铺子，把那些被打伤的伙计先安顿了，等天亮他去县衙里不迟。

天刚蒙蒙亮，阎长坤提了些礼品，在县政府门前等着开门。长河县政府是在古城的东面，离街面不远。只要不逢集日，政府门前就不是怎么热闹，早上就更是冷冷清清了。

县政府大院前有两棵高大的松柏树，看样子那松柏树已经有些年岁了，外面树皮苍老得像要掉下一样，树干的中间部位有一个能容纳一个人进去的大洞。树枝的顶尖没有了枝叶，露出干干的枝条。另一棵松柏古树，形似一个老态龙钟的老太婆，弓着背，一动不动地站在那里。

门前还有一对很大的石狮，据说那对石狮是有来历的。虽没有谁去考证过，但从石狮的表面被摸得溜光溜光的油渍来看，怕是上了百年。石狮的后面就是进入县衙内的大门，大门是用铜制的，发着暗黄色的光。进入大院的门后便是专门用作卫兵站岗的两座岗哨亭，卫兵们不分白天和黑夜地轮换着守住这个大院。岗哨亭过后就是一栋很有特色的吊脚楼，房子很大，足能容百人左右。楼的地层中间是与后面的一个大院子相通的，将前面的岗哨亭和后面的大院连在了一起。走过吊脚楼就是县衙的办公地方，县衙和警察局都在这儿办公，平日里这里显得格外阴森。

阎长坤好不容易挨到了县衙的大门打开，开门的老头儿认得阎长坤，知道他是长河城里阎记犁铺里的老板，也没有为难他就放了他进去。刚进得大门来，阎长坤便被门前的卫兵给拦住了。

阎长坤给卫兵们打点了小小的礼物，卫兵笑嘻嘻地让他过去。走过吊脚楼，那里便是冯其良住的地方，阎长坤以前来过，知道那儿是冯其良的住处和办公场所，也没问别人，便径直朝那里走去。一个警察模样的人叫住了他："站住！这里是你乱走的地方吗？"

"长官，我是找你们冯局长的！"阎长坤见这阵势也有点可怕，不敢与这位年纪不大，但口气不小的人顶嘴，只好低三下四地与他讨好。

那人偏着头打量了一会阎长坤，阴阳怪气地问找冯局长有何事。

阎长坤告诉他，他与冯局长是好朋友。他有要事，说着又向前走去。

"站住！你这人怎么了？怎么就不听招呼？告诉你这里可不是随随便便可以进出的！"那警察模样的人还是拦住了阎长坤。

正在这个时候，冯其良从里屋走了出来，他揉了揉还带着血丝的眼睛，大声问："谁在那儿大喊大叫的，还让老子睡觉不睡觉了！"

那警察模样的人见了冯其良忙点头哈腰的，说有人说是他的朋友来找他。

冯其良伸了个懒腰，打了个哈欠，看也不看地朝那名警察说他什么时候有朋友了？挥手，让那位警察把来人拦回去。阎长坤急了，只好硬着头皮朝冯其良喊，他是阎长坤。冯其良听得喊声，认出了阎长坤，忙朝那位警察大骂，说什么长了一双狗眼，连长河城里的大老板也不认得，害得他有失体面。那警察像受了很大的委屈一样哭丧着脸没趣地退了出去。冯其良骂完后，领着阎长坤进了里屋。

阎长坤刚进到里屋就把带来的礼品和五十块大洋放在了冯其良的桌上，并朝冯其良笑笑说，这是一点小小的心意不成敬意。

冯其良边说边指着桌上的礼品和大洋，说他娘的，来就来了吧，还拿什么礼品，你阎老板与我是什么？是兄弟！是兄弟还用得着送礼？阎长坤心里急着黄桥铺子被砸的事，却不知从何处开口。他冲冯局长说，上次多亏了他出面，不然他阎长坤就有十二张嘴也说不清，这点小意思何足挂齿！

冯其良“哈哈”地笑了。笑过之后，他骂阎老六，那是阎老六那小子使的奸计，与阎老板无关。过去的事不用再提啦，谁叫他们是兄弟？

阎长坤想借冯其良的话把自己来的事儿道出来。他告诉冯其良，老六那小子又在兴风作浪了。他老六是铁了心要跟他阎长坤一家过不去，他借着李麻子的土匪势力，昨天晚上又把他黄桥古寨的犁铺给砸了，还打伤了他的几名伙计！照这样下去就是警察局也未必能收拾他老六的。

冯其良听了这话有气，瞪着圆鼓鼓的眼睛看着阎长坤，说阎老六胆子也太大了。然后冲着门外的勤务兵发号施令，要勤务兵快叫刘探长来！勤务兵答了一声便向外走去。

阎长坤不冷不热地在冯其良面前加了一把火。他告诉冯其良，这会儿刘探长可能在虹桥的吊脚楼热被窝里睡得正香呢！

冯其良瞪着怀疑的目光问阎长坤，他怎么知道刘怀宗在虹桥的吊脚楼里？

阎长坤说，明人不说暗话，这阎老六打伤了他的伙计，又砸了他的铺子，老六能坐得住？丁香花可聪明了，一定会想到自己会向他冯局长报告的，所以她不找这刘探长还能找……

冯其良要阎老板继续说下去。冯其良是真不明白还是在装糊涂？看样子冯其良还真被蒙在鼓里。

阎长坤把话说了一半就不再说了，真要再说下去刘探长日后会为难他的。所以他认为不说为好，让冯其良从中去猜。猜刘怀宗也好，猜阎老六也罢，只要冯其良能对他们两人不满就行。

冯其良看着阎长坤，他相信阎长坤说的是真话。他阎长坤就是不说这些，他自己也觉得刘怀宗那儿有问题。

阎长坤想把冯其良对刘怀宗的怒火点燃，又在冯其良面前添了一把火。他说："冯局长了解我的为人，什么时候敢在冯局长面前搬弄是非？那不是在砸朋友的脚跟吗？"

冯其良真的来火了："他娘的，我还真看不出来呢！"

"冯局长这会儿可不能当着刘探长的面发火哟，要不然我的日子就难过了。"阎长坤一脸的忧愁。

"不用怕，有我在，看谁敢动了你阎长坤一根汗毛！"冯其良不知是愤怒，还是对阎长坤的同情。反正他说话就是向着阎长坤。

勤务兵进来报告说，刘探长他半夜出的门，他的家人说他不在家。

阎长坤朝冯其良笑了笑。

冯其良心里不是滋味。他胡乱地告诉阎长坤，说这事好办！不就是一个阎老六吗，怕他干什么？与他搞，把他往死里搞，看他以后还敢凶！

刘怀宗确实在长河城里虹桥旁的一个小四合院里。丁香花穿着一件花格子白底的长睡衣，懒洋洋地靠在门边，带着血丝的眼睛瞧着正在门口洗漱的刘怀宗，再次嘱咐说是老六专程让她来办那事的，要他看在她的面子上帮一帮老六，也算不枉与她睡过。

刘怀宗瞪了一眼门前的丁香花，朝她扮了一个鬼脸，向丁香花抛了一句，不就那芝麻大的小事吗？然后打着口哨朝城里走去。丁香花冷笑之后，哼了一声，心里想，让你们窝里斗吧，老娘可要看好戏喽！转过身朝屋里走去，嘴里唱着：哥哥耶！你是妹的心头肉，妹把哥哥放心间……

勤务兵刚好走到大门口时与刘怀宗碰上了，他一见刘怀宗就哭丧着脸诉苦，说让他找得好苦哟！局长一大早安排自己找了他一个早晨。

刘怀宗听勤务兵一说，心里有几分害怕。他虽不情愿，可还是向县衙大院内走去。

刘怀宗一进门，冯其良阴沉着脸问他到哪去了。刘怀宗就怕冯其良问这事，只得支吾说他一大早去城内的几处地方转转！冯其良转过了身，面对着刘怀宗，那怀疑目光使刘怀宗直发毛。接着，冯其良不冷不热地说了句："怕不是吧？！"

"局座，是——是——"刘怀宗眼珠子转了一圈，说话没有先前那么流利了，他怕冯其良知道他与丁香花的事。

"哈哈！真个㞞！你当我是哈宝？老子才懒得去管你那些鸡鸣狗盗的事呢！"冯其良笑过之后，他的脸色有些难看，他知道刘怀宗对自己没有说真话。不过他也不想对刘怀宗与丁香花的事加以干预，那是刘怀宗的事，只要刘怀宗的婆娘不找到警察局来，冯其良只会睁一只眼闭一只眼的。

刘怀宗心里像打翻了五味瓶，很不是滋味。但他得忍着，在人矮檐下不得不低头，这是古话，刘怀宗对这句话理解得十分透彻。

冯其良见刘怀宗不再作声，知道击中了他的要害，于是见好就收，他也不想太为难了面前的这位下属。

冯其良告诉刘怀宗，阎长坤一大早就来诉苦，说他的什么黄桥分铺子被阎老六的那帮子人给砸了，还打伤了他的几位弟兄。这办也不是，不办也不是，办谁呢？办谁都得伤了一方，这青龙伤不得，白虎也伤不得的，还是让他来处理这事。冯其良将这事交给了刘怀宗来办，自己好躲在后面看刘怀宗去得罪人。

刘怀宗知道冯其良一大早找他来的目的了。把这事交给自己来办，这明显不是在为难他？冯其良心里清楚自己与阎老六的那层关系，让他去处理这件事，不外乎看自己怎么对待阎长坤。

刘怀宗终于憋不住了，也想为阎老六说上几句话。刘怀宗斗着胆儿与冯其良辩解，他说据他所知，阎长坤就不应该把铺子设到黄桥古寨去。他的铺子还少吗，长河全县哪儿不是阎长坤的犁铺？

冯其良变了脸。他看得出阎长坤没有说错，阎老六那骚婆娘的话真很管用，他刘怀宗连他堂堂局长的话也不想听了。刘怀宗看到冯其良突然变化的脸色，已经有了一种不详预感，他忙变了口吻对冯其良说，他不是这个意思。他是说这阎长坤与阎老六还真不是好惹的，惹谁都不行哇。

“那就都不要去惹他们呗！去！老子不管谁好惹谁不好惹的，今天给这事得摆平。”冯其良丢下这句话后，不管刘怀宗脸是什么颜色，自己对着挂在天井屋柱子上的那只鹦鹉说：“早上好！”然后提着鸟笼朝大院门前的空坪走去。

刘怀宗没敢跟上去，他知道冯其良在这个时候是不许任何人去打搅他的。大院外，鹦鹉在学着冯其良的话：“早上好！该是吃早餐的时候了。”

“他娘的，老是这句话烦不烦呀！”冯其良骂着鹦鹉。

“他娘的，老是这句话烦不烦。”鹦鹉跟了一句。

刘怀宗看着这一切，在心里狠狠地骂了一句：×你三代祖宗！骂完一跺脚无奈地走了。

丁香花前脚跨进阎老六家的门，刘怀宗后脚就跟了进来。阎老六见刘怀宗来得很及时，心里就有底了。这丁香花还真能办事，就连警察局的大探长也能随时被她请进门来，他阎老六还怕什么？阎老六老远就向刘怀宗打招呼，三步并作两步走地在大门前为刘怀宗接住了马的缰绳。

刘怀宗在那张太师椅上坐了下来，阎老六忙将自己的那只金烟斗递了过来，刘怀宗接过烟斗，含在了嘴上，等待阎老六为他装好烟丝。阎老六很是知趣地从烟兜里抓了些烟丝，给刘怀宗装上，接着划了一根火柴点上。刘怀宗吸了一会儿烟后，将烟斗在地板上磕了磕，冲着阎老六说你惹谁不好，却偏要去惹他阎长坤干吗？

阎老六听刘怀宗一说，心里凉了半截，想赞美刘怀宗的几句话突然被噎了回去，并对刘怀宗来的目的表示了怀疑。他向刘怀宗申辩说，是他阎长坤占他的地盘，不然去与他斗干什么？

刘怀宗瞪直了眼睛看着阎老六，他劝说阎老六，说这地方哪里不好做生意，你可偏要与阎长坤去作对。你不想想，他阎长坤与冯其良是什么？

阎老六听出了刘怀宗的话里意思，对刘怀宗也有了一些反感，答话也不是那么中听。他说谁要抢了自己的地盘，就是阎王老子他也不会放过。

刘怀宗见阎老六不是很领他的情，心里也有了怨气。他对老六说，不是他敢不敢出面为他出口气的问题。他来时冯其良可是有交代，让他怎么办？再说了，上次阎长坤开犁节的时候你老六不是说怎么就怎么了，到头还不是被冯其良捞了个好处，让自己去得罪阎长坤。这些还都是小事，关键是他现在的处境为他老六家办不成事。

阎老六并不服刘怀宗的劝，感到自己受了一肚子的委屈，这次可是他阎长坤有意找他的茬，你帮不帮是你的事。反正他是豁出去了，要与阎长坤势不两立！

刘怀宗朝阎老六“嘿嘿”一笑，笑里藏着阴森和恐怖。随后继续劝着老六，说阎长坤能这样让你砸了他的铺子打了他的人？生意上的人就会好个面子不懂得从长计议。君子报仇十年不晚，收拾阎长坤还没有机会吗？刘怀宗用手梳理了一下几根稀疏的头发，跷起了二郎腿，眼睛斜视着跟前的阎老六。

阎老六听刘怀宗的一席话，终于茅塞顿开。他也“嘿嘿”地迎合着刘怀宗笑了起来，脸上横蛮的肌肉因笑而变得扭曲。阎老六凑近了刘怀宗的身前，向刘怀宗讨高招。刘怀宗轻声地说了几句。

阎老六有些犹豫了。

刘怀宗见阎老六动了心，心里宽敞多了。他告诉老六，只要他听他的安排，把眼前的事先平息下来，莫让阎长坤把他们的事给搞黄了就行，日后会有报复的机会。

阎长坤来到了黄桥古寨里，他是来要刘怀宗解决问题的。他在分铺子里看了一会儿几位伙计的伤势后，就专等在他的铺子里。他想，冯其良已经交代了刘怀宗怎么处理这事，想必他刘怀宗也不敢从中去捣鬼。麻先生告诉他，刘怀宗已经到了黄桥了，这会儿正在阎老六家里。

冯其良交代过了与阎老六的事只能和，不能再把矛盾搞大，生意人讲的就是一个和气生财，整天你算计我，我算计你的哪还有心思去做生意？阎长坤认为冯其良的话有理，就是让阎老六占了点便宜也无妨。让他一次，别人不会说他阎长坤没本事。只要阎老六不再节外生枝，那就由着他刘怀宗处理，管他去阎老六家还是老七家的。

阎长坤想一个人在那里待一会儿，他想，刘怀宗是什么原因与阎老六一家打得这样火热。夫人凌晨对自己说的没错，刘怀宗确实与阎老六的老婆睡在了一起，刘怀宗也有为他阎老六家办事的意思。这些都是情理之中的事，他睡了人家的老婆还能不给人家办事？问题是刘怀宗只出于他睡了阎老六老婆就给阎老六办事这一个理呢，还是另有目的呢？这些使阎长坤琢磨不透。

反正刘怀宗是不会为他阎长坤说话的。就这事阎长坤不怕，阎老六砸了我的犁铺，打伤了我的人这是事实，冯其良也有交代，刘怀宗再怎么着也得看冯其良几分，阎长坤谅刘怀宗不敢对他怎样。

麻先生在门外喊："老爷，刘探长来了！"

阎长坤站了起来，在铺子的门前与刘怀宗寒暄了两句便进了里屋。里屋的面积不大，是一间库房改过来的，紧靠外面点就是被打烂的犁口之类的杂货堆放在那里，屋子显得有些零乱。刘怀宗没有等阎长坤让他座，便在一张木凳上坐了下来。

刘怀宗说他与老六都是生意人，难免有些摩擦，那都是些小事，过去了的事就让他过去了，古人说得好，让他一尺天宽地阔。何必在这些小事上你争我斗的？再说了阎老六也是他的亲侄子，应该了解他那人脑子笨，是扛着木头不换肩的人，与他计较，送了自己的生意还不算，连名声也毁在他手里就太不划算了。一通的话阎长坤的气消了，刘怀宗说得在理。

阎长坤听刘怀宗的话音是想在这件事上打一把和牌，生意人总是要以和为贵。人家这么说就给一个面子。再说了，天上人打架也要地上解呀，可也不能太软了。于是，阎长坤说可以不与老六计较，不过他的黄桥分铺子还得开在这黄桥古寨上。生意各做各的，他不会去招惹老六，但愿老六不要惹是生非，那时他是不会像这次轻饶他的。

刘怀宗根本没有想到阎长坤会这么通情达理地让了阎老六。忙吩咐门前的一个手下去通知老六，告诉他在黄桥最好的饭店里摆上两桌，算是给阎老板赔罪。

阎长坤忙阻止刘怀宗，说没有必要，只要他阎老六有这份诚心，他阎长坤就心满意足了。刘怀宗死活不依，非要阎长坤给他一个面子。阎长坤无奈应了下来。

阎老六在黄桥古寨的土家腊肉馆里包了两桌酒席，他早早地等在那里。虽然刘怀宗给自己与阎长坤讲和了，可他的心里就是不愿意。丁香花去城里的目的是想请刘怀宗治一治阎长坤，哪知冯其良那只老狐狸却为阎长坤说了话，这破费还不算，还得同阎长坤同坐一张桌子，为他赔着笑脸，那是一件丢尽脸面的事，让阎老六觉得自己没了面子。可现在事已至此，他退也不是，进也不是，只有撑着笑脸等着阎长坤的到来。

古寨的土家腊肉馆就在阎长坤分铺子前的三百米左右，阎老六的一个手下来了，在阎长坤的铺子门前喊："刘探长，我家六爷请你和阎老爷去用餐了。"

刘怀宗答了一声后，同阎长坤一起走了出来。还没有走近那家馆子，阎老六就站在门前，老远向阎长坤招呼，他是在向阎长坤表明他对刘怀宗处理问题的诚意。

阎长坤爱理不理地向阎老六笑了笑，算是答应了阎老六。阎老六知道阎长坤这是对他不满，他也不怎么计较，还是装出一样的热情。

馆子是阎老六包了的，里面不怎么喧哗。除了阎老六包了的那两桌酒席之外，楼下就没有别的人。阎长坤被阎老六请到了上座，阎长坤死活不依，他非得将刘怀宗让了上座，然后才坐在了刘怀宗的旁边。饭局上的话题不是很轻松，阎老六的话处处伤着阎长坤，他认为阎长坤这会儿是哑巴吃黄连有苦说不出。阎长坤吃得很少，他不想与阎老六争什么高低，原本就不打算从刘怀宗那里得到公正处理，因此尽管阎老六再三挑衅，他还是忍了下来。

阎长坤离开老六的酒桌后，在黄桥犁铺的铺子里停了一会，交代了几名伙计后，便离开了黄桥古寨。

冯其良坐在县衙里的一张大椅子上，嘴里正唱着吕布戏貂蝉那段戏。刘怀宗站在他身后，不敢轻易去打扰，等冯其良把戏唱完了，才轻轻地拍了几个巴拿，嘴也不停地为冯其良的唱腔叫绝。冯其良回过头来，见是刘怀宗，忙笑着骂他："他娘的，又在为老子拍马屁了！"

刘怀宗忙为冯其良递上了一支烟，然后划了一根火柴点上。冯其良"滋呀滋"地抽了一会后，突然像记起了要刘怀宗办的事，他问刘怀宗，阎长坤与阎老六的那事办好了？

刘怀宗很为难，只能回答这事可能还有后患。这个回答充分说明刘怀宗尽力处理了，服不服是他们两家的事，也不对叔侄之间谁错谁对做任何评价，省得让你这个老狐狸抓住把柄。

"哈哈！他娘的，让他们去窝里斗吧，那样才……"冯其良说到这里看着刘怀宗，又"呵呵"大笑起来。

刘怀宗从冯其良的笑声中领悟到了他内心里的某种东西。接着，迎合着冯其良的笑声，"嘿嘿嘿嘿"地笑了起来……

从黄桥古寨的东头往前，有一条通往象牙山的石板路，路下一条清澈的小溪沿象牙山的山脚"哗哗"流着。小溪的两边全是参天的古樟树，把石板路和清澈的小溪遮盖得严严实实。

一位头缠黑色丝帕，穿着黑色家织布衣，腰间捆着一条长手帕的青年男子神色匆匆地走在这条石板路上，时而看看参天的古樟树，时而朝走过的路回头看，看来他的心里在发虚。这人是阎老六的家丁梁石根。

这条路他虽不止一次走过，但每次走时头上总是要冒出些汗珠来。梁石根走了一上午都没碰上一个人。树枝上的猫头鹰不停叫着，时不时地还有一种奇怪的尖叫声。头次来时老六说这里闹过鬼，那鬼是李麻子他们在这里抢劫时屈死的冤魂。于是，那一次梁石根是一路小跑到象牙山的。鬼虽然没有碰上，可他老是听到有一种东西跟着他。梁石根越走越怕，他想起了他妈说的那句话，走路怕时，就大声地唱歌。于是梁石根扯开了嗓子唱起了他不知唱了多少遍的山歌：嗳——穷人呀莫听哟富人蒙，桐子开花嘛才下种……

象牙山由形似大象牙齿的两座大山构成。两座山顶弯弯地拱在了一起，山顶与山顶之间像一个天然的拱桥，把两座山体挨得很近很近。

小溪从两山的脚下川流而过，山上岩壁陡峭，有一条形似华山小路的小石阶从山脚向上蜿蜒伸去。山顶上是一个空旷坪地，那里树木异常的茂盛，坪中有一个天然的水井，常年不断流，生活在那里的李麻子当年就是看中了这个易守难攻的风水宝地才盘踞在此。

梁石根一路海唱地走到了象牙山脚，前面两个头缠黑色丝帕的中年男人喊住了他。

梁石根站住了脚，他不怕，他反而感到了一种安全感。他知道要他站住的是李麻子的人，于是他停住了脚步，朝喊他的人一笑，算是向他们打了招呼。

一个高点的中年男人，扛着一支汉阳造步枪朝梁石根走了过来，那人边走边向梁石根盘问："干哪样的？"

"嘿嘿！我是六爷的人，是来向你们的老爷报信的。"梁石根不慌不忙地向来人解释。

"找我们老爷？"来人没有靠近梁石根，只是用怀疑的目光打量着梁石根。

梁石根告诉他们，他可认得他们老爷的。他来过好几次了，这地方他熟，不信他还能说出好几个兄弟的名字来。梁石根怕眼前的人为难他，他再一次向身前的男人说着。身前的男人答应让梁石根上山。

梁石根到达象牙山顶时，已经累得满头大汗。他在离山洞前不远的地方坐下来稍事休息，把捆在腰间的那条长毛巾解下，擦了一把头上的汗珠，然后抽出烟斗，装了些烟丝抽了起来。

他娘的李麻子还真会享受的，选了这么个地方。梁石根一边抽着烟一边朝李麻子居住的地方看去。

李麻子居住的山洞前是几柱石柱，石柱的中间长着几棵粗壮的松树，细细的松叶铺满了地，像是一张暗红色的地毯。一条并不规则的石板路从洞口弯曲向前爬去，左边是一口供李麻子的队伍饮水的水井。看到这里，山洞口前的两个哨兵见了梁石根，大声地问："嗨！你来干哪样的？"

梁石根忙站起了身向那人一笑："嘿嘿，我是来向李爷报信的。"

那人显然对梁石根有点不相信。

梁石根见那人凶神恶煞的样子，不敢正眼看他。不过他还得向他说明来意，否则也见不着李麻子。于是，他告诉洞前的人，他是阎老六家的人，是来给李爷传个话，他家老爷有请李爷。

那人向梁石根交代了一句之后，钻进了那个长年生活的山洞。不多时，那人又钻了出来，他朝梁石根招了招手。说他家老爷说了，他可以进去。

梁石根跟随着那人走了进去。山洞里很暗，越往深处，能见度就越低，李麻子他们在最暗的地方用松明脂点着，使洞内才有了一丝丝光。梁石根深一脚浅一脚地朝前走了一会儿，他也不知自己到了哪里，反正好长一段路才听到有人在说话。

"是根子吗？"这个声音梁石根听了很是耳熟，就是李麻子的声音。梁石根忙答道："李老爷，正是根子呢。"

"噢！你家老爷又让你传什么话了？"李麻子坐在一张石板凳子上，抽着烟，烟斗是好长的那种，只见烟斗的前端一闪一闪地发着红光。

“回李爷，六爷说请你下山一趟，他有要事与你相商！”梁石根头也不敢抬地说着。

李麻子被烟呛了一下，拖着长腔问梁石根：“他请我下山？定是老六吃了阎长坤和刘怀宗的亏吧。你老爷是鬼迷心窍了，刘怀宗能靠得住？刘怀宗看上的是他的老婆，这会儿才明白这个理了？”

第四章　连遭诡异

李麻子早就料到刘怀宗在这个时候不会给老六家卖力的。刘怀宗除了看上老六的老婆，对老六的事是不会上心的。刘怀宗为什么答应为老六出气，黄鼠狼看鸡婆安什么心路人皆知。老六笨就笨在这里，把希望寄托在刘怀宗身上，那不是胡扯淡！

李麻子来了，他去了老六家。自上次去老六家后，他就再没去过。上次去的目的本想与丁香花会一会，重温下旧梦，哪知偏碰上刘怀宗那个灾星冲散了他们的好事。这次是老六请他去，他要在老六家多住几日，找机会在丁香花香软的床上享受享受。想到这里麻子的心里就痒痒的，眼前浮现出丁香花雪白光滑的身子细细的腰肢浑圆的屁股，还有那勾魂的浪荡叫声。

麻子当土匪阅历女人无数，真让他上心的要数丁香花，这女人是一个十足的骚货。麻子做梦都喜欢这个女人，他喜欢她的骚劲；喜欢她那时的狂野和不羁；喜欢她那销魂浪叫和忸怩作态的轻浮与放荡。

阎老六与阎长坤因黄桥事件打了个平手后，就自知世态复杂。原本想靠丁香花与刘怀宗那层关系来打败阎长坤，事实证明这行不通，反而把自己推向了众叛亲离。麻子说过刘怀宗靠不住，这会应验了麻子看人简直像算命先生那样准。他想到了李麻子，想到了李麻子提起的他父亲和爷爷的死那回事。请李麻子到府上来，无异于请狼入室。可在这几乎绝望的时候，李麻子就像一根救命稻草，哪怕一丁点希望都是他反败为胜的条件保障。

麻子来了，他搞不懂阎老六会与他做什么交易。他进屋的那一刻没看到忸怩作态的丁香花出来迎接，甚是失望。左顾右盼地看了东房看西房，连丁香花身上的浓浓香水味也没闻着。他暗暗在骂，× 你妈，你把她藏到哪儿去了？阿 Q 说过，和尚摸得他就摸不得了？他刘怀宗干得我怎么就摸不得了？麻子时常把自己与刘怀宗进行比较，自己与刘怀宗没多大区别。只是一个在山上，一个在山下罢了。

老六见麻子来了，笑嘻嘻地说麻子真是铁了杆的弟兄。然后就问麻子上次说的那事，他现在想通了，想找他……老六话还没说，麻子伸出手拦住了老六继续往下说。他看了老六几眼，告诉老六，这事不要找他，最好是去找刘怀宗去，刘怀宗不是很有能耐吗？麻子见不着丁香花心里憋了点气，对老六的说话也就对付搪塞。老六苦笑了两声，他拉住麻子的手，将烟斗塞在麻子手里，然后又给麻子装烟点烟。一边说，刘怀宗是一个靠不住的人，黄桥铺子的事明明是阎长坤欺负了自己，到头来却与阎长坤打了平手，害得他在阎长坤那里丢了脸面。黄桥古寨的人都知道老六给阎长坤赔了不是，走出家门腰杆也直不起来。这次请他来，他是下了横心的，决意要收拾一下阎长坤，让他也在长河城里面不得安生。

麻子瞪着老六，心里在骂眼前这小子太阴，老阎家怎就生了这么个孽种？麻子办事也有三个原则：六亲不认的人求他不办；亲朋之间相斗不介入；利益不明不办。阎老六与阎长坤之间是一家人的事，这是他“三个不办”原则中的。虽然他是土匪，从他上山为王后，这个规矩从来没破过例。现在老六求了，并且这个损阳寿折阴德的招儿是自己出的，不办吧，老六和自己的那份情就断了，不仅断了那份情，连每年从老六这儿得到的那笔保护费也断了。丁香花与自己的那些事以后就别想有个好的归宿，只怕丁香花不会用正眼看他。

麻子很为难。一边是他不愿放弃的美色；一边是自己从没破过的规矩，选择任何一项对他来说都很困难。正当老六犹豫不决时，门外响起清脆的银铃般的声音。丁香花还没跨进门就哥呀哥地叫得麻子心酥肉麻，麻子看了一眼老六，嘿嘿笑了几声，点了点头，表态答应了老六。

一条狭长的石板街弯曲向前伸着。雨点打在石板上，发出“滴答滴答”的响声。沿街两旁，吊脚楼屋檐下，站满了头缠丝帕的各色男女，他们眼睛瞪着天空，巴望着这场春雨下得更大一些。这样，山上旱水田就可以开犁了，到秋收时会有一个好收成。

阎长坤听伙计们说天又开始下雨了，他忘记了前几天黄桥铺子那事的不快，心里可乐了。他跑出店铺，望了望天空，笑了：“好年份！好年份呐！”

然后冲着店内小麦子吩咐，让他备些茶水到炉子房去，给伙计们使把劲，别错过了这开春的好生意。

阎长坤抖了抖那身黑色长衫，又吩咐了店内的其他伙计，然后心满意足地走出了阎记店铺。

小麦子一手撑伞为老板遮着雨，一手提着茶壶跟着阎长坤一前一后走着。石板街因雨下得大，赶集的人都站在了屋檐下。光溜溜的石板上，只有大滴大滴的水珠在不停洗刷着光洁的石板。两双穿着皮鞋的大脚在“唰唰”雨水中匆匆向前行走。

不远处，一栋用墨黑火砖砌成的高高围墙，把墙内的木屋围得仅露出一个尖尖的屋顶。月拱形的大门敞开着，大门上方，一块用红色土布制成的三角旗高高地插在围墙顶端，上面写有“阎记犁铺炉房”的字样。大门前一对石狮庄严地蹲在门两边，寓意着这家铺子的旺盛。石狮脚下是二十级的石板石阶，大雨刚洗净石板上所有的尘土，把石阶擦拭得油光油光。从墨黑的石板上弹跳起来的小小雨滴，是那样的清澈透明，没有半点儿混浊。

屋顶端的背后，一个高高的烟囱在冒着浓浓的烟雾，烟雾在微风夹带雨点的抚弄下，歪歪散在屋顶上，像铺上了一层白一样。屋子里一片喧哗声，显得热闹极了。

阎长坤看了看这座属于他自己，而又形同文物的建筑产业，会心地笑了。然后，他迈着矫健的步子，沿石阶从容向上，跨进了一片喧哗的炉子房。

正在炉子旁拉着风箱的伙计，看到阎长坤来了，他扯着嗓子，劲也更大了。

顿时，炉子房吼声一片：“开模哟！”只听三十多张犁口石模“扎”的一声，齐刷刷被掀开，铺在石模上乌黑乌黑的犁口，正冒着腾腾热气。

接着又是一阵吆喝声：“起水哟！”伙计们手操铁钳子，将烤人的犁口放进了三十多个装有冷水的木桶里。屋内顿时听得“滋滋”的响声，水桶里冒出一团团白烟。

小麦子看了看阎老板，阎长坤冲小麦子一笑。小麦子将茶壶放在了地上，向正在忙碌的伙计们喊，说阎老板给你们送来了姜糖茶，让你们开开胃，解解渴。

伙计们听小麦子这一喊，停下了手中的活儿，就连黑乎乎的手都来不及去洗，便围了过来。阎长坤将倒好的姜糖茶一杯一杯地递给一双双黑乎乎的手。

一位十七八岁的年轻娃子，端着茶杯笑嘻嘻对阎长坤说，他给别人干过长工，那老爷哪像阎老板这样为人哟！

阎长坤给这年轻娃子又倒了一杯，递于他的手上。那娃子接过茶杯，先是“嘿嘿”一笑，然后“咕嘟”一声，将一杯姜糖茶一饮而尽。

站在一旁的炉子房管事陈蛮子忙上前向阎长坤介绍，说这个娃子是四川的，前不久他要饭来到炉子房前，他见这孩子有的是力气，就收了他，为这事他正想给阎老板禀报呢！

阎长坤非但没责备管事，还对他做这事赞扬了一通。他告诉大家，他们不仅是在做生意，更重要的是要做人。这年月谁没有个困难？莫说这孩子还能做事，就是不能做事也得接济他才是。阎记铺子从祖辈留下的美德不丢，咱祖辈就是有了这份美德，才有现在的这份家业。这美德和家业在他们这一代中可不能丢！

阎长坤转过身面向各位伙计们说，他阎长坤能有今天的日子少不了这里各位伙计的相助。从今往后，他阎长坤有的，就是大伙有的。只要阎记犁铺兴旺昌盛，就少不了大伙的吃和穿。眼下开春，今年第二场春雨又是下得这样正点，看来又是一个好年份！阎记犁铺又赶上了一个好年头了，今年新出炉的犁不多，这四乡五邻的各家各户犁可不能少。阎长坤摸了摸那四川小子的头，陈蛮子向着大伙说：开炉了，快整模哟，倒模啦——掀模了——起水嘞。阎长坤呆呆地在那里看了一会儿，瞧了瞧高高的炉火房，领着小麦子转身迈出了大门。

在大门前的石阶上，阎长坤碰到一个中年男子正朝炉火房走去，那人眼睛红红的，见了阎长坤低下头，匆匆忙忙侧身从阎长坤身边迈进了炉火房。

阎长坤同小麦子还没进大门，院内传来夫人的哭声。麻先生焦急地站在门口，冲阎长坤说急死他了。阎长坤问麻先生是怎么回事，麻先生让他快进里屋，夫人在等他。

夫人抱着女儿莲英，莲英见了父亲挣脱母亲的手冲向阎长坤。舒氏也停住了哭，把一张纸给了长坤。长坤打开看，上面是一首打油诗：要想保住女儿命，拿银快找南山神，如今心软放一马，别把善意不当真！阎长坤看完看了看女儿，这不是女儿好好的嘛！他问麻先生，这张纸条是从哪里来的。麻先生说是在大门上得的，有人往屋里扔了一块石头，他去看时什么人也没看到，发现了门上贴着的这首打油诗！阎长坤安慰了夫人舒氏，把麻先生叫到一边，问麻先生对这个怎么看。麻先生是他的老管家，跟了阎长坤快二十年，他深知老爷对此事的忧虑。这事麻先生也是第一次碰到，又不知老爷得罪了哪路神仙，只能替老爷干着急。阎长坤想了想，他吩咐麻先生这事不能在大院里声张，要他暗地里摸一摸写这字条的人是什么来路。兴许就是老六搞的一个恶作剧，不必惊慌失措。

李麻子从南山回来了，老六家为他还专门设了宴席。麻子在老六面前炫耀这次请的人比罗氏还高过一筹。老六只听说过罗氏是长河附近最有名的蛊师，小时候奶奶教过他，见了罗氏要用拇指掐着中指，上下牙咬住舌头，眼睛不能看她。虽然他没见过罗氏，但从奶奶的语气中感到罗氏是最为狠毒的蛊师。多少年了，他还没听人说过南山有最好的蛊师。李麻子是不是又在糊弄自己？

李麻子看出了老六的疑问，他说这事不用他信，过两天就会自然分清来人是神还是仙。麻子还说要不把南山的蛊师请到他家里来，让蛊师露一手绝活让他们见识见识。老六瞪了麻子一眼，说麻子是在讲屁话唬人，那事是用来试的？谁愿让那蛊师当试验品，要不麻子你自己上，反正蛊师有办法解的。麻子夹着菜的手停在空中，回头看着老六，谁说要把老六家的人当试验了？他放下菜，指着门前的那棵大棕榈树，说那蛊师三天内不用任何东西就能把那棵树咒死。

老六傻眼，丁香花趁机给麻子碗里夹了一块腊肉，她连说信，麻子讲的是实话。其实老六心里也很矛盾，一方面他恨阎长坤，另一方面他对阎长坤还怀有感恩的情。他是阎长坤养大的，虽在生意上相争，可也不必把阎长坤往死路上整，在长河县里老六也就只有这么一个亲人了。老六叹了一口气，放下了筷子掏出烟斗吸烟沉思，思量他这么做是不是有点忘恩负义恩将仇报。丁香花看出了老六叹气的原因，她用胳膊碰了一下老六，说男子汉大丈夫应一不做二不休，在这节骨眼上不能退缩。他长坤家把你当成了侄子吗？生意都做到了家门口，他也不想想老六是他的亲侄子。你老六心软，人家可不是这么想。

麻子听丁香花一说，知道了老六的心思。他指着老六，说老六可不能这样折腾人，就是有了这个想法也迟了一步，蛊师昨天就下了手。老六目光呆呆地看着面前两位，吸了一口烟，离开了席位。

一大早舒氏告诉老爷，说女儿莲英腹胀腹泻，并且痛得十分厉害。长坤要麻先生陪夫人带莲英去医院，医生检查了半天就是找不到病因，开了点药抓了药回到了大院。药吃了半晌，莲英的腹痛仍未缓解，长坤要麻先生再去找来城里有名的王老中医。麻先生刚刚出门，李蛮子匆匆跑来，气喘吁吁地告诉阎长坤，炉子房那位四川伢子病得不轻，送去了医院，这会儿恐怕不行了。阎长坤带着小麦子匆忙走向了大街。

病床上，护士为四川伢子急救。那伢子脸如黄蜡口吐白沫，全身红色斑点。院长看了后告诉阎长坤，把人抬回去，这是一种不治之症，他们无力回天。

四川伢子名叫狗娃，被抬回的路上他还在口吐白沫，刚进阎家大院就断了气。院内老爷的女儿莲英也快不行了，夫人一边催老爷想办法，一边哭成了泪人。阎府上下乱成了一锅粥，平时很有主见的阎长坤也成了睁眼瞎子无所适从。麻先生急匆匆地进了屋，后面跟着一个背着木箱的老头。麻先生告诉老爷，说身后就是有名的王老中医。王老中医只是笑了笑，放下背着的医箱，也顾不得与阎长坤打招呼，急忙掀开盖着狗娃的被单，又解开了狗娃的上衣，看了一会儿，摇了摇头告诉老爷，狗娃是沾了不干不净的东西。阎长坤听不懂王老中医的意思，问李蛮子狗娃今天早上吃了什么。李蛮子说狗娃从早上到现在一直跟着自己，中饭还没吃，哪里吃什么不干不净的东西。王老中医摇头，说狗娃有可能遇了山里的高人，被高人放了蛊！阎长坤急了，忙拉着王老中医去看女儿莲英。

王老中医先是给莲英号了号脉，然后吩咐夫人快去煮熟一个鸡蛋。麻先生没等夫人转身就进了里屋。王中医又吩咐夫人，找些烧纸来，他要为莲英治病。阎长坤站在那里很是着急，只是不停地问老中医，莲英得的是什么病。王老中医不答，从药箱里取了一些中药递给身后的李蛮子，让李蛮子快速把这些中药煮沸煎熬十分钟拿来。一切准备停当，王中医要无关人员离开莲英房间，然后从药箱里取出一根长针，口中念念有词，接着开始"傲绝"（是湘西法师解蛊的一种迷信方式，当地中医基本掌握此类做法）。王老中医做毕，从药箱里再次拿出一瓶药水，将长针放入药水瓶内浸泡一会儿，抽出长针在莲英手臂上连扎数针，莲英手臂污血汩汩直流。王中医接过麻先生送来的鸡蛋，在莲英的身上搓来搓去，然后将鸡蛋剥壳去除蛋清，蛋黄呈黑色。王中医将鸡蛋黄递到老爷面前，说莲英也是中了蛊毒。王中医从药箱里取了些雄黄放入碗内喂给莲英。

王中医忙完，看了看莲英，看着阎长坤一笑，说莲英这孩子命大，也多亏麻先生及时，不然他也没有回天之力。

阎长坤把王老中医留在了客房里，问南山是不是有放蛊的人。王老中医回答他只听说过，从未见过此人。像阎府发生的事也只遭遇过这一次，反正这方圆百里也只听说过南山有高人。

阎长坤送走了王老中医后，他吩咐麻先生给狗娃安排后事，要把狗娃的后事办得热闹一些。然后叮嘱夫人舒氏，他去趟县府。

冯其良接过阎长坤给他的那张写有打油诗的纸条后，不以为然地将那张纸条搁在了桌上。然后很是为难地告诉阎长坤，这没影的事也别疑神疑鬼。阎老六已经与他和好了，况且是他的亲侄子，他没必要把自己的亲叔放在对立面请人放蛊。再说这放蛊的事要警察局介入也不恰当，警察凭什么说人家能放或会放蛊？这蛊毒警察局还没这个能耐识别出来，怎么能定阎老六请人放蛊毒了？

阎长坤从县府里出来时脸色沮丧，步履艰难地行走在石板路上。他在思索，他在寻找一个答案，二十五年前的一幕再次在阎府大院里重演，阎府与谁结下了解不开的梁子？

第五章　宅院失火

狗娃的后事办得很隆重，长河县城里的人都说阎长坤是一个很有良心的人，狗娃虽然命苦，却在阎府得了厚葬，也不枉来人世一趟。安葬完狗娃后，阎长坤闷在家里足不出户。近来的人和事使他说不清道不明，总有一些伤感纠缠着自己，喉咙里像梗塞鱼刺一样咽不下吐不出难受。回首命运坎坷多劫，看前景虽很风光，但细思生路迷茫。阎老六开犁节闹事；冯其良放鬼又抓鬼；蛊毒再次降临阎府，阎长坤回想近来一连串的事。这些事压得他缓不过气来。

他从太师椅上站了起来，想走出阎府大院透透气，不让不愉快的事缠着自己，就当这些事是草绳绊了一下脚，伤不到自己。阎长坤长长地叹了一口气走出了阎府大院。

临街的门面前张挂的大红灯笼又亮了起来。这是麻先生吩咐的，他知道老爷心烦的时候要营造一点喜庆的气氛，这样老爷的烦心事很快就会消失。阎长坤暗暗为有麻先生这样的好当家感到高兴。他见麻先生跟在自己的身后，便停住了脚步问麻先生到阎府多久了。

麻先生不知老爷这时为何要问他这些事，他告诉老爷到府上已有八个年头了。

阎长坤想到了麻先生有好些时日没有回过家了，麻先生肯定很想他的家人和孩子。他要麻先生过些时候把家人接来，同夫人一起过，也好相互有个照应，莲英和连军也好有一个伴。阎长坤没等麻先生拒绝，就安排他过了这一周去接他的家人。

麻禄福站在大院的门前，看着阎长坤走远的背影，眼里流出了不知是感激还是酸楚的泪水。高高屋檐下的大红灯笼将阎长坤的身影投在石板街头上，那影子斜长斜长的，形同一个巨人，是那样的高大，是那样的伟岸……

一缕春光直泻阎家大院的天井处，把那盆开得正旺的杜鹃花照得艳红艳红。大院背后的那棵古柏树上，阳雀正扯着嗓子，在使劲地叫喊着：桂桂红——桂桂红……

阎长坤一大早起床，陪着夫人在那盆艳红的杜鹃花前浇着水。女儿莲英跑到了阎长坤的跟前，抬头问阎长坤，这花为什么开得这么红？

阎长坤看到活蹦乱跳的女儿恢复得很快，心里高兴。他告诉女儿，这花呀，是它有了阳光，有人精心地培养它才开得这么茂盛。正如你和弟弟一样，爹爹和你娘在精心地培育你们，才能长这么大的。

莲英偏着头看她的爹，问她病了的时候爹爹给她送药是不是就像给花浇水一样。阎长坤看了看女儿，笑了笑夸女儿聪明。夫人舒氏看老爷今天高兴，问长坤女儿和狗娃被害的事就这样不了了之了？长坤不答，只看着女儿，笑容渐渐消失，些许皱纹的脸上铺上淡淡的阴云。

炉子房的李蛮子同小麦子一起有说有笑地走进了阎长坤的后院天井处。李蛮子向老爷报告说，不仅他们炉子房里的新犁全卖完了，四川那边的犁铺昨天又来订货，他们一下子要了三千张。

四川那边从没来过阎记犁铺订犁的。今年四川的客户也来阎家，说明阎家的犁在那边很畅销，这是犁铺几年没出现过的好情景。

多久以来麻先生第一次看到了老爷高兴，想起前段阎府接二连三的不幸，总认为这是有人在故意与阎府作对。趁老爷这时高兴何不出一个主意，恐也能平息祸端。麻先生说，既然生意日进百斗，也该舍些钱财免些灾祸。阎长坤听了笑了，问麻先生怎样做，麻先生说，就说阎府今年大丰，想宴请关照过阎府的高官贵人到府上一叙，略表阎府寸心。他建议人不能请多请杂，多了杂了反倒显得阎府不是诚心。就请县府里面的冯其良、刘怀宗他们。让他们到府上来听听戏喝个酒，也算是对上次开犁节失误的补偿。阎长坤想也是这么回事，就同意了麻禄福的想法。他吩咐麻先生抓紧办好这事。

几天过后，四合大院的吊脚楼挂满了大红灯笼，红色的彩带从二楼的屋檐下垂到了地面。开得正艳的杜鹃花将天井的四周装扮成了一个大花园。中间几株奇形怪状的松柏树盆景，被艳红的杜鹃簇拥着，显得十分的挺拔，恰像主人那样英姿潇洒。

后院子的戏台子也变换了模式。戏台前用大红的绸缎蒙住了那几根单调的柱子，台内也挂了几个大红灯笼，台面上铺了一层红红的地毡，整个戏台充满了一派喜庆的气氛。

该是客人们来的时候了。冯其良同刘怀宗带着三名手下在阎长坤的大院门前停了下来，等待着阎长坤的接驾。门外麻先生见冯其良和刘怀宗准时到了阎府，他扯着嗓门儿大喊：老爷，刘探长来了，冯局长大驾光临嘞！

麻禄福的这一喊，是喊给刘怀宗听的，也告诉了他的老爷该去接驾了。

阎长坤听到麻先生的喊声，忙从大院的后院走向大门口，双手合十地老远给冯其良、刘怀宗施礼：“哎呀！冯局长，刘探长有失远迎，有失远迎呀，快请里屋，到里屋。”

不知刘怀宗是对阎长坤赞扬还是妒忌，冲阎长坤说，你这样一折腾，倒比警察局办事气派多了，真不愧是有钱人呀！

阎长坤此时不能对刘怀宗有半点的疏忽，忙将话题交给冯其良，让冯其良来对付他。说刘探长这话说远了，他再有钱还不是刘探长、冯局长的关照。冯其良知道阎长坤与刘怀宗在较劲，忙把话题转移到了自己的头上，让他们少提钱不钱的事，他听到钱字就觉得别扭。冯其良一坐下便夸阎长坤，说阎老板办事真爽快，这又是开犁节又是什么答谢宴的，都把他给搞糊涂了。阎长坤笑面相迎冯其良的夸奖，他叹了口气，冲冯其良说，这与泥腿子打交道的事总是拿不到桌面上的，能请动他局长大人的光临也算他阎长坤有福气。

一阵喧闹之后，后院的戏台子开始了演出。阎家大院在长时间的喧闹之后慢慢地静了下来。

天开始下起了蒙蒙细雨。阎府四合大院的屋檐下不时发出雨滴的“滴答滴答”响声，阎长坤早早地上了床。屋子内外静得能听到虫子爬行的声音。

阎府大院外。一条黑影迅速地站在了阎府门前的石阶上，紧张地向那紧闭的大门看了看。随后，那黑影向身后招了招手。不多时，又有三条黑影迅速地来到了阎府门前。接着，首先来到阎府门前的那条黑影向后来者轻轻地说着什么。过了一会儿，四条黑影将堆在阎府门前的大堆干柴堆放在了闭着的门上，其中一条黑影用事先准备好的煤油浇了上去，只听得“嚓”的一声，一根火柴被划着，紧接着阎府大院门前便是一片冲天火光。

麻先生是住在这大门前的那间屋子的。浓浓的烟味将他从睡梦中呛醒过来，他睁开眼，就发现了阎家大院的不幸。麻先生看着屋顶那通红的火光，没顾上穿好衣服，“哐”的一声踢开了房门，惊慌地朝大院内大喊：“着火啦！大院着火啦！快来救火呀！”

麻先生的大喊声惊动了整个阎府上上下下，阎府大院的男男女女们只穿着单薄的衣裳站在天井处，看着通红的火光，一时显得不知所措。阎长坤听到喊声时，连长衫也顾不得穿上，他冲出房门，那前门屋顶已经成为通天的大火。院子里已经乱七八糟地乱成了一团，就是没人敢上到屋顶端去灭火。小麦子是刚起床的，他手里拿了一把柴刀，三下两下地爬上了屋顶，只见他在火光中使劲地用双脚将屋顶上的瓦片冲开。这时院内的人群才从惊慌中回过神来，有的拿起了水桶；有的拿起了脸盆；还有的像小麦子那样爬上了屋顶。大院里一片喊声："快点上水！"

"断掉这里的火源！"

"把这间屋子给拆了，不让火烧过这间屋子！"

一阵紧张的忙碌之后，阎府大院的火势总算平息了下来。阎长坤望着被大火烧得面目全非的门面，眼里不时涌动着泪水。大院里，人们正在忙碌地清理被弄得七零八落的物品。唯有阎长坤站在那里一动不动，他在想，这火烧得有点蹊跷。于是他沿着失火的起点来到了大门前，麻先生正准备将门前那堆火灰清理了，阎长坤制止了他。阎长坤指着那堆火灰问："麻先生，这火灰是什么时候有的？"

"这灰一开始就有了！"麻先生见老爷问这，不知个中原因。阎长坤蹲下了身子，用木棍在那堆火灰上拨了拨看着麻先生。麻先生终于悟出了老爷对这堆灰感兴趣的原因。阎长坤不语，他看了看麻先生。麻禄福终于明白了，他催着老爷："老爷您还不快去警察局报案？"阎长坤像从梦中刚醒一般，转过身向大街上走去。

阎府失火烧掉了半边铺子，一大早在长河城内成了头号新闻。阎长坤刚走上大街，就不时有人向他问这问那的。阎长坤懒得去理那么多，他心里在想，是谁在他的大院里放了这把火呢？又是谁在他宴请警察局局长的当天晚上，给他的阎家大院堆上柴火？这一切让阎长坤百思不得其解。可有一点，阎长坤心里是最清楚的。那就是阎老六那家伙嫌疑最大，是不是他阎老六在中间做了手脚呢？这还真很难说准。虽说黄桥铺子的事没个了结，可自己也已经做到了最大的让步，没与他阎老六争个高低，他有必要一而再、再而三地犯我阎长坤吗？除了他还有谁与我阎长坤过不去呢？阎长坤想着想着，来到了县衙内。门前士兵拦住了阎长坤。阎长坤看了看，苦笑了一声之后，对那士兵说："我是来找冯局长的！"

士兵没再拦他。阎长坤刚走进冯其良办公室，见里面冯其良正在训着他的下属。他见了阎长坤便停住了对下属的怒骂，忙为阎长坤让座。

冯其良知道阎长坤没事是不会这么早来他的府上的，于是也没与阎长坤闲聊，很直接地问了阎长坤。

阎长坤先叹了口气，然后说了句："来报案！"那声音轻得不能再轻了。

"报案？少说那些不吉利的话了，一大早来报什么案呀，这可是警察局，可不能乱说的哟！"冯其良认为阎长坤是在说笑，昨晚他刚从阎家大院里出来的，今儿就来报案，打死他也不会相信阎长坤是来报案的。阎长坤说他家昨晚被火烧了！被火烧了？冯其良听阎长坤一说十分惊讶。他站了起来，整了整衣服，戴上大盖帽，向里屋的刘怀宗叫了声："怀宗呀，到阎老板家走一趟！"

阎府大院的火灾现场是刘怀宗看的，冯其良坐在阎长坤的后院里与阎长坤说着头天晚上发生的事。等刘怀宗看完现场后，冯其良便再也坐不住了，与刘怀宗走出了阎府。阎长坤想问刘怀宗，那火灾的失火点是不是门前的那个地方。可阎长坤到嘴的话又咽了回去，他看到刘怀宗那张极不情愿的脸上写着不被人察觉的笑意。

阎长坤望着冯其良、刘怀宗远去的背影，他想歇斯底里地朝天大骂一顿。然而这一切都已发生，就是骂破了天能挽回眼前的这一切吗？阎长坤苦笑了一声，摇了摇头，无可奈何地走进了他的四合大院里。

第六章　红杏出墙

天快要断黑的时候，长河河面上漂着一只小船，船工使劲地摇着桨，口中不停地唱着山歌。

坐在船头的人，不时用焦急的口吻催着船工把船划快点！船工见这位客人这样焦急，也不再唱歌，只埋头使劲摇着手中的桨。但他心里在骂：又不是去赶考！

坐在船舱里的那位男子，蓄着络腮胡须，年纪在四十儿岁左右，头上缠着黑色的丝帕，身穿青布长衫，脚穿一双布鞋，船工看得出这人非凡。在他的眼里面前的人不是山上的，就是县衙里的当差。就那双看起来使人发毛的眼睛，足以让老船工信服来者不是一般的等闲之辈。

船在黄桥古寨的码头上停了下来，穿长衫的男子神色匆匆地走上了码头。船工抬头看了看那离去的背影，摇摇头，叹了口气，“嗨——这年月为的是什么？”

从船上下来的男子，走过黄桥古寨的老街，径直朝阎老六的院子里走去。

站在门前的梁石根老远见了来人，慌忙地跑进了里屋，大声地向阎老六喊道：“六爷，李老爷来了，李老爷来了！”阎老六瞪了石根一眼，只顾自己抽着烟。

李麻子一屁股坐在了阎老六的身边。然后将长衫前襟解开，把腰间的那两支驳壳枪放在了桌上。接着他抢过了阎老六含在嘴上的烟斗，“滋滋”地吸了两口，然后又将烟斗上的烟屎磕掉，重新装上了烟丝，看样子他还没有过足瘾。

阎老六见李麻子这样他有点等不及了，冲着李麻子问那事怎样？李麻子抽出含在嘴里的烟斗，先是嘿嘿一笑，然后仍然自顾自抽他的烟。老六看了看面前的梁石根让他去告诉伙房李老爷来了。石根子知趣，忙转了身去通知伙房。

李麻子还是先嘿嘿地笑了两声，然后骂老六装糊涂，长河城里的上上下下哪个不知阎长坤的大院子昨晚失火，就你个阎老六不知，你他妈也够阴了。正说到这里，丁香花唱着：哥哥耶，你是妹的心头肉，妹把哥哥放心间。丁香花还没唱完，见堂屋中央李麻子坐在那，忙嗲声嗲气地朝李麻子喊去：“哟，麻子大哥，是哪阵风把你给吹来了？”说完一走三步摇地走近了李麻子的身边，并对李麻子挤眉弄眼的，让阎老六浑身不自在。

李麻子没想到丁香花会当着自家的男人对他暗送秋波，心里像喝了半瓶蜜糖似的，嘴笑得合不上了，忙答着丁香花，还不是为了你阎家那点破事儿。丁香花又向李麻子瞟了一眼，只瞧得李麻子心里痒酥酥的。

阎老六这时终于忍耐不住了：你懂个屌！男人家的事你瞎哄哄啥？丁香花瞪了老六一眼，一声不吭地摇着圆臀朝大门走去，走时她还是唱着带有挑逗性的那句戏词：哥哥耶……

阎老六看着丁香花远去的背影，无奈地骂了句：狗日的骚货！接着问李麻子，阎府的火是怎么烧起来的。李麻子嘿嘿地笑了，笑过之后他骂阎老六长了副猪脑子，他的话已经说得够明白了，这阎家大院的火没他李麻子他能烧起来吗？李麻子骂到这里还得意地看了一眼阎老六。阎老六瞪着眼，他像从梦中刚醒来一般，突然悟出点了什么，他抓住李麻子的手，语无伦次地说着："麻子老弟，这下你可是真的为我阎老六出了气了！"

李麻子认为这事他做得利索，说他反正也不想从阎长坤那儿得到什么好处，一把火虽伤不了他阎家的筋骨，但也够他阎长坤气的。

阎老六有些担心，他这一弄只怕阎老头子还真把他李麻子与自己连在一起了，到那时……阎老六想说这些，可又说不出口，他怕那样会伤了李麻子的心。

李麻子好像很懂阎老六的心事，把阎老六想说而没有说出来的话说了出来。阎老六很是惭愧地点了点头。

李麻子没想到阎老六是一个胆小怕事的东西。他为他办了事，他不但没有谢他，反而还担心把祸惹到他的身上。真他妈的想揍上阎老六一顿。

阎老六这会儿不看李麻子，只顾边说边抽着烟。他说阎长坤这人大家都清楚，他是不会这样罢休的！李麻子终于忍不住站了起来，在桌子上"啪"地一拍，算是对阎老六的不满，接着他大骂阎老六，这回他总算看明白了，人说无毒不丈夫，他算哪一门？看他就是一个地地道道的小人；是一个敢恨不敢做的小人；是一个过河拆桥的小人！

麻子为老六家办事图个什么？他不是看在与老六这份情感上，谁要他的婆娘长得那样如花似玉呢？只要阎老六能用得上自己，他总会卖着命为他干。莫说是他阎长坤，就是再出一个阎长坤也得为他老六家摆平这事。李麻子见阎老六认了错，也不再追究阎老六什么，他坐了下来。

阎老六仍不放心，他还得说。阎长坤不是一个善角儿，冯其良会为阎长坤说话，这万一被他们查出来……阎老六想到这里，他不知李麻子带来的是福还是祸。

李麻子对阎老六的担心倒是不以为然的，他相信警察局的那帮人查不出来，就是查出来了又能怎样？他冯其良从上任的那天起，不是在天天喊着剿匪吗？剿了这么多年李麻子不是照样在这逍遥自在吗？他们只是嘴上说说而已，别把他们看得太认真了。

阎老六的担心不是没有一点道理的。阎长坤会抓住冯其良不放，他冯其良不得不为他办事呀。他与阎长坤的几个回合较量中，他深知阎长坤是一个老谋深算的人。这次他阎家不明不白地受了火灾，他阎长坤就能就此了结了这事？这恐怕没有这样简单。可事情已经让李麻子做了，这时去讨论该不该这样做已经毫无意义。目前唯一要做的就是怎样让冯其良和阎长坤不把怀疑的目光盯在自己头上，这才是要与李麻子共商的关键。

李麻子狡猾地瞧了一眼阎老六，他想不到阎老六还这样怕事。他不是有刘怀宗给他撑着吗？既然刘怀宗拿人钱财就得给人消灾。想必他刘怀宗不会只是拿钱不办事的人吧？李麻子的话一出口就引起了阎老六的反应。

阎老六听了李麻子的话气不打一处来，他冲着李麻子大吼：“别提他了，提起他老子心里就有气，上次的事不就是他给办的，又能怎样？最后还不是打了一张和牌了事！”

李麻子想不到阎老六肚子里也有委屈的时候，不过他不想再用气他的方式与阎老六斗下去，他又充起了和事佬，为刘怀宗说上了几句话，说刘怀宗也有他的难处。现在冯其良当着局座，刘怀宗能反了天不成？这事还得要自己做得滴水不漏才行！阎老六听李麻子提起刘怀宗，他心里的火一下子蹿上了脑门。李麻子见阎老六气得不行，知道是火候了，于是又在阎老六的气头上浇了一把油，让阎老六对刘怀宗产生恨才是他的目的，于是诡秘地冲老六说刘怀宗怎么了？他要是不听，那得丁香花出马才……李麻子哪壶不开专提哪壶，他看着阎老六的脸一阵青一阵白的，忙打住了话。

阎老六听李麻子的话更气了。他最听不得谁说他的婆娘与谁有什么。这李麻子不是成心让他难堪吗？不过阎老六也想过，这丁香花与刘怀宗的事也不是他李麻子一个人知道，这长河城里就怕聋了耳的、瞎了眼的不知她丁香花与刘怀宗有染外，没有人不知丁香花的事。

丁香花一脚踏进大门，身子还在门外，听老六在发火，便接上了茬骂着阎老六："谁在嚼舌头说我与刘怀宗怎么了？我看麻子就说得很对，你阎老六不把我当人看，有的是人把我当宝贝呢！"

"嫂子你……"李麻子见丁香花撞了进来一时语塞，瞪着圆圆的眼珠子，什么也说不出了。

丁香花听男人说到了自己与刘怀宗有那么一点事，她干脆把话说得明白点，让你们这些个臭男人去想，气死你们去吧。她说李麻子不用听她家这老头子唬他。他阎长坤就不是人了？冯其良他不是人了？这长河城里她还没见过真神呢。她还说李麻子做得对，干了就别怕，怕了就别干。再说刘怀宗虽不是局长，但也能办点事，她就不信他冯其良能把刘怀宗怎么了。

"你她妈的少在这里丢人现眼了，老子丢不起这个人！"阎老六手握成了一个拳头，很想冲上去给这个不要脸的臭婆娘几拳头。但李麻子在场，他不便发作，只能瞪着愤怒的眼睛。

"我丢什么人了，我现什么眼了？前些日子他阎长坤要砸你阎老六的铺子的时候，你怎么想不到我丁香花去了城里会丢人现眼呢？"

丁香花这话一出口，阎老六顿时蔫了。他耷拉着脑袋，一句话也说不出来。还是李麻子会见风使舵，忙站起来为这对夫妻解围。

"哼！这辈子摊上这么个女人，真是晦气！"阎老六心里虽然软了下来，可嘴上就是不肯服输，他说这话时眼睛不敢看丁香花，自顾自抽着烟。

“阎老六，你这张嘴就积点德吧，还说你晦气，我当初怎就鬼迷心窍了答应嫁给你这样一个窝囊废，早知是这样，还能轮到你阎老六今天来数落老娘？哼！”丁香花一转身朝大门口走去。

“你妈妈的，老子又不是吃你娘的女人的饭，我 × 你祖宗，好事让你占去了一大半，还来老子面前要聪明，别认为你干的那些事儿我不知道，老子只是不想把你那破事儿摆出来让人笑话，你还真敢跟老子叫上了，那就有你的好果子吃呢！”阎老六将烟斗敲在八仙桌上，发出“啪啪”响声。

“算了吧阎老六，你有多大的能耐老娘已经见识过了，别在人家李麻子面前摆谱了。别人不晓得，老娘我丁香花还不晓得吗？”丁香花回过头来回敬了阎老六一句。

阎老六的头真要气炸了。他猛地在八仙桌上狠狠地砸了一拳，只听得“哐”的一声，桌上的茶杯被震得左右摇晃。接着阎老六猛地站起来，想冲上前给这个不要脸的女人掴上几个耳光，麻子见此情景，忙拦住了阎老六。

丁香花听得屋内阎老六的愤怒，她并不认为阎老六有这个能耐来打自己，干脆还向阎老六扔下一句话：“别在这儿要威风，有本事去找阎长坤去，那才叫真正的男人呢！”

阎老六被气了一阵之后，很难一下子进入李麻子要谈的正事话题。他这会儿不想与麻子谈任何事情。再说李麻子今晚上来，与自己要谈论什么他一概不知，是不是与自己有关呢？就是与自己有关他也不想听了，不如让麻子吃了饭再说，让自己平和一下心态。

晚饭阎老六吃得很少。几乎出于对李麻子的礼貌，才坐在席上陪着他吃完这顿晚饭。

李麻子将杯中的酒喝完，然后拍了拍鼓鼓的肚皮，才大摇大摆地走下桌子。

阎老六很少与李麻子说话，在席间也只是一个劲地为麻子倒酒夹菜，这会儿麻子酒足饭饱了，他想麻子也该告诉他阎长坤家的那把火是谁给点上的了。

李麻子斜了眼阎老六，不正面回答他，只是问阎老六，他怕不怕阎长坤，怕不怕警察局。

阎长坤家的火起了，事情已经发展到了这个地步，他阎老六怕也没用。这事出都出了，不管怎样都是为他阎老六出了口气，他有什么好怕的。阎老六的话李麻子算是听明白了。

李麻子见阎老六已经没了别的选择，并且对他的所作所为表示了赞同，他也不妨要在阎老六面前表现一下自己的功劳。他说，这可是为了阎老六家的日后长久，阎府的那把火虽不是烧到倾家荡产的地步，可也让他有了损失，杀了他的威风。他问阎老六这把火是不是烧得值？李麻子看着阎老六。

阎老六得意地笑了，他说是这个理。他要让阎长坤知道这十里八乡的还有人敢与他较劲！

阎老六与李麻子正在说笑间，丁香花哼着曲儿从门口走了过来。丁香花冲着阎老六叫：“死鬼，天不早了，今晚留麻子兄弟在这住上一宿吧！”

阎老六瞪了丁香花一眼，也不作声，算是默许了丁香花。

“那咱就给他收拾铺盖去了！”丁香花在转过身子的当口，给麻子送去了一个媚眼，这媚眼简直要将麻子的魂儿勾去一样。

“快去，少在这里啰嗦。”阎老六见到这个女人就恶心。

李麻子见到丁香花那个媚眼后，心里有了底。这个媚眼，正是他乐意要帮阎老六的真正原因。李麻子的心虽这样想，可场面上的话还得说："老兄，不麻烦你了，咱还是回咱的象牙山吧。"

"回什么象牙山狗牙山的，天都黑了，这么远的路你怎么回呀。再说了，我阎老六全仗你才能过上一个好日子，日后你还得处处关照，就别说两家话了。"阎老六磕了一下烟屎，把装好烟丝的烟斗递给了李麻子。

李麻子见丁香花、阎老六又是媚眼又是装烟的，有一种受宠若惊的感觉。他说想赶回象牙山那是假话，那是专门说给阎老六听的。他从丁香花送给的那个媚眼中预感到，会有一个艳福降临到他的头上。并且他坚信，这个艳福不会让他等得太久，只在今天晚上。

李麻子此时已经没有太多的心情与阎老六谈论有关阎长坤家失火的事了，更无心去听阎老六对阎长坤家遭受火灾后会给他带来什么后果的担忧。他的心早已被丁香花的那个媚眼勾去，他巴不得天快些黑下来，早点迎接丁香花送来那个……

阎老六的院子已经清静得很了。除了阎老六家的丫环彩菊站在门口等着他们谈完话好收拾茶具外，那些伙计早早地歇下了。阎老六看到了门前站着的彩菊，看了看李麻子，知道李麻子赶了一天的路也累了，忙要麻子去歇着。

彩菊过来收拾了茶具后，笑眯眯地走了过来，走到了阎老六身边。

"太太呢？"阎老六不知是问谁。

"太太已经睡了。"彩菊抿嘴一笑。

阎老六趁说话的当儿，在彩菊的屁股上摸了一把，彩菊扭动了一下身子，忙收拾起桌上的茶杯。

这细小的动作没逃过李麻子的眼睛，李麻子早就听说过阎老六家有一个长得水灵的丫环，也听说过阎老六与这个如花似玉的丫环有染。今晚他目睹了，他还巴不得阎老六今晚与这个骚丫环共眠呢！

“告诉太太，咱今儿就与麻子兄弟睡了。”阎老六说这话时看着李麻子。

“这就去。”彩菊忙走了出去。

李麻子听阎老六这么一说，心里凉了半截。到手的艳福怎么一瞬间被一个胖似肥猪的老六给搅黄了？李麻子只得装着笑脸：“老兄，这怕不合适吧？”

“哈哈！你还真认为我要同你睡在一起？”阎老六大笑。

李麻子不解，他不知阎老六葫芦里装的是什么药，他指着离去的彩菊，老六嘿嘿一笑，麻子明白了，也跟着老六笑了。

半夜时分，李麻子睡着的西厢房门被人轻轻推开，通过从窗格透进房内的月光，能看清进房来的那道修长身影。门又被轻轻地关上，并且还听到了“嚓”的插门声。李麻子心里有了底，知道了来人是谁。他佯装睡着了一样，什么也不知。来人在床边站了一会儿，轻轻柔柔的声音响起来：“李哥，李哥！”

来人看李麻子没有反应，便迅速地解下身着的那件薄薄旗袍，露出那片雪白肌肤，那修长而又纤细的手伸进了李麻子的被窝里，在李麻子长满胸毛的胸脯上轻轻地抚摸着。李麻子再也无法控制自己的欲火，他腾地坐了起来，一把将那团雪白的身子搂住。充满野性，并带着滚烫欲火的厚唇紧紧咂在那樱桃小嘴上。随后，双双倒在了床上。黑夜里听得轻微的呻吟声和粗狂的喘息声……

一阵过后，丁香花精神十足：“死鬼，睡觉怎么不插门？”

“等你呀！嘿嘿。阎老六知道会活吞了你。”李麻子搂着丁香花。

李麻子不是惧怕阎老六，他好奇丁香花怎么知道他一个人睡在这里。丁香花在他的胸毛上摸了一把，她说老六那德行怎能瞒得了她，老六要彩菊告诉她时，她就料定老六会同那个骚货睡在一起。于是她佯装睡了，然后盯着老六。这会儿老六忙不过来呢，没那闲工夫来管他们俩的事。

李麻子坐了起来，他突然问丁香花，自己与老六相比，谁够味儿？丁香花虽然水性杨花，但她还没到不顾廉耻的地步。她在李麻子的屁股上掐了一把，说这事儿哪能用来相比的。李麻子没有放过丁香花，他用双手搂着她，并且越搂越紧，像要把丁香花搂碎似的。非得要丁香花说出来才够刺激。丁香花喘着粗气，说老六那死鬼无法与他相比，别看他满身的肥肉，可干那事儿不行。

李麻子再次搂紧了丁香花，说了一句不该说的话，他说刘怀宗与他相比怎样？说完后他自己身子微微动了一下，感到很吃惊。

“呸！吃醋了是吗？”丁香花没有在意李麻子的问话，她与刘怀宗那点事儿是不争的事实，没必要去隐瞒他们之间的关系。

李麻子知道身边的女人不只属于他一个人，能搂上她已经占了很大便宜，他怎能去计较刘怀宗呢。他干他的，我干我的，他来了我走人，他去了我就来。他们可是井水不犯河水，只要老六不吃他的醋就行，他犯不着与刘怀宗犯浑。

丁香花不知李麻子哪来这强盗逻辑！不过他不在意就好，咱女人凭的是什么？凭的就是这张漂亮脸蛋和这白净身子。阎老六能看上彩菊，她就不能喜欢上别的男人了？说实话麻子比他们两个都够味儿，又有野性，如麻子隔一段时间不来，还真让她有点儿忍不住呢。

“老爷，再使点儿劲……”东厢房里传来丫环彩菊的叫声，接着便是那张并不结实的床在吱呀作响。

东厢房内好一阵沉默，彩菊终于平息了喘息，满足之后的彩菊突然觉得又有几分失落。阎老六早年就说过要收她为二房，可过了两年，还是这样偷偷摸摸过着提心吊胆的日子。难道老六有口无心？彩菊想不管怎样今晚是她捅破那层窗纸的好机会。她试探地问老六麻子那里是不是有一个女人在呻吟？说不定太太这会儿就在西厢房内搂着李麻子呢。彩菊早就知道阎老六清楚李麻子常来他家的目的，也知道丁香花同李麻子都是爱吃腥的猫。这话果不其然激怒了老六，他骂了一句，谅她和麻子没那个胆！彩菊知道老六揣着明白装糊涂，不愿去揭那块永远无法愈合的伤疤。

彩菊再次沉默了一会儿，她说看着丁香花进了麻子的房里，她没见过男人在家看着自己老婆陪野汉睡，为他的窝囊害臊。彩菊这话中了阎老六的要害，老六再也不能装糊涂了。自从李麻子进屋，丁香花没少给李麻子递媚眼，可李麻子不好惹，他是土匪，把他惹急了"啪啪"两枪，打死了自己没申冤的地方。李麻子比刘怀宗要毒得多，山上的胡子只能敬着供养，绝不能惹着。再说了，阎长坤的阎记犁铺还要他去卖命。就是有那么一点破事儿，也用不着兴师动众的，反正那婊子跟一人也是跟，多一个男人和少一个男人又有什么两样呢？但在自己的屋里与别的男人一起上床，让阎老六心里堵。好歹他阎老六也是长河城里有名的人物，这要传出去让他怎么见人？

阎老六明知故问：她真的与李麻子睡在了一起？彩菊知道老六没胆，没好气地顶了句爱信不信不信拉倒！老六被彩菊这话逼到了绝路，他跳了起来，忙乱地穿好衣服，一边在骂，他娘的，老子今晚就不信这个邪，非撕了这对狗男女不可。随后他轻轻地拉开了房门朝西厢房那边走去。被窝里的彩菊仍顶老六：嘿！瞧你这熊样，还没出门就打哆嗦，少在我面前装强汉。

阎老六蹑手蹑脚地走到了房门前，将耳朵贴在了门上。房内只听得李麻子的呼噜声一浪高过一浪，阎老六又折身回到了自己的房门前，轻轻地推了一下门，门没有反插，阎老六进了房，他伸手向床上摸，床上空空荡荡，被窝里冰凉冰凉不知丁香花离开了多久。

阎老六心里有了底，彩菊没有说错，丁香花正陪李麻子睡得欢呢！老六一股无名的怒火直朝脑门上蹿，他恨不得冲上前一脚踢开房门，抓住李麻子衣领拽下地几脚踹死他才能解恨。

老六冲出了房，顺手从门角处抄了一根檀木扁担，匆匆走向西厢房，在门口稍作停歇后抬起了右脚，准备一脚踢开房门。

就在他正准备狠心下脚的当儿，他蔫了。他想到了李麻子插在腰间的双枪，想到了李麻子双手握着枪顶住自己的脑门愤怒地瞪着他，随时准备扣动扳机。老六放下抬起的脚，无奈地叹了一口气，歪歪地蹲在房门前。

老六还是忍不住自己的怒火，他不能再次做一个窝囊的男人，他要报复，他要让李麻子、丁香花、彩菊他们知道他是一个真正的男人。阎老六“呼”地站了起来，他没有进屋时的那种冲动，他想用另一种方式证明他的尊严。

李麻子你妈妈的不是人！阎老六骂完这句话时，没有接着骂，他相信房内的李麻子同丁香花都已听到了这句骂声。房内一阵窸窣响声，确切地说应该是一种不知所措的慌乱。

李麻子我 × 你八辈祖宗，朋友妻不可欺，兔子不吃窝边草呢。狗日的你太不把咱一个大老爷们放在眼里了！阎老六见房内没有回应，胆子稍大了点，继续了第二次攻击。

房内没有再继续他的沉默，一个尖刻的女人声音突然响了起来：你个死老六，别认为老娘不知道，你刚从女人的热被窝里爬起来，就来教训老娘来了。有种的你撞进来！

我日……阎老六没想到接腔的不是李麻子，而是与自己朝夕相处的丁香花，他肺都气炸了。

房内丁香花冲着躲在被窝里的李麻子说：“怕个啥，敢做就站出来，别当自己是窝囊废，不就芝麻大点事儿。”

真是不要脸啦，我看你是有了骚劲连死都不怕。那好，今晚老子就成全你们！说着，不知阎老六哪儿借来了胆，“哐”的一声将门踢开了，随后冲进了房内。

慌乱中，李麻子没顾得上穿衣服，忙握住双枪指着阎老六，他威胁老六说，只要他走近他，他手中的枪就会走火。

阎老六见李麻子不但没有羞耻感，反而还敢用枪指着他，他抡起了那根长扁担，朝李麻子睡着的床上打去。李麻子一偏，阎老六的扁担落在了软绵绵的床被上。在李麻子偏身的当口，李麻子手中的枪响了。“叭”的一声，房内三个人同时呆若木鸡。

丁香花反应得快，她只是稍迟疑后立刻反应过来。她冲上前，抓住了阎老六的扁担，用身子护住了阎老六，她怕李麻子真的开枪朝阎老六打来。

李麻子见丁香花挡住了阎老六的扁担，他惊慌地穿好自己的衣服，提着枪夺门而出，出门时李麻子朝阎老六说：“兄弟，别因女人伤了咱们的和气，日后见，日后见！”

“见你妈的鬼，我 × 你奶奶！”阎老六没打着李麻子，气得直跺脚。接着他把怒气撒在了身边的女人身上，“啪”一记耳光重重落在丁香花脸上。丁香花眼冒金星，脸上火辣辣的。她哪里经受得住阎老六那宽大的巴掌，她想哭，却欲哭无泪。她奋力地抓住阎老六衣领，与阎老六厮打一场。两口子一直闹到了东方发白，伙计们赶来了劝架，才使事情有了平息。彩菊躲在西厢房里偷偷看了一场好戏，终于看到了阎老六与丁香花那种撕咬，这对她来说是一种少有的快感和开心。

李麻子走了，家院们都散了，唯有丁香花、阎老六坐在堂屋里，谁也不说话。

第七章　粉墨登场

阎长坤看着被大火烧成瓦砾的房屋，仰天长叹，是谁与他过不去？是谁想置他于死地？

阎长坤长长地叹了一口气，低着头朝四合院里走去。

麻禄福见阎长坤心思很重，他劝了一会儿让他不要太难过了，事已经成这样子伤心也没有用，何况这把大火对阎家也无大碍。他找一些人修缮一下，只几天工夫就会好的。

夫人给阎长坤沏了一杯茶，送到了他的手上，安慰着她的男人，要他不要太伤心了，他们家有儿有女的，谁也难不倒他们阎府，只要老爷身体好好的，他们的儿女好好的，有什么他们不可以重来的呢？

夫人接着转身吩咐麻先生，说这些日子老爷的心情不好，他得多费些心，找些人把被烧的屋子收拾好，尽快恢复原貌，免得老爷见了伤心。

麻禄福告诉夫人，他马上去办，让夫人放心好了。用不了几天，那房子就会好的。麻禄福回过话转身走了，走到门口时，他叫了小麦子，吩咐他多找些人来，将那间屋子收拾干净。

麻先生刚走，张厚德跟了进来。张厚德一进屋，老远喊着阎长坤，阎长坤见是张厚德来访，忙起身迎接。

张厚德说阎府遭到如此不幸他是特意来看望他的，并且他还带来了一个好的消息。阎长坤听厚德一说，真有点兴奋，忙催厚德快点说是什么消息。张厚德告诉他，龙嗣斌说了，只要他阎府能用上他，愿为长坤尽一份力。说到龙嗣斌，阎长坤犹豫了，他迟疑许久，看着张厚德的眼神也不是那么明亮。张厚德看出阎长坤心存顾虑，说龙嗣斌虽是匪，可他不是一般的匪。他不抢贫民，不抢老幼妇女，不抢正经生意人，还时常接济穷人。这官府说他是土匪，长河县里没人说他是土匪。人家龙嗣斌在长河县没干过一件违背良心的事，反而为长河县里的穷人们帮了不少忙，这是土匪能办到的事？阎长坤知道厚德说的是真话，近几年龙嗣斌的事阎长坤早有所闻，只不过自己是一个生意人，两耳不闻窗外事只顾做自己的生意。谁是匪，谁不是匪与自己没多大的关系。张厚德提起龙嗣斌还真让他想起城里人对他的评价，城里人都说龙嗣斌是长河县里的好人，是长河一带的土匪克星。更有人说长河县要是选县长，他们就选龙嗣斌。阎长坤确实没听到过长河城里有人说过龙嗣斌的坏话。张厚德的话他信，龙嗣斌是个有能力的人，在长河方圆百里只要他出马没有他不能办到的事。让龙嗣斌查总比让警察局查好得多，靠冯其良那是不可能的事了。冯其良已经说了，这阎府大院的那把火虽烧得蹊跷，可没有真凭实据也不好落案，更不用说阎府遭蛊师放蛊了。龙嗣斌能查个水落石出，有了证据再交给警察局去问罪，岂不是一件很好的事？

张厚德没容长坤多想，说让龙嗣斌下次来与他见面。见面时间、场所由他来决定。龙嗣斌来了就说是串门的亲戚，谁还会有个疑问。阎长坤权衡再三，终于答应了张厚德。

阎长坤深知张厚德是不会害自己的。虽说张厚德是张公寨的一方乡绅，但他们是很多年前的老朋友了，他又是阎记犁铺的老顾客。阎长坤早听说过张厚德与龙嗣斌有交情，只是碍于面子，不好过问此事罢了。龙嗣斌再好也是官府说的匪，张厚德与匪为友，在这个动荡局势下，阎长坤就更要谨慎处事，千万不能张嘴露馅给厚德惹来麻烦。张厚德为人十分厚道，特别在自己为难时刻愿两肋插刀。这事由着他去办，说不定还真能查出一个结果来。

张厚德与阎长坤谈过一阵之后，离开了阎府。阎长坤想，放蛊、纵火的事假如真是老六干的，他也不想把老六怎样。毕竟老六是自己的侄子，幼年丧父，同自己生活了那么长时间，人总归是有感情的。他可以不仁，但自己可不能无义，大哥去了就是自己把老六拉扯大，现在老六大了有了野心那是他的一时之过，他相信老六会回过头来，想起他们曾经生活在一起的日子。相信他们叔侄之间的矛盾会化干戈为玉帛，到时教训一下老六就行了。

第二天，警察局传来话，要阎长坤去一趟警察局。阎长坤有些纳闷，这次失火的事已经有了几日，警察局真的查出了点名堂来了？要真是那样的话有点后悔答应张厚德见龙嗣斌的事。

阎长坤走在石板街上，一路深思，对街边向他问候的人也不理不睬。一会儿工夫，他来到了县衙内警察局。冯其良见了阎长坤忙从那张太师椅上站起，笑笑地冲阎长坤说只几天工夫没见他显得苍老了许多。阎长坤对冯其良尽量显得平和，说他家里连连遭受不幸，一点都不顺心，这能不让他苍老吗？

冯其良忙将阎长坤迎进了屋内，很是同情阎长坤，说这事搁在谁的头上都一个样。

冯其良等阎长坤落座就急不可待向长坤解释，说请他来警察局是想向他了解情况。阎长坤心凉了一下，他看了眼冯其良轻轻地问他真想知道？

“屁话，那还用说？”冯其良忙站起身，瞪直了眼等着阎长坤给他道出个子丑寅卯来。

阎长坤见冯其良急于想知道这事，他将怀疑老六与麻子勾结的想法告诉了冯其良。并且说阎府的目的不是要整治老六，只是给他敲敲警钟，老六好歹是他的亲侄子能把他怎样？真要把他办了，他对不起他死去的大哥。

冯其良伸了伸脖子，他万万没想到生意很精的阎长坤会有这样一副菩萨心肠。冯其良有些失望，他说麻子本来就与老六没什么瓜葛，不相信李麻子会为老六去放那把火。

阎长坤见冯其良有些不相信这事是老六与李麻子合伙干的，便对冯其良说，李麻子与阎老六一向来往密切，前些阵子的事他是不知道，可刘探长心里有一本账。

冯其良摇着头，虽然他也知道李麻子与阎老六穿一条裤子，但就算他与李麻子相处密切，他也不会让李麻子放火吧？他想，他李麻子也不会蠢到这种地步。阎长坤一语道破天机，他对冯其良说还真让他说中了，就是这事儿。冯其良见阎长坤执意这样认为，看来他是有了把握。他思量了再三，想来也有可能。他冲阎长坤笑后说，让他先回去，这事就交给他来处理，他会让他满意的。冯其良把眼睛眯成一条缝，嘴里露出了两排黄黄的牙齿。

“那就拜托冯局长了！”

“别这么客气，咱干的就是这档事。”冯其良手一挥送客。

冯其良对阎家大院失火一事不是不办。刚开始那天，他冯其良亲自带队在长河城里逛了一阵子，可就是没个头绪，夜里做的事还真让他无从下手。他想先让这事放放，等阎长坤的气消了，不再缠着他了，这事儿也就过了。自己也不费力，也省了许多心。哪知这一招并不见效，倒给自己出了道难题。阎长坤说了，他阎老六通匪，并且这火还是阎老六请土匪放的，如再不追究，他在长河城里的名声可就完了。好歹自己是一个警察局的局长，能让这些乡亲们看着自己昧着良心办事吗？不能，千万不能。

冯其良冲着站在门外的勤务兵喊了声，要勤务兵把刘怀宗找来！勤务兵答了声，便跑步朝另一头而去。

一袋烟的工夫，刘怀宗慌里慌张地撞进了冯其良办公室。脚刚踏进门就问："局座有事？"

"屁话！没事找你干什么？去！带人给我把猪脑壳阎老六抓来！"

"抓阎老六？"刘怀宗十分意外地愣在那里不动。

"愣个屌，还不快去！"冯其良见刘怀宗不动，又骂了一句。

"局座，这阎老六……"刘怀宗还没说完，冯其良火了，大声地吼着刘怀宗："废话，谁是局座？"

"是！局座！"刘怀宗不再说什么，只是很不情愿地冲着门外的勤务兵吼："快叫上弟兄们去黄桥古寨！"

阎老六是怎样得罪了冯其良？冯其良以什么罪名抓阎老六呢？刘怀宗对这一切一概不知。刘怀宗一路想，阎老六对自己，对冯其良向来不错，今儿怎说抓就抓了？他冯其良是局座，这个时候不到自己为阎老六申辩的时候。

抓就抓呗，只要阎老六不是犯啥杀头之罪，过后想些办法，终归有个结果，想必阎老六还会记住自己这笔人情账。再说抓了阎老六自己好放心与丁香花野合，那不是两全其美的事吗？

刘怀宗赶到黄桥古寨时，太阳已西斜。阎老六的家院梁石根老远看到一股扬起的尘土，一群马队直奔阎老六的大院。梁石根远远地看到骑在马上的人穿着黑色制服。于是他跑进了大院，老远朝阎老六大喊："老爷，六爷，一帮警察朝咱大院里来了！"

阎老六正在因前两天丁香花与李麻子的事生着气。听梁石根喊，大骂梁石根："吼什么吼，报丧哇！"

石根已经跑到了老六跟前，他战战兢兢地看着老六，说来了好多警察，准是朝这来的。

“朝咱家来的？”

“没错！”石根很肯定。

阎老六知道自己没犯什么事，警察来这儿干吗？准是那李麻子与臭婊子的事让刘怀宗知道了，只有这事才让刘怀宗这么上心。如若是李麻子火烧阎府的事，那这事儿与自己无关。再说了警察局也不会这么快就知道内情。这极短的时间内，阎老六将所有的事儿在脑子里过了一遍，他确定警察来的目的只有一个，那就是丁香花的事儿。

“石根快去将丁香花那娘们叫来，要快！”阎老六急得团团转。

“你不是恨我吗，怎的一到关键时刻还叫咱呢？”丁香花虽是在说着气话，可也知自己对不住丈夫，说那话时也不是很有底气。

“叫你妈个 ×！都是你给老子惹的好事，你等着会有人来收拾你的。”阎老六气得眼珠子直泛白。

“哟！我说老六呀，咱咋惹警察了！要不是你与李麻子的事，犯得着警察来咱家么？”丁香花一屁股坐在板凳上与阎老六论理。

“我 × 你妈！不是你跟李麻子干那事儿，警察局能恨上咱吗！”阎老六气得将烟斗直敲桌子。

“放你娘的屁！咱与麻子干碍着警察啥了？”丁香花振振有词。

“臭娘们，待会儿看刘怀宗怎么收拾你！”

阎老六不再与丁香花争辩。

阎老六的话丁香花根本不放在心上，就让他直接告诉刘怀宗她也不怕，惹急了，她将阎长坤家的那把火的事抖出来，让他去想，他冯其良会对他阎老六怎么样？丁香花昂着头，不看阎老六是什么表情。

阎老六见丁香花那副若无其事的样子，他猛地站了起来，举着长长的烟斗朝丁香花头上打去。在烟斗还没落下时，门外石根在喊："老爷，刘探长来了！"阎老六忙收回了烟斗。

石根喊声刚落，刘怀宗带着一班人马，荷枪实弹杀气腾腾地冲进了老六堂屋，将阎老六团团围住。

阎老六见事儿不对，显然刘怀宗不是冲着李麻子与丁香花那事儿来的。那他为啥呢？阎老六慌乱中装着镇静："刘探长，这……这……"

"少给我啰唆，给我绑上！"刘怀宗反客为主坐在太师椅上，朝他的那班人发号施令。

"哟！刘探长，咱家老爷是犯了啥法？又是枪呀又是绑的。"这回丁香花没有了顾忌，手搭在了刘怀宗的肩上，那骚劲，要是在平常，阎老六非撕了他不可。可今儿不同。她是在救阎老六，阎老六不会责怪她，相反应当感激她才对。

"嗨！我说丁香花呀！这人在矮檐下不得不低头呀，你说这冯局长一句话说抓就抓了，咱这个探长能有什么法子？"刘怀宗笑眯眯地看着丁香花。

"刘探长，我犯啥法了？"阎老六急了，朝刘怀宗大喊。

"到警察局冯其良那老头自然会对你有个交代。兄弟，咱也是当差的，实在是对不住呀！"刘怀宗说完站了起来，朝他的那班人喊了声："带走！"

当差的警察将阎老六朝门口推去。刘怀宗还站在原地，像是有什么话要对丁香花交代。丁香花忙迎上前，扑在了刘怀宗身上，嘴里甜甜地叫："刘哥！"

"明天你到虹桥那个屋子里等我好了！"刘怀宗甩出这句话后，旁若无人地朝大门走去……

警察局里。阎老六瞪着一双贼溜溜的眼睛看着冯其良。冯其良坐在太师椅上没有要问阎老六的意思。刘怀宗见阎老六被五花大绑抓到警察局心里十分纳闷，这人被抓来了，冯其良悠闲自得，不闻不问，他是在办哪门子案？冯其良今天葫芦里装的是什么药，刘怀宗很是费解。

冯其良坐在那里，不停地玩弄着手中的钢球，钢球在那肥厚的掌中碰得“咯咯”响。他看了看刘怀宗，然后看了看被捆在那里的阎老六，随后便是两声“嘿嘿”的笑声。

阎老六被抓，他自个儿心里明白。李麻子做的那事儿这笔账被警察局算在了自己头上。虽然有点儿冤，可也冤不到哪儿去。阎家犁铺被烧，自己虽没有向李麻子授意，李麻子毕竟是在为自己出气。好歹也是为了自己，现在事砸了，他可不能昧着良心供出李麻子来。不过到了警察局，并且被五花大绑捆来的，想轻轻松松蒙混过关，不是一件容易的事。他不想靠刘怀宗，刘怀宗到现在为止，也弄不清冯其良为何抓他，这里只有刘怀宗旁观的份，别指望他能帮上自己。

阎老六在黄桥古寨里是个跺脚地动的人物。如今落在了冯其良手里，他那股子骄横的野蛮劲儿收敛得无踪无影。他耷拉着脑袋瓜子，时不时地翻两下白眼珠，瞧瞧冯其良和刘怀宗，等着冯其良问话。

冯其良不阴不阳，不温不火地问了，问他知不知道警察局为啥要抓他，并且是五花大绑地把他抓来，他自个儿心中应该有一个底。

阎老六是见过世面的人，冯其良这样的问话，他是最好应付的，只喊冤枉，然后就是装出可怜兮兮的样子。

“屌！你通匪你知道不，那可是杀头之罪！”冯其良见阎老六若无其事，突然间冒了一句，这一句让捆在那里和坐在一旁的阎老六、刘怀宗两人吃了一惊。

“哎哟，我的大局长，这可冤枉了咱阎老六了，你不能凭阎长坤的一句话就说我通匪了。咱与阎长坤只是生意上的纷争，这通匪之事从何谈起。再说了，生意上的事，通匪也不能解决什么问题，就是你冯局长借我十二个胆我也不敢这么干呀！”阎老六像一条见水溜的泥鳅，没有真凭实据摆在他的面前，他是死活不肯承认的，何况冯其良只是说那么一句话。他还说冯局长是大人大量，虽说老六有些事对不住他，可他也别拿这杀头的事来冤枉咱，其实刘探长是最清楚自己为人的。他把问题引到了刘怀宗的身上。

刘怀宗十分尴尬，一边是局长要追究的人，一边是自己要好的人，谁都说不得。不过他终于弄清了局长要抓阎老六的原因，也想起了阎长坤到警察局来的缘由。阎老六通不通匪，与不与李麻子勾结他心里有数。阎家铺子失火，正是刘怀宗心里所祈盼。有了他们的矛盾，阎老六和丁香花日后才会依靠他，才会死心塌地帮上自己。于是刘怀宗看了看板着脸孔的冯其良，为老六说了一通好话。

冯其良听没听刘怀宗的话，那是冯其良的事。说不说是刘怀宗的事，现在说了，而且是当着阎老六的面说的，阎老六也亲耳听到了。他冯其良若是不放他，刘怀宗也无奈，谁要冯其良是局长，手中有这么个权力呢?

冯其良沉默了许久，他左右寻思着刘怀宗的话。刘怀宗与阎老六老婆丁香花的事他早有所闻，就是阎长坤不告诉他，他也早心知肚明了。碍于在一个局子里干事的面子，冯其良懒得去管他那些鸡鸣狗盗的事，一个愿给，一个愿要，两厢情愿。不过刘怀宗不能因有了丁香花就护着阎老六去欺负阎长坤，刘怀宗是知道他与阎长坤的关系的。

既然刘怀宗开口说情了，又拿不出阎老六与李麻子勾结放火烧阎家铺子的真凭实据，对刘怀宗的情他还得领，卖一个刘怀宗的人情账，放了阎老六，只要他日后不再嚣张，况且长坤也说过就是杀杀老六的锐气。

怎么放他，冯其良想出了一条妙计，让刘怀宗去办这件案子，放阎老六就是顺理成章的事，自己面子也过得去。想到这里，冯其良向刘怀宗交代了两句，骂了两句走了。

第二天，阎老六果然被放了。他离开警察局的时候还到了冯其良的办公室里，给冯其良送了五十块光洋，说是老婆丁香花孝敬他的。他为什么要说是丁香花送的，而不是他阎老六呢？这冯其良心里明白。阎老六是因通匪被抓，没凭据释放，冯其良能收他的礼吗？丁香花不同了，她的身子刘怀宗有一半，收她的礼等于收刘怀宗的，他应该，收之无愧。

事过半天，阎老六被释放的事传遍了长河。虽然是阎长坤预料之中的事，但没想到冯其良真只是走了一个过场，这么快就放了老六。这不是等于给老六报了个信，说他们警察局根本不想管这事？他想去冯其良那儿理论，管家麻禄福劝住了阎长坤。

张厚德回到张公寨，长河城里闹得沸沸扬扬的老六纵火烧叔房子的事，在张公寨里传得很神。说老六是一个有本事的人，警察局只关了他一天就放了出来。村民们都说警察局是在放虎归山，以后阎长坤的日子肯定不好过。张厚德起初也不想插手这事，这事是他阎家的内部问题，可土匪李麻子插了手，他不能眼睁睁地看着自己的老兄弟不明不白地被欺负，他知道该怎么办。

张厚德去了趟雷公山龙嗣斌那里，将阎记犁铺的事告诉了龙嗣斌。龙嗣斌只是轻轻一笑，看来他早已料到有这个结果。

龙嗣斌最恨李麻子那股土匪到处淫虐抢夺，尽管长坤与老六是各自为利益相争，可老六竟然动用了土匪李麻子。因此，龙嗣斌不会放过李麻子。

龙嗣斌为何如此恨李麻子呢？这里有一段很不平常的故事。

早在十五年前，龙嗣斌是一个大户人家的儿子。二十岁那年，龙嗣斌相中了张厚德伯父的女儿张金娥。说起张金娥，那可是十里八乡出众的妹子，十八岁时就长得跟出水芙蓉一般，口齿伶俐，特别招人喜欢。龙嗣斌的父亲对张金娥也很喜欢。便允了儿子，差派了媒人到张家提亲。张家见龙家家大业大，龙嗣斌一家又为人和善，并且龙嗣斌身材魁伟，做事十分得体，同意将女儿金娥嫁给龙家，说定腊月初八成亲。

正当龙、张两家为自己的儿女准备婚事时，张公寨来了一股土匪，说是从象牙山下来的，他们一进张公寨就四处抢掠民宅，牵走耕牛，宰杀生猪，在张公寨里旁若无人地大摆宴席。张厚德的父亲是张公寨的保长，遭遇土匪理应保长出面交涉确保寨子的宁静，土匪哪里肯听保长的话，对张保长一顿毒打之后，洗劫了张厚德一家。张厚德伯父见自家兄弟遭抢，死活要与这帮土匪拼命。土匪见保长哥哥要与他们拼命，便乱枪将他打死。这还没有完事，那土匪头子见张金娥长得出众，便意欲占为压寨夫人。张金娥哪里肯依，撞墙死在了张公寨。

张厚德把张公寨遭劫的事告诉了龙家。龙家大开祠堂，带丁二百余人，围住了那股土匪回象牙山的路，在一场激战之后，双方死伤了很多人，土匪头子还是逃回了象牙山。这洗劫张公寨的土匪正是李麻子。

那时李麻子也不知张金娥要嫁龙嗣斌为妻，他是见张金娥长得太水灵，便动了心。他更没有想到一向不管世间纷争的龙家，会插手张公寨遭劫的事，并打死了他们的几个弟兄，这笔账应该记在龙家的头上。

一天晚上，李麻子带上了百来个土匪，悄悄下山，摸进了龙姓村，一把大火烧了龙嗣斌一家，于是这仇就这样结了下来。

龙家虽说被土匪烧了房子，家业遭到了损失，可毕竟是家大业大，就是瘦死的骆驼也比马大。龙家不能再沉默下去，龙嗣斌怎么也不会忘记李麻子夺妻之仇和杀妻之恨。于是龙家卖田卖地买来百多条枪，拉起了龙姓队伍，专与李麻子对着干。由于李麻子是惯匪，打一仗便钻进象牙山，龙嗣斌还是一个羽翼未丰的青年，对李麻子只能等待时机。时间一晃就是十多年，龙嗣斌在父亲去世后，自己也成了亲，儿子已经十几岁了，可对李麻子的仇恨一直没忘记……

张厚德既然来了，并且是请他去消灭李麻子，不管他李麻子惹的是张三或李四，他龙嗣斌都得管。他拉队伍的目的是什么？不就是专门对付李麻子吗？阎家铺子失火的事他是管定了，怎样去管，怎样去报他自己的仇，龙嗣斌心里有了数……

过了几天，阎长坤闷在家里不出门，对警察局释放阎老六怎么也想不通，他万般没有想到阎老六就这样轻意地混了过关。

张厚德也没有给自己回话，龙嗣斌是否会出力帮自己？阎长坤深知龙嗣斌与李麻子有仇，多少年来，自己始终不去沾染他们两家仇恨恩怨的事。本分为人地做自己的正经生意，他怕将麻烦惹到自己头上。但现在不行了，警察局靠不住，阎老六将手伸到了自己火红的生意上，解决李麻子已到了火烧眉毛的时候。此时，阎长坤有点后悔，后悔自己听不进张厚德的话，后悔当初过于相信警察局长冯其良。他妈的都是些吃人不吐骨头的角色！阎长坤无奈地骂了句后，狠狠地抽起烟来。

好不容易挨到了第二天中午，麻禄福来到了阎长坤的床前，告诉他张厚德来了。阎长坤嘣的一下，从床上爬了起来，匆忙去了大堂见张厚德。

张厚德见阎长坤的第一眼，便发现面前这位曾经精神饱满的硬汉消瘦了许多，脸上写满了忧虑。他知道，阎长坤是被警察局的事气成了这样。张厚德告诉阎长坤，龙嗣斌会为他的事出力。怎么出力，要达到什么目的，张厚德就一无所知了。这使阎长坤失望，他叹了口气，不再说什么……

阎老六出了警察局，算是躲过了一劫，功劳自然是婆娘丁香花的。如果没有丁香花，刘怀宗就是收了再多的钱也不会为自己开脱通匪这个罪名的。看着身边这个女人，想着她前些天与李麻子的那事，再想想她与刘怀宗勾搭，他心里凉了起来。可是她求刘怀宗才有自己今天的自由，他想到这里就蔫了，有火也只能憋在肚子内。他只是瞪了一眼，朝站在跟前的丁香花骂了句："去你妈的，让老子清静清静！"

"哼！"丁香花斜视了一眼像头肥猪的阎老六，将手中的手帕一甩，挪着戏步朝厢房里走去。嘴不停在骂："神气个屌，没老娘还说不定这会儿是在坐牢还是见阎王爷了呢！"

阎老六本不想与丁香花计较，听丁香花这么一骂火气又上来了。他猛然拍了一下桌子，站起来指着丁香花的背影："你是臭不要脸的女人，谁稀罕你用那玩意儿换老子的自由？没你老子倒觉得自在！"

"老爷算了！你也想想太太的好处，过去了的事就让它过去吧，别跟自己过不去！"身边的家院劝着老六，老六才瞪着眼坐了下来。

阎老六回到家，对警察抓他的事也窝了一肚子火。要说让别人相信是冯其良亲自来抓，自己还想得通。可来的是刘怀宗，来了请他去警察局问明情况他也不会怪谁，毕竟在那事上插了手。他妈的刘怀宗就是不依不饶地将自己五花大绑地押到警察局去，这一路上使自己丢尽了脸面。虽说现在回来了，自己去哪里找回这脸面，找李麻子去要？找刘怀宗去要？那不都是在找死吗？这让自己怎么在黄桥古寨上过日子？

阎老六知道，警察局这场戏是冤家对头阎长坤导演的。他能让自己丢了面子，咱也不能让他轻松地过日子。要不干脆一不做二不休，谋了阎长坤算了。想到这儿，阎老六暗自笑了。

“笑啥！老爷？”家院见老六笑，不知是何缘故。刚才还是骂骂咧咧的，现在像变了个人似的，可见这老爷是一个喜怒无常的人。

“笑啥？他奶奶的老子就是要笑，老子要大摆宴席，在宴席上大笑。”阎老六摸了摸快要秃顶的头，“嘿嘿”笑了两声。

家院有些领悟，他凑近了阎老爷的耳朵说，是不是要笑给阎长坤那老头子看？

“嗯！吩咐陈掌柜的，给老子大摆宴席，请城里的戏班子给老子唱上他三天三夜，看不把阎长坤气死才怪！”阎老六吩咐家院。

“好嘞！咱这就去吩咐。”家院兴冲冲地走了。

阎老六在黄桥古寨搭台唱戏为自己压惊的事很快传遍了长河县城。

阎长坤知道阎老六这出戏是演给自己看的，冯其良拿这事也没辙，只能是当着阎长坤的面骂了句：“他娘的东西，谁给谁唱戏还说不准呢！”

象牙山上的李麻子收到探子来报，说阎老六被警察局放了出来，还要在黄桥古寨里设宴唱戏，李麻子心里的石头总算落了地。虽然自己与丁香花的事被老六逮了个正着，他巴不得阎老六永远被关在警察局里，这样就可以长期与丁香花厮守在一起。可丁香花早已暗中有人，没了阎老六，丁香花会顺理成章地投在刘怀宗的怀里，到那会儿，他李麻子还是挨不着丁香花的边儿。有了阎老六，刘怀宗和丁香花就不会那么大胆，正是如此，李麻子才会与丁香花靠近。阎老六他是不会怕的，因为他还要靠自己去撑腰，有了人撑腰，阎记犁铺就不会挤垮黄桥铺的生意。只是让李麻子感到不安的是，阎老六从警察局出来好几天了，就没给李麻子捎个口信，现在又要设宴又要唱戏的，不见阎老六来请自己，是不是阎老六还在为丁香花与自己的事生气呢？

是男人，就该有一个骨气。阎老六记恨自己那是理所当然，正是气头上，不请自己也不碍事。等老六想通了，想到了那戏子与刘怀宗，与自己都是那么回事后，再去他老六那儿也不迟，谁要自己欺负了人家呢？

李麻子“吧嗒吧嗒”地抽着烟，坐在那石礅上寻思着这一切时，外面的洞口来了一个人，说是要见李麻子。

李麻子听得洞口外在嚷嚷，就晓得是阎老六差人来了。这来象牙山的人没有别人，只有梁石根。因此，李麻子听得出。李麻子走到洞口，要守洞口的两个土匪给梁石根让了路，自己将梁石根带进了洞内。

梁石根来象牙山的次数多了，与李麻子见面就不需要过多的寒暄。等李麻子刚坐下，梁石根将一个红红的请柬递到了李麻子面前。

“李爷，我家老爷请您一定要去！”梁石根送上请柬之后，没等李麻子问个究竟，先开了口。

“你家老爷真的不生我的气了？”麻子很是疑问。

“都这个时候了，为一个女人生气，值吗？”梁石根这话不是阎老六说的，分明是带着自己的观点。这些观点老六是否赞同他不管，李麻子听到的是从石根嘴里说出来的，他麻子就爱听。请柬都送到了象牙山，请麻子下山看戏庆功，老六是诚心的，不用去怀疑老六的用意。

“带多少人，警察局还会去黄桥古寨吗？”李麻子此时只怕警察局，他怕警察局刘怀宗借机报复他夺他女人之仇。

“六爷没有吩咐，只说带些人为六爷捧捧场，警察局他没有请。”

梁石根如实地说了。

“嘿嘿！老子知道老六就不会生气的，他的女人刘怀宗也上了，他上得怎么我就上不得？石根你说是吗？”李麻子笑歪了的嘴里吐出让人厌恶的脏话，瞪着充满淫欲的双眼，等着梁石根的回话。

“李爷，别的事小的不知，要没别的事小的就回黄桥了。”梁石根想早些离开这是非之地。

“回吧！告诉老六，老子要带五十条枪为老六捧场！”李麻子向梁石根挥了一下手，石根便离开了石洞。

梁石根在回来的路上心里有种预感，老觉得像有一双眼睛瞪着自己。今天古树上的猫头鹰不时发出“咕咕”叫声，直叫得石根冒冷汗。

平日里，每当石根怕的时候就大声地唱山歌为自己壮胆。于是石根又开始扯着嗓子唱了起来。

突然，前方的石板路上站着两个人，那两人头缠黑色的丝帕，手里端着乌黑的驳壳枪。石根心一沉，知道那种预感终于成真了。就在石根意欲掉头往回跑时，从小溪边上蹿出了两名壮汉拦住了退路。石根双腿打着哆嗦站在那里一动不动，等待厄运的降临。

一位中年汉子用枪顶着石根的腰际，抽出了插在石根腰上的驳壳枪：“说！到象牙山干什么去了？”

石根知道遇到了麻烦，是谁的冤家对头他搞不清，不过他不乱开口。

两位壮汉见石根不吭声，在石根屁股上狠狠地砸了一枪托，只痛得石根掉眼泪。

“快说，干什么？”壮汉又问了。

石根不敢再硬，说了，给李麻子送请柬。

“李麻子答应去吗？”

“答应了。”

“他带多少人去？”

“说是五十个人。”

“回到黄桥不能告诉老六。否则你的命、你全家的命都不保！”壮汉唬着石根。

“大爷，你借我个胆子我也不敢，你们可别伤我娘。”石根向壮汉求饶。

“只要你不告诉老六，咱们不会伤害你的！”

“嗯！”

“回去吧！”壮汉将枪退还石根。

梁石根被几条壮汉半路拦劫，然后又险象环生。庆幸自己没有死在阎老六冤家对头的手里，实为自己能活着回到黄桥古寨而感到高兴。进得阎老六家大院已是大汗淋漓，尽管在阎老六前没有露出什么破绽，可心里就心虚。幸好，阎老六只问了问李麻子的情况就不再问其他，让梁石根早点休息。

梁石根虽然年轻体壮，可从没见过这种阵势，回到房内，他一头倒在了床上，身子不听使唤地打着哆嗦。

梁石根没有将半路遭人拦劫的事告诉阎老六，这自有他的道理。阎老六的为人之道不得不让梁石根厌恶。其次，半路拦劫他的那些壮汉也并非是些吃素的，看阵势，知道他们来者不善，不是阎老六的冤家就是李麻子的对头。人家能在半路拦劫自己，说明他们是知根知底的人物，要是将这事告诉了阎老六，说不定哪天自己肩上的“两斤半”就得搬家。想到这里，石根打了个寒战，闭上了双眼，盘算着阎老六宴请李麻子那天，自己怎样躲过这一劫……

第八章　称霸一方

晃山是湘西有名的高山，离龙嗣斌的寨子只有五里远。此山比李麻子盘踞的象牙山要险要得多。山上树木参天，曲径小路蜿蜒缠绕在山间。龙嗣斌自与李麻子结怨成仇后，便移居在晃山脚下，夜宿山腰。十多年如此，李麻子看着龙嗣斌的队伍不断壮大，随时危及他的安全，早已对龙嗣斌畏惧三分。自洗劫张公寨逼死张金娥后就不再敢越雷池一步，唯恐龙嗣斌坐大成器以后围攻象牙山，就这样双方在沉默中相安无事地过了多年。

如今，李麻子插手阎家生意上的事，使龙嗣斌觉得报仇的机会终于来了。

其实张厚德为阎长坤搬兵，不是他不想出兵，而是他要出兵收拾的对象不是阎老六，而是他的仇家李麻子。

龙嗣斌年纪有三十五岁，长着络腮胡须，眉粗眼大，站起来威风凛凛。别看他相貌吓人，可长着一副菩萨心肠，为人特别和善，从不轻易招惹是非。对他的手下要求甚严，就是在战场上也要求不能轻易地伤害无辜，这让他的手下十分佩服。

从象牙山回来的四个兄弟告诉他，李麻子准备农历的五月二十五日带五十条枪去黄桥古镇阎老六那儿赴约。龙嗣斌听后暗自高兴，认为是报十五年前夺妻之仇的时候了。

龙嗣斌没有安排如何进黄桥古镇，离五月二十五日还有几天。于是，他向弟兄们说了几句话便下山了。他要去哪里，去干什么别人不得而知。多少年来，每当要有什么大的动作，只要时间允许，他都是这样，弟兄们对他的这种行为早已习以为常，也没有人去追问他要去干什么。

太阳快要落山的时候，张厚德正在家清点着从阎记犁铺装运来的犁口。张厚德婆娘告诉他龙大哥来了，正在堂屋里等候。张厚德忙停下了手里的活儿，快步走进了堂屋。龙嗣斌见厚德进屋忙站起了身，冲厚德说："去妹子的坟头坐坐！"

"你答应去查阎家大院失火的事了？"张厚德一阵惊喜。他知道龙嗣斌是一个重情义的人，每当他要动手时，总是要到金娥的坟头坐坐，烧上些纸钱。前几次与李麻子交手前，都是厚德陪着他到金娥坟头烧纸。如今他又要烧纸了，说明龙嗣斌已经答应了去查李麻子纵火的事。

龙嗣斌没有回答张厚德，张厚德忙吩咐婆娘备好"刀头"、烧纸、酒之类的东西，陪着龙嗣斌去了金娥的坟地。

黄桥古镇里可热闹着，阎老六将戏台子扎在了街中间。前些天，阎老六发出话来，说要请县城里的戏班子到黄桥唱上他三天三夜，并要大摆宴席，请四方亲朋好友为他被警察局抓压惊。

阎长坤听到这儿，心里不是滋味。他找到冯其良，冯其良也只是被气得只骂他娘的，对阎老六此举无可奈何。

阎长坤有些绝望。这警察局都无法把阎老六怎样，别人又能怎样？莫说张厚德提到的龙嗣斌，就是他帮了也未见得有一个好的结果。阎长坤想到这里，也只得摇头，自认了那把火烧了算了。

阎老六选定的农历二十五终于到了。黄桥古寨沉重的铁门一大早就发出震耳的"吱呀"声。想占个好位看热闹的人们，早早候在城门前，只等城门一开，便蜂拥而上地拥向了十字街头的戏台边，等候着阎老六请来的戏班子开场。

李麻子带人是头天晚上来到黄桥老六家的。他上次被老六逮着了，这次他在老六家不敢怎么放肆。虽然老六对他仍然好酒好菜地招待，但麻子心里清楚，老六对他还是不如从前。丁香花见他也躲得远远的，这使李麻子有些恼火。并且，这火还让他发不起来，只得闷在肚里。

太阳刚照在阎老六家的屋顶，麻子带着人已在老六家吃完早饭，便吩咐弟兄们分散帮老六看着戏台子。麻子心里清楚，阎老六要他来的目的是想压压阎长坤和警察局冯其良的威风。所以才不计前嫌让人上山请自己，麻子倒会顺水推舟，虽然自己为老六出了口气，可毕竟自己干了对不起朋友的事。再说了，丁香花既然与自己有了几次，想必她还会记住自己。因此，他很乐意接受阎老六的邀请。说句不好听的话，只不过是为阎老六捧捧场壮壮胆罢了。

一切安排停当，阎老六才叫上麻子并排而坐。老六拗不过麻子，只得由着他坐在了身后。丁香花和彩菊一左一右地坐在老六身旁，为老六烧烟沏茶。

李麻子不愿坐在显眼处暴露自己，自然有他的道理和目的。老六请他来虽说是为了压惊，但谁能保证他不想借警察局之手报自己的夺妻之恨呢？再说，即便警察局不找他的麻烦，阎长坤会不会放过老六？麻子在心里打着小九九。他做好了进能打、退能溜的打算。万一有什么动静，他走为上策。

台上，闹台的开场锣鼓响了起来，台下开始有了稀稀拉拉的掌声。一阵喧哗之后，台上浓妆重彩的戏子们开始了走台亮相。随后，戏便进入了正题。

今天的戏是阎老六亲自点的，他就喜欢《杨乃武与小白菜》。这戏他看过好多次了，但戏中的内容符合他在黄桥镇搭台宴请各方亲朋的目的。说穿了就是要唱给阎长坤和警察局冯其良听的，让他们去体会这出戏里面的冤情。老六感到可惜的是，今天冯其良和阎长坤都不在，要是都在场的话，他一定要站直腰当众羞辱他们一番，那才叫解恨。

麻子坐在丁香花的后排，他无心看戏。本来他来黄桥的目的就不是为了来看这什么鸟戏的。一是他想与同自己有过肌肤相亲，细皮嫩肉的丁香花会会；第二才是为阎老六的场子壮壮威风。这戏还没唱到一半，李麻子就在丁香花的后背上做起了手脚。好在老六没有发现，丁香花在众目睽睽之下，自然要顾及老六的面子，回过头瞪了麻子一眼，麻子只是嘿嘿地讪笑了两声，便不再在丁香花的背上摸来摸去了。可那个晚上与丁香花交合的情景老缠着他的思维，让他根本无法去体味台上的戏是否正宗。身体的欲望在不停燃烧着他的躯壳，热血在不断沸腾，并且一浪高过一浪，仿佛要将他熔化一般。麻子坐不住了，他站了起来，悄悄地在丁香花背上摸了一把，便离开了那座位。

李麻子去了哪里，阎老六对这事不放在心上。因为是大白天，他谅麻子再怎么着也不会在光天化日之下干出什么出格的事。可丁香花那骚娘们什么时候离开了自己，他反倒没有发觉。兴许在他对戏着迷的时候离开了自己，这让老六心里警觉起来。他在心里恨恨地骂了一句：狗日的，又去吃野食了！

老六叫了声彩菊，让她快去找回太太，彩菊很不情愿，她巴不得丁香花不在才好与身边的老六摸来抚去。可老六说了，要找回太太，她不得不离开座位走出了人群。

阎老六的推测没错，丁香花确是趁老六对戏着迷的时候离开了他的身边。李麻子在她背后的一阵抚摸，使她燃起了情欲。麻子强壮的体魄和做那事儿时的那种粗野疯狂，是无论阎老六还是刘怀宗都不能比的。她想到了麻子与她偷情的那个晚上，想到了老六近段时间以来对她的冷落，想到了老六与彩菊的偷情苟合。她悄悄地走了，跟在麻子的身后，很是情愿地来到了黄桥正街的犁口铺子里。

老六给了犁口铺子里的下人们一天的假，让他们过一天的戏瘾。铺子里没有灯，屋内显得十分的暗，窗户也关得严实，这儿离戏台有两百多米，就是老六发现她们不在，也不会想到他们在这儿。丁香花将李麻子领进了犁口铺子，李麻子急不可待地喘着粗气，一把拉住丁香花，嘴里含混不清地说着想死我了，想死我了！

丁香花的手在李麻子的头上使劲一点："死鬼，谁知你在想谁？"

"哎哟，我的心肝！他娘的，咱还想别的女人，就天打五雷轰，不得好死！"李麻子说完这些，手便伸向丁香花的下体，撩起了丁香花的旗袍下摆，将那件花格子内裤褪了下去。李麻子身边的女人开始疯狂地撕咬麻子那健壮的身体，仿佛要将麻子吞入她体内。麻子再也无法忍受，猛将丁香花抱上那张宽大的案板上……

"快点回去吧，不然老六又该生疑了！"丁香花像吃饱了腥味的馋猫那样，枕在李麻子的怀中，纤细的玉手在麻子长满黑色长毛的胸膛抚摸着。她想到了老六，想到老六这会儿该发现自己离开他的身边了。

"嘿嘿！够味吗？"李麻子没有对丁香花的话产生兴趣，充满淫欲的脸上露出满足快感后的一丝爽意，在丁香花雪白的大腿上掐了一把。然后，盯着那张泛着红晕的脸蛋，等待着她的回答。

丁香花在那张长满麻子的脸上，轻轻地一吻，只是"嗯"了一声，是对麻子有这方面能耐的赞赏。接着丁香花拾起扔在案板上的那件花格子内裤，慌忙地穿上，拉了麻子一把，催促着麻子："快起来该去场子里了！"

尽管丁香花在老六面前肆意妄为，尽管她在老六面前不顾廉耻地与另外的两个男人偷情。但她在得到生理上的满足后，她的心隐隐产生一种愧疚。老六毕竟还是她的男人，是她长期厮守的男人。

麻子整了整衣服，跟在丁香花屁股后朝铺子门前走去。就在丁香花拉开铺子门时的那一刹那间，丁香花呆了。她呆呆地站在那里，怎么也挪不动步子，只是惊讶地说了一句："你……"

倒是麻子反应得快，与站在门前的彩菊接上了话："是彩菊呀！你怎么来这里了？"其实麻子对彩菊的到来也十分惊讶，万万没有想到，他们俩的事竟然让一个下人看了个全过程。不过麻子不怕，这鬼丫头与老六不就有那么回事吗？于是，他理直气壮地，十分镇静地与彩菊说上了。

"李爷，太太这不能怪我，是老爷让我来找你们的！"彩菊不看丁香花，将头扭向一边解释为什么自己会来这里。

"哼！老爷？老爷知道我在这里？我看你是在咱家里待得不耐烦了吧？"丁香花突然大骂起来。

"太太，你可别冤枉人，真的是老爷让我来找你的！"彩菊对丁香花的发怒并不十分恐惧，说话的口气也较硬，她不怕丁香花，她有老六给自己护着。

"啪"，彩菊的脸上突然被丁香花狠狠地扇了一耳光，她捂住自己的脸哭了。

"哭哭哭，骚货，别以为我不清楚你同老爷的那些破事，老娘只是懒得理你们罢了，当心我打断你的腿！"丁香花先发制人，骂着站在那里一动不动的彩菊。

麻子毕竟自己理亏，忙劝着丁香花："算了算了。你们都彼此彼此，用得着跟小娘们犯浑？"

"李爷，我刚才可什么也没看到！"彩菊突然冲着李麻子解释。

“什么也没看到?”丁香花反问了一句。

“真什么也没看到!”彩菊重复着。

“哎呀，其实咱们什么也没干，她能看到啥?没看到就好，没看到就好呀!”李麻子说完“嘿嘿”笑了两声后，玩弄起腰间的驳壳枪来。

李麻子玩弄枪有他的目的，彩菊知道李麻子心狠手辣，什么事能干得出来。在她的面前玩那家伙表明，只要彩菊将看到的事儿说给老六听，那她就得死定了。

彩菊哆嗦着身子，战战兢兢地问李麻子:“李爷，没事的话咱回去了。”

“嗯!回去怎么向老六交代是你的事。”李麻子看了眼丁香花，自个儿先走了。

李麻子刚走不远。石板街十字路口处突然大吼起来，接着便是一阵“噼噼啪啪”的枪声。枪声夹着大喊声，丁香花听得清楚，听出那陌生的声音显然是在喊李麻子，并要打死李麻子。

戏台下的人群也听到了密集的枪声。看戏的人群立刻混乱起来，人们四处躲藏。阎老六顿感事情不妙，这事定是冲着他来的。可李麻子又不在身边，他请李麻子来的目的就是来为自己护驾的，关键时刻这头骚牯子不知钻到什么地方去了。现在该如何是好?

台上的戏班子也乱成了一团，他们四处乱窜地收拾道具。阎老六慌忙地钻到了方案下面，身子像筛糠似的抖着，裤裆下湿了一大块。

正街上的枪声离戏台边越来越近。李麻子的五十条枪将老六的那张方桌围得严严实实。这是麻子事先告诉他们的，遇紧急情况一定要保护老六。

戏台下的人群几乎在几秒钟之内，唤天呼地跑了个精光，剩下的只是李麻子那帮人。从正街上跑来的那人是李麻子，他一边朝身后追赶的人群开着枪，一边飞奔地朝戏台边跑了过来。

李麻子好不容易跑到他的手下人群中，他朝众匪吼道："还愣着干什么，给老子往死里打呀！"

这时众匪才从慌乱中回过神，噼噼啪啪地胡乱开着枪。李麻子见众匪向追赶自己的人还击，忙从桌子底下拉起老六："快跑！"

老六才惊魂未定随麻子躲在了戏台背后的稻草堆里。

外面的枪声一阵比一阵激烈，从枪声来判断，麻子队伍人多势众，对方的枪声寥寥无几。

过了约几分钟，对方没有了还击枪声，麻子的队伍才停止了射击。麻子估计对方已经退出了黄桥，才拉着抖个不停的老六来到自己的队伍边。

麻子看着被打死的六个弟兄，朝众匪吼叫道："他妈妈×，追上去，给老子报仇！"

众匪你看我、我看你地面面相觑，就是没有一个人往前冲。他们知道，对方的枪子儿是没长眼睛的，弄不好枪子儿就钻进了自己的心脏，自己也变成趴在地上一动不动的弟兄。

老六保住了自己的命，他很感激麻子。再说闹台子的土匪已经撤离了黄桥，追不追都无济于事。弄不好追上去麻子还得损失更多的弟兄，人家是来者不善，早做好了打算的，追上去肯定吃亏的是麻子。于是他为众匪们求了情，劝着李麻子，这事儿得从长计议，免得又损失弟兄。

"算了，老六你可看到了，我死了六个弟兄，这可是六条命呀！"李麻子装出十分悲痛的样子。

"麻子，这次死去的弟兄理应厚葬，咱就为他们操办后事吧。"老六忙化解了麻子的顾虑……

阎老六把李麻子的六位弟兄安葬好后，李麻子才带着队伍离开黄桥古寨回象牙山。走时，他告诉阎老六，他一定会回来清算在黄桥被欺这笔账的。阎老六心想，麻子这是在说屁话。到现在为止，他自己都搞不清是谁、为什么要打他，他去与谁算这笔账？不过麻子说给他的那事儿倒是得考虑，要不要去警察局，冯其良会相信是阎长坤串通土匪合伙报复？这是无根无据的事，只怕只有刘怀宗才信呢。

阎老六想出出被警察局关押这口恶气，反而出了一场洋相。在黄桥古寨里，连三岁的娃都知道，他阎老六是经不住吓的人，见了大场合尿湿了裤子。黄桥古寨里的居民拿这当成了笑柄。当成了茶余饭后谈论的主题。到处都在说阎老六是啥东西，不就是听到枪声钻到桌子底下的软尿吗？

每当阎老六听到这话时，就觉得自己这一辈子是直不起腰了的软蛋蛋，面子往哪里搁还放在一边，他犁铺生意还要不要做？这可是他阎老六一家生计的本钱。没了顾客就没了生意，没了生意，他一家老小靠什么过活？显然他在黄桥的面子十分重要，可面子已经让那些王八蛋损了，损了就损了，还成了当地的笑话人物。怎样去挣回面子是阎老六当前所必须考虑的问题，李麻子说得不错，非得去警察局告阎长坤串匪通匪！

阎老六想好了，去告状的事还得用那骚货丁香花。既然她与刘怀宗有那一回事，那就由着她去，这时正是用人的时候。俗话说得好，舍不得孩子套不住狼，把这“只”骚狐狸扔给刘怀宗去折腾，只有喂饱他才能给自己办事。

丁香花起初对阎老六安排的事有些迟疑，只当是阎老六惊魂过后又要与丫环彩菊野欢一样。但她转念一想，自己的把柄攥在彩菊的手里，只有放任她与他苟合，彩菊才不会说出那事。于是，她收拾了一些行李，吩咐家丁抬轿，去了县城。

看样子是打算在县城里住段日子吧！刘怀宗到日头快落的时候才来到他为她租居的吊脚楼里，一眼就看出了丁香花准备在这里待段日子的打算。

“嗯！咱是来侍候你的，喜欢吗?”丁香花扭动着腰肢，嗲声嗲气的。

“我的宝贝，求之不得呀，求之不得呀!”刘怀宗摘掉了大盖帽，一边脱着衣服，一边冲着打扮得妖艳的丁香花笑。

那张床又一次发出吱呀的叫声。一阵云雨过后，丁香花告诉刘怀宗，她家老六差自己来县城的目的。

刘怀宗看着身边那团雪白的躯体，惊讶地问:“你说阎长坤串匪通匪?”

“你不信?”丁香花料到有这个结果，对刘怀宗的惊讶并不感到意外。

“说老六串通土匪，火烧阎记犁铺没人能否定。可说阎长坤串匪通匪打死我城里老百姓谁也不会相信!”刘怀宗确实不肯相信。

“老百姓他们信不信我不在乎，可你得信呀，因为这事是我说的!”丁香花翻过了身子，忙下床穿好了衣服。

“冯其良他会信吗?他不信我怎么办?”刘怀宗感到很为难。

“这我不管，不然老六为啥将我送给你?”丁香花这话说得无遮无掩，赤裸裸的。

刘怀宗沉默了一会儿，然后没给丁香花回答就走出了吊脚楼。丁香花已经习惯了刘怀宗这种表达方式，他不吭声，也不与她打招呼离开自己，定是去为她办事。因此，她用不着为这事担心，自然会有下文等着她。

刘怀宗离开吊脚楼直接去了局长办公室。冯其良早上就听说昨天黄桥土匪与土匪之间发生了一场枪战。这会儿刘怀宗来报是阎长坤串通土匪专去整阎老六的。这事就像刘怀宗说的那样也说得过去，阎长坤的犁铺不会白让人去烧，烧了他会去寻仇。他想不通的是阎长坤串通土匪去黄桥找茬，那为何这般凑巧的又有一股土匪为阎老六卖命？于是瞪直了眼问刘怀宗："你说这阎长坤串通土匪，那保护阎老六的那股土匪为何这般巧合地在黄桥与他们交火了呢？"

"这——这——"刘怀宗一时语塞。

"怀宗呀，事情怕不是你说的那样吧！"冯其良只是轻蔑地一笑，不再继续往下发问。

"局长，不管怎样，黄桥那边昨天确有两股土匪在交火，这事全县城都传得沸沸扬扬。"刘怀宗只有拿这话去搪塞冯其良对阎老六的怀疑。

"他娘的，让他们去闹吧！这阎老六也不是什么好东西。"冯其良靠在椅子上，懒洋洋地抽起烟来。

"局座，只怕是这样闹下去会涉及咱们警察局，上面知道了这事，你怕不好交差吧？"刘怀宗来了个激将法。

冯其良眉头一皱，沉思了一会后，自语："他奶奶的，还真不好办呢！"

刘怀宗见冯其良被击中了要害，便凑近了冯其良的耳边说了一阵之后，两人笑了。

阎长坤的阎府大院内。

张厚德与龙嗣斌坐在大院的天井处，一边抽着烟，一边在焦急地等待着什么。

黄桥一战龙嗣斌虽杀了阎老六和李麻子的锐气，使李麻子死了几个弟兄。可李麻子仗着人强马壮，从他的枪口溜回了象牙山。打虎不死必有后患，日后阎长坤的阎家大院恐怕不得安生。

龙嗣斌收到了密探报告，说阎老六的婆娘来到了县城，这用意谁也能猜出几分，定是找警察局刘怀宗来了。龙嗣斌收到消息后一刻也不敢停留，他找到了张厚德一起到阎记犁铺与阎长坤共商对付之策。不巧，阎长坤不在，让这两位干等着急。

日头落在了晃山的顶上，那片云，很快要成了紫色。四合院的屋顶上，也只见一丝淡淡的余晖。

麻禄福从门外急匆匆地走来，高兴地告诉坐在天井的二位，阎老板回来了。

阎长坤身穿黑布长衫，像是刚从外地收账回来。进得四合院见张厚德和龙嗣斌坐在那里，忙放下手中的行头。

张厚德没有等阎长坤坐稳，就急着说明了二人的来意。阎长坤听后只是一笑："我早就料定阎老六那小子会使这一招的。"

"您——"龙嗣斌不解地瞪着阎长坤。

"厚德兄，当初我不赞成您请龙侠士的原因就在这里。您想，这一闹他阎老六拿什么去挽回自己的面子，生意人没有了面子他还能混吗？"阎长坤因心里有所准备，对二位的到来并不感到奇怪。

"这么说，反倒是我们给您帮了倒忙了？"龙嗣斌听阎长坤这么说，心里有点不好受。

"龙老弟你多虑了，我阎某人并非不仗义之人，你为我阎府出了一口恶气，感谢你都还来不及，怎能说出这话来？"阎长坤忙向龙嗣斌解释。

"那你的意思是——"张厚德打住了下文，看着阎长坤。

"顺其自然，想必警察局不会把我怎样吧！倒是龙老弟今后得多提防点李麻子那亡命之徒。"阎长坤说罢，磕了磕烟头上的烟屎，又装上了烟丝。

"狗日的，那天咋就没能葬了他？"龙嗣斌愤恨地骂了句。

“行了行了！都什么时候了，你骂有什么用?”张厚德劝着龙嗣斌。

阎长坤见龙嗣斌心急如焚，安慰了几句后喊开饭了。于是三人来到了堂屋饮起了酒来。

第二天一大早，麻禄福来到了阎长坤的房前，告诉他说门外有警察局人找他。阎长坤忙整理了一下衣服，对夫人说了几句后便随那位警察去了警察局。

警察局里就只有刘怀宗和几位素不相识的几名警察耀武扬威地等在那儿。

刘怀宗见了阎长坤只说了一句：“来了！”

“能不来吗?”阎长坤烦的就是他了，对刘怀宗的话听起来就别扭。

“知道叫你来是干啥吗?”刘怀宗看出了阎长坤的反感情绪，他还得这样继续问下去。

“知道是啥事我就不用来了。”仍然一副硬邦邦的语气。

“串通土匪，扰乱地方治安，这罪名可不小哟！”刘怀宗那副懒洋洋的样子让阎长坤看着就有气。

“咱何时，何地，串通哪位土匪，扰乱哪儿的治安了?”阎长坤一连串地反问了刘怀宗几句。

“你敢说黄桥的土匪火拼，阎老六的戏台被砸不是你串通土匪干的?”刘怀宗眼睛气得鼓鼓的，他恨不得立马枪崩了阎长坤。

“是这事呀，我还来不及给冯局长报告呢。上次我说阎老六串通土匪烧我家院，你不是说阎老六串通土匪不可能，要我拿出证据来。这黄桥那地方，阎老六要设宴庆功，怎就有了土匪火拼呢？该不是阎老六请来了土匪，自家火拼吧？要是这样的话，这回可有证据证明阎老六通土匪了，还得麻烦刘探长给阎老六定个通匪之罪。”阎长坤反唇相讥。

“你他妈的放屁！这次是阎老六告你，别认为本探长没法治你，说轻了那得坐牢，重点得杀头！”刘怀宗急了，拍着桌子骂了起来。

“刘探长休怒，这黄桥土匪与土匪之间火拼跟咱有啥关系？又不是我阎长坤在黄桥设宴唱戏，土匪该是因黄桥阎老六的事而去的，怎么这事就扣在我头上了？说治罪也该治阎老六的通匪罪呀？刘探长你说是吗？”阎长坤笑了。

“你——”刘怀宗被阎长坤的一席话问得哑口无言，只得恨恨地瞪着双眼，不敢再发问。

“说得好，说得好！”不知冯其良躲在后面的那间办公室里多久，在双方沉默的时候，他拍着巴掌走了出来。

“冯局长你看他简直就是茅坑里的石头，又臭又硬的！”刘怀宗见冯其良终于出面了，有种如释重负的感觉。

“刘探长，阎长坤说得在理。在‘理’字面前就得求一个公正。要治罪也得先治他阎老六的通匪之罪呀。”冯其良在刘怀宗的对面位子坐了下来，他说这番话是有针对性的。当初他压根儿就不想传阎长坤的，只是拗不过刘怀宗，在刘怀宗为他献计时他顺水推舟，将事儿往刘怀宗身上推，让他去尝尝阎长坤的厉害。

刘怀宗听冯其良这么一说，倒吸了一口凉气。万万没有想到冯其良会反戈一击地站在了阎长坤的一面，为阎长坤说起话来。莫不是为上次阎长坤告阎老六通匪之事……

阎长坤见刘怀宗不语，他站了起来朝冯其良说：“冯局长，你可得为我做主哇。他黄桥的事，怎么就赖在了我的头上？咱家烧了，是不是与阎老六有干系，我想刘探长心里自然明白。可黄桥的事你们不能平白无故地算在我的身上，要这样算，那地球上的坏事都是我阎长坤一个人干的？”阎长坤开始先发制人了。

“阎老板息怒，有话好说，有话好说嘛，警察这饭也不好吃，人家告了，我们就得理一理，不然要这警察局干吗？”冯其良笑笑地劝说着阎长坤。他还说，这事千万别怪罪刘探长，他也是例行公事，例行公事嘛，你何必生这么大的气呢？冯其良堆着笑脸。

“哼！”刘怀宗这也看不下去了，猛地站了起来朝外走去。冯其良自然知道刘怀宗是在生谁的气。不过他不计较他这些，由着他去，自己还是局长，他刘怀宗是离不了他的。

早饭刚过，阎长坤便回来了。张厚德万万没有想到，阎长坤会这么顺利地回来。听完阎长坤的话之后，张厚德竖起了大拇指，然后告辞了长坤，说是去晃山。将他回来的消息早点告诉龙嗣斌，别让他为他担心。

刘怀宗离开警察局去了哪里？冯其良要将刚才的事向刘怀宗做出解释。虽然刘怀宗是他的下属，这解释的事还是要走过场的。冯其良自己认为这很有必要，不要使他们之间的分歧越来越大。可到哪里去找刘怀宗？家里去过了，他老婆说他一大早就去了警察局。去了警察局不假，还审了案。可审案过后，这是冯其良亲眼见到刘怀宗离开警察局的。找了一会儿，冯其良就不再去找他，等他回来了，再找他沟通沟通。

刘怀宗离开警察局后，没有在别的地方停留过，径直来到了虹桥的那间充满浪漫的吊脚楼里，那里丁香花还在等着听他的消息。

刘怀宗哭丧着脸踏进门槛的第一步，丁香花就看出了他的失败。她不问事儿的结果，只是用一种鄙视的目光看着刘怀宗。那目光带着一种嘲弄和轻蔑，并且充满了仇视。刘怀宗见丁香花不语，自个儿找了个地方坐了下来。

丁香花沉默了很久后，怒气冲冲地收拾了自己的行李。

狗日的冯其良竟然耍起老子来了！刘怀宗抽着闷烟，愤愤地骂了句。

“亏你说得出口，他冯其良不办，你就不能办了？”丁香花边收拾行李边数落着刘怀宗。

“你是何苦跟我怄气，官场的事一下子说不清楚。再说了他是局长，压着咱呢！”刘怀宗像受了天大的委屈一样。

“他压你，你就不想法子治他了？我看你连人家土匪李麻子都不如，麻子他还得讲个‘仁义’二字呢！”丁香花仍然气着刘怀宗。

“放你的狗屁，他李麻子有这么大的本事你跑这儿来干吗，找他去！”刘怀宗听说李麻子几个字就有气，他站了起来骂了一句匆匆走出了小屋。

“你给我站住！”丁香花怒瞪杏眼，大声吼着刘怀宗。

刘怀宗被丁香花一吼，猛一惊，愣愣地站在那里一动不动。他与丁香花这么多年还从来没有见她发这么大的火。他回过头看着身后的女人，等着她骂出下文。

“刘怀宗你个狼心狗肺的东西，你想一走了之，呸！没那么容易。”丁香花两手叉腰，怒目圆睁，活像一头母老虎发威一样。

刘怀宗不再让她，轻蔑地说了一句：“你想怎样？”

“怎样？你自个儿心里明白，你少给我揣着明白装糊涂，我丁香花不能白给你陪睡几年。今儿你不把事给我摆平了，我跟你没完。”丁香花走出了小屋，直直地站在刘怀宗跟前，毫不示弱。

“臭娘们，还真跟老子较上了是吗？不办你能咋样？”

“不能咋样，咱是老百姓，你是大侦探，能把你怎样？不过话说回来，冯其良是你的局长，你不是也想当上局长，过过局长的瘾吗？你跟老六是怎么说的，这可不能让冯其良知道哟。”丁香花说完这些，屁股一扭，打住了下文，朝屋内走去，扔下这半句话让刘怀宗自个儿去思量。

刘怀宗听到这里，他的脸色立马变了，由青变紫，发青的嘴唇微微颤动了几下，可什么也没有说出来。他感到自己的双腿像灌了铅似的，好沉好沉。整个身子也软绵绵的，浑身上下没点儿力气。

丁香花在他的面前说了什么，她说要告诉冯其良什么，刘怀宗全然不知，脑子里一片空白。余下的只是愤怒和怨恨，恨自己当初为什么会沾上这个心似蛇蝎的女人。

过了一会儿，刘怀宗才从愤怒中回过神来，他猛然记起了刚才丁香花说的那话，假若丁香花移情别恋，另攀高枝，真投靠了冯其良，那他只有死路一条，这条命就断送在这个脸沉心毒的女人手里。不！决不能让她将事儿告诉冯其良，也不能让阎老六和李麻子放弃他们的共同计划。

刘怀宗想到了这事的严重性，小不忍则乱大谋。怎样稳住面前这个女人，他没好的计谋，只有走一步算一步了。等自己能在这长河城里呼风唤雨时，再来收拾如此狠毒的女人。刘怀宗放下了尊严，脸上堆着笑走到了丁香花面前，嬉皮笑脸地看着丁香花："哎呀，你不是常唱那句戏词儿吗，哥哥耶，你是妹的心头肉，妹把哥哥放心间？现在你又要把哥哥交给冯其良那老头儿了？"

"你是负心汉，我还有什么可留恋的？送给冯其良或许还能捞上一些好处。你给我什么了？你说你给我什么了？就咱老六家芝麻大点小事都指望你不上，我还有什么指望？"丁香花见刘怀宗又回到了小屋，心里暗自高兴，自己的话在刘怀宗身上起了作用。

"哎哟！你怎么听不明白，那事儿有冯其良给他罩着，我有什么办法？咱们得慢慢来，反正老六面子也丢了，一时半会儿就能找回来？别因这事你说翻脸就翻脸了，这么多年的情分就这样不要了？"刘怀宗极力讨好着丁香花。

丁香花其实压根儿就不想去得罪刘怀宗，好歹也有了几年的感情。没像刘怀宗说的那样说断就断了，你刘怀宗说断老娘我还不让断呢！她只不过是拿那话儿吓唬一下他罢了，让他把老六那事儿办了。丁香花见刘怀宗讨好自己，她给自己找了个下台阶的机会。转过身抱着刘怀宗，谁说她要将心尖肉送给冯其良？他还是她的心尖肉……

第九章 激战象牙山

李麻子回到象牙山后，心里窝了一肚子火。在黄桥古寨损兵折将丢尽了脸，全县城的人都知道李麻子在黄桥吃了败仗。按当地人的俗语，李麻子是背媳妇看戏，又出丑又吃亏。

阎府纵火得逞，老六在警察局的获释，使他占尽了风光。再想在黄桥威风威风，哪知半路杀出一个“程咬金”来。打他的人是哪路来的神仙他摸不透。要说李麻子与他人结仇的可多了，是谁与咱麻子过不去呢？这么多年了，李麻子是从来没吃败仗的，就在方圆百里地谁能与我李麻子抗衡，听都没听说过。如今李麻子为阎老六办事时却碰上了，并且还败得很惨。麻子思来想去，打他的人没有别人，就只有龙嗣斌了。龙嗣斌为何要砸自己的场子，目的只有一个，那就是为报多年的夺妻之仇。

龙嗣斌这么多年没有与自己交手过，现在动了阎长坤一下，他就明目张胆地与自己干上了。可见多年来，龙嗣斌的羽翼开始丰满了。

李麻子想了好几天，最后将对方肯定在了龙嗣斌的身上。他想，在这方圆百里地也只有龙嗣斌才敢那样做的。从打他那队人马的枪法看，非等闲之辈，只有龙嗣斌的那队人马才有这样的能耐。

李麻子反思，他从十多年前与龙嗣斌交手后就不再去招惹他。

多年过去了，两家从来是井水不犯河水。现在他要蹦出来为阎长坤说话，是谁将自己要去黄桥的消息告诉了龙嗣斌的？还是他碰巧与自己撞上了？麻子对这一切无法做出解释。

麻子叫来了一名土匪，吩咐他去县城，然后再去晃山打听一下龙嗣斌的最近动向。以前，麻子也是派黄进财去的。他放心黄进财能从山下带来好的消息。

黄进财领过口令之后走出了山洞，叽叽咕咕很是不情愿，但他还是下了山。黄进财是黄石坳的人，跟了李麻子多年，他十二岁就没了爹妈，在黄石坳又没有亲近的人，乡邻们自家都不保，哪有心去照顾这个孩子，从此黄进财靠流浪为生。黄石坳与张公寨不远，隔着一条溪水。当年李麻子血洗张公寨时，年仅十三岁的黄进财懵懵懂懂地见了李麻子一伙要吃有吃、要喝有喝的好不威风，便跟了麻子当上了土匪。黄进财渐渐长大，也明白了世间的善恶美丑，麻子烧杀抢掠他感到厌恶，早就想离开象牙山了。

黄进财还常听人说过，进了象牙山就别想着下山从良了，只要你有这个心，麻子就会让你死得很惨。不管你能走多远，他都能抓你回来问罪，然后吊在大树上示众。这事黄进财不仅听说过，他也亲自目睹了一次。

那是前年的夏天，南生因家中的双亲无人照顾，早就不想在山上为匪。家里也捎来了信，说是让他回去照顾家里的农活。南生给麻子跪也下了，头也磕了，李麻子就是不让去。终有一天，南生趁李麻子下山的机会，偷偷溜下了山。麻子回来发现了南生不在，便派人四处查访，最后从南生家里把他抓了回来。李麻子为杀一儆百，将南生绑在山洞口的那棵大树上整整七天七夜，不给水不给饭地将南生活活饿死。从此后，象牙山谁也没敢提下山从良的事。

这次李麻子要黄进财下山打探晃山龙嗣斌的动静，黄进财知道该去找谁，他以前也下过山，他还见过龙嗣斌。在他的心中龙嗣斌那可比李麻子强一百倍。龙嗣斌要他为自己做事，黄进财也很乐意，只是当时有些害怕，他怕被李麻子发现，那可是杀头的罪。这次还去找龙嗣斌或是去找张厚德吗？这只有黄进财自己心里清楚。

阎老六在家里等了好几天，就不见丁香花给他带来口信，也不见警察局来人调查自己，心里十分有火。他坐在堂屋中央愤愤地骂了一句：我日她××！

“你也别气坏了身子，这丁香花不来你不是有我吗？”身边的彩菊用手掐着阎老六的肩膀，嗲声嗲气在老六跟前一个劲地讨好。

“你知道个屁！老子没了脸面就没了生意！”阎老六正烦着，对身边的女人毫不客气。

“我说老六，你自个儿在放虎归山，你不想想太太是一个怎样的人，只怕是正搂着那刘怀宗早把那正经事儿给忘了。”

“你少说两句行吗？又没人把你当成哑巴！”阎老六恨恨地瞪了身边的彩菊一眼，气冲冲地站了起来走出了大门。

丁香花是在城里干什么去了？他刘怀宗不会不帮我阎老六吧？咱们不是有言在先，要让我老六把他扶正，他先得给我老六资本。什么是资本？刘怀宗心里明白，那就是阎长坤的阎记犁铺。有了它才能调动李麻子合伙整冯其良。不然老子是不会去干那赔本的买卖。这丁香花已经去了好几天，连一个鸟信儿也没捎回。虽说事难办，可干她娘的，总得有个交代。定是与那刘怀宗混在一起忘了那正事。

从阎长坤开犁节后，老六的犁铺生意渐渐淡了下来，几乎没有办法销售他生产的犁口。黄桥古寨阎长坤的犁铺生意被砸，可仍然没给老六家带来生意上的好运。转眼间快要进入冬种季节，如生意仍旧冷落下去，阎老六拿什么来支撑门面？

阎老六铸犁的炉子房伙计不多，只有二十几号人，懂技术的也就只有七八个的样子，并且他们的技术也是阎老六手把手教出来的。阎老六本身技术就不如长坤，他的手下技术哪能跟阎长坤相比。要想生存，只有整垮阎记犁铺，才有他老六的出头之日。可天公就是不帮他，阎记犁铺的黄桥分铺子也被砸过了，他县城的大院也被火烧过了，他的生意仍是那么好。据说，他阎长坤开犁节后又销了八千多张犁口，还销到了贵州、四川一带，这可是祖辈们还没有开的先河被阎长坤开了。老六的每次手脚倒像给阎长坤帮忙一样，自己的生意倒是一落千丈，门庭冷落。

阎老六听说炉子房的那帮师傅们见生意淡了，嚷着要散伙。这不怪他们，他们没事干就没工钱，没了工钱拿什么去养家糊口。说穿了，他们只不过是一群有奶便是娘的人，要是老六自己摊上这事儿，他也会这么干的。老六想到这里，去了炉子房。

炉子房是专门生产犁口的厂房，设在阎老六家的西头，离家有五六百米的样子。这房子还是阎长坤与他“分灶”开火时分给他的。风箱、炉子、铸犁的石模呀什么的，一概是阎长坤原封不动地留给他的。

阎长坤为什么这样做，阎老六心里明白，他是看在老六的父亲面子上才这样慷慨给了他这份家业。

老六看着冷冷清清的炉子房，想着多年经历的一些事，心里头不免产生了些酸楚。

现在门庭冷落，生意渐淡，眼看二十多号人说散就散了，这日子叫他怎么过？要不是阎长坤抢了他生意，他也不会落到这步田地。阎老六“嘿嘿”冷笑一阵之后，离开了炉子房，走回了自家的那个大院。

彩菊站在门口，看着阎老六愁眉苦脸的样子忙过来扶住老六。老六摸了摸彩菊的脸蛋，叹了口气，什么也不说就进了堂屋。

掌灯时分，石根来到了老六的房前，告诉老六说丁香花回来了，就在门口呢！

老六知道这是石根为他望风传来的信号，免得让丁香花抓住自己与彩菊成双成对。老六支开了彩菊忙向大门奔去。他盼她回来，盼她回来给他带来好的消息。

丁香花没有好脸色，老六从她的脸色中看出，这次要办的事肯定是黄了，要真是黄了那才叫“赔了夫人又折兵”呢！今后要他怎么在这黄桥做人？

丁香花呆若木鸡地坐在那儿，不管阎老六怎么问她，她总是金口不开。老六急了：“我 × 你娘的，有屁快放，少在老子面前装疯卖傻，老子不吃你这一套！”

“阎老六你才放屁呢！你不瞧瞧你自个，谁能帮得了你这摊烂事儿？”丁香花与阎老六对骂起来。

丁香花这一骂反倒让阎老六平静了下来，语气也平和了许多：“你是说刘怀宗他不帮我？”

“放你娘的屁！他敢不帮！你不想想，他刘怀宗在警察局里能一手遮天？”丁香花把事儿挑明了，刘怀宗不帮他的责任全在冯其良的身上。

“你是说冯其良在向着阎长坤？”阎老六瞪大着双眼看着丁香花。

“那能有谁？”丁香花见阎老六软了下来，语气不再是那样生硬。

“他娘的，老子知道那姓冯的就会使绊子，终有一天我会收拾他的！”阎老六瞪了一眼丁香花便走进房内……

李麻子派黄进财下山打听龙嗣斌的消息，黄进财来到了张公寨进了张厚德的家。张厚德知道黄进财下山定有很重要的事情，忙给他备了一席酒菜款待了他。张厚德是看着黄进财长大的，他晓得黄进财会知恩图报。虽说是上山为匪，干了些见不得人的事，但他心里还装着这个张大叔。当年黄进财父亲闹病去世后，就是这位貌不惊人的大叔花钱安排了后事，随后又留了黄进财一段日子，黄进财就这事还多次向张厚德忏悔过。龙嗣斌也就看上了他诚实，才收了他做自己的眼线。

黄进财吃罢饭，又喝了两盅酒后，他告诉张厚德麻子要他下山的任务，看来李麻子是要与龙嗣斌决一雌雄了。

张厚德听了这话感觉这事非同小可，留黄进财等龙嗣斌来后才能动身。张厚德差人去了晃山，三个时辰的工夫，龙嗣斌居然来了，听了黄进财的话后他哈哈大笑起来。接着他告诉黄进财，李麻子是在虚张声势，他还怕他不来呢！

黄进财跟了麻子多年，摸得透麻子的脾性，他在黄桥失去的定要找一个平衡点来挽回自己的面子，他说去黄桥就定会去的。龙嗣斌听黄进财的分析很有他的道理。以他多年的观察来看，李麻子也确实是这样一个人，李麻子要寻仇，不妨来一个将计就计，让他钻进笼子，关门打狗先下手为强。

龙嗣斌思索了一会儿后，告诉黄进财回象牙山后应该怎样告诉李麻子，说完，三人同时开怀笑了……

龙嗣斌送走了黄进财后，天已接近了黄昏，田间虫鸣声告诉劳作的人们，天快要黑了。张厚德忙为龙嗣斌点亮了煤油灯，龙嗣斌在一张白纸上写写画画的。此时，张厚德便知龙嗣斌是在做下一仗的打算。

龙嗣斌看了许久后，认为可以将自己的想法告诉张厚德了。

“张哥，你看这仗就放在黄桥的那条溪边打怎样？那儿没有百姓，进能从这儿打，退能从这条线路上撤。假设李麻子人多枪多，对我们不利，从这里迅速撤离也很方便。”龙嗣斌指着那张简易的路线图，征求他的意见。

“我看就这样行，不过要是李麻子不相信黄进财的话怎么办？”张厚德有些担心。

“这你就放心好了。李麻子那人寻仇心切，他哪能错过这大好的机会？退一步说，李麻子不上钩我们也不费多大的精力，他象牙山离黄桥远多了，不管怎么说我们是以逸待劳，你就等着看这场好戏吧！”龙嗣斌十分乐观地看着张厚德。

“要跟长坤说一声吗？”张厚德问龙嗣斌。

“不要让他知道这事，他可是一个老实的生意人，告诉他不把他吓坏才怪呢！”

张厚德不语，只是笑笑地看着龙嗣斌……

李麻子在山洞里听了黄进财打探来的消息后很是吃惊。向来不向外扩张的龙嗣斌为何把手伸向了黄桥？看来黄桥一战定是他龙嗣斌无疑了。他们去黄桥的目的是什么？是去争地盘还是去替阎长坤报仇？不管怎么样，龙嗣斌去黄桥对自己是十分有利的，他去黄桥给了自己一个寻仇的机会，他去黄桥我们就来一个半路拦劫，打他个措手不及。

自从李麻子拉杆子上山为匪的那天起，李麻子就认定了黄桥是他的地盘，任何人不得侵犯。如今，他龙嗣斌想打那儿的主意，分明是冲着自己来的，凭他龙嗣斌那几十号人也想抢黄桥，没门！李麻子掐着手指算了算，离龙嗣斌去黄桥的日子还有六天，这六天李麻子想蹲在山上修身养性，等养足了精神与龙嗣斌大干一场，决出一个胜负来。他不信龙嗣斌就是百姓传说的神那般刀枪不入。

象牙山的夜是那样的宁静，静得有些阴森恐怖，就连月亮也怕惹是生非一样，远远地躲藏在密密阴云里。象牙山没有了日头，天总是那么浑浑噩噩的。尽管已是深秋时节，可天气闷热得使人烦躁不安。几天时间里，象牙山似乎跟没人居住一样，没有了土匪们的猜拳划令声，也没有了土匪们怪似狼嚎的吼叫。只有不知世间事物的山雀依旧在树枝上叽叽喳喳地嬉戏着。

十月初七的早上，李麻子伸着懒腰走出了山洞，他吆喝着土匪们集合，开始他谋划已久的行动动员。

象牙山居住的土匪不算多，只有百十号人左右，他们听到李麻子的吆喝声后，知道是李爷又要下山“开荤”了。

虽说这百多人的队伍中有些是被逼上山为匪的，但在山上待久了，又有李麻子的调教，早就将昔日的苦难抛在了脑后，死心塌地地跟着李麻子东抢西掠了。土匪们待在象牙山是情不得已，一是害怕官府清剿；二是怕仇家寻仇。虽说近几年官府只是走过场似的与他们过了两招，不伤他们的一根汗毛，可龙嗣斌就让他们没过上安稳的日子。

如今听李麻子说带队伍下山，要与龙嗣斌大干一场，队伍里的人开始了骚动，有叫苦的，也有身子开始哆嗦的。可谁也不敢说不去，他们怕李麻子说是动摇军心，那会被杀头的。他们只好硬着头皮听天由命，反正说“不去”也是个死字，去了还说不定能活着回到这象牙山呢。

几乎在象牙山李麻子开会的同时，长河县城的县衙内，警察局冯其良在会见阎长坤。冯其良听阎长坤说，龙、李两匪今天将在黄桥溪边决一死战，这使他心里十分高兴。他盼望已久的土匪内讧终于来了，两股土匪一直是他的一块心病，他们不除一日不得安宁。冯其良心里清楚，刘怀宗暗地里勾结李麻子干些什么，不剿李麻子，刘怀宗会依靠他的势力来夺取局长的宝座。就是刘怀宗不直接插手与自己作对，在长河县城匪患成灾，到时上峰来个剿匪不利革职查办，自己也得将屁股底下的交椅拱手相让给刘怀宗。冯其良平日里重用刘怀宗是他有办事能力，同时也好窥视刘怀宗的心理动态。

暗地里冯其良早就查清了刘怀宗的目的，不过他不好说，刘怀宗岳丈——前任局长还健在，在上峰那里有一定的人缘，冯其良哪敢对刘怀宗怎样。他自己认吃哑巴亏，由着刘怀宗得过且过罢了。

李麻子与龙嗣斌要交战，那可是一件大好事，他们自己帮了警察局的大忙，看来这长河县的土匪不用一兵一卒，不费吹灰之力就被警察局剿灭了。他现在只是担心，阎长坤给他的消息是否可靠，李麻子与阎长坤有仇，那是众所皆知的事情，冯其良心里自然有一本账。开犁节的土匪扰乱，烧阎记犁铺，虽说没有真凭实据证实是李麻子干的，可明眼人一看便知根知底了，何况他一个警察局的堂堂局长？他不治阎老六的罪那是留他日后有用得着的地方。等李麻子与刘怀宗反目成仇后，再去治阎老六的罪那才是一招妙棋！

如今龙嗣斌又要与李麻子交手，阎长坤积极来警察局报信，是帮着警察局还是另有目的？这使冯其良一头雾水。不管阎长坤来报的目的如何，他决不能错过了这次清剿两股土匪的大好机会。他主意已定，让刘怀宗带一帮人，占据有利地形，先剿了他再说。想到这里，冯其良摸了一把头发，骂了一句，他奶奶的，终于送上门来了！骂完，冯其良叫来了刘怀宗，如此这般地交代了一番，脸上露出了狞笑。“刘探长，这可是你立功的好机会哟，千万不能错过，等事儿办好了我给你在上峰那儿立一个大功。哈哈……”

刘怀宗做梦也没想到，面前这只狡猾的狐狸将这个要命的差事交给了自己。刘怀宗暗自叫苦不迭，刘怀宗很不情愿地带上了三十多个弟兄，着便装匆匆赶往了黄桥溪边，按冯其良的意图，等他们两败俱伤后，由他收拾这盘残局。

不到上午十点，刘怀宗带着人马隐藏在溪边的杂草丛里，等待着李麻子、龙嗣斌两股土匪的出现。一个小时过去了，溪边依旧是那样的沉静，除了哗哗的流水声外，连麻雀也闭上了嘴，不再叽喳嬉戏。

刘怀宗对冯其良得来的消息有些怀疑了，甚至对冯其良有些愤怒。他耐不住等待的孤独和寂寞，他愤恨别人把他当成一只猴子样地耍来耍去。

正当刘怀宗对冯其良的安排产生愤恨的时候，前方溪边的石板路上一支黑压压的队伍朝着他们隐藏的地方开来。因为距离太远，刘怀宗没有看清是李麻子的队伍还是龙嗣斌的队伍。就在刘还宗想弄清前方是谁时，突然间枪声大作，杂乱的枪声在山间的小溪边震耳欲聋。走在石板路上的那股土匪，突然遭到了伏击，犹如一群丧家之犬四处乱窜。枪声越来越响，石板路上的那支队伍已经倒下了好几人。他们稍稍定了定神后，开始往暗处隐蔽，一边胡乱地开枪朝对面山上的那支队伍还击着。但一切都是徒劳，对面山坡上射来的子弹已经封住了他们的两头，不能向前，后退也不能。背后是陡峭的悬崖，他们只得拼死站在那儿，向对面的山上开枪还击。不到十分钟，石板路上的队伍已经死伤了大半，活着的拼命朝溪边能藏身的岩石缝里躲。可他们还没有靠近溪边，对面山间又是一阵激烈狂射，将冲到溪边的土匪压回到了那条暴露在大众之下的石板路上。两股土匪僵持了约半个小时后，石板路上的那股土匪再也坚持不住了，还击的枪声渐渐减弱下来。显然，这支队伍的伤亡人数不允许他们再坚持打下去。刘怀宗看时机已到，该是他们出手的时候了。他虽没有看清石板路上的队伍是李麻子还是龙嗣斌的，他猜测是龙嗣斌的无疑了。据冯其良说，是李麻子要打龙嗣斌的伏击，既然是李麻子打伏击，应该李麻子早有准备的，挨打的应该是龙嗣斌。于是，刘怀宗命令弟兄们将石板路上的队伍往死里打，好让李麻子知道他在帮着他，回到局里也好在冯其良面前有一个交代。

刘怀宗见前面的那支队伍已经溃不成军了，他抽出驳壳枪，大喊："兄弟们给我上，打死一个土匪赏大洋一块，活捉一人赏大洋五块！"

刘怀宗那帮警察早就想过一把打仗的瘾了，听说还有赏，面前的队伍又是到了手到擒来的地步，队伍"呼"的一下，像离弦之箭向前冲去。

石板路上的队伍不是别人，正是刘怀宗要暗中相助的李麻子。李麻子刚与龙嗣斌交手，依稀可数的枪声还没停下，他的前方又冲上一支队伍来，这使李麻子大呼上当，他认为自己中了龙嗣斌奸计，龙嗣斌这次要将他置于死地。李麻子稍定了一下神，见迎面冲来的队伍人数不多，只在三十人左右，于是鼓足了十二分勇气，冲自己人的队伍大喊："日他妈的，给老子往死里打，打死这帮狗日的，才有我们的出头之日。"

李麻子的队伍见前后受敌，虽说不是那么肯卖力，但都已清醒，对方是不想让他们活着回到象牙山的，在李麻子吆喝声后，土匪们又端起了枪，躲在岩石堆后，与冲来的队伍交上了火。刘怀宗队伍因李麻子的队伍拼死抵抗，停止了向前。在对面山上的龙嗣斌见山下的枪声像炒豆子一样，他笑了笑后，朝自己的兄弟们喊了一声："兄弟们，给他们再凑一把热闹，让他们狗咬狗去！"山上、山下，两股火力同时向李麻子的队伍打去。十几分钟后，李麻子渐渐失去了抵抗的能力。龙嗣斌见时机差不多了，不再恋战，手一挥命令队伍向回撤去。

刘怀宗被石板路上的土匪拼命抵抗一阵之后，弄不清对面山上的李麻子为何突然间停了火，刘怀宗恨恨地骂了句："他妈妈的，老子来你就停火，干你娘的指望老子来给你收拾这残兵败将。兄弟们给我打！"

刘怀宗的三十多号人疯狂地与李麻子队伍打了起来，枪声在山间乱成了一团，山谷间散发着浓浓的火药味。

双方在原地交火了十多分钟，刘怀宗估计对方的势力大大地被削弱，再要往前冲，自己人马也会伤亡。于是他扯破了嗓子朝对方喊去："龙嗣斌你听着，我们是警察局的，你们快缴枪投降吧，不然休怪我不客气！"

对面的李麻子听得清，与自己交火的队伍并非是龙嗣斌的队伍，顿时傻了眼。他气得嘴唇发青，想不到他打了半天，死了多半弟兄竟然是刘怀宗的队伍打的。他哆嗦着身子站了起来，朝着刘怀宗的方向骂了起来："刘怀宗我日你三代祖宗，放着龙嗣斌的队伍你不打，专与老子作对，你安的是什么心？"

李麻子的话音刚落，刘怀宗"扑通"一声，颓废地坐在了地上。他万万没想到，堂堂一个警察局侦探竟然上了土匪龙嗣斌的当，与自己的盟军打得难解难分。

李麻子也没想到，十多名兄弟的命送在了刘怀宗手里。他是故意还是一场误会？李麻子气得仰天大骂："刘怀宗我 × 你八辈祖宗！"

刘怀宗从梦中惊醒一般，忙跑向了李麻子的队伍那边。看着李麻子的队伍横七竖八地倒了一大片，心里不知是啥滋味。本来一场好戏却让刘怀宗不明不白地搅了局，李麻子火气冲天抓住刘怀宗衣领，大骂刘怀宗，这可是他干的好事！

刘怀宗心里发虚，忙对李麻子解释说，是一场误会，一场误会！

李麻子心一横，非要找刘怀宗讨一个说法，他指着刘怀宗："误你妈个头，老子几十号人马就死在了你的一场误会中，你说应该怎么办？"

"这事也不能全怪我，你李麻子也有责任。你打龙嗣斌为何不向我报告！"刘怀宗把责任推给了李麻子。

"你——"李麻子气得说不出话来，指着刘怀宗鼻子的手在不停地抖。

刘怀宗不想当着众匪的面解释这一切的来由。再说，这事已成定局，他再追究也无法挽回这个局面。刘怀宗只是讨好般地要李麻子赶快离开这个是非之地，让他们回去再说，一切好商量。

李麻子想继续与刘怀宗较真，被黄进财拉了去。刘怀宗看到李麻子远去的背影，才带上他的队伍离开黄桥溪边。

黄桥溪边一战使龙嗣斌大快，沉积多年的怨恨终于得到了宣泄，张厚德给他谋划的这招果真使李麻子吃了大亏。李麻子会这样善罢甘休？虽然李麻子这次受到了重创，但他的后台是不会让他们过上安宁生活的。仗虽然打赢了，可张厚德这步棋露出了一个不小的破绽，他动用了阎长坤为警察局报信，阎长坤日后会有什么后果他们几人都无法料到。

其实张厚德在同阎长坤商量这事后的那天下午，张厚德就有些后悔。可阎长坤已经去了警察局，再悔也不能挽回这个事实。阎长坤固然不怕，龙嗣斌和张厚德都是在为他办事，再大的风险他也得担当，别人可以拿生命为他伸张正义，他还有什么值得去怕的？阎长坤笑了笑，冲着两位脸带忧郁的朋友说："别怕，它警察局抓不住我什么把柄的。"

"可刘怀宗知道这事是你给冯其良报告的。"张厚德不无为阎长坤担心。

"他知道又能怎样？再说冯其良那儿多少还能为我说上几句话的。他刘怀宗不得不顾及冯其良的脸面，他们又能把我怎样？"阎长坤安慰着他们。

龙嗣斌为阎长坤的安全考虑，劝阎长坤离开长河县城，让他还是暂时去外面躲藏一段日子，等风声过了再回长河。

麻禄福也在为阎长坤的安全着想。他想龙嗣斌说得对，李麻子和刘怀宗都是心狠手辣的角色，他们是不会放过他的。要阎长坤这次依了两位的意见，暂时躲藏一段日子。

“麻先生别说了，咱哪儿也不去，就待在城里，我看他们还有没有王法。”阎长坤主意已定，谁也说不动他。

“老爷，这年月谁还与您讲什么王法。他们要讲王法，阎老六早就该关起来了，可人家不是还在外面逍遥自在。您房子烧了谁给您伸冤？铺子砸了还拿您去是问，您说这是哪家的王法？”麻禄福听老爷说王法就来气，当着老爷的面数落了一连串不是。

“阎兄，我看麻先生说得在理，您不能跟他们去讲什么王法，这帮王八蛋他们不讲这个，您还是躲一躲吧！”龙嗣斌一边劝着阎长坤，一边起身走到了张厚德的跟前与张厚德说了些什么。阎长坤知道他们又有了新的打算……

刘怀宗回到警察局一声不吭地倒在木椅上抽着烟。他心里在骂，狗日的冯其良，把老子的丑丢尽了，你让老子去打李麻子，总有一天我会让你付出代价的。

冯其良听说刘怀宗大获全胜回到了警察局，脚还未踏进门就高喊：“刘探长，这次该是咱们警察局扬眉吐气的时候了！”

“扬什么眉，吐什么气？老子打了半天就只是与李麻子打，那龙嗣斌早就不知跑到哪儿去了！”刘怀宗语气生硬地回敬着冯其良。

“打李麻子也是打土匪，打龙嗣斌也是打土匪，不管打了谁都一个样，上峰同样会为你记功。”冯其良没看刘怀宗阴沉的脸，笑眯眯地为刘怀宗倒茶。

“屁话！”刘怀宗火了，他拍着桌子骂了冯其良一句。

冯其良对刘怀宗的骂声无所谓，他理解刘怀宗，他懂得刘怀宗与李麻子，以及阎老六他们之间的那种微妙感情。刘怀宗骂了他，那是自己本身对这件事的处理有些草率。他不应该仅凭阎长坤的一句话，就调动了刘怀宗的队伍，让他处在阎老六、李麻子两人的夹缝里。这个时候他不能与刘怀宗去争什么高低，等他平静下来，给他做出解释。于是，冯其良紧锁的眉头强装舒展，他仍旧笑笑地看着刘怀宗："刘探长，这就大可不必了。你想那李麻子比龙嗣斌队伍的势力大得多，剿了他那是一件好事，别人还求之不得呢，你倒反而不开心。不会是因阎老六的那些小恩小惠蒙住了你的眼睛吧？"

刘怀宗不再理睬冯其良，他气冲冲地走进了自己办公室内，"砰"的一声将门关上。

"唉——"冯其良见刘怀宗如此，停住了要说的，脸突然一下子变得阴沉起来，敌视的目光朝刘怀宗办公室门口瞟了一眼，便哼着曲儿走出了警察局。身后，仍然能听到刘怀宗不知针对谁的无名怒骂声。

事后的第十天，刘怀宗成了长河城里的剿匪英雄。这天早上，刘怀宗精神抖擞地来到了警察局，冯其良告诉他，上面对他剿匪一事大加赞赏，县长要亲自向他授予剿匪英雄勋章。刘怀宗听到这事儿心里特别扭，喉管里像卡了根鱼刺一样，什么也说不出来。冯其良这一招确实是高，把他推到了风口浪尖上，让他成为了长河县城的剿匪英雄。那边李麻子折损了那么多弟兄，他还在等着与他清算这笔账；一边冯其良将他推到了下不了台的顶点。可事情已经是这样一个结果，任凭他怎样都无法改变这个现实。他只有将这股无名之火压在心里，等待时机，还冯其良一个难堪。

早饭过后，县政府的大厅里坐满了人，大多是县城里有钱有势的人物。阎长坤也在其中。是谁通知他来的，刘怀宗一概不知。是县长还是冯其良？刘怀宗也不去深究这个细小的问题，他来就让他来呗，总有那么一天，他们会看到刘怀宗带给他们另一种景象。

冯其良见刘怀宗来了，他与县长坐在前台，老远在那亲热地叫着刘怀宗，让他上台就座。刘怀宗顾着县长的面子，没有与冯其良硬碰，笑脸里藏着可怕的阴森，朝前台走去。县长说了些什么他听不清，看着县长的眼神也是那样的无神无光，他脑子里什么也没有，只有李麻子找他算账那些惊人画面。

台下，乐队开始了奏乐。冯其良站了起来，他在向台下大声地说着什么，在刘怀宗的潜意识里，他是在说十天前自己剿匪的事。冯其良说了一会儿后，不再接着说，县长接过了冯其良的话题，把刘怀宗如何剿匪的事复述了一遍。刘怀宗隐约听到县长是说，长河县府开了一个先河，长期饱受土匪侵犯的长河百姓们终于吐了一口气，这是他刘怀宗的功劳，是刘怀宗忠于国民政府的结果。因此，他们要大力弘扬刘怀宗这样的英雄人物，要为长河县的治安做出努力。绶带和勋章是县长亲自授给刘怀宗的，在县长给他授勋章时，他自己都不知是否给县长行了礼。乐队结束了欢快的乐曲后，刘怀宗披着艳红的绶带，胸佩勋章从台上昂首阔步地走下了台，他自己搞不清他为何要这般趾高气扬地做给冯其良看。他为何要来接受这个来之容易，受之有愧，并且不愿看到这个结果的这份荣誉。

当刘怀宗走过台下众多人群时，他看到了阎长坤笑得特欢的表情，看到了他那充满嘲笑、玩弄、鄙视的目光……

第十章　分庭抗争

黄桥古寨城墙上的杜鹃花火红地开了起来，对面山中树枝上的阳雀扯长了嗓子。又是一年春天的开始！

阎老六的生意没像城墙上的杜鹃花那样红起来，春耕迫在眉睫，阎老六的犁铺仍是冷冷清清。阎老六听说阎长坤今年照常要办什么开犁节，他这开犁节一办，他家的生意就不要再提了。活生生的一个铁饭碗，几年工夫就被阎长坤“生吞活嚼”了。黄桥哪里还有他的立足之地，他拿什么与阎长坤去竞争抗衡？等待他的只是那冷清的庭院，孤零零的店铺。

龙嗣斌与李麻子在黄桥溪边大战之后，阎老六就没有想要刘怀宗或李麻子去帮自己什么。他恨李麻子无能，也恨刘怀宗的不忠。他把所有的仇恨和愤怒堆积在阎长坤一个人身上，是阎长坤将他逼进了一个死胡同里，前无进路，后无退道。

阎老六坐在那里，想着近年来的一些不顺往事，烦躁不安地抽着烟。

丁香花扭着腰，一步三摇地来到他面前。她翘起红红的樱桃小嘴，嗲声嗲气地对阎老六说：“老六，这日子真叫人无法过了，你看眼下阎长坤那老头儿又要办那开犁节了，咱们这就干等着他来收拾这铺子吧！”

本来十分烦闷的阎老六见丁香花就来气，他冲着丁香花说：“日你妈个东西，老子无法过了，你去跟着那土匪麻子、大探长刘怀宗好了，少在这儿诉苦告穷的。”

“哟！今儿个把话说明白，老娘与刘怀宗好了，还不是为你一家的烂摊子事。你有本事与人家阎长坤去比去，去抢了他的饭碗那才叫男人，在一个妇道人家面前耍什么雄呀！”丁香花一扭屁股，瞪了一眼阎老六，头也不回地走了。

“日你娘的骚货，老子给你雄一回试试看，别总认为老子窝囊！”老六站了起来，看样子想冲上前给丁香花几个耳光。可当他骂完后又坐了下来，长长地叹了一口气，眼珠子直翻白。

丁香花仍没回头地顶了句：“算了吧！人家麻子才算真正的男人，他敢说敢做，哪像你那样窝囊！”

“那你跟着那土匪去当他的压寨夫人，他那玩意儿过瘾！厚颜无耻的东西。”阎老六越骂越难听了，他专拣解恨的骂。

“砍你脑壳的阎老六，当心天打五雷轰你。麻子怎么啦，麻子为你卖命，你却在家里坐收其成，还有脸骂人家，你还是个男人吗？”丁香花停在那儿，与阎老六对骂。

“我 × 你——”阎老六举起手里的烟斗，瞪着鼓鼓的眼睛，在烟斗快要落在丁香花头上的那一瞬间，阎老六只是在半空中画了一个圆后，烟斗又回到了他的嘴里。他沮丧地坐在了那张木椅上，两眼无神地瞪着面前的女人，无可奈何地为烟斗里装烟。

阎老六不打丁香花不是没有理由，她与刘怀宗的出轨是早些年的事了，这阎老六还没与丁香花好上的时候，刘怀宗就拥着、捧着丁香花在县城里走红。他们好了这么多年，如今与她去计较那些事，在阎老六心里他认为并不值得。目前，犁铺的生意又如此萧条，怎样去重整旗鼓才是最重要的。丁香花跟谁不跟谁这些都不是那么重要，在这个节骨眼上，他当忍得忍，真跟这娘们闹翻了，谁去为他打点家业，谁为他求助外援？还有一个原因，刚才丁香花骂他的那句话，使他受到了很大的启发。有本事与阎长坤那老头儿拼去！从他手里夺过饭碗那才叫本事。

他想这娘们还真给他出了一个好招，也不再与丁香花对骂。阎老六吸着烟，想着事儿。他不信就扳不倒阎长坤。

阎长坤的阎府大院。

小麦子在四合大院的屋檐下挂着大红灯笼，麻禄福站在天井处不时地指点着小麦子将灯笼挂高点。阎长坤身穿长袍，走近麻禄福的身边，问麻先生开犁节的请柬是否都发下去了？

麻碌福告诉阎长坤，请柬都发了，连警察局的冯局长、刘大探长也都发了。问他还有哪些要发的，他照办就是了。

阎长坤突然记起了龙嗣斌，他问麻先生，张厚德、龙嗣斌那儿是否也发了？

麻禄福有些迟疑，他看了看阎长坤，说龙侠士那儿是不是不发为好？

“为什么？”

“他可是——”麻先生停了下来，不敢说下去，他怕阎长坤骂他。

“说吧！”阎长坤等待麻禄福说出理由。

“他是山上的，再说这次开犁节又请了冯局长和刘怀宗，黄桥溪边之战，刘怀宗吃了哑巴亏不说，他正寻机找麻烦呢。这龙侠士一来不就成了他们抓住的把柄了！”麻禄福娓娓道来。

阎长坤听了认为有理，不再让麻禄福给龙嗣斌发请柬。

小麦子听麻禄福一说，急了：“我说麻先生，这山上与山上的也有个好歹之分，龙侠士可不一般，他不抢不夺，不烧不杀，专为咱们这号人打抱不平的，他警察局就不兴讲理了？”

“你懂个啥？快忙你的活计，少给老爷添乱就行！”麻先生骂着小麦子。

小麦子听麻禄福骂，心里不服气。一边挂着灯笼，一边翘起嘴角与麻禄福争执：“就你懂，懂得连好坏都不分了。”

“你——”麻先生瞪了小麦子一眼，懒得与他争执，干脆一跺脚走了。

不知什么时候麻禄福的婆娘走了过来，接着麻禄福的话教训了小麦子。她说小麦子的话不对。麻大叔所过的桥比他走过的路还要多，看到的月亮比他看到太阳还要多，他见识广，他这是为老爷着想！

“婶子您说得对，咱们可都是端着阎老爷的饭碗过日子的，谁不是为老爷着想哇。可李麻子、刘怀宗、阎老六他们也太欺人了，我想不通老爷为何会这么忍让他们。”小麦子像有一肚子委屈没地方倒似的。

“娃儿呀！等你长大成家了就知为人处世的难处了，老爷不是怕他们，你麻大叔也不是怕他们。咱们可是生意人，这争来争去的还做不做生意了？”麻先生的婆娘很会劝人，小麦子经她一说不再说什么了，只说了一句：“那倒也是。”

麻禄福的婆娘是去年年底的时候来的。阎长坤为兑现他的承诺要麻禄福回了趟老家，把他妻子接来了阎府。阎长坤早听说麻先生的妻子是一个聪明贤惠的女人，又很会办事，到了阎府大院，阎长坤的太太也很喜欢，与太太相处得如亲姐妹一般。

阎府大院临街的大门是新装修的，去年的一把大火烧掉了那近乎百年的老建筑——吊脚楼。怎么装修，阎长坤算是费了心思。他请来长河县最好的木匠，将原来的建筑一模一样地复原，加上仿古色油漆，没有人能看出这里曾经经历过一场劫难。修复后的阎府大院比原来的更加雄伟、更有气派。

石阶上的两座狮子，昂头向外张望。从屋檐垂挂而下的对联刚好落在石狮脚下，使那对石狮格外引人注目。对联的内容是麻先生拟的，上联是：苍天有眼争来夺去生意不烧不红火；下联为：众友相帮抚上安下财源越争越旺盛。起初阎长坤认为这副对联有点太张狂，怕引起事端。但麻先生认为，这副对联是他进阎府以来最好的一副，他是根据多年来阎府的各种经历而总结得来的，一是讽刺了阎老六在生意场中的白痴；二是证明了阎府上下的人缘关系，总的来说是表达了阎府的生意不怕别人机关算尽，反而将阎府的生意财源推向了一个巅峰时期。阎长坤听麻先生说得在理，也就依了他。不过他还是有些担心这副对联会不会引起麻烦，所以他要麻先生和小麦子提前两天时间将这副对联挂了出来，假若自己听到反映及早有个心理准备。

大门前的檐角处挂上了一对大红灯笼，两扇大门漆得乌黑，将一对大红灯笼衬得艳红艳红。

四合院内的陈设与往年的开犁节基本上一致，就是天井处的花坛多了几盆大红的鲜花，摆放也有了讲究。几盆常年翠绿的常青树摆放在底层，接着便是一层紫色的牵牛花簇拥着艳红的玫瑰。戏台设在了户外的休息亭子里，不仅比原来的要宽敞，设计也更具有阎府大院的气派。高高翘起的亭子檐角，分别挂着一串串小红灯笼，把个戏台打扮得十分漂亮。

阎长坤看了这些，心里暗自称赞麻先生的堂客很是不简单，从大院的全部装饰来看，它超过了近几年来所办的开犁节了。

麻禄福跟在阎老爷的屁股后面，一会儿介绍这，一会儿介绍那。阎长坤总是笑笑的，没多问麻先生。

阎长坤登上戏台，向长河县城望去，那条不知走过多少年的石板街是那样让人留恋。乌黑的屋顶，高高翘起的檐角，给这个古老的小城增添了无数魅力。

“街头上的三角彩旗还没插吗？”阎长坤问麻禄福。

“回老爷，那彩旗我想到开犁节的前一天插上，不然风吹日晒会变色的，到那时彩旗就不艳了。”麻禄福笑眯眯地看着老爷。阎长坤看着麻禄福说，这些年多亏了麻先生，他省掉了不少事情。

麻禄福让老爷别这么说，其实整个阎记铺子所有人都得感谢他。他们有今天，是他的宽厚仁爱给他们生活带来了快乐和实惠。他要是这么说麻禄福就不好意思了。麻禄福想起多年来阎长坤对他们的关照和厚爱，想到他对他们的仁义。

阎长坤说他们已经搅进了那潭浑水里，阎老六是不会这样罢休的，刘怀宗也正愁着找不到茬。他问麻先生，如有那么一天，可愿带着兄弟们继续干下去？问完，阎长坤脸上露出了忧郁。

麻禄福宽慰着阎长坤，他说他是大仁大义之人，自有天福赐着，小人不会得志，奈何不了阎记犁铺的。其实麻禄福清楚，这次开犁节是阎老爷为争一口气而办，虽然请了冯其良、刘怀宗他们，可谁也不能保证李麻子、阎老六他们不会使出他们想都无法想到的花招。

阎长坤忧心忡忡，他知道，这人逼急了可什么事都能做出来，阎老六没了生意，李麻子吃了亏，他们能这样风平浪静地让自己过上安逸日子？想到这里，阎长坤长长地叹了一口气，什么也不说，独自走下了戏台……

县政府警察局大院里。

刘怀宗坐在椅子上，手里拿着麻禄福给他送来的请柬左看右瞧的，心里在骂：你别太张狂，当心老子有天收拾了你！

黄桥溪边的刘、李之战，刘怀宗吃了有苦难言的哑巴亏。全县上上下下都说他是剿匪英雄，打了李麻子，全县的老百姓为之振奋。

县城的商贩、百姓们对他高看一眼。虽说他吃了闷亏，也有值得他吃亏的地方。这长河县土匪横行了这么多年，上级要求清剿多次，可谁也没有认真地去做过这件事，就连上届的局长——他的岳父，也只是喊得凶，并没真正地开展过清剿。如今他刘怀宗做了，还得到了上面的认可，捞足了政治荣誉。有了这一块金字招牌，他冯其良退下来，那局长的宝座非他莫属了。

这些虽然给了刘怀宗一些安慰，他的心依然不安。就这小小的荣誉使他失去了李麻子的信任，失去了阎老六给他的支撑。在长河县不管是局长还是县长，都得要有雄厚的经济实力去支撑他的成长。冯其良就是他身边一个活生生的例子，他没了阎长坤就不会在县府里那样呼风唤雨。如今李麻子恨着他，丁香花不理他，阎老六怕着他，就连岳父也骂他是一头只知贪吃的蠢猪，不知不觉地上了冯其良和阎长坤的当。

黄桥溪边那一战后，刘怀宗就再也没见到过李麻子，不知李麻子现在怎样了。他死伤了那么多弟兄，是否恢复了元气，他是否还记得与龙嗣斌的那些仇恨？黄桥溪边之战后不久，刘怀宗去过一次黄桥，他是去向阎老六赔不是的，准确地说，是去讨好丁香花的。他们再有气，刘怀宗这步棋还得走。丁香花不买他这个人情，阎老六就不用说了，他见了刘怀宗就气呼呼地质问刘怀宗，那事是他故意与李麻子过不去还是被冯其良耍了。刘怀宗自认自己倒霉，让龙嗣斌占了一回便宜。不过他向阎老六做了保证，他要为李麻子报这个仇的。阎老六不信，说他是过河拆桥，并声明，从今往后他做他的官，他做他的生意，让他少到黄桥这边来转悠。这话说得够明白了，他阎老六不能将自己的夫人白白送与一个不给他办事的人任意玩弄。刘怀宗听了这话不好受，你妈的阎老六是从自己身边抢走女人的，要不是碍于岳父的威力，丁香花哪能落在你这个白痴的窝里？

再说了，李麻子也该打，我的女人他也敢睡，你阎老六没气我刘怀宗有气，打了他也不亏。让他得个教训，知道我刘怀宗也不是好欺的，料你阎老六还没那个本事与我作对。就连麻子也没这能力，打了就打了，麻子那里他是不会去给他赔不是的。这是丁香花在，不然打了又怎样？我就不信你阎老六能做出惊天动地的事来。

丁香花虽然对那事儿有怒气，但她毕竟与刘怀宗有多年的感情。她见老六与刘怀宗两人都很别扭，忙出来为他们充当和事佬，劝了这边劝那边。她还答应他们，等过一段时间将李麻子请来，三人当面解释清楚，消除这场误会。后来不久，刘怀宗因剿匪成了长河县的功臣，丁香花没有来过县城，也不见她请刘怀宗和李麻子当面说清那事，事情就这样被拖了下来。现在阎长坤又要办什么开犁节了，这虽不是冲着他来的，但他心里觉得窝囊。阎长坤越是这样大张旗鼓地办事，就让刘怀宗心里越不是个滋味。阎长坤还把请柬下到了警察局来了，这不是明摆着拿他开涮吗？

刘怀宗想到这里气不过，冲冯其良说：“刘局长，这阎老头子的开犁节我是不去的！”

“怎么？人家阎长坤这是看得起咱警察局这帮人，总得给人家一个面子。再说了，你去了人家也少不了对你的打发呀！”冯其良没看刘怀宗，说完了还笑了几声。

“上次阎老六告他通匪的事儿还没个了结，今天把请柬送到了警察局，这不是明摆着与警察局过不去吗？不知您是怎么看待这事的。”刘怀宗找了一个很好的借口来搪塞自己。

“那都是些陈年老账啦，这年月得过且过，与谁过不去不要紧，可千万不能跟钱这东西过不去呀。阎老六告阎长坤通匪那是捕风捉影的事，人也关了，你不是也查了，谁能证明他通匪了？再说，阎长坤还告阎老六通匪呢！上次黄桥溪边的那次要不是阎长坤给信儿，你能打败李麻子？这次你不去，还真有点对不住阎长坤呢！”冯其良在刘怀宗的肩膀上拍了一下，然后笑了，那是笑给刘怀宗看的。

“照你这么说，我非去不可？”刘怀宗的话很是生硬。

“你自己看着办，反正我是要去的。到时你不要来个阎府抓匪的闹剧让我下不了台哟！”冯其良哈哈大笑起来。

刘怀宗的脸青一阵红一阵的，他气愤地将请柬往地上一扔，朝大门口大步走了。冯其良看着他的背影，只是“嘿嘿”两声冷笑，便埋下头，看着手里的卷宗。

刘怀宗走出大门，在大门前那棵古老的松柏树下坐了下来，掏出卷烟点上，大口大口地吐着烟雾。刚才冯其良那话让他感到吃惊，听话听音，冯其良似乎看出了他什么破绽。会不会是阎老六因李麻子的事而反了水呢？刘怀宗想，阎老六是不会这样做的，他与冯其良根本没什么交情。再说了，冯其良一向把阎老六就不当一回事儿，就是他说了，冯其良也不一定就信他。那冯其良的目的是什么？刘怀宗总是琢磨不透。冯其良的一句话倒是给了刘怀宗一个启发，上次在阎长坤开犁节时，不是阎老六说阎长坤藏匪吗，这次想必他龙嗣斌会来的，并且来阎长坤家的可能性特别大。只要他龙嗣斌来，他想也应该是为李麻子了除心头之患的时候了。到时自有法子给你冯其良一个交代。刘怀宗脸上慢慢地有了笑意，然后猛地扔掉手中烟蒂，起身朝虹桥那边走去……

阎老六生意无法再做下去，黄桥镇所有的农户没有向他下订单。春耕开始了，阎老六的犁铺仍是火熄炉停。铺子里还有千多张去年的陈犁蒙上了厚厚的灰尘，炉子房的伙计们个个就像霜打雨淋似的，没有一丁点儿精神。阎老六看到这些，他的心凉了大半截。县城里又在传阎长坤再次办开犁节，连黄桥的农户和原来与阎老六有过交往的老顾主也不买他的账，他们撕破了面子，都说等阎长坤办完开犁节后去买他家的犁口，这给了阎老六当头一棒。阎长坤有什么魔法抢走他的生意？

阎老六无法估计他今后的路怎么走，今后的命运会怎样。但他坚信，他会与阎长坤势不两立，抗争到底。他有这个决心，也有这个胆量，并且他还有这个势力在支撑他，帮扶他。李麻子跟他说过，只要他老六愿意，他可以废了阎长坤，夺了他家的全部财产。这话是麻子在黄桥溪边之战后说的。虽不是很现实，老六听来舒服。麻子在那战输了，可他输得痛快，与龙嗣斌交了手，不是刘怀宗在中间搅和，说不定谁是谁的败将呢！麻子从那次之后去过阎老六家几次，他不怪老六给他出了这道难题，不怪他把自己拖进了这个纷争的旋涡中。他告诉阎老六，这口恶气他要用这一辈子的精力去与冯其良、阎长坤他们抗争到底，哪怕只有一口气。

阎老六被李麻子的信誓旦旦所感动，给麻子补充了些饷款，告诉麻子等待时机，夺了他阎长坤的犁铺。

门前的梁石根跑了过来，见老六正闭着眼睛，只好停在了他的身边。阎老六听到了脚步声，仍闭着眼问："什么事惊惊慌慌的呀？"

"老爷，警察局派人来了，说是有要事找您！"石根轻声地回着老六。

"他奶奶的，刘怀宗还有什么脸面来找我？"阎老六听说是警察局来找他，知道是刘怀宗的人来了，气不打一处来，愤愤地骂道。

房内传来女人的骂声："猪脑袋，也不问问人家是什么事儿就骂骂咧咧的，这样下去迟早是要丢了咱阎家的地儿。"听得清这是丁香花在骂。

"× 你娘！老子的事你少管。"阎老六回敬房内的女人。

"小人之心度君子之腹，这句话的意思我谅你老六不懂，不管咋样也得问清了再说。"房内的女人并没因男人的恶意而中断说话。

老六睁开眼，朝石根说了句，让他进来！

石根走了。

很快，自称是警察局来的那人走进了堂屋。来人一身平民打扮，上穿黑色家织布衣，下穿深蓝色长裤，头上缠着黑色丝帕。他见了阎老六也不向他问好，开门见山地冲老六说，刘探长给他传话，不知他是否愿意听？

老六有些不耐烦地瞪着来人，懒洋洋地说了一句："愿听怎样？不愿听又怎样？"

"刘探长说了，愿意听就将计划告诉你，不愿听那就拉倒，我立马走人。"来人并非委曲求全讨好阎老六。

"说吧！"阎老六指了指来人身旁的那张木椅，意思要来人坐下来说。

来人也不客气，一屁股坐在了那张木椅上。然后，自顾自掏了烟悠闲地抽上。过了好一会儿，那人对老六说，刘探长知道老六对他有成见，不过这不要紧的，如今机会来了，看他们是否敢动手。

阎老六听来人说有了机会，忙盯着来人，等待来人道出机关。

来人并没有说出机会是什么，只是告诉他阎长坤又在办什么开犁节了，这是一个很好的机会。

阎老六听不明白来人所说的机会是什么，他阎长坤办了这么几年开犁节，是再平常不过的事了，这开犁节能说是给了他什么机会吗？莫不是刘怀宗那个大探长拿自己给他当奠基石吧，亏他想得出！阎老六又闭上了眼睛。他想，刘怀宗又在玩什么新的花样了。来人凑近了阎老六耳边。一阵过后，阎老六的脸上渐渐地露出了快意。那人临走时，特别交代阎老六得抓紧办好，别误了刘探长的事。

阎老六送走来人后，摸了摸光光的头，骂了一句：他奶奶的，刘怀宗那儿还没有白养。接着要石根拿酒来，今儿个他要喝一个痛快！

石根忙走了过来，说了一句让阎老六十分开心的话，便去了厨房吩咐厨子为老六备酒备菜。

第二天，梁石根又去了一趟象牙山。他去象牙山干什么，只有阎老六、梁石根知道……

长河县城的石板街两旁，吊脚楼屋顶上插满了各色彩旗。城里的四方邻居都知道，这是本地的财富人家阎长坤家又要办开犁节了。往年也是这样，阎府的开犁节比过年还要热闹。阎长坤铺子里的人个个都穿上了崭新的衣裳，精神也好多了，就连他们走路也是昂着头的。

明天就是阎长坤办开犁节的时间，阎府上下热闹非凡，一派喜庆的气象。阎长坤与麻禄福一前一后地走在石板街上，不时看着街两旁吊脚楼屋顶上迎风飘扬的彩旗，心里头像喝上了蜜糖一样。迎面，小麦子匆忙向他们跑来，老远就喊："老爷，张掌柜来了，说是有要事商量！"小麦子跑得满头大汗也顾不得擦，先把话儿传给了阎长坤。

"你是说张厚德来了？"阎长坤没有听错，他为张厚德的到来有点奇怪。往几年的开犁节，张厚德总是等那天才来。这次为何提前来了？这次的开犁节与往年都不同，特别是在夹缝中求生存的阎长坤是下了很大决心才办这次开犁节的。张厚德来了，定是带来了什么让人吃惊的消息。阎长坤还没坐稳，张厚德说了，他的话让阎长坤很是吃惊。张厚德说了什么？是听谁说的？真要是这样的话，他又如何去应对明天将要来临的厄运？

张厚德见阎长坤有些紧张，忙替他出了主意："阎老板，龙嗣斌说了，用得着他的地方只要您吩咐，他会来的。您看是不是……"

"容我想想再说。"阎长坤没当面答复张厚德。他在想，请了龙嗣斌，正好让刘怀宗抓住自己通匪的把柄。

小麦子在一旁急了："老爷，这还有什么好想的，我们请都请不到龙侠士，我看就请他来为开犁节压阵，叫狗日的李麻子闻着名儿吓破胆才好呢！"

"小麦子你知道个屁臭！老爷还不如你？"麻先生见老爷不发话，小麦子又在多嘴，狠狠地骂了小麦子。

阎长坤看了看各位，然后看了看张厚德问，龙嗣斌来得吗？

这有什么来不得的？张厚德小声地说了一些话后，张厚德走了。

阎长坤送走了张厚德，他把太太和麻先生的妻子叫了过来，如是这般地交代，太太和麻先生的妻子死活不肯依他。太太说，留在家里多一个人多一份主意，事临危的时候要有人跑前跑后，在阎府的上下，不能没有太太。麻先生的妻子也是这样说，她也不赞成老爷将她和太太送到外面躲藏起来。阎长坤见她们执意要留下来，只好要小麦子连夜将连军、莲英和麻先生的儿子送去张厚德家。

时间还早，不到下午七点，天渐渐地黑了下来。西边的乌云黑压压地压了过来，阎长坤感觉闷热得难受，看来有一场暴风雨来临。

天完全断黑了。麻先生坐在阎长坤的身边，打量着正在思考的阎长坤："老爷，我看明天的开犁节是不是推迟办？"

"为什么？"阎长坤反问麻先生。

"张掌柜的话不得不听呀，李麻子和阎老六这人什么事干不出来？这万一有个闪失，我们阎记犁铺可不能再让他们折腾了。"

"那不办开犁节他们就会放过我们阎家吗？"阎长坤眼睛看着麻禄福。

"这——"麻先生无语。

阎老六为何三番五次地与自己作对，什么地方招惹了他？阎长坤想不通阎老六为何变得这样。

麻先生猜得出老爷在想什么，他对阎长坤说，那是阎老六没了生意，他狗急跳墙想争夺生意。人为财死，鸟为食亡。就不是他阎老爷，在长河县城里换了别人生意如此红火，他阎老六也会这样做的。

阎长坤听麻先生这么一说，也不再想不通了。他告诉麻先生，明天得见机行事，龙嗣斌来后最好不让刘怀宗和冯其良知道，不到万不得已时不能动用龙嗣斌的人马。

麻生先要老爷放心好了，他会安排停当的。他要老爷早些歇了。

一道闪电划过长空，瞬间将阎府大院照得通明。接着“嘎啦”地动山摇的雷声，随之而来的“哗哗”春雨倾泻而下，仿佛要将整个长河城吞没一般。雷声一声高过一声，大雨一阵高过一阵。狂风也突然间刮了起来，吹得直泻而下的大颗雨滴打在壁板上，发出“嘭嘭”响声。大门前的艳红对联被狂风掀得老高，屋檐下大红灯笼被狂风吹断了绳索，在屋角四处乱滚……

黄桥阎老六家没有因大雷大雨而安静下来，相反他家显得格外热闹。

李麻子好长一段日子没来老六家了。这次来了，老六自然得好酒好菜地招待他。堂屋的下边厢房里摆了五桌，加上老六和麻子的那桌，他家设了六桌晚宴。堂屋下的厢房里，酒杯碰撞，猜拳划令，将阎老六家掀了个底朝天。

一名高个子土匪拿着酒杯，左右摇晃着来到阎老六桌边。他双手端着酒杯，对着阎老六说，六爷，他虽算不得什么，可只要六爷说，明儿要打阎长坤哪儿，他就打哪儿，他绝不含糊，让六爷当上长河城里的第一大财富人家。说完，高个子一仰脖子，一半酒流到了地上，一半进了他的肚里。

“老弟，咱真要成了你说的那样，我阎老六不会少了你们的好酒好菜。来再干了这杯酒，算是咱阎老六敬各位的。”阎老六先喝了下去。

麻子也站了起来，他冲下房内的各位弟兄们说，他阎长坤与他们无冤无仇，但他仗着有钱，在长河城里不把他麻子放在眼里，他喂着龙嗣斌。大家想他妈的龙嗣斌是自己的仇家，多少年来龙嗣斌与自己交了多少次手，损失了自己多少个弟兄，这笔账该算在阎长坤那儿子的身上。明儿往狠处打，六爷会给大家行赏！麻子高举酒杯，同大伙干杯！

土匪们来了精神，吼着：干了这杯，六爷明儿个就是您扬眉吐气的时候了。

黄桥镇阎老六的家里喧闹了一阵之后，稍稍安静了下来。

大雨渐渐地小了起来，东方一丝光将阎老六家的屋顶隐约现出了一线轮廓。阎老六家里开始有了扰动，土匪身披蓑衣，头戴斗笠，背着汉阳长枪，从阎老六家里蹿了出来，趁着蒙蒙亮向长河县城赶去。

阎长坤同麻禄福几乎是同时起的床。咋晚的大风大雨扰乱了阎府多日来布置的一切，这一切又得重新整理。麻先生见阎长坤起得这样早，与阎长坤打了声招呼后，便喊着小麦子。麻先生吆喝着要他把咋晚大风刮下的灯笼重新挂上。

小麦子听到喊声告诉麻先生，说大院的灯笼早就挂得差不多了，等大亮时，还同原来的一样。

阎长坤环屋子看了一遍，小麦子没有说谎。四周的灯笼依旧与昨天的一样，悬在屋檐上随风飘摇。

过不多久，天开始放亮。城的东头狗叫声一直不停，二十多双穿着草鞋的脚，在石板路上疾行着。几分钟后，这队人马来到了阎府大院，迅速进入了阎长坤的宅子。

肆虐了一个晚上的老天终于睁开了眼睛，太阳从东边的山头上露出了半个脸蛋，淡红色的阳光暖暖地洒在屋顶，将阎府大院的屋顶涂上了一层淡淡红光。

阎记犁铺大门前。

炉子房里的伙计们早已等在了那里，他们准备这一天繁忙的开始。他们身着清一色土布衣，腰间扎着红绸带，成八字排开，笔直站立在大门的两侧。小麦子在那里忙上忙下，他心里清楚，今天的开犁节不像往年那样宁静，老爷是不能分心的，这里就得靠他和麻先生了。

早饭刚过不久，赶来参加开犁节的各路商客陆续踏进了阎府大院。麻先生一个接一个地将来者引进了大堂。他手拿账本，与客官们谈笑风生。说话间，张厚德不知是什么时间来到了麻先生背后的，他拍了一下麻先生的肩膀，风趣地对麻先生说，昨晚一场风雨，今朝一片春光。阎府开犁节老天也恩赐太阳，普度众生呀。

麻先生一边与张厚德聊着，张掌柜真会开玩笑，要说老天恩赐那是赐予所有的众生，阎府的兴旺那是搭帮关心、支持阎记犁铺的各位亲朋。并告诉他，阎老爷在里屋候着他呢！一边将他引进了里屋。

阎长坤的四合大院人声鼎沸，熙熙攘攘。张厚德趁人不备时，与一个身材高大的中年男子交流了一阵之后，中年男子随即叫上了一个身着黑色长衫的男人一起走向了大院后的密林里。一切安排妥后，张厚德告诉阎长坤，他儿子连军，女儿莲英在他那儿玩得很开心，让他放心好了。

大门口，戏班的锣鼓突然间响了起来，这是戏班进大院时打的闹台锣鼓。阎长坤与张厚德向大门口走去，现在该是他们出场的时候，这时是来客的高峰时期。

阎长坤今天一改过去的着装，从来是着长袍接客的他，换成了中长的对襟衣，头上的黑底带淡蓝线条丝帕也改成了礼帽，腰间扎了一根红色绸缎腰带，看上去人也精神了许多。

戏班的老板见主人来了，锣鼓唢呐同时响了起来。跳花灯的懒花子手里拿着花折扇，在阎长坤身边转来转去，引得门前的各位客人捧腹大笑。就在这时，小麦子扯着嗓门在喊老爷，说警察局的冯大局长、刘大侦探大驾光临了！

阎长坤忙上前，双手抱拳向冯其良、刘怀宗二人施礼。冯局长、刘探长大驾光临，小民三生有幸，三生有幸哇！阎长坤微微一躬身子，将两人引进了大堂里。随后他转身喊着麻先生，要麻先生带局长、探长大人上阁楼品茶，茶要最上等的！

麻先生“哎”了一声，便带他们上了阁楼。

刘怀宗坐在阁楼上心里老是不踏实，一会儿瞧瞧这，一会儿又瞧瞧那的。这阎府大院他去年的开犁节来过一次，那次没怎么打量这阎府大院。如今他看了，怪不得冯其良对阎长坤是那样的器重。阎老六那点儿家底，哪能与阎长坤相比？

门外鞭炮声响了起来，司仪大声在喊开犁节开始。紧接着锣鼓喧天，唢呐的欢快曲儿响彻了县城。炉子房的表演队在唱着铸犁的自排节目，道士手举大红公鸡，手挥尖刀，口中念念有词。

突然间，一声巨响，把做着各式表演的人群惊呆了。锣鼓手们停下手，道士手举的公鸡停在了半空中，唢呐手嘴只是鼓鼓的，就是没能发出唢呐声。一切在那声巨响之后停在那里，空气似乎快要凝结，人们的心提到了嗓子眼上，他们感到了前所未有的恐慌。

正当人群愣愣地站在那儿，极力想分辨出那声使人发毛的巨响声来自何方时，阎府大门的两侧，突然冒出一支身着黑色长衫，头戴斗笠，手持汉阳步枪的队伍，蜂拥着朝阎府大院冲来。为首的手持二十响驳壳枪，一边朝天空放着枪，一边大喊：冲进阎府抢光他家的财产，杀了阎长坤给死去的兄弟们报仇哇！

大门口不知是谁听出了为首的喊声，看出了那是土匪李麻子的队伍，便大声地喊：土匪李麻子来了快跑!

大门口乱成了一团，被惊呆的人群突然回过了神，四处乱窜，寻找能藏身的地方。唯有小麦子手持一根木棒，站在大门口一动不动，他眼睛瞪得圆圆的，大声朝拥来的土匪骂："李麻子敢来，我小麦子与你拼了!"

麻先生忙拉了小麦子一把："快进屋关上大门!"

小麦子不听，挣脱了麻先生，仍站在石狮前。麻先生见时间来不及了，按事先商量好的方案，将大门牢牢关上。

炉子房的伙计们找来了大木头，将门顶上。门外小麦子还在不停向冲来的土匪骂："我日你妈，你们敢抢我家老爷的，让你们有来无回!"

只听得门外"砰"的一声，小麦子倒在了地上。门外枪声开始大作起来，阎府大门的木板上瞬间被打穿了几十个小洞。土匪们蜂拥般地朝大门拥来。打门声、叫喊声混杂在一起，阎府大院炸开了锅似的。

冯其良与刘怀宗在阁楼上正品着茶，土匪们攻至大门口时才知阎府遭到了土匪的攻击。冯其良脸色沉了下来，气得说不出话。刘怀宗倒是镇静自若，他看着冯其良，贼溜溜的双眼像是将冯其良盯死一般。冯其良没觉察到面前刘怀宗的那双贼眼，冲着刘怀宗大吼："你还愣在这干什么，快去叫你的队伍来!"冯其良真是气极了，他没料到，在他做客的地方竟然有土匪明抢。

刘怀宗没有动，奸狡地朝冯其良笑了笑："局座，别忙，我想请您看一出好戏!"

"看你妈个头戏，都什么时候了，还看什么好戏，先收拾了李麻子再说!"冯其良见刘怀宗并不听他的使唤，瞪直了眼朝刘怀宗大吼。

“这戏吧叫一箭双雕，这外面的李麻子自然要收拾，可背后的龙嗣斌也得关照呀！我想，把他们两股土匪都消灭了，那不是局座天大的造化？”刘怀宗仍是不慌不忙的。

“龙嗣斌？龙嗣斌在哪里？”冯其良不知刘怀宗在玩什么把戏，也听不懂他在说些什么。

刘怀宗很有把握地坐在那张木椅上，他要冯其良别急，龙嗣斌很快就会出来的。然后看着门外的土匪使劲地撞着大门，大门在门外众人的撞击中，开始不停地摇摆了。

眼看大门将被撞开，阎府大院的后院像神兵天降般突然出现了一支有四十多名荷枪实弹大汉的队伍。这支队伍在一位领头人的呼唤下，迅速包抄到了大门口前面，把李麻子的队伍围得水泄不通。李麻子发现他再次中了埋伏，便鼓动他的土匪们：“兄弟们给我往死里打，他们没几条烂枪，打死了他们我会重赏！”李麻子的队伍开始了疯狂还击。 时间，阎府大院外枪声像炒豆子似的，长河城里响起了刺耳的枪声。冯其良见两股土匪的交战暂时缓解了阎长坤大院的危机，忙对刘怀宗命令：“刘探长，你可是党国授予过剿匪先锋勋章的人物，现在是你消灭他们的好时机，就看你的了！”冯其良看着刘怀宗，等待他做出反应。

刘怀宗“嘿嘿”一笑，他冲着冯其说，现在出手有点儿过早了，不如让他们狗咬狗地再咬上一阵子，到那时我收拾他们就容易多了！

冯其良看着刘怀宗，在刘怀宗的胸脯上捶了一拳，他笑了：“他娘的，看不出还会孙子兵法呢！”

“局长大人，这如何是好？”阎长坤跑上了阁楼，忙问冯其良如何解决这事。

“他娘的，阎老板您别怕，有我冯其良在，您就别担心。他李麻子也好，龙嗣斌也好，他妈的就休想闯进这阎府一步！”

“冯局长有您这句话我就放心了。”阎长坤没看刘怀宗，只是与局长说了这句话后下了阁楼。

大门外，李麻子带着他的弟兄们凭借大院边上的那道围墙，拼命与龙嗣斌的队伍火拼着。龙嗣斌的人马在离李麻子不到四十米远的地方向李麻子进行猛烈进攻，枪声一直没停下来。李麻子的队伍看来有些招架不住，地上躺下了十多个人，这些人是死是活李麻子没时间去考证，反正他们已经不再向龙嗣斌的队伍开枪了。

李麻子在唱这出戏的时候，他没有想到阎长坤会动用龙嗣斌的人马来保护他的开犁节。更没想到，龙嗣斌会使计封了他的退路。前面攻进阎府大院有一定的困难，再说了，龙嗣斌能想到抄他的后路，他更会想到在阎府大院内设下埋伏痛打上门狗。李麻子大呼上当，可此时已经晚了，容不得他有其他选择，只有一条出路，那就是与龙嗣斌的人马死拼到底，冲出一条血路来。

李麻子不再想什么，在这紧要关头他孤注一掷，朝他的那帮人马大喊：“兄弟们，给我往外冲，冲出一条出路，杀了他龙嗣斌！”

“冲呀！冲过去杀了龙嗣斌！”

打呀！李麻子的队伍开始站出了那道土墙外，准备强行冲出龙嗣斌的包围。

四十米外的那队人马见李麻子队伍开始了冲锋，便开始火力封锁向外突围的人。“轰隆”一阵手榴弹爆炸，接下来是一阵歪把子机枪的“哒哒——哒哒”点射，李麻子的人马再次被压了回去，堵在了阎府大院大门外和那道土墙之间。

阎府大院内，刘怀宗听到李麻子的队伍开始了突围，知道李麻子已经撑不下去，便对身边的冯其良说：“局长，该是我们收网的时候了！”

“上，把他们都给我收拾了！”冯其良笑了，他早就料定刘怀宗会在这个时候出兵，出兵的意图也没逃过冯其良的眼睛。

刘怀宗从大院的后门溜了出去，向大院后的丛林中奔去。

李麻子似乎看出了龙嗣斌在一阵激战之后不想恋战，便再次疯狂起来。他冲着趴在土墙上的众匪大喊：“给老子冲，追上他龙嗣斌剁了他的手脚，剥了他的皮，为死去的兄弟们报仇哇！”众匪听到麻子在叫，又一次向前冲去。

李麻子他们刚向前冲出二十米，前面三十多名警察拦住了去路。李麻子傻了眼，他万万没想到警察局会拦住他们队伍的去路。他愣愣地站了一会儿，大骂刘怀宗：“刘怀宗你狗日的，咱们有言在先，为啥每次都是你为难我？”

刘怀宗听到李麻子在吼叫，便“砰”的一声朝李麻子那边放了一枪。在麻子的队伍被包围的同时，龙嗣斌的队伍也被四十多名警察团团围住。龙嗣斌感到这事有些不妙，他做梦也没想到刘怀宗会来这么一手。龙嗣斌沉思了几分钟后，他带上他的五十多个兄弟，凭借他的有利地形与警察干了起来。

刘怀宗听到包围龙嗣斌的分队开始了枪战，他大声命令扩大包围圈，将这两股土匪统统包围起来，不让他们溜走一个！刘怀宗的话音刚落，李麻子在对面大吼大叫，大骂刘怀宗是一个不仁不义的东西，他今天跟刘怀宗拼个你死我活！

李麻子的队伍又在向前冲了，刘怀宗没有命令队伍朝李麻子的人开枪。龙嗣斌听得麻子骂刘怀宗的话，知道了麻子也上了刘怀宗的当。他心里突然生了一计，命令手下停止向刘怀宗的队伍开枪。

龙嗣斌在等待时机，等李麻子与刘怀宗干了起来时，他可趁机在混乱中取胜。不到十分钟的光景，李麻子果然耐不住性子，朝刘怀宗的包围圈猛扑过来。刘怀宗一边抵挡，一边把包围缩小在了龙嗣斌的队伍这边。龙嗣斌见时机成熟，命令队伍冲出包围圈！

龙嗣斌的人马像离弦之箭，左冲右突的。刘怀宗的队伍从没打过仗，见了这阵势，哪敢与龙嗣斌的人马交手？没等龙嗣斌他们冲到面前，他们就拼命抱头四处乱窜逃命要紧。

李麻子见龙嗣斌的队伍冲出了刘怀宗的包围，他叫得更凶了，长枪、机关机他全用上了，将刘怀宗的几名手下打伤。刘怀宗围攻龙嗣斌不成，反被李麻子打伤了弟兄，他一气之下命令手下朝李麻子的队伍乱射一通，李麻子恼羞成怒，端着机关枪冲在前头一阵狂扫之后终于冲出了刘怀宗的包围。

坐在阎长坤家里的冯其良总算等到了枪声停止，他估计刘怀宗应该控制了两股土匪。他看着阎长坤，笑了笑，对阎长坤说他要看看这李麻子和龙嗣斌是什么牛头马面的人物。说完他起身向大门口走去。

激战之后的长河县城大街上空无一人，一切又恢复了平静。

刘怀宗沮丧地带着队伍来到了冯其良跟前，冯其良见刘怀宗空手而归，狠狠地瞪了刘怀宗一眼，骂了句：“一群废物！”然后拂袖而去。

第十一章　重刑脱逃

刘怀宗在阎长坤的开犁节上没有占到便宜，并且在冯其良面前丢尽了丑，长河县城的百姓都说警察局里养了一帮饭桶。冯其良好几日都不敢出门，生怕别人拿这事作为笑料来笑话他。

警察局的大院里。

冯其良坐在木椅上，眼瞪着刘怀宗。他想，是谁告诉刘怀宗，李麻子和龙嗣斌的队伍要来阎长坤的开犁节闹事的？刘怀宗为何要抛开他将警力布置在阎府大院周围呢？这一切他不想问刘怀宗，他知道刘怀宗在打什么主意。不过给刘怀宗送信的人他得弄清楚是谁，不然他枉当了这个警察局长。

找谁去弄清这个问题，他没有目标。找阎长坤，那肯定不行。再说，阎长坤就上次被关的事对刘怀宗存有很大的意见，显然不是阎长坤报信给他的。阎长坤有消息也只会对自己说，决不会透露给刘怀宗。除了阎长坤还有谁会知道这一消息？冯其良摸了摸快要谢顶的头，“嘿嘿”笑了，他想起了一个人，只有她刘怀宗才信得过，才能为她卖命。

刘怀宗因没抓住龙嗣斌和李麻子的任何人，也没有伤着土匪的一根汗毛，知道冯其良对他起了疑心，他张了张嘴想说些什么，但终于咽了回去。看得出，冯其良这个时候不想听刘怀宗的任何解释，他的解释完全是一种徒劳。

冯其良站了起来，又一次瞪了一眼刘怀宗，拉长了嗓子对面前的这位探长说，他会弄清楚这件的内幕的。不过他告诉刘怀宗，这里自己还是局长，别以为你岳父能为你说上几句话就认不得哪儿是北了！

刘怀宗刚开口想申辩，冯其良就压了回去，他说这次失利与他刘怀宗的个人行为没有关系。就连三岁小孩都能看穿他的这个把戏。说完冯其良起身朝外走去，他在想着另一件事情，派谁去黄桥合适……

阎府大院刚经过一场大劫之后，墙壁上留下千疮百孔。

大院内的四合院大堂设着小麦子的灵堂。小麦子的遗体摆放在大堂中央，前面用纯白的土布隔着，堂屋的横枋上挂着一朵很大的白花。

阎长坤的太太和麻先生的妻子守在灵堂前为小麦子烧着纸钱。阎长坤的太太和麻先生的婆娘都成了泪人儿，她们一哭大堂的气氛变得悲伤了起来。太太和麻先生的婆娘眼泪扑簌簌地往下掉。她们平时就很疼爱小麦子的，小麦子很会为人，很是招太太和老爷的喜欢。如今他去了，老爷说要厚葬。老爷还说，小麦子是为他们阎家铺子而死的，他要请县城最好的道士来给小麦子做法事，让小麦子到了天堂能见到他的父母。

炉子房的伙计们个个都流了泪，并把采来的杜鹃花放在了小麦子的遗体周围。小麦子虽未成家，按当地的风俗他是不能像大人那样早晨下葬的。可阎老爷说了，他死得英勇，是一条气吞山河的好汉，他已经做了成年人做的事，就按成年人的方式给他安葬。下午该小麦子入棺的时刻，阎长坤守在了小麦子的身旁，他告诉小麦子，他没有尽到做大叔的责任，他没有保护好他这个不是儿子胜似儿子的孩子。他还告诉他，他就是不要了这份家业也得为他去报这个仇。

道士在一旁用燃着的三根香在小麦子的头前画了三圈，他告诉阎长坤，该是入棺的时间了。小麦子的遗体被炉子房的伙计们轻轻地抬了起来，慢慢地放入了棺木中。太太和麻先生的妻子抓住棺材盖子哭着求道士让她们再看上小麦子一眼。炉子房的伙计们都围了过来，他们几乎同时跪在了棺木前，阎家大院哭成了一片。

不知冯其良站在门外多久，他看到了这个场面，他的心在隐约作痛。他走了过来，在小麦子的灵前鞠了一躬，然后转过身拍了拍阎长坤的肩膀安慰着阎长坤，说人死不能复生。并要他到后院去，他有话要对他说。

阎长坤跟着冯其良去了后院。灵堂里吹起了悲哀的唢呐，那曲儿在整个阎府大院的上空响起，吹落了县城百姓的眼泪……

第二天，阎长坤按照冯其良的旨意去了一趟张厚德的家里，他看了儿子和莲英，便同张厚德去了晃山。

龙嗣斌在黄桥溪边挫了李麻子的锐气后，为在阎府大院里没有打掉仇家而感到惋惜，他失去了这次大好机会。为振士气，在晃山的驻地里加紧操练，把寨子里能打仗的都派了上来，练上一段时间，再与李麻子决一死战。

龙嗣斌的儿子龙永生，见张厚德引来了一个陌生人。他双手拦住大门问来人是谁，说他爸说了，不认识的人不能进这个家门。

张厚德在永生的小脸蛋上摸了一把，他告诉龙永生，这就是他常跟他说起的阎伯伯。龙永生才让进了里屋。

龙永生跑向了屋背后的坪子里，朝他的父亲大喊，说张大伯和阎伯伯来了。

龙嗣斌放下手中的枪，要另一中年人领着大伙继续操练，自己随儿子龙永生走下了操坪。

龙嗣斌对阎长坤的到来感到吃惊。阎长坤也不多说，只是把冯其良的想法告诉了龙嗣斌。龙嗣斌笑了，他笑冯其良这时清醒。他不是口口声声要抓龙嗣斌吗，怎么一下子转过了弯，反倒求自己办事来了？

张厚德见龙嗣斌有气，忙劝说龙嗣斌。说这可不能感情用事，他冯其良就是贪点，在他与李麻子之间冯其良可对李麻子是有成见的。现在他知道了刘怀宗与李麻子的关系，刘怀宗是什么人物？他是全省的剿匪英雄，他喂大了他，反过来刘怀宗要除了他，这就给了自己一个利用他的机会，有了这就不愁杀不了李麻子。

龙嗣斌虽说有气，可道理他懂，就是他们警察局这帮人哪个不是他妈的狗娘养的，等给他冯其良办完了事，他就不依不饶自己了。龙嗣斌是怕冯其良说话不算话，到头来还是要灭了自己，他有些担心。

阎长坤怕龙嗣斌不接受，也劝着龙嗣斌。说李麻子要除，这不光是他龙嗣斌的仇人，也是长河百姓的共同仇人。他目前的势力连警察局都无可奈何，他为何不借警察局的内部力量剿了麻子呢？

龙嗣斌见二位说得诚恳，就应了阎长坤的话。说冯其良要办的这事也不难，他阎老兄都认为可行，那他就听了二位的，把黄进财拉过来不就得了。他提醒阎长坤最近得提防点，麻子是不会轻易放过他的。

“我看长坤不妨你也花钱买些枪，你那有人，要嗣斌暗中派人教教他们，麻子来了也好抵挡一阵子。”张厚德给阎长坤出了一个主意。

这办法好，可到哪儿去买这么多枪呢？这是阎长坤想都不敢想的问题。

龙嗣斌早就要张厚德劝阎长坤买枪看家护院了，阎长坤就是不愿涉足打打杀杀中。现在阎长坤终于动了心，买枪的事他也不再推辞。他对阎长坤说，枪不成问题，就是得花钱，他可以去给弄些枪来。他还说汉阳步枪那枪好使。

只要能弄到枪不怕花钱，他愿出！阎长坤表态了。

“哈哈！铁公鸡终于想通了？”张厚德开心笑了。

“多少？”龙嗣斌问。

“三十条怎样？”

“放心吧，有我龙嗣斌，就有好枪给你。”

阎长坤回到长河县城的第四天，张厚德来了。他是来给阎长坤捎信的，告诉他龙嗣斌已经将他上次说的事儿办妥了，黄进财已经到了晃山。他可以向冯其良报告，李麻子的队伍是阎老六请去的，并且是阎老六亲自去的象牙山。

早上，阎长坤去了一趟县府。在警察局里，冯其良将他引到了卧室。阎长坤将龙嗣斌办的事一五一十地说给了他听。冯其良脸沉了下来，阎老六有这么大的胆子请麻子去阎府打劫吗？冯其良不信，但阎长坤说龙嗣斌已经搞清了麻子去阎府是先与警察局安排好了的，这警察局的人是谁呢？冯其良心中自然有了数。

中午时分，冯其良带着几名亲信去了黄桥，这一切刘怀宗蒙在鼓里。快到天黑时，冯其良回来了。刘怀宗不见冯其良说什么，他也不在意他半天工夫去了哪里。刘怀宗看天快黑下来了，便同往常一样回了家。

冯其良换上了警服，坐在了办公室，他大喊一声：“带阎老六来！”

阎老六是第二次被这样五花大绑地押到警察局的。他早就想到了，李麻子在阎府事件中虽不吃亏，可最后比他吃了败仗还要难受。难的不是他李麻子，而是他自己和刘怀宗。事情过后不几天，阎老六想到了刘怀宗安排那事有很多暴露的地方。如今灾难降到了自己头上，丁香花也被抓来了，现在连一个通风报信的人都没有。看来他是很难渡过这一关了。阎老六眨巴着贼溜溜的眼睛，瞟了瞟冯其良，哭丧着脸问冯局长自己犯什么事儿？

“你别揣着明白装糊涂，我冯其良也不是吃干饭的角色，没事能找你吗？”冯其良把话留在了那儿，让阎老六自个儿去思量。

“可咱啥事都没犯过，您这不是逼咱说瞎话！”阎老六见冯其良没说出个道道来，声音也大了起来。

“阎老六你非得要我给你说出一个子丑寅卯来是吗？告诉你，阎府大院李麻子一伙是怎么去的你心里清楚。”冯其良不再与阎老六绕弯子。

“冯局长，他李麻子是土匪，你就是给我十二个胆子我也不敢通匪呀。再说，我听说他阎长坤也请了土匪龙嗣斌，他是怎么到的阎府呢？”阎老六狡黠一笑，他要听冯其良怎么对他解释这事的。

“阎老六你别在老子面前耍滑头，我现在是问你呢！”冯其良被阎老六的话问住了，阎老六问得很有道理，他龙嗣斌是怎么去的阎府呢？这事冯其良不用他问，他心里明白。龙嗣斌是怎么去的，他现在不追究这个问题。但李麻子去了他得问清楚，因为这关系到刘怀宗的一些事情。

“冯局长，你与刘怀宗之间的事我们做小民的不敢乱说。再说，我们怎么清楚你们的内幕？”

“你娘的就讲他是怎样与你商量请李麻子攻打阎府的！”冯其良见阎老六绕来绕去就是不愿供出刘怀宗，干脆把话挑明了说。

“冯局长，你这就无中生有了，他刘怀宗可是堂堂警察局大探长，又是全省的剿匪英雄，他能像你说的那样通匪吗？”阎老六倒打一耙，把冯其良问得哑口无言。

“老六你给我听好了，与土匪们为友咱冯其良都可以睁一只眼闭一只眼，要与我冯其良为敌那只有死路一条。看来只有让你受一些皮肉之苦才肯从实招来。来人，大刑伺候！”冯其良话音刚落，两名彪形大汉手拿一根长皮鞭，走到了阎老六身后，将皮鞭拉得“啪啪”直响。

阎老六听说警察局审人是要用刑的，但他没有见过。现在货真价实的行头就在他的面前，那鞭儿是用牛皮做的，那汉子又是这样牛高马大，手腕儿肌肉鼓鼓的，那使劲儿一抽，不皮开肉绽才怪。阎老六哭丧着脸，求着冯其良：“冯局长，咱真不知李麻子是怎么去的阎府大院的呀。”

“给我打，看他还能硬上多久！”冯其良不与阎老六多废话，他相信只要一皮鞭下去，阎老六就会开口的。

“啪”的一声，长长的鞭子重重地落在了阎老六身上。阎老六哪里受得了这皮肉之苦，他“哎哟哟”地痛得在地上直打滚。

“说还是不说？”冯其良站在一旁，大声地喝问。

阎老六见高高扬起即将再次落向他身上的皮鞭，抬起头，忙向冯其良喊道：“冯局长我说，我说……”

审完阎老六，已接近了半夜。天上没有月亮，屋外一片漆黑，冯其良记得今天是农历二十。

阎老六的交代与阎长坤报告的基本相同，那就是说，阎长坤说的是真的，龙嗣斌的出现的确是为阎府大院看家护院来的。可刘怀宗为的是什么？是为那个与他相好的女人，还是冲着自己屁股底下的那把椅？或是阎府大院的那份家产呢？冯其良想，刘怀宗这三项他都要。要财产，要女人，我冯其良不加干涉。要我的座椅，他刘怀宗还嫩了点，交椅是不会轻易让给他来坐的。

阎老六已经供认了，下一步该怎样走下去，冯其良心中无数。放了阎老六，观其动静，还是一鼓作气收拾了刘怀宗剿了李麻子？

冯其良抽着烟，望着天上的星星，想静静地思考这复杂逆境中谋求生存的方式。

他坐在那棵大树底下，感觉到了一丝凉意向他袭来。他打了个寒战，然后站了起来，朝里屋走去。他奔波了一天也该休息一下了。

刘怀宗这几天不知冯其良背着他在干些什么。反正他有一种预感，是一种不祥的预感，直觉告诉他冯其良在对他做着什么。冯其良身边的人他侧面打听了，他们都说不出一个具体的来。刘怀宗越问不出什么，他越是感到恐慌。他感到有一双黑手正向他身后伸来，随时将要勒住他的脖子，让他窒息，将他送到另一个世界。

这时的刘怀宗处在了孤立无援十分无助的陌生世界里。他的孤立是他那充满野心的内心带给他的灾难，他无法从这个陌生、恐惧的预感中摆脱，也无法摆脱他内心的恐惧。他的恐惧来自多次失利的各种阴谋；来自李麻子遭受他愚弄的愤恨；来自龙嗣斌那双愤怒的眼神；来自冯其良那奸狡的笑声。

刘怀宗的推测不是多余的。第四天上午，刘怀宗终于从牢房的一个看守中得知了阎老六和丁香花被关的消息。刘怀宗脸“唰”地变得难看，一切预感终于变成了现实，摆在面前的是一场生死较量。事实上，冯其良已经对他下手了，阎老六不会对他守口如瓶的。他太了解阎老六了，也更了解丁香花。在黄桥老六家商量的那些事，看来冯其良了如指掌。然而冯其良为什么还迟迟不对他下手？

这怎么是好，怎么才好哇？刘怀宗在他那充满温馨的虹桥小吊脚楼里感到了绝望的来临，歇斯底里大喊大叫。

风在呼呼刮着，细小雨丝从屋檐上成串落在屋子前石板上，发着“滴答滴答”响声。

刘怀宗无法忍受这种心灵上的折磨，他冲出了小屋，漫无目的地向石板街跑去。

“哗啦”一声惊雷，接着便是大雨倾盆而下，仿佛要浇透这个世界，冲洗世间的所有污垢一样。刘怀宗站在石板街头，雨水浇透了他的衣裳，阵阵寒流直逼他的内脏，他感到了刺骨寒冷。心脏里像爬进蚂蚁，奇痒难受，惊慌不定。

回到家里，他像做了一场噩梦，从噩梦中猛然惊醒。他发誓要拥有属于他的世界，发誓要拥有那个早该属于他的局长宝座。

从恐惧中度过，从噩梦中醒来，刘怀宗终于有了一个明晰的思路，有了一条从败局中胜利的毒计……

一大早，刘怀宗若无其事地来到了警察局。冯其良还没有上班，听他的勤务兵说，这几天冯其良独自出去的时间很多，在干什么他们不知。什么时候上班也不清楚，他来了就来，不来就是去了他要去的地方。

刘怀宗趁这机会去了一趟关押老六的地方，给牢房看门的黄老头打发了钱后，刘怀宗顺利地看到了阎老六。阎老六比前些日子要瘦得多，胡须也长了出来，蓬头垢脸的，不仔细瞧认不出是阎老六。老六见到刘怀宗的第一眼骂了句：“刘怀宗我日你娘，你可把老子害得够惨呀！”

“你惨？我比你还惨！你还看不出来冯其良是冲着谁来的？”刘怀宗给老六递了一支烟，还帮老六点上。

老六像八辈子没抽过烟似的，没命地吸着。等他过足烟瘾，他瞪着刘怀宗：“你惨？放你娘的狗屁，鬼才信你呢！”

“我说你是猪脑子你还不服呢，这不明摆着冯其良是拿我开刀！我说老六，咱们都是同一根绳子上的蚂蚱，这时还计较那些恩恩怨怨？咱们只有联起手来，共同对付冯其良才是我们的共同出路。”刘怀宗不怕老六恨他，也不怕老六在冯其良面前告密，他横下一条心了，破釜沉舟扳倒冯其良。

阎老六满脸阴云地说，怎么扳法？这深牢大狱的，哪里有他阎老六施展的地方。刘怀宗告诉他别急，看来冯其良这几天不会把他怎样，等营救他出狱后咱们来个先下手为强。老六听刘怀宗这么一说，头上汗珠儿冒了出来，耳根下的头发也竖了起来。这可万万使不得，那可是杀头的罪名。刘怀宗咬牙切齿，说他冯其良不仁，我们也不义。做了他，长河县的天下就是我们的了。

阎老六沉默了，也算是默许了刘怀宗。接着刘怀宗在老六的耳边轻声地说了一阵后，两人笑了。

傍晚时分，冯其良仍没回到局子里。刘怀宗坐在办公室里，悠闲自得地哼着曲儿。

牢房看门的黄老头跌跌撞撞地撞了进来。高声地叫喊："冯局长！冯局长他……"

"老黄！惊慌个啥？吼吼嚷嚷的成什么体统！"刘怀宗看也不看一眼老黄，冲老黄就骂。

"大事不好了，大事不好了！"黄老六急得汗流如注，一个劲地冲刘怀宗喊。

"什么不好了？天要塌了？"刘怀宗站了起来，看着黄老头。

"你是不知，这阎老六要有个好歹，咱也算是到了头了！"黄老头急得差点掉了眼泪。

"阎老六咋了？上午不是还好好的吗？"

"他——他——不行了！"黄老头好容易才把话说完。

"不行就不行呗，你管那么多干吗，又不是你要谋害他。大惊小怪！"刘怀宗又坐了下来。

黄老头见刘怀宗爱理不理，急得像热锅上的蚂蚁，求着刘怀宗："刘探长你可行行好，也算是给我这老头儿帮帮忙，把阎老六弄出来治治，不然他会死的。"

“那可是冯局长亲自关押的重刑犯，谁也不能动他！”刘怀宗看了一眼黄老头子。

“正因为是这样才不能让他死在牢里，他死了我这老头子也算完了。”黄老头仍不死心。

“那好吧！看在你黄老头的面子上，咱就帮你一次。李志明去帮下黄老头子，把阎老六送医院去！”刘怀宗冲里屋的一个中年人喊了声。

叫李志明的中年人来到了刘怀宗的跟前。刘怀宗见黄老头走出大门，他凑近了李志明的耳边，如此这般地交代了他。李志明不停地点头后离开了警察局，朝牢房方向走去。

阎老六在牢房里口吐白沫，眼睛翻白。脸一会儿青，一会儿又发紫，样子怪吓人。黄老头蹲在阎老六身边，为老六擦着额头上的汗珠和嘴角上的白沫。他安慰着老六忍着点，一会儿刘探长会派人送他去医院。

阎老六听黄老头说，哎哟得更厉害了。他捧着肚子在地上打滚，嘴角上的白沫越来越多，眼睛一会儿直，一会儿翻白眼。黄老头见阎老六实在不行了，他朝牢门外大喊。李志明慢吞吞地走来，看了看阎老六，蹲下身子，伸手摸了一下阎老六的额头，朝黄老头骂了句：“人都这样了，还送什么医院，他妈的等着死吧！”

“他可死不得，冯局长交代了，他可死不得的！”黄老头急忙催促李志明。

“你急啥？这脚镣手铐不开我怎么背呀？”李志明唬着黄老头子。

黄老头见救人要紧，哪里还记得起冯局长交代的话，慌忙地为阎老六打开了脚镣手铐。李志明蹲下身，背一躬，将阎老六背到了肩膀上，飞快朝石板街西头的医院里跑去。黄老六跟在了李志明的后头，一路小跑。李志明健步如飞，不多久，黄老头落下远远的。

李志明确认了黄老头没跟上来，他对背上的阎老六说，该是动手的时候了！

阎老六从李志明的腰间抽出了驳壳枪，在他的头上狠狠地砸了一枪托，李志明歪歪地倒在了石板街中。阎老六看了一眼倒在地上的李志明，说了句：老哥对不起了！便飞奔跑向了虹桥背后的丛林中。

黄老头子喘着粗气地跑了过来，眼前的景象差点将他吓晕过去，只见李志明倒在地上，一摊鲜血从李志明的头上流出，将溜光的石板染得艳红。黄老头摇了摇李志明，李志明微微睁开双眼，断断续续地说，快——快去——抓老——六。

黄老头不知顾哪边。一边是阎老六跑了，那他要被查办的；另一边是倒在地上奄奄一息的李志明，不及时送医院，他的生命——

李志明见黄老头仍未动，他艰难地推了他一把：快呀！

黄老头才从梦中惊醒一般跌跌撞撞地跑向了警察局。

刘怀宗听说阎老六跑了，他恨恨地瞪了一眼黄老头，骂骂咧咧地吹响了警笛。刘怀宗第一个冲在了前面，他大声命令弟兄们向阎老六逃跑的方向追去……

冯其良临近傍晚的时候才回到警察局。他刚一落座，牢房看守黄老头撞了进来，见到冯其良他双膝下跪，只向他求饶。冯其良成了丈二和尚摸不着头，他瞪着黄老头问："什么，天塌啦？"

"局长不好了，阎老六他——他——"

"他怎么啦？"冯其良听黄老头说阎老六，猛地一惊，发现事不对头，忙追问黄老头。

"他——他跑啦！"黄老头费了好大的工夫才将要说的话说完。

"什么？跑啦？"冯其良头"嗡"的一声炸裂一般，他从椅子上跳了起来，一把提着黄老头的衣领，反问黄老头。

黄老头将下午李志明送他就医的事儿说了一遍，冯其良听后简直气炸了肺。

冯其良急得在办公室里来回不停地走动，他恨不得一枪崩了面前这个要他命的老头。他转念一想崩了他又有何用，自己明知阎老六与警察局的关系何不提高警惕，让阎老六钻了一个空子，这不等于放虎归山吗？

“刘怀宗到哪儿去了？”冯其良猛然想起刘怀宗。

“报告局长，刘探长听说阎老六跑了，他带着人马追赶去了，估计这会儿该回了。”黄老六不敢正眼看冯其良。

“他追？怕是为阎老六送行去了吧？”冯其良瞪直了眼睛，突然冲黄老头大吼。

黄老六欲哭无泪，他们之间的关系他一个小小的狱卒怎能搞清，冯其良骂这话，黄老六似懂非懂。他猜测，冯其良与刘怀宗定有一些隔阂。

黄老头突然想起了一件事，上午阎老六还是好好的，怎么刘怀宗去看了他后，下午就口吐白沫，双眼翻白呢？刘怀宗是警察局的一名侦探，提审犯人那是很正常的事，他见阎老六还给一个小小的狱卒送钱，这不合常理呀。黄老头猛觉得其中有些蹊跷，但这事可不能告诉冯局长，他收了刘怀宗的钱，就得替刘怀宗办事。真要说了，冯其良决不会饶他。黄老头偷偷地瞧了一眼踱着方步的冯其良，嘴角微微动了几下，怎么也说不出话。他总结了几千年来的那句“言多必失”古话，终于将到嘴的话咽了回去。

黄老头见冯其良不再追问他什么，他斗胆问冯局长，他是否可以走了。

“滚！给我滚得远远的！他妈的一群十足的废物。”冯其良骂着。

黄老头慢慢地，怕打扰局长思考似的退出了冯其良办公室。

黄老头离开冯其良办公室后，他暗自擦了把汗，庆幸自己终于忍住了要说的话。他彻底明白了是怎么一回事了，他庆幸自己保全了自己的同时也保全了刘怀宗。他人老，可并不糊涂，像这样的事他经历了好几次，前几届局长也出过类似的事情，他把看到的、自己做过的全烂在肚子里，全凭自己这个上了铜锁的嘴，才在这个不明是非，不分清白的是非之地混了三十多年。

其实上午刘怀宗踏进牢房的第一步，黄老头就深知刘怀宗来牢房看望阎老六的目的。当刘怀宗送他一沓花花票子时，他眼睛眯成了一道缝，从缝的间隙里透过两道红光，射向了他手中的那沓现钞。他从那道细小的间隙中，看到了他未来的希望，那是他下半生的依靠。

黄老头回到房内，惊魂未定地拍了拍胸部，懒懒地靠在了那张坐下去难免要发出两声“吱呀”叫声的木椅上。他双目紧闭，双手不停地紧攥着对襟衣下那个装满现钞的口袋，心飞向了离开这是非之地后的那个舒适安逸的小山村。

不知不觉中，黄老头房门发出一声轻微的“吱呀”声。黄老头惊恐地睁开眼，一个头缠白色绷带的中年人站在了他的面前。黄老头瞪直了双眼，惊慌地问了句来人：“你——”

“冯其良找你说了些什么?”来人声音是那样恐怖。

“我——我——什么——也没——说。”黄老头支吾了好一阵才回答上来。

“不说就好，说了你也白说。”来人说完后，猛抽出腰间的匕首，在黄老头背上猛刺上一刀。黄老头转过头，睁着惊恐的眼睛，右手指着来人：“你——你——”便慢慢地倒在了地上，他的左手仍死死抓着藏有现钞的那个口袋。

中年男人擦了擦染有鲜血的匕首，轻轻将门带上，朝警察局大院大摇大摆地走去。

刘怀宗带着人马一路声势浩大地追捕阎老六，到黄桥时快接近了傍晚。在阎老六家没有发现他回家的踪迹，刘怀宗才带着人慢吞吞往县城里赶，赶回县城时已近半夜时分。冯其良没有睡，阎老六出逃使他无法入眠。刘怀宗回来的响声惊动了冯其良。冯其良不用问也能猜测出是刘怀宗回来了。

冯其良苦笑了一声，对刘怀宗："一场徒劳吧！"

"他妈的阎老六简直就是一只狐狸，迟早有一天我会让他死在我的枪口上！"刘怀宗一边解着制服上的纽扣，一边与冯其良说着话。

"哼！他跑不了多远，他靠的不就是李麻子吗？这会儿他肯定在李麻子那儿睡大觉呢！"冯其良拖着长腔，对刘怀宗那份热情并不赞赏，只是冷冷地说了一句，随后走进了自己的卧室。

刘怀宗等冯其良走远，他"呸"的一声："什么玩意儿，看谁玩得漂亮！"骂完自个儿丢下帽子，倒在了木沙发上便呼呼大睡起来。

冯其良起得很晚，他起床的时候，警察局里的人都不在办公室里。冯其良洗漱完之后，正准备穿衣出门，李志明来了。他进门就是一个报告，冯其良对这个人进门也报告，出门也报告的多余礼节很是反感。他懒得去理他，低着头整理自己的东西，一边冲李志明："说吧，我听着呢！"李志明告诉冯其良，昨晚牢房看守黄老头被人谋杀，刘探长正在现场，请他过去一下。说完李志明转身走了。

冯其良立刻停住了手中的活，直起身问："说什么？"

门口的李志明回头扔了句，昨晚牢房看守黄老头被人杀害了。

黄老头被人谋杀！！冯其良手里的东西"哐"的一声掉在了地上，一天一夜的工夫，警察局接二连三出现怪事，冯其良神经绷得紧紧的。他愣愣地在那站了会儿后，才挪动步子缓慢地走向了牢房。

刘怀宗正在询问第一个发现黄老头被杀的人，这人约在四十岁左右的光景，穿着黑布长衫，从打扮上看是长河县城里的人。他告诉刘怀宗，一大早来牢房看望他的姑父黄老头，说好了，黄老头给他的姑妈捎些钱回家。哪知，这门是虚掩着，当他推门进屋时，首先他闻到了一股刺鼻的血腥味，接下来的情景令他倒吸了一口凉气，黄老头歪歪地倒在血泊中，那只左手抓住衣服的口袋。他报了警，情况就是这么回事。

刘怀宗没注意冯其良已经来到了他的身后，是李志明叫了一声局长，才使刘怀宗抬头。他忙起身给冯其良让了一个座位，冯其良没坐，在黄老头的屋子里转了转，然后又看了看黄老头的尸体，突然问有谁动过他吗？

刘怀宗忙向冯其良解释说，从现场看，像是最原始的现场。

冯其良戴上了手套，弯下腰移开了黄老头紧抓口袋的那只手，从口袋中掏出了一沓现钞，他数了数，然后交给了刘怀宗。冯其良在刘怀宗从他手上接过黄老头的钱时，他发现刘怀宗的手微微哆嗦了一下，这一细微的动作使冯其良眼睛一亮，嘴角微带笑意。冯其良看了看刘怀宗，又看了看躺在地上的黄老头，骂了句：活该！便脱下手套，反剪双手离开了现场。

冯其良看完现场，他心里有了数，黄老头的死并非与钱财有关。那么他又因什么遭人暗算呢？冯其良在掏出黄老头口袋里的那沓现钞时，他的心里就有了这样一个假设：黄老头昨天上午在值班时，警察局或是阎老六的人到过牢房，给黄老六送了大量的现金，黄老头动心了，于是让这个人去了牢房，见到了阎老六，如此这般地交代了脱逃方案。下午，阎老六装成病危而被送往医院，就在这途中，阎老六趁机掏了李志明的驳壳枪打昏了李志明，逃离了县城。

去看望阎老六的人是谁？冯其良推测，一定是刘怀宗。因为只有刘怀宗才能接近黄老头子，事前冯其良给黄老头子做过交代，局子里的任何人不得探视阎老六，黄老头自然知道阎老六是一个什么样的重犯。可见，一般人是进不了关押阎老六场所的。就警察局一般人，黄老头根本不会搭理，从这点看刘怀宗的可能性最大。当然，他也不排除阎老六的人买通黄老头营救出了阎老六的可能。但他们决不会返回来杀了黄老头，他们没这个必要；二是李志明这个人值得他去怀疑。李志明不是被阎老六打昏了吗？为什么一大早就出现在警局？平时这人有点小病一住院就是半月，这次他突然积极起来。按照他的习惯，这因公负伤不是给了他充足的住院理由？可他放弃了这个机会，这有点违背常理。要解释得通，道理只有一条，阎老六打他的时候手下留了情。冯其良所见的逃犯多了，要脱逃的都是些亡命之徒，哪有手下留情的？

李志明这人冯其良了解很少，他平日里与冯其良很少接近。据他的观察，李志明也很少与刘怀宗在一起。这人是前任局长留下来的，虽不怎么爱说话，可他的骨子里阴得很，从不爱表露自己，也不愿与大家海阔天空谈论任何问题。往常冯其良也不太注意他，阎老六的出逃不得不引起冯其良对李志明的兴趣。李志明除了在送阎老六去医院的途中值得怀疑外，他还有什么值得怀疑的地方？冯其良没有找到答案。他有点后悔，后悔他没对阎老六关押的场所严加防范，没有预料到刘怀宗会这么快知道抓了阎老六。还有没有在阎老六脱逃后将黄老头子关起来严加盘查，能查清阎老六脱逃的唯一线索却被对手掐断了，冯其良成了一个孤立者，毫无援助地等待着对手们对他宰割。

冯其良在无意识地帮着阎长坤。冯其良抓阎老六，围剿李麻子，这些足以证明是为什么帮他。冯其良良心并没完全泯灭，从与阎长坤结交时起，阎长坤就没有亏待过他。另一点阎长坤为人正直，在长河县城里没人说阎长坤的不是，这样的人他应该去帮他。原想抓了阎老六，弄清刘怀宗为何处处与自己作对的真相，现在倒被他自己弄成了一锅粥了，他怎么也理不清，扯还乱。

他不再去想这些，事情已经发生了，再去想也是于事无补。他现在要想的是阎老六脱逃后会去干什么，是找阎长坤吗？冯其良想应该是这么回事，他不仅要找阎长坤，而且还会找自己。想到这里，冯其良离开了警察局，去了阎府大院，他想将阎老六脱逃的事儿告诉阎长坤一声，让阎长坤也好有一个准备。

第十二章　色相勾引

长河城的石板街并不长，冯其良走了很久仍没有走到尽头，他的双腿好沉好沉。他对这条街有些怀疑，怀疑它是否有尽头。

街两旁的居民见了冯其良老远躲在了门后，从门的夹缝里瞧着这个掌管全县生杀大权的人物。冯其良漫无目的地走着，他要到哪儿去，去那儿干什么，他无从知晓，他信马由缰地沿那条街朝前走着。

阎记犁铺的生意一直没淡过，开犁节没有办成，生意反而要比往年好得多。阎长坤忙了犁铺还得忙炉子房，账房的麻先生又要将账目送与他过目，他真是忙得不可开交。

冯其良来了很久，阎长坤才急急忙忙赶了过来。

阎长坤听了冯其良的话，心里像打翻了五味瓶不是滋味。阎老六脱逃后明摆着会与他算账的，他会动用李麻子来阎府打家劫舍。

冯其良回到了警察局，他要理清阎老六是怎样脱逃的，这对他很重要，关系到他的荣升和在长河县城的地位。

冯其良不再这样沉默，他要从阎老六的婆娘丁香花那儿入手，把丁香花作为诱饵，他要用这诱人的诱饵钓出那些幕后的人。

丁香花关在一间阴暗的号子里，整天唱着那句戏词。年纪不大的看守见丁香花容貌好看，也不怎么去为难她。丁香花开始唱戏的时候，他偏着头，瞪着鼓鼓的眼睛，眼睛一眨不眨地看着她那副窈窕的身材。丁香花多日不见刘怀宗去探视，感觉到了这次不比阎老六上次那样能轻易过关，或许刘怀宗还不知她关在这里。她只有不停地唱那句戏词，唱那句只有刘怀宗心里才明白的戏词，传达她被关押的信息。

时间过了几天，丁香花唱累了，她仍没见着刘怀宗的影子。是刘怀宗抛弃了她，还是刘怀宗对自己的情况一无所知呢？丁香花除了唱戏没有别的办法，她别无选择地继续唱那句戏词。整天唱个不停，直到她的声音嘶哑为止。

看守她的是个不到三十岁的男人，这人姓朱，叫朱秋季。大概是秋季所生的缘故，他的父母给他取了这样的名字。丁香花每次唱那句戏词的时候，他盯着丁香花傻笑，眼睛也是呆呆的。也难怪他，自从进了这连蚊蝇都难飞进的牢房后，朱秋季就再也没看到过漂亮的女人。丁香花漂亮，在长河大街上找不到第二个这样美的女人。现在这样的美人关在自己拥有的九平方米小屋里，整天看着她是一种享受，是他的一种精神依托。丁香花从这年轻的看守那双火辣辣的眼神中看得出，他渴望着什么，他渴望能得到她什么。但她总是恰到好处地将他的欲望慢慢升起，然后，悄然地停下，让他意犹未尽地去回味她的丰韵、她的放荡。

丁香花倚在墙角处。她试了，这个位置朱秋季只能看到她的半个身子。丁香花扯着嘶哑的嗓音开始唱了："哥哥耶，你是妹的心头肉……"

朱秋季果真将脖子伸得长长的，从牢房的铁窗上探头窥视屋内的美人。丁香花见朱秋季上了钩，她一边唱，一边将旗袍掀起，露出那双雪白而修长的大腿，直把朱秋季看得口水直流，欲火焚烧。

"噔噔噔"，外边传来了脚步声。朱秋季发觉有人来了，他收起了淫欲之心，大声地向牢内的人训着，屋内传来女人放荡的笑声。

“提丁香花！”冯其良看了一眼神情慌乱的朱秋季，吩咐他将丁香花放出来。

“是，局长！”朱秋季一边应着，一边“吱呀”一声打开了牢门。随后，他冲牢内狠狠地吼着：“出来！局长亲自审你呢！”

丁香花关了多日从没人审过她，今日局长亲自来审，她不敢放肆，刚对朱秋季的那劲儿收敛了一些。忙扯下旗袍的下摆，将露在外面的雪白大腿掩上。她忙迎上前，摇着丰满的屁股：“哟！冯局长劳驾您亲自审咱，咱又不是什么重犯、特别犯的。莫非您也想在老娘这里……”丁香花说到这里停了，瞪着色眯眯的眼睛，手又撩起了艳红的旗袍下摆。

“去你妈的骚婊子！”冯其良在丁香花的脸上掴了一记耳光，“啪”的一声，丁香花脸上顿时留下五个鲜红的指印。

丁香花捂着火辣辣的脸，恬不知耻地从地上爬了起来，仍堆着笑放荡地冲冯其良说：“哎哟！局长大人就不兴个怜香惜玉，发这么大火干吗，您要老娘干吗老娘给您就是了！”

“要你妈个头！”冯其良只听说过丁香花是一个水性杨花的女人，但他从未想过她竟然连自己的廉耻都不顾。他懒得去理她，冲朱秋季喊：“把她给我带走！”

“带哪儿去？”朱秋季看着冯其良，不知将面前惹怒局长大人的女人带向何方。

冯其良瞪了朱秋季一眼，抓起丁香花的左手，往外一拖，走出了房门。朱秋季讨了个没趣，等冯其良走远，在身后嘀咕：“对女人这么凶，人家可是细皮嫩肉怪可怜的。”

冯其良坐在那张方桌前，他开始打量起面前这个女人。他听说过丁香花是长河县城的一朵名花，别人这么说他总认为丁香花不就是五官端正，皮肤白点，没什么特别的地方。今儿个丁香花面对面与他坐着，而且是这样近距离相互都能看到对方脸部细微之处。这一看，冯其良不得不承认丁香花确实漂亮，她鼻梁高高的，脸儿白里透红，一对黑色眸子一闪一闪地透着灵气。身段儿是那样的匀称，高挺的胸脯细细的腰肢，还有藏在旗袍下的那双修长大腿，冯其良看了心也痒痒的。

丁香花低着头，听不到冯其良对她发问，猜测他是在打量自己。她扭了一下腰，轻轻将旗袍的下摆往上拉了拉，然后慢慢地抬起头，瞟了眼冯其良。冯其良猛地一愣，慌忙将头扭向一边。过了一会儿，冯其良脑中的雪白大腿又一次将他的视线拽回到了那诱人的地方。他无法离开视线，无法抗拒具有很大吸引力磁场的修长玉腿，他想到了面前女人修长大腿的洁白肌肤。

丁香花见自己的风骚在冯其良身上起了作用，她干脆将旗袍的下摆往上再次拉了拉，把遮盖神秘金三角的那花格子内裤也暴露在冯其良的面前。冯其良伸长了脖子，喉骨分明在来回抛动。他心里在骂：多艳的一枝花怎就插在阎老六那堆牛粪上，怪不得刘怀宗他金屋藏娇，为阎老六拼死卖命！冯其良提丁香花出来他要问什么，怎么去问，他忘记得一干二净。他满脑子里只是一些乌七八糟的东西，他想占有了丁香花，想让刘怀宗失去丁香花而疯狂失态，让阎老六知道这红颜祸水的滋味儿从哪里来的。

冯其良站了起来，慢慢将步子挪向了丁香花的身边。他弓下身子，伸手在丁香花白嫩的大腿上摸了一把，那滋味犹如喝下半斤蜜糖浑身爽了个痛快。那肌肤嫩而平滑，富有弹性。

丁香花的大腿微微颤抖了一下，本能将双腿并拢，带着欲火的目光在冯其良身上瞟来瞟去，分明在告诉他来吧！她会全力地迎接他的猛烈侵犯。

冯其良体内那股燃烧的欲火，在不停烧烤着沸腾的血液。他的血在沸腾在不断升温。一种莫名其妙的冲动揪住了他心房，他再也不能自已，转身将门关上，迅速将丁香花的那件艳红旗袍剥去，猛地把她抱到了那张宽大办公桌上……

丁香花穿上旗袍，抿嘴一笑，冲冯其良嗲声说了一句：“这人老可功夫不赖，让人家有点吃不消！”

冯其良“嘿嘿”两声，骂了句：“他娘的老子老了吗？”

“不老！一点都没老！”丁香花发现自己说漏了嘴，忙搂着冯其良。

冯其良忙推开丁香花一本正经地冲她说：“坐下，我还有话要问呢。”

“哟！局长大人，这刚才还不算问话？老娘可是什么都说给您听了。”丁香花倒也听话，一屁股坐在了椅子上，她娇嗔地调戏着冯其良。

“刚才？刚才什么时候说了？”冯其良不懂丁香花在说什么，盯着面前的女人发呆。

“哟！您是糊涂还是装着糊涂给老娘看呀，刚才不是比问还要舒服得多吗！”丁香花胆子也够大的，在冯其良面前敢如此的放肆。

冯其良才明白，但他只是“嘿嘿”笑了两声后，回到了原来的座位上。嘴里却在说：“那是，那是！”

冯其良上了丁香花的这只贼船，丁香花就有资本与他较劲，在冯其良面前她不用担惊受怕了。她对冯局长说，这老六的事也轮不到她一个老娘们来给他承担责任，他们男人的事，她一个妇道人家怎能清楚，局长是一个大人大量之人，有什么不明的事还是问阎老六自个儿去，她可什么都不知。

冯其良抽着烟与面前的女人周旋，他不能让面前的女人说得这样干净，阎老六干了什么能瞒住她这只狡猾的狐狸？别在这给他打哈哈，劝她痛快点，他也不忍心将这么一位如花似玉的美人儿成天关在一个阴暗潮湿的大牢里。

"哎哟！冯大局长，我人也给您了，话也说明白了，您还要把我关在那不是人待的地方，您也太没良心了吧。再说阎老六不是也被关了吗，有些事您还是去问他自个去。他做了什么，他自个心里明白，把老娘掺和在一起那算哪门子事哟？"丁香花算是看清楚了，面前这个道貌岸然的家伙，并非是那么好对付的。身子喂了他，等于白扔了，就像刚才喂了匹恶狼一样。等他缓过气来的时候，他会再次向她扑来，当成他的美食饱餐一顿。

冯其良跷起二郎腿，嘴里吐着浓浓的烟雾，对丁香花的话并不感兴趣。他问丁香花的话是假，他早已了解这个曾经在长河县城里风云一时的人物，她不会那么轻易地将刘怀宗、李麻子勾结的事说给他的。他算老几，这年月的警察局长权力是大，可管不了那些鸡鸣狗盗的事。何况刘怀宗与面前这个形同婊子，不！连婊子都不如的女人好了这么多年，她会轻易地，并且十分乐意地说出来？

冯其良不再问她，他收起二郎腿，拧灭了手中的烟，走向了门边。然后又回到了丁香花的身旁，两手搭在她的肩上，轻轻地揉着。随后，他低下头，在丁香花的耳边轻轻地说："我的宝贝，跟着刘怀宗有什么好处，他可是我手中捏着的一块泥巴，我想将他捏成什么他就得像什么。你还是回到那个潮湿的地方，想清楚了咱也不计较现在的事儿，会让你过比在黄桥老六家舒适得多的日子。"说完冯其良大声冲门外的勤务兵大喊："来人，给我带下去！"

丁香花猛地站了起来，伸手在冯其良的脸上狠狠地拧了一把，娇嗔地冲冯其良："我的局长，您也别太为难我了，到时别怨我不再伺候您局长大人！"丁香花脸色一下子变得阴沉。当她的双腿跨向门槛的那一瞬间，那双曾经释放多少柔情的黑色眸子变得那样愤怒，那样凶残。

丁香花走了，屋子里落下冯其良一个人，这屋子显得空荡荡的。冯其良在后悔，他分不清沾染了这个女人是给他带来运程，还是送来晦气。从丁香花跨过门槛的那瞬间，他感到她全身带着一股冰冷的寒气，在那丝带着温暖的春光里冒着腾腾冷雾。或许他就不该去沾这个女人，不该将这朵开得烂漫而全身长满细刺的“鲜花”关进他的大牢。他沾染了她，这是铁定的事实，而事实就发生在不到半小时前，就在这间小屋子里。冯其良的心很乱很乱，他无法估测这个女人带给他的是什么。他后悔，后悔他不应该用一种报复的心态去占有这个很不平常的女人。

黄老头子的死，刘怀宗还没告诉他结果。这个结果对冯其良来说并不重要，在冯其良的心里不外乎只是为他充当了一次替身。

刘怀宗看完黄老头被害现场，同李志明说了一阵后，各自回到了局子里。他见冯其良等在那里一声不吭，便与他打了招呼。冯其良不问黄老头死的结果，也不与刘怀宗谈论阎老六的脱逃的事，刘怀宗倒是觉得反常。

他是局长，不会对接连发生在警察局的两桩怪事不闻不问。刘怀宗终于忍不住了：“冯局长，这局子里接连发生怪事，全县城里乱哄哄的，议论纷纷，对这些事我们总得有个交代吧。”

冯其良才转过身，面对着刘怀宗：“有这个必要吗？我看还是先把黄老头子被害的案子破了再说阎老六脱逃的事吧。”冯其良没精打采的，像这两起案件与他毫无关系一样，他提不起一点兴趣。

“哎呀！这案子也怪，这阎老六脱逃按常理，他阎老六是不会回过头来去杀黄老头的，那样风险也太大了，他值得去冒这个险吗？”刘怀宗见冯其良提到了黄老头被害的事，他试探着冯其良，想从冯其良的口中探听出他是否信任自己。

“说怪也怪，说不怪也不怪。嗨！只怪自己疏忽了对阎老六的看管，让对方钻了一个空子。不然，黄老头也不会死在这里。”冯其良仍旧靠在木椅上，懒洋洋的。

刘怀宗是得了便宜还说吃亏，他对冯其良的表现十分纳闷。于是对冯其良说，其实这事也不能全怪他局长一人，他们也有责任，这阎老六向来是一个不安分的人，如果他们早知局长关了阎老六，想必他也不会脱逃得这么顺利。刘怀宗这话是说给冯其良听的，听话听音，冯其良是有苦难言。

冯其良终于听明白了刘怀宗说这些的目的了。我一个堂堂局长，我关了阎老六不告诉你刘怀宗又能怎样？现在让你刘怀宗去说什么都行，到时你刘怀宗也有说不出口的时候。冯其良在心里骂了句：他娘的东西，真敢在老子头上耗起来了！

他反过来一想，现在不是与刘怀宗唱硬戏的时候，明里暗里放他一点松动，现在让他跳出来，等抓了他的尾巴看刘怀宗说什么。冯其良笑了笑，这笑有点勉强，不过刘怀宗感觉不到他的笑是真诚的还是带有恶意。他还冲刘怀宗说，他可是警察局里的老探长了，少说也干了二十年。冯其良笑眯眯地看着刘怀宗，等着刘怀宗回答。

刘怀宗不知冯其良要说些什么，他为什么会突然问起了他从警的时间来，他不假思索地回着冯其良，刚好是二十年了！

“嗯！这就对了，二十年什么样的风浪没见过，什么样的案子你没经手过，他一个阎老六脱逃，一个看守黄老头子被害，在小小的长河县城里还查不出一个头绪来吗？我相信你有这个能力，这个案子就交给你办了，我等你的好消息。”冯其良说完就走了，去了什么地方刘怀宗就不得而知。等冯其良一走，刘怀宗愤怒起来。他冲着冯其良远去的背影叫道：狗日的冯其良，老子跟你没完！

丁香花被重新关进阴暗潮湿的牢房后，就再没有唱那句戏词。

她心里闷，闷得像被捂在封闭的冰窖里那样要窒息。原想攀上了冯其良，躲过这场劫难。当她看到冯其良脸红脖子粗的时候，她暗自庆幸着自己有了一个命运转折的机会，有了一个更大的靠山。在她毫无怨言，并且十分主动将自己的肉体送给了冯其良之后，冯其良那副冰冷的面孔和生硬的语气，使丁香花打消了从冯其良那儿找到新生活希望的念头。当重新回到这个冰冷、阴暗、潮湿的小屋时，她的心如死灰一般，不再对一切事物表现出无所谓的态度，不再唱那句她唱了好几年的经典戏词。

回想她的人生，就像一场梦一样。她在梦里快乐；在梦里醉生梦死；在梦里歌舞升平；在梦里惊魂未定；在梦里，她游离于三个不同角色的男人之间，从三个男人身上获取了她所想要的东西。当梦醒来，把她从虚拟的梦幻世界中拉回到人生的现实，一切都将成为泡影，她不再拥有那个歌舞升平的童话世界；不再拥有那游离于三个男人中的那种成就感。一切变得枯燥，变得阴冷，变得可怕。

丁香花好累，从冯其良办公室里出来，她感觉全身就像散了骨架一样，没有一点儿力气。她躺在了那阴暗潮湿的牢房一角，闭着眼，她想将刚才的一切忘掉，美美地睡上一觉，重新等待另一种命运的到来。

潮湿阴冷的牢房没有将她送去梦中的世界，她怎么也睡不着。那双有些下陷的眼睛眨巴着盯在天花板上，期待着新的奇迹出现。她不能沉默，她不再放纵自己等待命运安排。她要抗争，从这个窄小的空间里争取人身自由。

丁香花坐了起来，她打起了精神，张开了那樱桃小嘴，又一次唱起了那句“哥哥耶，你是妹的心头肉，妹把哥哥放心间”的戏词儿。

朱秋季从丁香花被押回牢房的那时起，就一直没有离开这儿一步。他看着丁香花反复躺下又站起，站起又躺下，心里不是滋味。

他呆呆地看着丁香花，看着她唱戏，看着她在那个只有几平方米的小方屋里歌舞。

丁香花唱着跳着，不知她跳了多久，也不知她唱了多久，她终于累了，倒在了那个小屋里，慢慢地进入了梦乡。

太阳从高高的墙壁上的小方窗里斜斜地射了进来，洒在丁香花那修长的身子上，她感到暖烘烘的。门外一个熟悉的声音在问朱秋季，打听丁香花是否关在这里。来人显然还不知牢里的一切。

“报告探长，丁香花关在这里，上午局长亲自审了她，她现在正睡着呢！”

“把她叫醒我有话要问！”刘怀宗命令似的口气让朱秋季为了难。

“探长，这——这——”朱秋季说不出是同意还是拒绝。

“这什么？难道我一个探长不能向犯人调查吗？”刘怀宗瞪着鼓鼓的眼睛。

“探长，您说哪儿去了？我这就去唤醒她，我这就去唤醒她。”朱秋季“哐”地打开了牢门，将刘怀宗送了进去。然后，知趣地走了出来。他早已知道丁香花是刘怀宗的人，不过现在这人是局长关的，刘怀宗来凑什么热闹，不是为难自己？朱秋季走出牢房时，他骂骂咧咧。

丁香花见了刘怀宗，猛地扑在了刘怀宗怀里。刘怀宗忙推开她，朝牢房外使了个眼神，丁香花会意，各自坐到了一边。刘怀宗告诉丁香花，阎老六已经安全地从牢房里脱逃了，去了什么地方去干什么，他都说了。刘怀宗还告诉丁香花，阎老六的脱逃给她出狱带来困难，她会在这里待上相当长一段时间。

丁香花哭了，她哭得好伤心。她恨刘怀宗，恨他在她最困难的时候不来营救她；在她遭受欺凌的时候远离她，骂他是一个狼心狗肺的薄情汉。接着她将上午冯其良欺凌她的事说给了刘怀宗，她想让这两个男人为她争风吃醋。

丁香花的设想没有达到预期的目的。刘怀宗听了后平静如水，仿佛平静的湖面没有丝毫波澜。丁香花算是看透了这号男人，特别是这号没有骨气的男人。别人占有了自己的女人竟然连屁都不放一声，这样的男人算是男人吗，跟着他窝囊！丁香花烦了，本想用冯其良欺凌自己的事来引起刘怀宗与冯其良的事端，刘怀宗却不以为然，像丢失一双草鞋一样毫不在乎。她怒了，愤怒地瞪直了睛眼，朝刘怀宗大骂："你个没良心的东西，咱就是到了阎王爷那儿也不放过你！"

"你吼个啥？事儿出了，你让我去怎么办，冯其良不也是一个男人吗，你就不会动动脑子，出了这个地方什么都好说，用得着这样大吼大叫吗？"刘怀宗很冷静，冷静得几乎不吐露他的任何内心世界。

"你能忍，我可不能忍。他不是欺凌你刘怀宗？不踢你哪知腰痛，说得轻松。"丁香花不理刘怀宗，将背对着他。

"我的姑奶奶，这时候能这样与他硬碰吗？阎老六脱逃的事他正愁没抓住把柄，你这样明目张胆地又要急于出狱，那不是把我也送进老虎口里去？"刘怀宗脸露难色。

"那你说怎么办？"丁香花听刘怀宗说得有理，不再与刘怀宗对着干。

"怎么办？你不是说冯其良对你那个了吗？这不是他的致命弱点吗，你只要稍微在这方面动点脑子，你还愁出不了这九平方米的小屋？"刘怀宗看着丁香花，他怕丁香花听了这话又要大吵大闹了。

"亏你说得出口，那老头子可不是你刘怀宗这号人，他胃口可大了，是只永远填不饱的恶狼。"

"恶狼怎么着？他不也有打盹的时候，那时你不就——"刘怀宗说到这里，手指了指门口的朱秋季，皮笑肉不笑地"嘿嘿"两声。

“你——你？！”丁香花猛地坐在了地上。

刘怀宗不用她回答，他太了解丁香花了，过后她会为自己寻找到一条合适的出路。刘怀宗打开了牢门，朝丁香花看了一眼，“哐”关上了门。

刘怀宗是怎样知道丁香花被关了进来的？黄老头被害后，刘怀宗到了虹桥那栋吊脚楼里，那里没有丁香花的影子。刘怀宗预感，丁香花很有可能出事了。后来，在局子里听朱秋季对别人说，牢房里关着一个貌如天仙、声如百灵的年轻女子，一天到晚唱着那句戏词。刘怀宗断定，那是丁香花。于是，刘怀宗来到了牢房，丁香花果然被关在了这里，他万万没想到冯其良居然这么快就占有了丁香花。

刘怀宗走后，丁香花想着刘怀宗丢下的那句话，逃出牢笼只有靠自己，她有本钱，靠她的肉体打开这道锁住自己的大门……

冯其良开始着手调查黄老头子被害一案了。他去了医院，了解了当时救治李志明的那个医生。据医生回忆说，李志明是当天下午五点多钟被黄老头送往医院的，是伤着头部，头部没有骨折的症状。因此，他不是重伤，只是当时被打昏，过后不久就清醒了。医生当天晚上十点钟左右还给李志明打过针。半夜过后，就没人在医院里看到过李志明了。

冯其良心里有了底。李志明半夜过后去了哪里？是否去了牢房？他是帮阎老六脱逃的帮凶吗？一切都在迷茫之中。找谁能证实这一切是冯其良下一步的工作，他从李志明的伤中窥见了是刘怀宗他们精心组织的这场越狱。想要解开这个谜团，他得费一番功夫。

冯其良走在回警局的路上，街两旁亮起了微弱的煤油灯。这里的夜是十分安静的，安静得使人能听出他行走时发出的轻微脚步声。他心事重重漫步在这条笔直的大街上，犹如喝醉了酒一样深一脚浅一脚地向前走着。身后，一条黑影时隐时现地尾随着他，这条黑影什么时候跟上的，他一概不知。但他从医院里出来走上这石板街头时就有了这条黑影。

冯其良放慢了脚步，想让那黑影跟上。黑影像发现了他的意图一样，一闪消失在茫茫夜色之中。冯其良心里一凉，他清楚了黑影的来意，加快了脚步，朝警局里走去。

门前的卫兵见了冯其良，老远打着招呼，冯其良只是苦笑了一声算是对卫兵的回应。进得局内，办公室的灯开着，刘怀宗正埋头看着什么。冯其良丢下手中的公文包，刘怀宗才抬起头向冯其良招呼了一声。冯其良“嗯”着便去了房内。

刘怀宗察觉了冯其良的不对，熄了灯走出了办公室。他左右张望了一阵后，确信没有其他人，便朝大院的东头走去。不久，刘怀宗在一间低矮的瓦房前停了下来，伸手在那间屋子的门上轻轻敲了敲，门“吱呀”一声开了，刘怀宗迅速钻进了屋内。

在刘怀宗走出办公室的那瞬间，他身后一条黑影尾随着跟了出来，等刘怀宗进得那间屋子后，黑影贴近了屋子的门边。屋内传出隐约能听清的两人对话。

“他是去了医院？”刘怀宗在问屋内的人。

“还能去哪儿？”屋内那人像很不情愿。

“见鬼！他去那干吗？”又是刘怀宗。

“他才不傻呢，老六是从我手上逃走的，明眼人一看就知是怎么一回事了。你呀，这回是把我害惨了。”屋内的人叹了一口气，对刘怀宗表示不满。

“哎呀，都这个时候了，你怨天尤人能顶用吗？既然他已经闻到了腥味，我们不如——”刘怀宗不知给对方什么暗示，外面的黑影无法看清。

"这——"对方胆怯了。

"怕个屌，一不做二不休，你听我的就是了。"刘怀宗说完拉开了门，左右瞧了一会儿后向大院外快步走去……

冯其良翻来覆去地睡不着，刘怀宗的突然变故，最后与屋内人所说的最后一句，也是最为关键的一句话是什么，冯其良不停地思考。屋内的人是不是他呢？刘怀宗为什么要拉上他？冯其良犹如迷途的羔羊，找不到归途的路。像走进迷宫一样，分不出哪儿有出口。

夜已经很深，大院门口那棵松柏树上的猫头鹰，躲在茂盛的树枝里发着"咕咕"叫声。月亮像害羞的女孩躲进浓密阴云里，沉寂的小城多了几分阴森和恐怖。冯其良在思索和恐惧中艰难地度着这漫长的一夜。

刘怀宗从那个低矮的瓦房里出来后，没有回家，朝牢房的方向去了。他想，丁香花会按他的意思去做的，只有这样才是她获得自由的唯一希望。

牢房的灯开着，门前的岗哨没有盘问刘怀宗。他是探长，在这局子里除了局长，刘怀宗算一个不小的官了。他深夜进牢房那是常有的事，哨兵对他的进出习以为常。刘怀宗溜进值班室，朱秋季不在，刘怀宗才放了心。他在一个角落里找了一个能隐藏自己的位置蹲在那里，等待着他预测的一幕上演。

朱秋季去了牢房，他耐不住这漫漫长夜中的寂寞，抵挡不住牢房里那女子煽情戏词的诱惑，他站在牢房门口，盯着丁香花婀娜多姿的身材，静静听着那动听的声音。

丁香花唱着戏词款款向他走来，在门口的窗口上，将那块喷着香水的手帕在朱秋季贴在窗子上的脸上抹了一把，那香味儿刺得他骨头酥软，筋骨发麻。丁香花离开了门边，朝前走了几步。她面对着朱秋季，那双勾人的眼睛在向朱秋季送着秋波。接着她缓缓地解开了旗袍上的纽扣，将那白玉般的胸脯袒露在了他的眼前。丁香花又一次来到了门边，用她的纤纤玉手在他的脸上缓缓划着，她要用那双玉手点燃他的情欲，使他在难以忍受的煎熬中焚烧自己。

“来吧！你还在等着什么？”丁香花对着他的脸，轻轻吹了一口气，那香味儿再次抚弄着他的肌肤，他无法抗拒面前这个犹如天仙般的女人施展的魔力，打开了那道隔绝天堂与地狱的门，拥着她走向了那间值班室里。

灯熄灭，屋内一片漆黑。房内只有那张小床的“吱呀”声和男人粗狂的喘息声……

尽管这一切是刘怀宗所料想的，是他希望看到的。但当他面对与自己相好的女人和一个同自己根本无法相比的男人滚在了一起时，他无法承受面前的耻辱，他心如刀绞，五脏六腑在撕裂一般，猛地从那间堆放杂物的小屋里抄起了一根木棒，朝床上的那对带给他耻辱的男女身上打去。黑暗中，男人“哎哟”一声，慌忙中拉亮了灯，屋内的空气顿时凝聚。

“狗日的你——”刘怀宗指着赤身裸体的朱秋季，手在发抖，脸色铁青。

“探长饶命，饶命呀探长！”朱秋季顾不得羞耻，从床上惊恐爬了起来，他双膝“扑通”一声跪在了地上。

“老子一枪崩了你！”刘怀宗抽出驳壳枪，顶着朱秋季的脑袋，“啪”的一声将枪推上了膛，红着眼睛向面前的男人吼道。

“刘探长饶命呀，下次再也不敢了。”朱秋季吓破了胆，鸡啄米似的向刘怀宗磕头。

“探长大人，这小小的狱卒也敢欺负我一个弱女子，你可要为我做主呀！”丁香花从惊梦般中醒来，慌忙抓起地上的衣服，遮着自己雪白的胸脯，大呼小叫地要刘怀宗为她申冤。

“你们他妈的都给我起来!”刘怀宗抓住朱秋季的头发使劲往上一提，将朱秋季提了起来。

丁香花瑟缩着身子，哭丧着脸，背对着两个男人穿好了衣服。她心中暗自叫苦不迭，看来从这个小狱卒身上打开出路的希望又成为了泡影。她不知刘怀宗会怎样处置他们，从他的眼神中，刘怀宗是不会饶了他们的。

“朱秋季你好大的胆子，竟敢强奸在押女犯，知道是什么罪吗?”刘怀宗仍板着脸孔。

“刘探长我该死，我该死! 请你高抬贵手，饶了我这一命，我给你当牛做马。”朱秋季身子像筛糠似的，一个劲地求着刘怀宗。

“你他妈的给我闭嘴!”刘怀宗一吼，朱秋季停住了叫喊。刘怀宗见时机成熟，他看着丁香花，随后又看了看朱秋季，阴阳怪气地对朱秋季说，这事还是告诉局长来处置你们。

“探长那可万万使不得呀，你不是把我往死路上逼吗，这样我也不活了。”朱秋季说完，摸起地上的一把柴刀，架在了自己的脖子上，看样子不像是在吓唬刘怀宗。

刘怀宗手快，一把夺过朱秋季手中的刀，骂了句，想死没那么容易! 朱秋季抱头，悔当初不该有这个非分之想。

“刘探长你给我做主呀，这个畜生糟蹋了我，你不能看着不管呀!”丁香花在一边号着。号完装着向墙上撞威胁刘怀宗，决不能就这样轻饶了面前的这个小小狱卒，如饶了他，她就死给他看。

刘怀宗拦住了她，拉住丁香花骂了句，两人都想死，他不管他们这事，算他自己晦气撞上了这事儿。

朱秋季看着丁香花，一个劲地向丁香花使眼色。意思让她也向刘探长说说情，要刘怀宗帮人帮到底。

刘怀宗转过了身，面对墙壁。他在想，他的计谋快要完成了。

于是他对两人说，他其实也是为他们二人好，要是换了别人，没他们的好果子吃。朱秋季说只要他刘怀宗不提他与丁香花的事，他愿为他肝脑涂地。他对刘怀宗说，让他为他们想一个万全之计。只要不出大事，他们什么都听他的。

刘怀宗什么也不说，他在想，要想他们的事不败露，只有一个办法。

朱秋季再次哀求着刘怀宗，让他快点拿个主意。

"放了这娘们，我什么也没看见！"刘怀宗算是狠了心，终于把话说了出来。

刘怀宗话一出口，朱秋季惊出了一身冷汗，他连连摇头，他万万没有想到刘怀宗给他出了一个要命的主意。他忙对刘怀宗说，那可使不得，这要让冯局长知道了他也活不成了。

刘怀宗笑了，他说愿不愿干是他的事，反正是为他们好。

"我不愿走，你个该刀杀的放了我我也不走。"丁香花猛然听出了刘怀宗的话中话，她故意与朱秋季大骂。

"我的姑奶奶，你不也是水性杨花的角儿？你不勾引我，我能有这个结果吗！"朱秋季虽不敢与丁香花大声理论，但他把怨气全撒在了丁香花一人身上。

"砍你脑壳，你吃了豆腐还说那豆腐臭，老娘我不活了！"骂完丁香花一头撞向墙壁，在那寻死觅活。

朱秋季急了，忙拉着刘怀宗，求他使个法子劝劝丁香花，他说依了刘怀宗的计谋，将丁香花放了。

丁香花开始死活不依，刘怀宗好说歹说，丁香花才勉强同意了。丁香花也想，这阎老六是不可能待在家里的，她出狱后到哪儿去，她心里没个定准。再说，朱秋季放了她，出得了牢门能不能走出大门还是两码子事，到时刘怀宗不会灭口吧。刘怀宗看出了丁香花的心事，他让朱秋季回避了一下，告诉丁香花她出狱后该去什么地方去找阎老六，丁香花将信将疑地听了刘怀宗的话。

半夜过后，刘怀宗与一个身着长袍的男子大摇大摆地走出了警察局大院，刘怀宗送走那男子后，转身朝自家屋子所在的那条小巷走去……

丁香花跑了。冯其良听到这个消息时并不感到十分意外，阎老六脱逃后冯其良就料定会有这么一天，他不想去追究丁香花是谁放走的，因为他听哨兵说刘怀宗深夜里还从警察局里带走一个人，这人是谁？不是丁香花才怪。他不想纠缠在一个没有任何价值的女人身上。警察局都没能看得住阎老六，留下丁香花又能解决多大的问题？再说了，丁香花这个女人留在牢房里迟早是一个祸害，不如顺其自然，来一个放长线钓大鱼。让这娘们找到了阎老六，抓了他，回头再来整治这一窝吃里爬外的东西。

向来容易冲动的冯其良对丁香花越狱沉得住气，冷静得让刘怀宗难以琢磨。他恨冯其良为何不大发雷霆，他恨他为何不追究这个责任。他为何不直接将矛盾对准自己，与他公开挑战一番。

这该死的冯其良，我看你他妈的能阴到什么时候。刘怀宗暗暗地骂了句，从口袋里掏出了包纸烟，抽出了一支点上，将腿伸到了办公桌上，悠然自得地抽着。

李志明是什么时候来到他身边的刘怀宗全然不知。他拍了一下刘怀宗的肩，刘怀宗吓了一跳，忙回过头见是李志明才放下心，收回伸在办公桌上的双腿，给李志明递去一支烟。李志明接过烟点上，他靠近刘怀宗耳边，轻轻地告诉他说，那边传来了信，说丁香花已经到了老六那里，麻子正准备给她接风呢！

他娘的，烂草女人倒很吃香，老子卖命，他妈的麻子得了个大便宜。刘怀宗听李志明说麻子为丁香花接风，触发了他的醋意，他心里不是个滋味。

“让他们暂时去行乐，好景在后头呐！”李志明像是看出了刘怀宗的心思，他安慰刘怀宗，更像故意在气刘怀宗。

接下来的几天里，警察局倒是十分平静。冯其良不再对阎老六、丁香花的脱逃，黄老头子被杀的事深究。像这些事不发生在警察局一样，安然地过着他的小日子。

长河城里不平静，街头巷尾到处在谈论警察局黄老头被杀、阎老六两口子相继脱逃的事儿。过不了三日，一伙不明身份的土匪光顾了长河县城的几家商号，抢走了商号的绸缎，打伤了店铺的伙计。有人说那是李麻子的队伍干的，要求警察局尽快捉拿凶手，还百姓一个安宁。城里的二十多家店铺掌柜的，联名向县长上书，强烈要求警察局出兵清剿为非作歹的李麻子一伙土匪。这次城里的商号被抢，唯独阎长坤一家免遭了劫难。阎长坤是城里的大户，向县长上书阎长坤也在其中。

县长是长河县城里最大的官，县长将事儿推给了警察局，冯其良再难也得听他的。县长说了，民意难违，剿不剿匪是他们警察局的事，出不出人那是他们对百姓的态度，话说到了这个份上，他冯其良听得明白。冯其良看着请愿书头发昏，脑发涨。警察局内部的事都还没个了结，派谁去清剿李麻子一伙土匪？

冯其良将这事又拖延了几天，县城商号的掌柜们邀在了一起，一大早就去了县政府，围着县长非让县长给他们一个说法。县长就是这城里的人，对商号掌柜们的要求不好硬推，这些都是抬头不见低头见的有钱有势人物，只好将冯其良叫了过来。

冯其良来到县长办公室，县长指着坐在那里的商号老板、掌柜的们说，这些都是县城里有头有脸的富商，他们的安全可不能忽视哟。

“县长大人，这李麻子作乱也不是一天两天了，阎记犁铺被打劫了几次，警察局就是不管。每年的税呀、费的照常上缴，这还让老百姓活吗？”

“可不是，警察局抓了阎老六和丁香花，李麻子明明是与阎老六勾结，警察局就是不治他的罪，这不又放虎归山了，搅得县城不得安宁。”

“这也难怪，他们警察局与土匪李麻子相互勾结，不然他敢在警察局眼皮子底下作奸犯科？”

“剿了土匪李麻子，他们警察局去哪儿找发财的门路呀，他们呀得养着他！”

“谁说警察局养着他土匪李麻子了，咱警察局剿他还搭上了几条兄弟的命，可这李麻子也太狡猾了。剿土匪得花经费，这经费谁给？总不能饿着肚子去打仗吧。”冯其良本来就一肚子气没地方撒，商号富家们将矛盾指向了警察局，他不管是在县长的办公室也好，还是在警察局也好，他就得撒了这把气。县长知道他冯其良的委屈吗，真是的！

掌柜们听冯其良开口就是经费，多数人不悦，但他们说只要警察局真要剿匪，特别是去剿李麻子，他们愿意出钱买这个平安。

冯其良见大家同意为警察局出钱，心里自然高兴，他们出了钱，他去不去剿李麻子就是他的事了。

第十三章　上山为匪

晃山大操坪里，一队人马正在操练，龙嗣斌站在一排端枪瞄准的年轻人面前，一会儿指点这儿，一会儿指点那儿。操坪里喊声一片，在整个山峪里久久回荡。

龙嗣斌自阎府大院挫伤李麻子一伙的锐气之后，他的队伍士气大振。前不久，他听说警察局抓了阎老六，心里更是乐得不行。

龙嗣斌心里清楚，越是在这个时候他越是得沉着，李麻子的两战两败，是他施了个小计，从双方的实力来看，自己远不是李麻子的对手。安插在李麻子队伍中的内线黄进财，如今又到了自己的队伍，今后要打李麻子的伏击就很难了。要想战胜强硬的对手，首先得壮大自己的实力。阎长坤终于同意买枪，这是一件好事，最起码一点，在自己打李麻子外围时候，他会帮上自己一把，加上阎长坤的三十多条枪，他不信就打不垮李麻子。

龙嗣斌想到阎长坤，就想起了他答应阎长坤买枪的事，这事拖不得了，宜早不宜迟，阎长坤是个很守信用的商人，前三天就将三百块大洋送到了晃山，是黄进财帮他收的。如今钱来了就该出一趟远门，给阎府的事情办妥。

龙嗣斌去了趟张公寨，告诉张厚德他要去一趟四川为阎长坤办买枪的事，要张厚德抽时间照看一下队伍。这是对张厚德莫大的信任，他能不答应？于是答应了龙嗣斌，在他出门的这几天，张厚德上晃山，帮龙嗣斌管好那帮人。

龙嗣斌带上黄进财离开了晃山，去了四川。晃山离四川不远，只一天的路程，往返只在三天左右时间，那里又是与龙嗣斌有交情和多次生意来往的人为他办事，所以他选择了去四川买枪。

李麻子在阎府遭到龙嗣斌伏击后，对龙嗣斌耿耿于怀，恨不得立马杀了龙嗣斌，取了他的人头来方能解恨。于是在偷袭了长河县城里那些商号后，他把注意力放在了龙嗣斌身上，派出了三个小组，轮番对晃山的三条通道进行二十四小时监视，只要发现龙嗣斌离开晃山，李麻子打算半路拦截他。

太阳刚从山背后爬上山顶的时候，晃山脚下的几间瓦屋里走出两人，那两人翻身上马，在马屁股上狠抽一鞭后，急匆匆地踏上去四川方向的路。

不远处，路边的草丛中蹲着三个头缠黑色丝帕，身穿黑布长衫，手握长枪的汉子。其中一人认出马上有一人是黄进财，继而有人惊叫："是龙嗣斌，快瞄准干掉他！"

"这么远，他又这么快，没把握！"其中一名汉子举起枪瞄准疾驰而去的马背上的高大男子，嘴里在向同伴们说着。

"废物！你平时不是说你很行吗？"其中一名中年男子骂了句。

"这起码有七八十米，谁能一枪打死他？"端枪男子迟迟不敢扣动扳机，身旁的男子急得直跺脚。

端枪的男子慢慢放下了手中枪，叹了口气，坐在了地上："远了！他妈的远了！"

李麻子听回来的人说，龙嗣斌和黄进财去了四川方向。心里在琢磨：龙嗣斌去四川干什么？他与四川有什么联系？过了好一阵，他突然一拍大腿：枪！一定是与枪有关系。

李麻子虽不出象牙山，可他早就听说了龙嗣斌刚拉队伍的时候枪是从四川买来的。如今他龙嗣斌要壮大自己的队伍，也新招收了这么多人，他的枪从何而来？只有买枪才去四川！

接着，李麻子掐指一算，龙嗣斌最快也得后天返回。于是他冲手下的喊："兄弟们，这两天给我盯牢喽，后天我们干了龙嗣斌，别让他坐大了与老子作对！"

李麻子化了装，同另几个土匪一起走了十几里山路来到离晃山一里地的地方坐了下来，他按照守卡三个土匪指的地点，肯定龙嗣斌是去了四川。他身处的这个地方，是打龙嗣斌伏击的有利地形，就在这里埋上伏兵，谅龙嗣斌插翅难逃。想到这儿，李麻子咬了咬牙，骂了句："妈妈的，龙嗣斌就算天要帮你你也躲不过这一劫！"

李麻子看完地形后，吩咐守卡的土匪严加看守后，自己带上人回象牙山。这几日，他是一刻也不想离开象牙山。

李麻子不想离开象牙山，不是他听说警察局要剿他，也不是怕龙嗣斌趁机端了他的老巢，而是象牙山来了位貌如天仙，声如百灵的女人。这女人来到象牙山，就像空旷沙漠里流淌着一条小溪，像沙漠中生长着一棵粗壮的大树，给他们带来生机，带来欢乐。

丁香花从牢里逃出后，经警察局老李的护送，来到了象牙山。说是与阎老六会合，可丁香花都来了几天了，她仍没有见着阎老六。

阎老六去了哪里？难道还有比这里更安全的地方？丁香花问李麻子，李麻子笑笑告诉她，他去了岂不是更好？丁香花自然理解李麻子这话的意思。不过她与老六是结发夫妻，尽管她看老六有些窝囊，当老六离开她，甚至是不知他的下落时，她心里有一种莫名其妙的惆怅。李麻子只是暂时取代阎老六行乐的工具，真要是过日子，她是不愿与土匪一起生活的。阎老六有钱，有黄桥铺子经营的后路。土匪是什么？是强盗，是遭人唾弃的野兽。她能与野兽生活一辈子么？

当初丁香花与李麻子的那一夜，那是丁香花寂寞难耐，老六与丫头长相厮守，欲望旺盛的丁香花能独守空房吗？麻子在那个时候给她快乐，给了她慰藉。

如今从大牢里来到了象牙山，这象牙山好比就是天堂，大牢那可是地狱，天堂与地狱那是不能相比的。这几日丁香花倒觉得新鲜，一双双带着淫邪的目光在她那挺得老高的胸脯上扫来扫去。一张张笑歪了的脸在她的面前晃来晃去。她不厌恶，她不憎恨。反而，她在这群人中找到了自我的价值，找到了骄傲的资本。她有一种无以言表的感觉，像一个骄傲的公主一样，任意吆喝着面前这帮如饥似渴的男人。

李麻子虽然容貌丑了点，但他那充满野性的粗犷完全遮盖了他丑陋的容貌。丁香花从他的身上找到了美与丑的结合，找到了真正男子的那种彪悍。她忘记了要问老六的去向，甘愿在这个阴暗的山洞里让李麻子当宠物样供养着。

“丁太太来一段！让哥们也听听你那百灵的嗓子！”丁香花刚走出山洞口，洞口的那帮土匪们就围了上来，缠住丁香花来一段戏。

“可别乱来哟，她可是大哥的压寨夫人哟！”不知土匪谁说了这句话。

“呸！是谁烂了舌头，说话这么臭！”丁香花盯了人群一眼，一半认真，一半开着玩笑地骂。

“怪不得我们大哥打了长河县城商号连夜都得赶回来，绸缎子也不卖，想必是挂着这压寨夫人吧！”土匪没有因丁香花骂而停止起哄，反而人群里闹得更凶。

“别他妈的老是起哄，让丁太太来一段，那音儿听了过瘾！”一个中年男人在骂人群里起哄的人。

“你他妈的饱汉不知饥汉饿，你隔三岔五地回去睡老婆热被窝，可咱们呢？别听他的！”人群里照常起哄，并且引来众人捧腹大笑。

丁香花也不害羞，她不用害羞，这些人就有这么野，何况自己又是个容貌出众的女人呢。看了看起哄的人群，冲他们喊：“真想听一曲老娘唱的戏？”

“还没咱妹子大，你他妈的什么老娘呀？”土匪们又开始了起哄。

丁香花没理起哄的土匪，自个儿甩下衣袖，跷起了兰花手唱了起来：“哥哥耶！你是妹的心头肉……”

“好！好！”土匪们还没等丁香花唱完那句台词，就鼓掌吆喝起来。

“谁是你他妈的哥哥？是我吗？”土匪中一大个子站在石堆上，冲唱得最欢的丁香花喊了一句。土匪们立刻捧腹大笑，有的在冲高个子骂：“也不撒泡尿照照自己，你也配当她的哥哥？”

“真是的，人家李大哥才是她心中的心头肉呢！”土匪们闹得正欢时，李麻子带着几个弟兄回到了象牙山。他没有惊动闹得正欢的土匪们，坐在离洞口不远的地方，看着他们，听丁香花继续唱着。

丁香花上了象牙山，这是李麻子想都不敢想的事。以前只有跑几十里远的地，才能与她会上面。如今她像做梦般地站在眼前，他想不到，刘怀宗也有巴结他的时候。说什么丁香花是阎老六的老婆，还说什么丁香花是刘怀宗的相好，真他妈的滚蛋。夫妻本是同林鸟，大难临头各自飞。如今她丁香花飞到了自己身边来了，这是上天赐给他李麻子的艳福。

刘怀宗怎么了？他不是这长河县里的大侦探吗？还是长河县里的剿匪英雄，怎么连自己心爱的女人都保护不了，反倒落在了一个山匪的手里？看把他刘怀宗气的。他很可惜没有让刘怀宗看到丁香花与山匪同枕，与土匪们共欢的场面。他不敢想象，刘怀宗看了这种场面后会有什么反应。当警察局老李送丁香花来象牙山时，老李不是说，刘怀宗说是让他照顾好丁香花吗？

围着丁香花的土匪们看着丁香花唱戏，不时发出尖叫，将整个象牙山闹了个底朝天。丁香花看土匪们正欢着，自己也不好偷懒，她拿出了在戏班子时的看家本领，一曲一曲地给他们唱，给他们舞。

李麻子坐在那里抽着烟，嘴角处挂着微笑。石板路来了个人，是老六家的石根。他来干什么？他知道了丁香花在山上吗？李麻子脸猛地沉了下来，他可不想在这个时候将丁香花交给阎老六。

梁石根走到了李麻子跟前，告诉李麻子说，他家老爷有话，想请丁太太下山与他团聚。

"阎老六消息可灵通了。"李麻子好不情愿听石根说要请丁香花下山，刚美着的心突然凉了起来。梁石根知道李麻子与丁香花的事，他看得出李麻子这会儿是不想将丁香花交给他带回阎老六身边的。但他不得不说，这是六爷专程要他来请太太的。

他妈的阎老六也太不够朋友了，对老子不放心？再说了他太太留在山上，谁也不会吃了她，跟着他过提心吊胆的日子？但丁香花是人家的太太，麻子能说什么好？只好拿山下不安全为理由，拒绝让梁石根带回丁香花。

梁石根在心里骂，你担哪门子心，她可是人家的太太，你有权利将人家留住么？于是他大胆地说了一句："李爷，可他们毕竟是夫妻，终是要团聚的，你看——"梁石根看着李麻子阴沉的脸，把话停了下来。

李麻子说完叼着纸烟，看着唱戏的丁香花。他无心听梁石根说什么，只是给了梁石根一句话，说要他回去告诉老六，就说山下很不安全，改天等他打了龙嗣斌，再去接他老六兄上山，让他们夫妻团圆。

"这恐怕有些——"梁石根又停了下来。

"恐怕什么？警察局在抓他们两人，龙嗣斌也要他们的脑袋。老子是替他们着想，老六想不通也得想，过几天我下山接他上山。”李麻子说完，扔掉手里的烟头，起身走到了看戏的人群中。

梁石根看着李麻子，心里有一种说不出的滋味，李麻子不是强抢人妻吗？

土匪们见李麻子回来了，喊声和尖叫声顿时停了下来。只有丁香花还在全神贯注地在人群中央唱着跳着。丁香花突然听不到土匪们的尖叫声，她停了下来，才看清李麻子来了。她有些不好意思地朝麻子笑了笑：“李爷，弟兄们闹着要听听戏，我就给他们唱了。”丁香花寄人篱下，说话声音客气得多了。

“无妨！无妨，给他们唱吧！他们好久没有听到这么好听的戏了。”李麻子心情舒畅，让丁香花给他们唱。

麻子呆呆地看着丁香花。自丁香花从大牢里出来，来到象牙山，她日渐白嫩起来，可能是终日在山洞里不被日晒的原因，她脸像秋天的冬瓜长满白霜一样，粉嫩粉嫩。那该凸起的地方凸得老高，该凹下的地方，凹了个正好。怪不得刘怀宗拼着生命从大牢里救她出来，更让他难以想到的是，这个尤物居然与自己同居在了一起。

李麻子想到这里，突然冲着围着看戏的土匪们说：“他妈的都给我统统散了！”

土匪们不知道李麻子又在发哪门子疯了。他说变就变，刚才还答应丁香花好好地唱，一刻间就变得可憎可恨了，土匪们叽里咕噜地四处散了，只有丁香花瞪着李麻子发呆。

“李爷您这是干什么？”丁香花对李麻子的突然变故不解。

“老子不想听了，老子想好好地享受一番。”说完李麻子上前拉住丁香花的手，往山洞里拖。

“这可是大白天呀！”丁香花半推半就地与李麻子走进了山洞里。

事后，丁香花才知道李麻子怕失去丁香花，因为丁香花不几日就要下山与阎老六团圆了。

梁石根回到象牙山脚下阎老六躲藏的那户人家时，已经接近了下午。阎老六见石根没能带回丁香花，眼睛被气得直冒金星。他没有想到，李麻子竟然是一个不仁不义的家伙，连朋友的妻子都明目张胆地说要就要了。他猛然在桌上砸了一拳，大骂了一声：“狗日的，等老子东山再起时，老子再与你算账！”

石根朝阎老六使了个眼神，阎老六才慌忙回过神，这家的主人就站在他们身后，这户人家就是李麻子安在山脚下的眼线，早听李麻子说过这人是死心塌地跟着他干的。

房子的主人姓周，叫什么名字阎老六不知，半个月来阎老六也只叫他周老弟，他年纪在四十岁上下，本事也不高，从脸上的面相看，这人是个阴险狡诈之人。他见阎老六发了火，忙过来劝阎老六，说其实李爷也是为他好，他不是说了等他收拾了龙嗣斌，再接他上山与夫人团圆，那不是两全其美的事吗？让他耐心地等几日，反正不会太长！

阎老六不敢多嘴，他怕说多了这人会将话过给李麻子。

“人家李爷也是为您安全着想。您就别多想，安心在这儿待上几天。”梁石根倒会说话，明看着的事儿，在他嘴里说出来，好听，又不失阎老六的体面。

阎老六总算下了台阶，这台阶是石根给的，他没有在这家主人面前丢脸。他无奈地坐了下来。石根忙将装好烟丝的金烟斗递给了阎老六，划着了火柴为老六点上。老六吞云吐雾地吸了几口后，叹了一声气：“唉！还是石根好哇！”

“老爷快别说了，到了这个时候谁都得顾着点，其实没有老爷哪还有我梁石根，您就别多想了，安心歇着吧！”石根劝着阎老六，不停为老爷装烟点烟。

阎老六那天下午从警察局的大牢里逃出来时，就躲在这户人家里。刘怀宗在大牢里见他的时候就告诉了他，这户人家是麻子的眼线。老六到这儿后，做的第一件事，就是要这家主人去了趟黄桥，从黄桥带来了石根。石根当然知道老爷心里想着什么。他把那只阎老六不离身边的黄金烟斗带来了。遗憾的是彩菊回了娘家，没能在这象牙山脚下陪他。不过石根已捎信给了彩菊，告诉她老爷已从大牢里逃了出来，不几日，彩菊会去黄桥寻的。时间过了四五天了，黄桥那边还没来信，肯定是彩菊还没回来，所以今天老爷才想起太太丁香花来。

梁石根见老六身边没个女人陪，浪惯了性子的阎老六能在这深山沟里待多久？如今太太又在李麻子手里，保不准还得等半年，老爷也确实熬不住。他告诉老六，说他要亲自去一趟黄桥，把彩菊接来，也好让六爷身边有个伺候的人。

老六为有这样聪明的家院感到高兴，他拍了拍了石根，说不出话来。他问心有愧，平时自己对石根可不怎么样，如今石根赴汤蹈火地跟着自己，还处处为他着想，这能让他不感动？他说了句："石根呀！你以后是咱的好弟兄！"

"老爷，快别说了！这些都是我们下人们该办的事。再说，人生在世谁没个犯难的时候？"石根一边收拾行李，一边与老六说话。

"去吧！快去快回，我身边可少不得你这样的人呐！"阎老六说这话时显得悲切。

石根一走，阎老六就觉得十分孤单，连一个说话的人都没有。老周虽不在家，但他临出门时告诉老六，不允许他走出家门一步。他去了哪里老六不知，但愿这家屋子的主人不会抛弃他。

这屋子建在象牙山山脚下的小溪边。四周是高高的山峰和茂密的树林，参天大树将这个屋子遮盖得严严实实。

屋背后是条弯弯曲曲的石板路，蜿蜒向山脊间爬着。阎老六想，这就是上象牙山的路吧！他想起了李麻子，想起了如今还在李麻子那里的丁香花。

时间很快到了傍晚，阎老六被一阵开门声惊醒。他不知睡了多久，他是想着丁香花睡着的，他梦见丁香花赤身裸体在一个山洞里为李麻子唱戏。李麻子充满淫光的眼睛死死盯着丁香花那雪白肌肤，时而淫笑，时而大骂。像是阎老六不存在似的，李麻子当着他的面拉着赤裸的丁香花。丁香花笑着看了阎老六一眼，便走上了那个石阶，他们双双在那宽大床上疯狂地嬉戏……

“老六，还没吃饭吧？咱给您做饭？”屋子的主人老周见阎老六呆呆地坐在床上忙问了一句。

老周的问话，打断了阎老六继续回味那个可恶的噩梦。他朝老周“嗯”了声，便下床走到了堂屋，看着老周为他生火做饭。

“阎老爷，李爷说了，这两天他不能来接您，他说有一件重要的事要办，等办完了他就接您上山。”老周一边为灶内添柴，一边与阎老六聊着。

阎老六一听说李麻子就来气，想起刚才所做的梦，他骂了句，他娘的，也别太他妈的把老子当猴耍！

老周忙回过头，看着阎老六。刚才还是心平气和的，怎说了李麻子就发火。有些事他也弄不清，要说李麻子要救他阎老六，可为何又把他丢在这儿不管。这请老六上山与他李麻子办事并不矛盾呀。可他就是不让阎老六上山，这……老周摇了摇头，自个儿为灶内加柴，不再与阎老六说什么了。

“他娘的只说办事！他办啥事了？”阎老六像在骂李麻子，更像问老周。

“六爷，听说是打龙嗣斌的事儿。”老周边刷着锅，边回答着阎老六。

“嗯！真要是这样那倒是好事。”阎老六才算平息了下来。

早晨第一缕阳光照在山洞口时，李麻子从丁香花身边醒来。丁香花还在轻轻地打着香鼾。他怕惊醒她，轻轻地披上长衫下床，走出了洞口。

按李麻子的估计，今天下午定是龙嗣斌回晃山的时间。李麻子想了很久，龙嗣斌去四川定是一件重要的事情，不管与枪有没关系，这是他消灭龙嗣斌的大好时机。不管怎样，这一仗非得要打，不然，黄桥溪边、阎府遭伏的仇就没法报。

李麻子朝众匪们吆喝起来，开始清点人数。他算了算，除他安排出去守伏的六人外，刚好是五十四人。李麻子坐在用石块砌成的石堆上，点了支烟向众匪们喊：“今天是什么日子？”

众匪们没有一个能答得出来，只是蔫蔫地低着头，心怕李麻子点着自己回答。其实李麻子没有要点谁回答这个问题的意思，他看了看众匪，又看了看刚升起不久的太阳。他指着太阳，朝众匪笑了笑，然后才慢吞吞地说：“你们回答不上来，我来告诉你们，今天是老天睁眼的日子，是我李麻子报仇雪恨的日子，是龙嗣斌的祭日！”李麻子说到最后的时候牙齿咬得特别响。众匪们才回过神来，忙吼了起来：“李爷您说怎么打，我们就怎么打！”

“怎么打？”李麻子看了看被调动起来的众匪，他站了起来，站在高高的石堆上，“你们说怎么打？”

“只要您发话，我们就拼命！”众匪里一个年轻人冲李麻子喊，众匪听有人向李麻子表态，生怕自己落后，忙吼了起来：“只要您李爷发话！”

“那我就说了，给我往死里打！”李麻子高喊。

随后李麻子点着名字，将人分成了三组，分别将龙嗣斌回晃山的三条通道全部卡断。然后，李麻子向众匪宣布："早晨大家给我吃饱喽，下午该打的时候你们千万不要手软。龙嗣斌要是从谁的枪口下溜走了，他就别想再回我这个象牙山！都听清楚了吗?"

丁香花不知是什么时候醒来的，醒来时不见麻子在身边，便披衣走出了洞口。麻子刚才的话听得真切，她只听说麻子是个亡命之徒，没想到这亡命之徒倒有一身男子汉气概。她暗自拿刘怀宗、阎老六与李麻子相比，他们都不如李麻子，麻子才算得上真正的男子汉。

李麻子看见了丁香花，忙跳下了石堆，解散了众匪。他这样做是不给丁香花心里造成大的压力，一个女人，特别是一个美丽的女人，看到和听到打打杀杀的总不是一件好事。

"吓醒你了吧!"李麻子走到丁香花面前，将手搭在丁香花肩上问。

"哟！麻子大哥，看不出您还挺心细的。"丁香花心里美着，她想不到这个杀来杀去的土匪麻子，还这样会体贴女人，就连说话也怕吓着了女人。

"我的宝贝，你在不心细行吗?"李麻子在丁香花通红的脸上摸了把，他想这女人是他永远摸不够的女人。

早餐特别丰盛。麻子开恩，将先前在山中打得的那头野猪全部炒了，他还特别允许众匪们每人喝二两米酒，让众匪们壮胆。麻子平日里是不允许他们喝酒的，今天特别，加上可能要到下午四点左右才能打起来，他估计，到那时，众匪们的酒早已醒了，并且还不感觉到肚子饿。

酒后的众匪们扛着枪，歪歪斜斜地来到李麻子、丁香花的面前，卷着舌头话也多了，说的大都是些让李麻子听了高兴的话。

一个土匪打着酒嗝，冲丁香花扮着鬼脸，然后冲李麻子说："李爷我就看——看——看那太——太——不是，夫人，看不够!"

“你妈拉个巴子，想打老子女人的主意？”李麻子似笑非笑，要在平时，他会一拳打过去，非让他瞎了一只眼。

“李——爷，哪敢——打——打主意。”那人还不知趣，继续缠着李麻子。

“去去去！”李麻子推开面前的酒鬼。

“李爷，我——我是说——让夫人给——给咱们——唱上一曲，给咱们——提提神——神儿。”那土匪摇晃着又走了过来。众匪听有人说要丁香花唱上一曲提神，他们趁着酒兴吼了起来：“给咱们唱上一曲！”

“唱上一曲，咱打龙嗣斌有精神！”众匪们开始手舞足蹈了。

李麻子有些愠怒地站了起来，刚想训斥众匪，被丁香花拉了下来，坐在那石凳上。她走了几步，在左边的土匪脸上摸一把，在右边的土匪头上点一下，真弄得大伙心痒痒的。众匪们乐得手舞足蹈起来，有的在喊，有的在骂，有的冲着李麻子说：“李爷，这丁香花要是做了您的压寨夫人，咱象牙山天天乐翻天，人也有了精神。”

“是吗？我像你们说的那样吗？”丁香花接过了那名土匪的话头。

“比他说的还要好呢！”土匪们又一阵哄笑。

“那我就做你们的压寨夫人吧。”丁香花瞟了一眼李麻子，将李麻子的心瞟得痒酥酥的。

李麻子乐了，他没想到丁香花会当着众人的面，答应在象牙山做压寨夫人，他随众匪起哄，嚷着要丁香花给大伙唱一曲。

丁香花拗不过众匪，她清了清嗓子，唱起了苏三起解……

乐了一阵之后，李麻子想该是启程的时候了。他当着众匪的面亲了丁香花，带着众匪，向山下的弯弯石板路上走去。

丁香花站在山头上，看着李麻子一伙远去的背影，一股说不出的惆怅涌上心头。她说不清道不明，自己对李麻子是爱还是玩弄，分不清是对他的牵挂还是害怕，她的脸通红，回想自己为什么会当着众人的面，答应李麻子做象牙山的压寨夫人？她的心很乱，理不出头绪。

在象牙山的几天时间里，她没有感到寂寞和恐惧，也不像在黄桥古镇那样费神操心，眼前也没了阎老六与丫头令人伤神的影子。一群充满杀气，而又充满生气的血性男子，将她视为公主样地礼拜，让她感到了在人世间的荣耀。她忘记了一切，忘记了刘怀宗，忘记了阎老六。

那群下山的人马渐渐从她的视线中消失，回荡在山谷中充满野性的山歌声，渐渐从山谷中低落。在丁香花面前的只是那个山洞和参天古树，还有在枝头上叽叽喳喳欢快叫着的山雀。

丁香花向山下的那条小溪望了一眼，带着无名惆怅回到了那个山洞，洞内传出她银铃般的声音：哥哥耶，你是妹的心头肉，妹把哥哥放心间……

龙嗣斌在四川算是收获多多，大开眼界。贩枪的老莫给龙嗣斌引荐了一个人，这人姓舒，是一个常年跑四方的汉子。他给龙嗣斌讲了许多世间大道理，说到了国民政府的腐败，说到了打土豪、打土匪的事。龙嗣斌听了这些，明白了很多事理。老舒还说，他与张厚德是结识多年的朋友，他说自己也带兵打仗，他们打的可是国民党政府那些贪官污吏，打的都是些欺压百姓的国民政府混账部队。

龙嗣斌告辞老舒后，他想回来定要找张厚德算账。他有这么一位能说会道，懂得人世间大道理，又会带兵打仗的朋友，为何不给自己引荐；他为何不把老舒带到长河来。

天刚放亮，老莫来到了龙嗣斌下榻的客栈，说是给他的货全部装上了车，就等他们二位上路。

龙嗣斌同黄进财洗漱完后，同老莫押车的队伍离开了四川。

太阳开始西斜，林间的山路多半是阴着，眼下接近了下午四点。

一队人马从西头向东匆匆而来，身后扬起一层沙尘。

李麻子站在溪边的石坎边，看着扬起的沙尘，嘴笑歪了，他朝身边土匪骂了句：“他奶奶的终于来了！兄弟们到时你们给我放狠点，动作利索点。干掉我们的冤家对头！”

李麻子的话刚落，路旁林子里、溪边的石坎边听到“稀里哗啦”的推动枪机声。

李麻子渐渐能听到马蹄声由远而近，离他埋伏的地方只有五十米远了。李麻子从石坎上伸出头朝路上望去，他看清了前面带路的就是龙嗣斌，他咬着牙，将驳壳枪举过头顶，朝埋伏在路两旁的众匪大喊：“兄弟们，该是我们痛快的时候了。”李麻子“砰”的一枪，众匪听到枪声，朝过来的那队人马一阵猛射。

林子里枪声一片。树枝上的山雀惊得四处乱飞。

龙嗣斌做梦也没想到，他闯过了四川地界，竟然在离晃山五华里的地方遭埋伏，当他听到第一声枪响，他料定这是李麻子的队伍。于是，他冷静地让老莫领着几个人，将装运枪支的车往后退。他带着黄进财和另四名押车的人与袭击他们的土匪周旋。

枪声越来越激烈。子弹雨点般地射断树枝，穿过粗壮大树的树皮，龙嗣斌一边向对方还击，一边命令黄进财绕道火速赶回晃山搬兵营救。

黄进财飞身跳上了那匹棕红色的大马，猛抽一鞭，冲向了密林中。龙嗣斌见黄进财冲进了密林，他带着四人，借着大树做掩护，朝已冲上道的土匪射击，土匪见对方还击的枪法厉害，路上已躺下了四个人，疯狂了起来，再次集中了火力，朝龙嗣斌他们激烈猛射，压得他们不敢抬头，没有还击的机会。

“给我冲，打死龙嗣斌回去有赏！”这是李麻子在喊。

土匪们在李麻子的鼓动下，喊声四起，端着枪疯狂地往前冲。

龙嗣斌估计，老莫装枪的车已经走远了，他命令四川的四人朝那片林子里撤退，他们边撤退，边朝迎面冲来的土匪还击着。龙嗣斌见李麻子的队伍果然向他们追来，他在一个密集的林子里，将四人分开，占住有利地形，对冲在最前面的土匪开枪射击。龙嗣斌站在大树背后，将双枪压满子弹，然后，伸出双枪朝六名端着长枪的土匪打去。“砰砰砰”三声枪响过后，只听对面三声“啊”的声音，三名土匪应声倒下。另三名土匪掉头冲后面的队伍大喊：“龙嗣斌在这里！”

“啪”的一声，大喊的土匪又被击倒，余下的两名土匪惊慌地逃出了树林。龙嗣斌稍稍休息了一会儿，他等待李麻子的队伍再次扑来。

李麻子听到林子的土匪喊，龙嗣斌就躲在这片树林子里。他向众匪命令：“包围这片树林，不让龙嗣斌的人活着走出这片林子。”

土匪们深知龙嗣斌的枪法，他们还没打过半小时，土匪们就死了七八人。李麻子吼叫声再大，也没人挪动步子。李麻子急了，冲土匪们瞪着眼：“你们他妈的都蔫了？谁敢违抗命令就地枪毙！”李麻子“哗”地推上子弹，对准身边的土匪，土匪们见李麻子动了真怒，一窝蜂地向林子里冲去。

林子里喊声震天，一片“捉住龙嗣斌”的吼声。接着林子里再次响起了震耳的枪声。

李麻子站在路边，他没有冲向林子里。他在寻思，刚才自己明明见到了那队人马，还有那高高扬起的沙尘，这说明龙嗣斌不仅仅有林子里的几个人，他应该有装东西的车队。车队到哪里去了？大队人马到哪里去了？

李麻子脑子一下清醒了许多，命令土匪们停止向林子里冲，并大声责令身边的土匪，招回林子里的土匪，沿山路向前追。

打得正欢的龙嗣斌突然间听到土匪们的枪声了，伸出头，只见土匪们向后撤退。他想，莫不是黄进财搬来了救兵？他粗略推算了一下时间，黄进财就是用最快的速度来回也得半个时辰。突然间他想起了老莫，猜测李麻子可能是发现了他的调虎离山计。龙嗣斌急了，冲着对面的土匪大骂："李麻子你算个㞞，老子龙嗣斌就在这里，有种的你冲进来，老子等着你来送死呢！"

在路边的李麻子听到喊声，他听清楚了，是龙嗣斌的声音，龙嗣斌的骂声激怒了李麻子，李麻子伸手拉住了刚想沿路追击车队的土匪。

李麻子拦住土匪追击车队有他的目的，因为他清楚龙嗣斌的个性，假若真是从四川买枪，龙嗣斌是不会跑进林子里与自己对抗，会随车一起转移的。于是李麻子大喊："给老子往林子里冲，打死那狗日的。"

土匪们又掉转了头，再次向林子里冲去，林子里枪声响成了一片。就在林子再次枪声大作的时候，黄进财带着晃山的五十多个人赶到了，他们包围了这片林子，朝林子的土匪大喊："李麻子，你们被包围了，快给老子缴枪投降吧。不然老子杀你个片甲不留！"

李麻子听到背后杀声突起，大呼再次中了龙嗣斌的计，忙命令土匪们突围。

林间的天黑得很快，李麻子左冲右突地在林子里与龙嗣斌、黄进财的两队人马周旋了多个小时后，天渐渐黑了下来。

李麻子见时机已到，趁天还没有完全断黑，令土匪们突围。

一阵激烈的枪战之后，林子里只有依稀的枪声，等天完全断黑，林子里又恢复了平静，像什么也没发生过一样，沉寂得只能听到虫鸣声……

第十四章　密谋

老莫带着四名弟兄，守在林子外的路旁，地上的那把歪把子机枪架在那里，等待李麻子的队伍追来。他不相信李麻子的队伍能躲过这机枪的扫射，他们已经将运枪的马车藏在了林子中，马也解了缰绳。

天完全黑了下来，远处的枪声渐渐停了，老莫担心龙嗣斌能否躲过这一劫。

就在老莫满脸愁云的时候，路旁响起了马蹄声，老莫忙趴了下来，喊着他的兄弟，端起了机枪。

“老莫！老莫！”马蹄声由远而近，有人在喊他的名字。

老莫笑了，拍拍身上的灰土，朝前方应了一声。他清楚，龙嗣斌来了，这一仗他只是受到了一些惊吓。

龙嗣斌的人马回到晃山时，已经快九点。张厚德听到晃山脚下的枪声很是不放心，知道龙嗣斌和三十条崭新的汉阳步枪安然无恙地回到了晃山后，悬着的心才放了下来。

长河县城警察局大院。

被冯其良新任命为剿匪队队长的李志明在刘怀宗面前说了一阵后，刘怀宗的脸唰的一下被气成了青色。他想不到李麻子多次败在龙嗣斌手下，又不愿求助于他，坐失了昨晚剿灭龙嗣斌的大好机会。

他问李志明消息来源是否可靠，李志明告诉他是阎老六今天凌晨派他那住户老周捎来的信。说消息很可靠。

刘怀宗不语，他恨李麻子成事不足败事有余。他得了龙嗣斌去四川的消息为何不向自己报告一声，是李麻子想故意躲开自己，还是他打另一张算盘呢？刘怀宗感到焦虑。龙嗣斌不除已经危及警察局，特别是危及刘怀宗，是对他刘怀宗剿匪英雄荣誉的侮辱。县长刚强调剿匪安民，可李麻子他娘的仍去与龙嗣斌火拼，不知县城里的百姓又会怎样评价这事。

刘怀宗现在感到无计可施，身边仅有的一位好兄弟李志明也被冯其良任命为什么警察局剿匪队队长。这官儿虽不大，但与他刘怀宗是平级的，以后有什么事，刘怀宗不能像以前那么随便吩咐李志明了。但他对李志明很放心，李志明死心塌地地跟着自己干了这么多年，又是杀害老黄的疑凶，他谅李志明不敢反水跟上冯其良。否则他端出这窝事，他李志明在警察局也没立足之地。

李志明看着发呆的刘怀宗，问了句："刘探长，要没别的事我就回那边去了，那边的二十多名兄弟还等着我去给他们训话呢！"

刘怀宗听到这话就来气，李志明分明是当上了队长不把自己当回事了，他站了起来，阴阳怪气地说着李志明："是呀！现在你可是长河县里的剿匪队长了，还能在这闲待吗？"

听话听音，李志明听刘怀宗酸溜溜的话儿不对劲，忙赔着笑脸："刘探长这是哪儿话，我李志明跟您干了这么多年您还不了解我？我还指望您当上这长河县里的警察局局长呢！"

"少屁话！老子才懒得听那些虚词儿！"刘怀宗骂了句，就不再与李志明扯东扯西的。可李志明还没有完，他新上任了队长，是一件喜事儿。人逢喜事精神爽，对刘怀宗骂他的话毫不在意，缠着刘怀宗不放。刘怀宗回过头来问："你还有什么事？"

“刘探长，这事儿不告诉您我心里不好受！”李志明像很委屈的样子。

“哎呀，你一个大老爷们，说话痛快点，别他妈的吞吞吐吐的。”刘怀宗见李志明确实有话要说，停住了步子，等着李志明说。

“我说刘探长，您就不想知道昨天李麻子跟龙嗣斌为啥火拼？”李志明看着刘怀宗。

“这可是你们剿匪队的事了，我这个探长只管城内治安，剿匪的事可是你李队长管的哟！”刘怀宗听李志明一说，还真想弄明白李麻子为何与龙嗣斌又干上了。但他不好问，李志明刚上任，又是该他管的事，自己插嘴问到底，会让李志明觉得自己管得太宽，把手伸向了他的剿匪大队。

“刘探长你千万别说这话，咱剿匪大队总共才二十几个人，冯其良他妈的这哪里是让老子去剿匪，分明是让老子带着二十几条人去送命。你说，这剿匪大队能管得过来吗？”李志明满脸阴云，嘴也歪歪地向刘怀宗诉苦。

“那毕竟也是一个大队，这官儿也不小呀，你自己就去管那些土匪火拼的事去吧！”刘怀宗见李志明只管诉苦不说正事，提脚走人。

“哎哎！刘探长，那事儿还没说呢。”李志明走到了刘怀宗跟前，拦住了刘怀宗的去路。要是在平常，刘怀宗非瞪眼睛竖鼻子地骂李志明一通。今天不同，今天李志明的地位高了，又是为自己提供情报，所以他耐着性子等李志明告诉他什么。

李志明拦住了刘怀宗，但刘怀宗并没有问他，他感到奇怪。往常李志明只要说有事告诉他，自己想瞒也瞒不住，刘怀宗打破砂锅要问到底的。于是，李志明不再拦着刘怀宗，只是冷冷地问了句，真不想知道他们火拼的理由？

刘怀宗也看出了李志明对自己有了看法。不能再装不理不睬的样子，笑着问李志明他们为啥火拼？

“为啥？说出来怕吓您一跳！”李志明从刘怀宗的手上接过没有点着的那支纸烟，叼在嘴上向刘怀宗道出了半句惊人的语言。

“你少吹吧！在长河城里谁能把我刘怀宗吓着了？”刘怀宗在故意激李志明，他没那闲工夫跟他闲扯。

“我吹？我才不吹呢？”李志明边说，边划了根火柴，将叼在嘴上的纸烟点燃。然后，吹灭了燃着的火柴。接着告诉刘怀宗，他龙嗣斌去了四川贩枪，并问刘怀宗他龙嗣斌贩枪干吗？

刘怀宗还认为李志明会告诉他一个天大秘密，哪里想到只是龙嗣斌去四川贩枪的事，这年月谁贩枪，谁造大炮又有谁去管这事？这个猪脑子李志明，把这样不值一提的消息当成了一个价值万金的情报送给他刘怀宗，他感到好笑，感到李志明的愚蠢。因此，对李志明的话“嘿嘿”地笑上两声，扔下一句话：“那你就去查吧！”然后走了。

李志明见刘怀宗并没重视自己出任队长后第一次弄来的十分重要的情报，心里很憋屈。他冲着刘怀宗说：“刘大探长，您别不爱听，这龙嗣斌的枪哇是冲着咱警察局来的，也是冲着您来的。”

“噢！真有这么回事？”刘怀宗又停下了脚步，轻蔑地看着李志明，他想看李志明说这话时的表情，从他的表情中分清这话是真是假。

李志明见刘怀宗停下了，他对刘怀宗说，他别的不敢说，龙嗣斌有多少人马？不外乎百十号人，上次阎府大院里与麻子交火，他龙嗣斌队伍里每人一支家伙，枪支对他们来说已经足够，他还要枪干啥？可他就是从四川装来满满一马车，一马车呐！李志明加重了语气，想引起刘怀宗重视这事。

刘怀宗反问李志明，问龙嗣斌这是为啥？

李志明见刘怀宗还是爱理不理他的样子，也生起气来。他也没了好的语气，说刘怀宗不用装糊涂，他龙嗣斌从四川买枪是回来干什么？他明白，冯老头子就更明白了。他要认为冯老头子给自己封个什么官儿就有火的话，那不是他们窝里斗，这正中了冯老头子的计了。

刘怀宗见李志明真生了气，不好再不理他，语气也不是那样刻薄了。他感激地问李志明，要依他看，龙嗣斌从四川买枪是——刘怀宗不说，让李志明自己答上来。

“是扩大自己的势力，抢占阎老六和李麻子的地盘。不过对你恐怕也不例外喽！”李志明没好气地接上了刘怀宗的话。

“有这么严重？”刘怀宗还是不信。

李志明把话说得具体了，刘怀宗不信倒可以，可冯老头子恐怕早就知道了这事，怕是要借刀杀人了。

他想借龙嗣斌来……刘怀宗没说，只是用手指了指自己的胸脯。

“那还用说，您想，阎老六出逃，丁香花越狱，冯老头子没吭一声，天天围着阎长坤转。阎长坤又与龙嗣斌勾得那样近，在这节骨眼上，他还分化您的势力。将您的人马化掉一半成立什么剿匪大队，竟然封我为队长，难道这里面没有文章？您说这龙嗣斌的枪是冲谁来的？是冲阎老六？他龙嗣斌用不着还去买枪，他随时可取阎老六的脑袋。冲李麻子？李麻子哪次交手他赢过。冲谁来的该明白了吧！”李志明才当上一两天队长，说了一连串让刘怀宗感到吃惊的大道理。

“依你之见？”刘怀宗终于感到了事态的紧迫感。虽没有李志明说的那样紧急，可他从李志明语气中闻到了警察局大院内的火药味。

先下手为强，不然后悔就来不及了。李志明说完这句话后走了，剩下刘怀宗呆呆地站在那里，还在想李志明那句“后悔莫及”！

李志明没有看错冯其良所走的这步棋。阎府大院通过龙嗣斌买枪的事，冯其良早就有所耳闻。他也听说阎长坤要买些枪来，弄些家丁来看家护院。冯其良相信他阎府买枪是冲着阎老六和李麻子来的，不会对他警察局造成什么威胁。哪知李麻子进城掠夺县城商号惹怒了县长杨春，杨春下令成立警察剿匪大队，这事难住了冯其良。起初冯其良与刘怀宗只是一些鸡毛蒜皮的摩擦。后来警察局相继出事，坚实的牢房里能脱逃局长亲自关押的犯人，这时的冯其良已经感到自己身处的环境和自己命运的危机。

老黄被谋杀的第二个晚上，刘怀宗在那栋低矮的瓦房里与那个人的谈话证实了自己处在一个十分危险的环境中。谁杀死了看守黄老头在冯其良看来已经不太重要了，重要的是自己怎样在这逆境中站住脚跟。接着那晚上丁香花顺利地越狱，这一系列的问题不允许他冯其良再容他们继续下去。怎样去削弱刘怀宗呢？他想到了杨县长要成立剿匪队。于是，冯其良第一个人选就是刘怀宗的警队，瓦解他的警察队，斩断他的左膀右臂，李志明自然而然地成了长河县警察局剿匪大队第一任队长。

冯其良认为自己这样做很妙，一是削弱了刘怀宗的势力；二是让刘怀宗最为得力的干将李志明去与土匪厮杀，不管他收拾了土匪也好，或是土匪收拾了他李志明也好，都对自己有利，刘怀宗就少了一个帮凶；三是李志明剿了李麻子，刘怀宗就会与他窝里斗，自己隔岸观火，坐山观虎斗看一出好戏。

果然，李志明的上任并没有令冯其良失望。昨晚就摸来了情报，说是龙嗣斌与李麻子火拼。冯其良对这类情报当然不感兴趣，要是李麻子去四川买枪，他会第一时间下令李志明的剿匪大队进山围剿李麻子。现在问题是龙嗣斌去四川买了枪，他买就买了吧！就当是他们对付刘怀宗罢了。李志明与刘怀宗在大院里说了什么，他没有听清。但他从他们的行为中已经分辨出李志明向刘怀宗说着什么重要事情。让他们去说，让他们去咬，这只是两只疯狗相互撕咬的开始，等他们双方都被咬得遍体鳞伤时，他才好收拾他们。他从现在起，要不断地在两只疯狗之间制造摩擦，不断地为他们提供撕咬的机会，让他们撕咬得停不出手来整自己。冯其良想到这里，开心地笑了。他拿起挂在衣架上的那顶礼帽，往头上一戴，拍了下长衫上的灰尘走出了办公室。

刘怀宗就在门口，他还呆呆地站在那儿发愣。他见冯其良走出了办公室，才慌忙记起向冯其良打招呼："局座!"

冯其良"嗯"了一声，走出了警察局大院，他去了长河大街东头的阎府大院。

冯其良在阎府大院看到的景象确实让他吃了一惊，阎长坤三十多名炉子房里的伙计，个个拿着崭新汉阳造步枪，在一个中年汉子的口令中，喊声震天。

冯其良看到这里，突然明白了李志明听说的火拼是怎么回事了，他没有想到，阎长坤一个普通的生意人，一夜之间拉起了一支带枪的队伍。

阎长坤见冯其良突然来访，忙停下手中的活，招呼冯其良来到大堂里坐。二人聊了一会儿后，冯其良进入了正题。其实，阎长坤对冯其良的来意已经猜出了几分，他对警察局里冯、刘之争早有所闻。只是他一个生意人不愿意在他们中间去搅和罢了。如今，他们的相互争斗已经祸及到了自己的身上，再继续容忍刘怀宗这样下去，自己恐怕无法在长河县里立足。

冯其良的话很明显，这是冲着刘怀宗来的。明里是说李麻子，暗里已经暗示李麻子身后的后台，只是他不便说出让阎长坤煽动龙嗣斌消灭李麻子和刘怀宗。

阎长坤对李麻子和刘怀宗自然是愤怒，但自己身处生意场中，他怎么去与一个山匪和一个警察局大探长抗衡呢？阎长坤脸显难色，冯其良像读懂阎长坤心事一样，冲阎长坤说这年月就是一个人吃人的世道，你不吃对方，对方会宽待你？你想，阎老六、李麻子给你的例子还不能说明这个问题？

阎长坤动了动嘴角，到嘴的话还是咽了回去。

“说吧？我们之间就不用遮遮掩掩了。”冯其良拿起桌上的茶杯，用杯子盖轻轻地磕着杯子，抖落杯盖上的水汽，眼睛看着阎长坤。

要我说让龙嗣斌去与李麻子他们厮打那是土匪们之间的相互争斗，事实上他们之间多年来一直都是这样不停厮打。可与刘怀宗斗，那情况就不一样了。阎长坤停了下来，他虽与冯其良是多年的交情，但人心叵测，冯其良安的是什么心，他哪里清楚？言多必失，尽管与李麻子、刘怀宗有刻骨之仇，也不能把自己的五脏六腑全掏出来给他冯其良看。

冯其良急了，他不想这个生意人也会这样与自己捉迷藏。

“龙嗣斌是山匪，不过就只是不打劫贫苦人而已。刘怀宗可是政府工作的人，他们打在一起，你们警察局、政府会怎么去看这事，那不是与政府对抗？”阎长坤抽了口烟，将掖着的话说完。

“刘怀宗算什么？他纵匪为恶，勾结土匪扰乱治安，你把他当成土匪就是了，情况有什么不同？”冯其良“嘿嘿”一笑。

“可——”阎长坤还是不想说得太白。

“可是什么？说吧？咱俩还掖着什么？”冯其良见阎长坤有所动心，心情自然好了，脸上也有了笑容，他忙催着阎长坤。

“可您是局长，他刘怀宗再反也不能反过您局长大人。要整他还用得着一个山匪龙嗣斌吗？”阎长坤这是在推卸，他明知刘怀宗的后台岳丈的势力，也明知刘怀宗刚刚被授予剿匪英雄称号，他冯其良一时半会儿无法整治他的，阎长坤却偏偏提起这事来。

“他娘的！按理说我还不能整治他一个小小的探长？可你也想想，咱要对付的就只是一个小小的探长吗？他后面的那些人，这个势力不可低估哟！”冯其良想到这里就觉得自己身不由己。可阎长坤说得很对，堂堂一个局长，要整治一个探长还得动用山匪，这局长的价值就得让人深思了。但他转念一想，这也是不得已而为之的事，一切事物都不是一成不变的，也有不按规律去发展的现象。就像炎热天气里还会下冰雹，冬季里太阳比春天太阳还烤人一样，都有一个反常的时候。这样想刚才自己说的也就不足为怪了。

阎长坤理解了他的难处。理解归理解，冯其良提出打刘怀宗的主意，生意场上的人，对杀人越货这个行当向来深恶痛绝。想起将要发生的事，心里就打颤，腿肚子也在不停抖。冯其良说了，就算为朋友两肋插刀一回，保住了冯其良也是保住了自己的生意，保住了自己在长河县里的一席之地。这是你死我活的斗争，他没有别的选择，只有按冯其良所说的去做，才能挽救自己，挽救经营了大半辈子的生意。

龙嗣斌去四川买枪，半路上遭遇李麻子的伏击，这事在县城里传得沸沸扬扬。八个人对付李麻子一支几十号人的队伍，还安全将枪运回了晃山，长河县城的百姓将龙嗣斌传成了神话般的人物。

龙嗣斌运来的三十条枪到了什么地方？这事是剿匪队长李志明至今无法搞清的问题。在这个县城里三十条枪能拉上一支不小的队伍，可以另立山头，割据长河县的三分之一地盘。警察局已经被李麻子、龙嗣斌两股土匪搅得鸡犬不宁了，这回又多出了三十多条枪来，是龙嗣斌自己新扩充了队伍，还是……

半个月之后，李志明终于明白了，他知道龙嗣斌运来的枪给了县城里的阎长坤。此时，他终于可以松口气了。为这事，他感到庆幸。庆幸的是那批枪落在了一个正经生意人手里，并且是用来看家护院的，不是他猜测的拉山头割据地盘所用。

然而，李志明在庆幸过后，又产生了一种莫名其妙的恐慌。他想到阎长坤拥有了那批枪的后果，那批枪又不仅仅只是看家护院那么简单。李志明想这事他得与刘怀宗商议商议，会不会是冯其良那老头儿纵容阎长坤。

刘怀宗的办公室与冯其良的局长室相隔三间屋子，后来设立了一个剿匪大队，李志明就夹在了他们中间。李志明走出办公室，见刘怀宗的门是开着的，就没敲门径直朝刘怀宗办公室里走去。

刘怀宗正在看着一份案卷，这份案卷李志明眼熟，是他前天给刘怀宗的，他想请刘怀宗过目后，再呈局长冯其良定夺，看冯其良怎么去安排这事。这个主意是刘怀宗出的，案卷的内容是李麻子、龙嗣斌在晃山脚下火拼的事，陈述了龙嗣斌买枪的危害性以及诸多方面的建议。

刘怀宗合上案卷，请李志明坐下。现在刘怀宗在李志明面前没有了那种居高临下的态度，李志明也不再是他从前手下的卒子，任他自由地摆布。他现在是大队长，与刘怀宗平起平坐的人物，当然要受到刘怀宗的礼待。

“看完了？”李志明第一句话就问刘怀宗手上案卷的事。

“看完了！写得不错，不知冯局长的意下如何呀？”刘怀宗高声长腔，这声音是故意让冯其良能够听到的。

“冯局长怎么啦？人家冯局长向来对土匪是深恶痛绝，不管是李麻子还是龙嗣斌，他只有一个观点，打！”李志明很理解刘怀宗的意思，也故意提高了嗓音与刘怀宗唱着双簧。

“志明啊，你也别给人家冯局长添乱了。冯局长何尝不想逮住这长河县城的土匪？可这些土匪哪像你说的那样说剿就能剿了？都像你说得那样轻松，你恐怕就没有这个剿匪大队大队长的位置了。”刘怀宗这分明是说给冯其良听的。

“刘探长，您这话就不中听了，我李志明宁愿没了这土匪，也不愿当这个大队长，不信让局长看后您就知道了。”李志明接过刘怀宗手里的案卷，然后放低了声音，“龙嗣斌买枪支的事下落查清了，是阎长坤那里的。”

“真的？”刘怀宗一惊，呆呆地看着李志明。

“那还有假！我已经查得清清楚楚了。”李志明看着刘怀宗呆若木鸡的样子，心里感到好笑。

“那就更要让老头子下令剿龙嗣斌了。”刘怀宗像热锅上的蚂蚁。

“老头儿知道这事！”李志明不紧不慢的。

“他知道了？”刘怀宗更是吃惊。

“就在半月前他去过阎长坤家。”

“去过又怎样？这剿匪的事是杨县长亲自安排的，到那时就由不得他了。”刘怀宗这话虽是真话，可李志明听起来就别扭，他一个与自己职位相当的人，老在自己面前发号施令。

李志明勉强“嗯”了声，接着他问刘怀宗具体怎样操作。刘怀宗不语，只顾端着茶杯，来回在不到二十平方米的办公室内踱着方步，看样子他没有将具体行动考虑周详。李志明不再追问，拿着案卷站了起来，冲刘怀宗说了句，等他想好了再告诉自己。说完李志明走出了刘怀宗的办公室。

冯其良对李志明送来的这份案卷不是很有兴趣，他只是粗略地翻了几页，便合上了卷宗，眼睛瞪着李志明问：“你对这事有何打算？”

“局座，这不是专门给您汇报吗？怎么解决还得听您的一句话。”

李志明学得聪明，他没有像刘怀宗想象中的那样蠢。

“问我？李志明呀！你是剿匪大队队长，剿匪的事又是你的分内事，你手里有几十号人，有这么大的势力，又有了职务，这些事你自己要有一个主见，不能一遇事就找别人，让别人来给自己拿主意，这可不好！你看怎么办我绝对支持你。”冯其良听到了李志明与刘怀宗刚才的对话，说了这些来提醒李志明。

“那您是说……”李志明无言以对。

“去吧！怎么打是你的事，计划出来了再来告诉我。”冯其良下了逐客令。

李志明拿着卷宗讨了个没趣，走出冯其良办公室，他狠狠地在大厅方桌腿上踢了一脚。冯其良坐在那里看得清楚，他暗自“嘿嘿”一笑，骂了一句：“妈的，去闹吧！等着我来收拾你们这帮龟孙子！”

李志明在冯其良那里碰了一鼻子灰后，就没再找过刘怀宗，他深知自己的处境是多么艰难。刘怀宗虽然与自己近，可他毕竟不是局座，局座冯其良还在，他就没有说话发令的权力。如今他这个剿匪队长不好当，两面受敌。一是刘怀宗威逼就范，冯其良隔岸观火；二是土匪李麻子、龙嗣斌视自己如眼中钉、肉中刺。他有些后悔，当初就不该接受剿匪大队队长这样一个官儿。

事情就这样明了下来，李志明也不再向局长提出怎样去剿灭龙嗣斌、李麻子了。冯其良照样对他不冷不热的，这使李志明心里非常难受。刘怀宗这边，虽对他好些，可他就是把自己当成了他的使用工具，随时要听从他的安排。李志明对刘怀宗的举止大有反感，可他想来，反感又有什么用？谁要自己与刘怀宗干了那么多坏事？现在想摆脱刘怀宗是何等难。李志明无奈地叹了口气，倒在床上，闭上眼睛，他努力控制自己不再去想那些烦心的事，让自己美美地睡上一觉。

李志明领着警察大队人马急匆匆地向晃山赶去。一路上猫头鹰像鬼哭似的在高大的树枝上叫个不停，直叫得使人发毛。天上乌云遮盖了朦胧的月光，山道上显得阴森可怕。当李志明赶到晃山脚下时，“轰”的一声，天空突然一声惊雷，大雨“哗哗”地浇透了他的全身，在他惊恐万状之时，迎面冲来一支队伍，一百多条枪齐刷刷地对准自己。李志明看清了，那是龙嗣斌的队伍。他掉头就跑，摔倒在泥水中又爬起来，身后响起了密集的枪声。回到警察局，李志明魂不守舍地坐在办公室桌前。迎面是冯其良、刘怀宗笑得扭曲了的脸，接着看守老黄走了上来，在他的脸上掴了一个耳光。丁香花冲着他骂没用的东西，还想沾上老娘的边。呸！李志明猛一惊，从床上跳了起来，全身被汗水浸透了。他擦了把脸上的汗水，才清楚刚才自己做了个噩梦，不敢再睡，坐在床上抽着烟。

第二天一大早，警察局里的所有人员排成了长队，说是杨县长要亲临警察局训话。李志明几天前就听说了，杨县长对警察局迟迟不出兵剿匪非常恼火，县城百姓意见大，当县长的下不了台。

李志明心里直犯嘀咕，这杨县长一来，自己首当其冲挨骂。谁叫自己是剿匪大队队长呢？从上任到现在又过去了一个多月，连一份剿匪方案也没拿出来上报给政府，也难怪杨县长怪罪。

“杨县长到！”前头的哨兵扯着嗓子冲大院内喊着，门前一帮人簇拥着杨县长朝警察局大院里走来。冯其良忙上前见过杨县长后，领着杨县长走入了大院。

杨春一身中山装打扮，深蓝色中山装穿在他那不胖不瘦的身上，使他显得十分精神。头上的呢子礼帽是黑色的，胸前的那枚徽章格外扎眼。

警察局里的人排成了长队，见杨春来了，便响起了稀稀拉拉的掌声。

杨春在台上做了一会儿发言，讲了一些有关安民的大道理后，他话锋一转将当前长河匪患当成了他演说的重头戏。

冯其良坐在台上，脸色微微起了变化，刘怀宗看得出这时的冯其良是在紧张，台下的李志明也在提心吊胆，他听杨县长在台上发怒，迁怒成立了一个多月的剿匪大队连一份剿匪方案也没拿出来时，李志明的脑子在“嗡嗡”作响，眼睛直勾勾地瞪着杨春。

李志明的担忧不是多余的，接下来他听到了杨春在说他们成立剿匪大队的目的。再接下来听到了杨春在骂，成立剿匪大队与不成立剿匪大队一个样，匪患依然猖狂，猖狂到了公然在警察局门口打家劫舍掠夺商号店铺。竟然敢明目张胆地买枪火拼。而警察局却无动于衷束手无策。最后，他要求警察局在三个月时间内把长河县所有的山匪摸清，来一次全面清剿行动。否则，要对那些无动于衷，拖着不办的警察局相关人员革职查办，交由宪兵队处理。

杨春讲完话后，不再在警察局停留。冯其良感到脸上无光，他瞪了一眼刘怀宗和李志明后，进了自己的办公室。

李志明理解冯其良这时的心情，瞪一眼自己并无大碍。而刘怀宗不然，他朝远处的冯其良骂了一句：“老子又不是局长，烦我干吗！”

“刘探长，你也不要幸灾乐祸，剿匪的事咱们都有份儿，要不是你对阎老六放虎归山，那李麻子有这么猖狂？”

“你……”刘怀宗猛然想起了什么，停住了嘴瞪了李志明一眼，无奈地又坐下了，轻轻骂李志明怎么变得吃里爬外了？

李志明的心情很坏，大会上杨春点他的名字，才上任就被杨县长训了，以后的威信怎么去树立，他在那帮弟兄的面前怎样去带队？他回敬刘怀宗说，自己现在成了里外不是人。

刘怀宗拖着长腔，他不愿与李志明争了，他们现在当务之急是怎么去剿匪，并说李志明的机会终于来了。

“机会？什么机会？我怎么感到像是厄运一样，没发现什么机会。”李志明佯装不理解刘怀宗在说些什么，故意反问刘怀宗。

刘怀宗见李志明上任后就不拿他当一回事，也知道他是故意在他面前装糊涂，并且总是用一种固定的语气反问自己，他有些恼火。但恼火归恼火，他还得忍让李志明，不然，要把事办砸的。

“哎，咱们也别相互拆台，眼下就是一个大好机会，今天杨县长的话不是说得很清楚了吗？三个月内剿匪的事要有成效，这可是天赐良机。”刘怀宗神秘地对李志明说。

“天赐良机？那你说说。”李志明的口气终于缓和了下来，表示愿意听刘怀宗出主意。

刘怀宗凑近了李志明的耳边，向李志明说了通之后，李志明和刘怀宗都笑了。李志明笑着还说了一句：“妈的，看不出你还能使这么一招一箭双雕的好计。”

天刚亮不久，太阳在山顶上才露脸。长河县城大街上赶早市的人熙熙攘攘，一个身穿黑布长衫的男人，匆匆朝大街西头赶去。在距阎记犁铺炉子房不远的地方停了下来，那人往里观望了一会儿后，沿炉子房的石阶往上爬去。

来人听清了炉子房内的操练声，然后从高大紧闭的大门门缝向内窥视一阵子，匆忙走下石阶，沿大街向警察局方向走去。

上班时间到了，警察局里响起哨声。四十多名警察稀稀拉拉地朝大院里奔去。他们边走边在骂，是谁吹这哨声，这哨声已经很长一段时间没人吹过，只有警察局紧急出动时才能吹这哨声，莫非今天一大早要出外行动？

警察们正在猜测时，刘怀宗和李志明站在了大院坪子里，刘怀宗在喊集合排队，看样子没一点紧张的气氛。

队已经排好了，刘怀宗和李志明也站在了队列中。

冯其良一边扣着衣扣，一边朝坪子里走来。他站在坪子中央，对着所有人清了清嗓子，开始对下属们训话："从今天起，我们警察局的人要坚持操练，不能有丝毫松懈。想消灭土匪，就得拿出点真本事，想别受别人的气，就得自己先受苦。咱们得拿出点威风给土匪李麻子他们看看，让他认识一下咱马王爷有几只眼。"冯其良说到这里的时候，他停住了，他要看下边有什么反应。

站着的队列中，没有人响应冯其良的话，个个呆如木鸡地瞪着冯其良。冯其良火了，冲下边骂了起来："你们都是木头做的？快给我操练起来！"

刘怀宗和李志明各带自己的队伍在操坪里练了起来。

冯其良看了一会儿后，转身回到了里屋。

"李队长！"大门口一位穿长衫的汉子朝正在操练的李志明喊着。

李志明走了过来，问那人看清楚了吗？

来人是李志明队里的一个中队长，李志明不放心阎长坤买枪的意图，便派了便衣，跟踪监视阎长坤近期的一举一动。来人告诉李志明说，他看清楚了，阎长坤三十多号人都在他的炉子厂房里操练呢！

"他奶奶的！还真练上了！"李志明一拍自己的脑门，骂了一句便让中长先归队，自己向刘怀宗那里走去。

刘怀宗想计划已经考虑得比较成熟了，李志明说阎长坤带家丁在操练，不由得想到他的处境。于是，他与李志明商量，实施他的计划。

早餐后不久，刘怀宗给李志明送去了一份文件，这份文件是想借李志明之手转呈县长杨春的。他为什么要李志明去呈杨县长，他有自己的道理。李志明是剿匪队长，这剿匪的事他说才最合适，自己要说那是狗拿耗子，别人会怎么看他。

李志明接过文件，看了一眼后，冲刘怀宗一笑，骂了句："这主意也只有你才想得出来。"接着他去了县府。

中午时分，李志明从县府里回来，他高兴地告诉刘怀宗，杨县长对他的那份方案十分赞赏。同意了先剿龙嗣斌，然后收拾李麻子。

刘怀宗笑了，笑冯其良这次恐怕要伤筋动骨了。

李志明早就听刘怀宗说过，他要使出一个一箭双雕之计，可从杨县长的批文中，他没有看出刘怀宗的这一计。剿龙嗣斌冯其良会出面吗？这刘怀宗也有点太会想象了。于是他冲刘怀宗问了一句："龙嗣斌与冯其良是八竿子挨不着边的角色，剿龙嗣斌正中了冯其良的下怀，说不定还给他帮了个大忙呢。"

"李志明你是真傻还是装傻？冯其良虽没与龙嗣斌有直接来往，可龙嗣斌与阎长坤却关系不一般，阎长坤与龙嗣斌的关系你不清楚？"刘怀宗说到这里，李志明打断了他的话，他恍然大悟，他拍了一下自己的脑门儿，对刘怀宗说，他懂了，到时冯其良会主动出面，就像阎老六被冯其良关押，他刘探长出面营救一样。

"闭上你的乌鸦嘴，什么事都得挂在嘴上。"刘怀宗骂了一句，制止李志明继续往下说。

李志明"嘿嘿、嘿嘿"地笑了两声，起身不再与刘怀宗谈论。

李志明走出那间装满阴谋的小屋，他心情十分沉重。他真有些后悔踏上刘怀宗那只贼船。如果早些年知道警察局会成立剿匪大队，自己能当上这个大队队长，他就不会替刘怀宗这只狐狸去干那么多坏事。

说起李志明，还真有一段来历，他可是看着刘怀宗进警察局，看着他当上探长的。他李志明可是这个警察局的"元老"了，刘怀宗岳父在警察局任局长的时候，李志明就是这个局的一名警员，只不过是打打杂而已，没有得到刘怀宗岳父的重用。

几年后，刘怀宗干上了探长，他岳父也退了，可又来了个冯其良。他刘怀宗上不去，这时刘怀宗才对李志明感兴趣。他隔三岔五地找李志明玩，久了，二人成了朋友。李志明深知自己与刘怀宗不是一路人，可这个世界得靠着一个有势力的人才能混下去，刘怀宗有势，早就传闻冯其良退下他刘怀宗就会坐上局长这把交椅，刘怀宗也曾信誓旦旦地向李志明保证过，他上了，探长的位置就是李志明的。于是李志明成天围着刘怀宗屁股后头转，为刘怀宗忙前忙后。

刘怀宗看上了丁香花，李志明急忙为他牵线搭桥。没有野欢的场所，李志明便从虹桥那儿给刘怀宗租了一栋吊脚楼，阎老六娶了丁香花，还是他李志明左右逢源地为他们撮合。阎老六被关，丁香花被抓等一些事他都为刘怀宗办得妥妥帖帖的，就等刘怀宗有那么一天，将自己扶上探长的位置，让他也光宗耀祖一回。

然而，就在李志明等待刘怀宗发迹的时候，时局发生了变化。这冯老头子竟然让他李志明当上了剿匪大队队长的职务。级别不低，与刘怀宗来了个平起平坐。此时，刘怀宗让他坐探长的那把椅子已经没有多大的诱惑力了。刘怀宗抓住了自己的把柄，一旦闹翻了，刘怀宗会反咬一口，说是他谋害看守老黄，私放通匪、窝匪的要犯，就这招也够他受的。因此，李志明是哑巴吃黄连有苦说不出，只有认命。他想这辈子命中注定要跟刘怀宗这号人拴在 起，听任他的摆布。

手里的方案李志明心知肚明，刘怀宗就是想通过围剿龙嗣斌来达到引得冯其良出面的目的。只要冯其良出面，这把火会烧到他的身上，到时那戏就唱大了，唱得更精彩了。

刘怀宗说过，他不怕冯其良不出山。他要李志明安排人密切关注阎长坤三十多条枪的目的，就是第二招的方案，在阎长坤通匪上做文章。有了这出，他就不愁冯其良不上钩。如若冯其良要是按兵不动，他还会释放阎长坤，让阎、冯之间来一段摩擦，这戏就会演得惟妙惟肖了。

李志明想到这里，冷笑了一声，大步朝冯其良办公室走去。

冯其良看了杨县长的批文后，皱了皱眉头，看了看李志明，问李麻子是扰乱乡邻到处烧杀淫掠，已在长河县城成为众矢之的的山匪，你们放弃他不剿，怎么先去打龙嗣斌？

李志明给冯其良装上一支烟，划燃火柴点上，随后才慢停停向冯其良解释，说这剿龙嗣斌是杨县长的意见，龙嗣斌专门打富济贫，不扰民，百姓对他像敬神一般，依这样下去，那长河县的百姓不由他来管了？他这明显是想叛乱，比山匪李麻子还厉害得多，说不定就是共匪，不剿了他，县长不放心呀！再说李麻子那家伙只会打家劫舍，成不了大器，剿匪队随时可以收拾他。

冯其良听李志明一说，反倒说不出理由来。李志明的话很有道理，他自己也有预感，好在虽然阎长坤与龙嗣斌有私交，自己与阎长坤又是老友，但龙嗣斌是不是共匪与自己并无大碍，不过杨春说要剿龙嗣斌，他想，也不能硬顶，还是先放信，给自己在阎长坤面前留个颜面。

冯其良看了看李志明问他们剿匪大队是否做好准备。李志明告诉他目前还没有，就等他发话，自己才有具体安排。李志明背着刘怀宗来了另一套。

“那好吧！你们对这里的山山水水都熟悉，这仗怎么打还是你定，定好了，让我过目一下就行。”冯其良说完起身送走了李志明。

冯其良倒在木椅上，他在思索刘怀宗和李志明攻打龙嗣斌的用意。打龙嗣斌对自己并无害处，可打了龙嗣斌，是否会祸及自身？削弱龙嗣斌的势力无异于给李麻子壮大了势力，壮大了李麻子等于壮大了刘怀宗和阎老六的势力，这帮人都是些白眼狼，反过来就会向自己扑来，将自己撕咬得遍体鳞伤，这正是刘怀宗先打龙嗣斌的用意所在。

冯其良坐不住了，他猛地站了起来，走出了警察局大院，朝长河县城的石板街东边走去，他想将这个信息先传给阎长坤。

第十五章　反目成仇

象牙山脚下的小屋。

参天大树遮盖了一栋木质结构的小屋屋顶，宽大的阔叶绿得像涂了一层颜料，从阔叶上滴下一串串晶莹透明的水珠，溅在身上，使人感到冰凉冰凉。

阎老六从警察局牢房里逃出后，在这间几乎与世隔绝的小屋里待了多少日子，他自己也说不清。他不记得今天是几月几日，他望着树枝上的雀儿，看着从密林中冒出的团团雾气，心里涌着一股酸味。

石根很久没有从黄桥古寨那边给他捎来消息了，石根最后一次到这小屋他记得清楚，那是他从黄桥接彩菊，然后将彩菊送到这里。这是四十天前的事了。一个多月时间过去了，李麻子没有下山。身边虽有彩菊陪着，可老六心里就是闷得慌。

丁香花虽是自己的原配，可彩菊有彩菊的味道，丁香花留在麻子的身边，让他失去了一个男子汉的尊严。

李麻子怎就不念朋友交情，将朋友之妻强行霸占，他娘的真不是人！阎老六在心里狠狠骂了一句。然后，仰天长叹一声，无奈低下了头。

“老爷回屋吧，外面凉着呢！”身后响起一个女人的声音。

阎老六“嗯”了声，知道是彩菊在叫他，这些日子多亏了彩菊在身边照顾，不然，他不知自己会过成什么样。阎老六跟这女人走进了屋子，桌上几道鲜美的菜就是提不起他胃口，阎老六只是在盘子中央夹了点菜，在嘴里嚼了嚼，他感觉不到是什么味儿，干脆丢掉碗筷，一头扎进被窝里蒙上被子又睡。

彩菊是一个很懂事的女人，她理解阎老六这会是在想他的女人丁香花了。她跟了阎老六后，就认了自己这条薄命。阎老六就是她下半辈子的依靠，是她终身依托的男人。尽管阎老六心里装着丁香花，但他相信，阎老六不会抛弃自己。女人将自己的一切交给了所爱的男人，她会对男人所做的一切做出谅解。阎老六想丁香花也是常理，他们毕竟是明媒正娶的夫妻。

屋子的主人老周见阎老六又是吃得很少，怕伤了他的身体，让彩菊劝劝老六。彩菊知道老六的性子，没有按老周的吩咐去做。她问老周，丁香花要到何时才能下山与老六团聚。老周不语，其实老周对彩菊提出的问题无法回答上来。丁香花是个水性杨花的女人，在象牙山又得到李麻子宠爱，她想不想与阎老六重归于好还很难说得清，就算丁香花有这个心，李麻子未必就肯成全他们。他只不过是李麻子放在山下的一条狗，专门为他把门看家而已，他怎能回答上彩菊提出的这个问题？老周心里在骂屋里的女人真蠢。虽然阎老六现在有家不能归，有钱没地方花，那也只是短暂的，有朝一日，他还得走出这象牙山，还得回到黄桥古寨上去做他的老板。这男人想老婆她也跟着瞎起哄，要是他处在彩菊地位上，还巴不得李麻子长期占了丁香花，自己才好明正言顺地跟老六混在一起。

彩菊见老周盯着自己，便不再想问他有关丁香花的事。

老周背着镰刀，走出了小屋向山后走去。彩菊想这男人又上山砍柴去了。

太阳走在了当头上，林子里的空气顿时爽了起来。彩菊来到床前，叫了叫阎老六，让他到林子里去放松放松。阎老六不理，仍旧蒙着被子。

屋外一个男人在叫，彩菊听得出是石根来了。她忙应着屋外的男人，一边对睡在床上的阎老六说："快起来，石根来了！"

阎老六已多日没见石根，也不知外面的信息。听说石根来了，忙从床上爬了起来。三下两下地穿好长衫，匆忙地跨过门槛，老远就向石根招手。

石根向彩菊要了碗凉茶后，说是专程来向老爷报信，说是近几日警察局要对龙嗣斌进行围剿，只要龙嗣斌受重创，老六就可以重回黄桥古寨，重新经营他的生意。

老六听完，并没有打起精神。石根想这消息是老六重见天日的大好时机，没想到阎老六却无动于衷。

彩菊勾住阎老六的脖子，惊喜地又喊又跳。突然见老六冷冷的，她忙停了下来，看着阎老六，疑惑地问老爷这是干吗，应该高兴才是呀！

"高兴你个头！"阎老六狠狠地骂了句，然后将那把金烟斗含在嘴里，装上烟丝自顾自抽着。

石根见老爷不高兴，心里很是纳闷。这第一大喜讯，老六怎么反倒发起愁来，于是斗胆向阎老六问个明白："老爷这……"

阎老六打断了石根的话，说让他清静清静。然后走出小屋，去了屋后的树林子里。

阎老六对石根传来的消息并非没有一点震动，身处深山，盼望已久的那一天终于快要到来，他能不高兴，能不激动？当他在内心深处激动了一阵之后，接踵而来的是恐惧和忧愁。

如今刘怀宗与李志明开诚布公打龙嗣斌，打了龙嗣斌他可以回到古寨，又可以在黄桥古寨上飞黄腾达。然而，冯其良能放弃对他的缉捕吗？李麻子能将丁香花还与他吗？这些是阎老六无法猜测的事情。

阎老六早就听说阎长坤买了三十多条枪，组织了家丁。阎长坤组织家丁干什么？这不是明摆着要收拾自己。今后的日子可能比现在还要难过，石根的消息又有什么值得他高兴的呢？

想到这些，阎老六宁愿待在这深山林子里，也不愿去过那担惊受怕的日子。

阎老六在林子里待久了，不去想那些纷争，心里也显得宽敞和舒坦。但他终归要回到黄桥古寨，终归要回到他的犁口铺子，他不由得又想起了他经营的铺子来……

象牙山里的李麻子，在晃山打了龙嗣斌一个伏击后，虽损失了些弟兄，但也让他乐上了一把。他出了口恶气，在丁香花面前又做了一次真正的热血男人。

回到象牙山，李麻子什么也不做，整天拥着丁香花在石洞里乐翻天，过着神仙般的日子。自打龙嗣斌后，他要土匪们休息一段时间，土匪们在山上成天地赌呀闹的，使象牙山成了他们的乐园。

李麻子虽然快活，内心却隐藏着一桩心事。黄进财什么时候投靠了龙嗣斌，这使他大伤脑筋。一个乳臭未干的毛孩子竟然在他的象牙山里隐藏了多年，让自己的队伍在龙嗣斌面前屡屡失败，他不得不痛心，不得不悔恨自己瞎了眼睛。

山上的土匪都是些闲不住的人物，在山上待久了，手脚开始发痒，嚷嚷着要下山，去长河县城里大闹几回过过瘾。嚷得最凶的要数那些中队长们，他们真是一贯打家劫舍的料，一会儿都闲不住，稍停下来就觉得手在发痒。

李麻子何尝不想去长河县城里闹他几回？但他无奈，现在不是进县城发财的时候。上回去了县城，闹了个鸡犬不宁惹怒了县长杨春，杨春发出话要剿了山匪，还成立了什么剿匪大队，专门对付这帮人，在这个当口，他李麻子万万不能出这个风头。

李麻子将前来请战的中队长们骂了回去，一些中队长们笑李麻子有了女人连胆子都变小了，也怕事多了。麻子心里也在郁闷，这样老窝在山上，势必会使兄弟们反感，挫伤他们的积极性。

就在李麻子犹豫不决的时候，山下的老周传来信，说李志明带队要打龙嗣斌，有必要时，会安排李麻子在适当的位置帮他李志明一把。李麻子想都没想，仰天大笑，天助我麻子也！

丁香花走出山洞，见李麻子发疯般地大笑，便问麻子有什么值得大笑？

李麻子指着丁香花，不再说下文。丁香花摸不着头脑便扭头看也不看麻子一眼，便向身后甩出一句话："笑你脸上的麻子好看？"

"哈哈！"麻子非但不生气，反倒觉得面前的女人有趣，敢说他脸上的麻子。于是，猛扑过去，一把抱住丁香花："麻子又怎样？脸上没有麻子能叫咱李麻子吗？够劲儿？"

"放开！"丁香花娇嗔地向李麻子吼。

"老子今天痛快，不跟你玩儿，咱麻子脸难看吗？难看怎么跟咱了？"李麻子松开了抱住丁香花的手骂着丁香花。

"你……"丁香花这回真的气了，不管怎样，李麻子不该说出有伤女人自尊的话。

"嘿嘿，够劲，够味儿。"李麻子笑着不理丁香花，自个儿朝土匪堆里的人群走去。

李麻子的身后传来丁香花的骂声："够你妈个头……"

麻子在土匪的人群堆里传达了山下老周的信，土匪们像刚喝过蜂蜜样高呼欢快了一阵。他们将枪的零部件拆下，擦上亮亮的枪油，仿佛即时开战一样忙个不停。部分中队长围住李麻子，问着李队长让他们帮上一把，可没说打了龙嗣斌他警察局给象牙山的弟兄什么好处。

“李爷，李队长怕是指望咱们象牙山的队伍给他打头阵吧？”

“这还用说？他李队长有几个人几条枪？不把咱老爷侍候好，他能打了龙嗣斌？”

李麻子听下面的议论，心里乐得不行。中队长们刚才的议论不无道理，李志明队长确实希望他李麻子打头阵，也是依仗李麻子人多枪多才下决心围剿龙嗣斌的。关于打了龙嗣斌给他什么好处，李麻子想，那是不会少的。再说，李志明剿了龙嗣斌就是给了象牙山好处；就是让他李麻子在这方圆百里的长河县扬眉吐气。

李麻子在土匪们欢乐的时候，悄悄地离开了人群。他在想，李志明他什么时候开战？

警察局内，冯其良平静地坐在椅子上。从他表情中压根儿看不出将要打仗的半点迹象，他去过了阎长坤的家，也与阎长坤说了一些事，他相信阎长坤会按照他交代的去做。

冯其良之所以平静，还有另一层意思。刘怀宗和李志明把口碑不错的龙嗣斌作为剿匪的第一战，这自然是冲着自己与阎长坤的关系而来。说穿了，就是打他冯其良。冯其良有这么好打吗？正如李麻子所说的那样，警察局有多少人，有多少枪，是不是龙嗣斌的对手？冯其良、刘怀宗、李志明他们心如明镜，他要让他们二人头一次去领回一个教训，把自己的这把椅子坐得更稳。

隔壁的李志明和刘怀宗正在紧张地讨论着如何将龙嗣斌诱出晃山，刘怀宗和李志明为这事愁了几天也没想出合适的办法。刘怀宗也只是苦思冥想，束手无策。硬攻晃山他们二人都认为不是可取的办法，除了硬攻晃山，还有什么可行的呢？刘怀宗用力敲打着卷宗，夹在右手指缝的纸烟已经燃到了尽头，他感到右手指缝中的炽热和剧烈疼痛。他猛地丢掉手中的烟蒂。突然骂了句："狗日的李麻子放在什么位置？"刘怀宗这一骂，倒是提醒了李志明。李志明突然一拍桌子，冲刘怀宗大笑。

"笑啥？"刘怀宗不知李志明何故大笑，瞪着李志明问。

"李麻子，李麻子可用也！"李志明说完又大笑起来。

"李麻子当然要用，这不是早就定好的事，有什么大惊小怪的。"刘怀宗又瞪了李志明一眼。

李志明挨近刘怀宗的耳边，说了几句，刘怀宗在李志明的胸膛上捶了一拳，然后二人开怀大笑起来。

笑过一阵之后，二人草拟了警力分配，然后去了冯其良的办公室。

冯其良看过李志明的报告后，皱了下眉头，抬头看了李志明，然后又看了看了刘怀宗问："警察局四十个警察全部出动？"

"局座，您想龙嗣斌有八十多人，咱们四十人全用上也只有他们一半，这……"李志明想说什么，被冯其良打断："可城里怎么办？"

"城里能有什么事？"刘怀宗插上了话。

"嗯！全上！"冯其良思考了一会儿后，同意了李志明和刘怀宗的方案，并在方案上签了字……

东方还没露出鱼肚白，警察局里的集合哨声就响了起来。警察局内，所有的人都荷枪实弹整齐排在操坪中。李志明腰挎双枪，第一排的班长还扛着一挺轻机枪。李志明点了数后，朝刘怀宗看了看，然后向队列讲了一段话，便悄然开出了警察局大院。

崎岖的山道上，一队警察在匆忙向晃山方向进发，路边小草上的露珠打湿了行走在道上的双双布鞋。

天刚放亮，四十名警察在离晃山脚下五华里的张公寨前停了下来。机枪手找了个隐蔽又利于开战的有利地形，架好机枪。刘怀宗、李志明分别带上一队人马在一个高坎上埋伏起来，等待龙嗣斌的队伍出现。

象牙山上，李麻子朝土匪们吆喝着，土匪们慌忙丢掉手中的碗筷扛上枪，唱着山歌朝山下走去。李麻子想，这时出发赶到张公寨时刚好是晌午时分，让他妈的李志明他们去等吧！

李麻子带去了五十多人。一路上，土匪歪歪歪斜斜行走在山道上，像去赶集的人群一样，他们没有恐惧，没有惊慌，只有土匪们的山歌惊动了树枝上的山雀，它们“噗噗”地飞向远方，给林子带来一丝恐怖。

张公寨是一个有一百多户人家的大寨。

李志明和刘怀宗为什么要选择在这里与龙嗣斌开战？他们经过一番调查研究后认为，一是晃山离这儿近；二是这里的地势开阔，只要他龙嗣斌进入这开阔地就很难退回晃山；三是张公寨历来是龙嗣斌保护的重点，是李麻子与龙嗣斌结仇的发源地。只要李麻子在张公寨，龙嗣斌准会出面阻击李麻子。近日李志明还得知，张公寨的大店铺掌柜的张厚德是李麻子的仇人，他与龙嗣斌走得很近，又与阎长坤有业务上的往来。这李麻子抢了张公寨，龙嗣斌能袖手旁观？另一层意思是李志明和刘怀宗为防阎长坤和冯其良在他们的背后打黑枪，张公寨离县城较远，就是冯其良和阎长坤有这想法，等他们想到增援龙嗣斌时，他们已经解决了战斗。

天空没有太阳，阴沉沉灰蒙蒙一片。张公寨瓦屋顶上冒出缕缕青烟。人们走出了宅院，来到了田间地头开始了新一天的劳作。

刘怀宗和李志明他们躲在高坎下，眼睛瞪在了那条通往晃山的道上。已经到了晌午时分，山那边一群穿黑衫的人大喊大叫地朝张公寨这边拥来，他们不时朝天上放着枪。

在田间劳作的农民们听到枪声，开始了少有的恐慌和骚乱，他们朝寨子里大喊："土匪来了！土匪来了！"

一时间，张公寨的空气似乎凝结，田间里的农民飞奔跑向了寨子。接着寨子里的人拿起了锄头镰刀之类的东西，作为抵抗侵略的武器。

山那边的土匪离张公寨越来越近了，土匪朝天放枪的频率越来越高，像炒豆子似的"噼噼啪啪"响个不停。枪声响过一阵之后，土匪们又开始大喊："抢了张公寨！烧了张公寨！"他们边喊边朝张公寨前的空旷地里拥去。随后，土匪们停在了一处田间，朝张公寨那边一阵狂乱地射击，只听得张公寨屋上的瓦片被打碎的响声和密集的枪声。土匪们没有进攻张公寨，只是呈扇形将张公寨围了起来，他们胡乱打了一阵就停在那儿休息了一会儿。过了十几分钟后，土匪们又开始了新一轮射击，喊叫声一浪高过一浪。张公寨的狗叫声在土匪们的枪声中渐渐消失，接下来只有妇女恐惧和惊慌的尖叫声。

李麻子同土匪们吼过一阵之后，估计达到了他们的目的，便停了下来，席地而坐等着他们希望的景象出现。

晃山，龙嗣斌他们听到了枪声，从枪声的方向分辨出是从张公寨传来的。于是，龙嗣斌吩咐一中队长快马驰向了张公寨。

不到一个时辰，中队长来报，探得正是龙嗣斌估计的那样情况，土匪李麻子围住了张公寨准备抢劫。龙嗣斌怒瞪双眼，眼前再次浮现十多年前李麻子抢掠张公寨的一幕。

龙嗣斌大吼一声："集合队伍，打了李麻子为死去的亲人报仇！"

晃山哨响急促，八十多名带枪汉子迅速整齐排到龙嗣斌面前。

"龙爷，你不可能贸然行事呀！"黄进财见龙嗣斌不假思索地出兵，怕吃亏上当提醒龙嗣斌。

"在张公寨打劫的不是警察，而是我们共同的仇人李麻子，只要我们速战速决，等李志明他们赶到时，我们已经回到了晃山。”龙嗣斌主意已定，黄进财的话不起作用。

龙嗣斌对面前的汉子做了动员后，发出命令：“出发！”

晃山通往张公寨的山道上扬起一层沙尘，一队带枪的人马跑步紧跟骑马的人。马上的龙嗣斌一手牵住缰绳，一手握住二十响驳壳枪，目视前方，不时朝马吼着：“驾！驾！”

马蹄“踢踏踢踏”踏得地上的沙尘四溅，几十双穿着布鞋的脚发出整齐的响声。

二十几分钟的光景，龙嗣斌在林子的尽头停了下来，他让队伍稍作休息，检查所带枪支后，带上黄进财爬上了一个山头。

这山头能看清前面的张公寨，他们看了一会儿，龙嗣斌对黄进财如此这般地交代了后，带着队伍慢慢地向前开去。

李麻子在田间休息了一段时间后，他们有些饿了，李志明不是说他们在张公寨大吼大叫一阵后，龙嗣斌会出现吗？他妈妈的，都一个多时辰了，就连龙嗣斌的一根毛发也没见过。土匪们还从来没像这次光喊不打，放枪不抢过。一些土匪等得不耐烦，嚷着要冲进张公寨抢商号的银缎。时间已到下午，李麻子也开始按捺不住，在土匪们的嚷嚷中顾不得刘怀宗和李志明的交代。他站了起来，朝天鸣放了几枪后，大喝一声：“兄弟们，看来龙嗣斌那儿是不敢来了，咱们冲进张公寨，抢了商号，夺了女人！”

李麻子话音刚落，土匪们像打了鸡血一样，一阵活蹦乱跳地“哗啦啦”再次将枪推上了膛。接着土匪们“砰砰”一边朝天放枪，一边向张公寨冲去。

就在这个时候，让李麻子始料不及的是，他们的背后传来了惊天动地的喊杀声，枪声也大作起来。随着身后的枪声，李麻子手下的土匪们“哎哟”“妈呀”地在地上倒了一片。李麻子突然想到了，这是龙嗣斌他们打来了。于是，忙命令众匪掉转枪口迎战。

龙嗣斌与李麻子的队伍仅距二百米，均暴露在刘怀宗和李志明他们的枪口之下。

李志明准备向龙嗣斌开火，被刘怀宗制止了下来。李志明不解地问刘怀宗，再等下去，他们挨得近可分不清了。

“给我统统剿了，妈妈的李麻子也不是什么好鸟！”

“您是说……”李志明有些犹豫。

“你真是死脑筋，这可是你剿匪队难得剿灭两股土匪的大好机会。”刘怀宗眼睛通红。

“可李麻子是您……”

“他妈的死到临头了，留着他才是养虎为患呢！”刘怀宗终于把话挑明了。

李志明听懂了刘怀宗的话，他心里乐了。他要感谢刘怀宗给他创造了一个立功的大好时机。

龙嗣斌与李麻子相遇是仇人相见分外眼红，双方对峙了十几分钟后，李麻子还听不到刘怀宗和李志明向龙嗣斌开火的枪声。这时的李麻子感觉事儿有点不对，按照他的推算，龙嗣斌的队伍完全在刘怀宗机枪的射程之内，为什么不开火？莫非他们想将自己也列入他们剿灭的名单里？人心叵测，李麻子想到刘怀宗与丁香花，想到丁香花与自己，他猛然醒悟，大呼上当。想不到几十年占山为王，竟然落在了一个小小探长设下的圈套里。李麻子惊恐万状地冲众匪喊着：“杀开一条血路逃回象牙山，日后找他们警察局算账！”

李麻子的话土匪们都听明白了，知道李麻子再次上当，于是开枪朝龙嗣斌的队伍冲去。

刘怀宗听得清李麻子向土匪们吆喝着什么，他只是冷笑一声：“迟了，没你，老子也能坐正局座的位置。”接着他朝机枪手命令：

“给我打，一个也不能让他们跑掉！”

张公寨一时间突然变成了屠杀的战场。枪声、喊声、哭爹叫娘声混成了一片，方圆几里地都能闻到浓浓的火药味。龙嗣斌在与李麻子交手的同时，突然遭到了背后的袭击，知道自己中了警察局的鹬蚌相争渔翁得利之计。可是已经迟了一步，前有李麻子的队伍死死咬住，后有警察局的队伍堵着。特别是警察局的那挺机枪，几乎让他们没有喘息的机会。他只有就地等待时机，突出这个包围圈。前方李麻子的队伍尽管也遭到了警察局机枪的扫射，也死了不少人，但他们仍没有放弃咬住龙嗣斌，李麻子已经完全没有退路，身后是张公寨大院。李麻子如退至张公寨大院，院子里的几千人最痛恨的是李麻子。只要他进了院子，百姓们会包饺子似的将他活吞。前面，龙嗣斌又不给他让出一条道，唯一的希望是冲破龙嗣斌的堵截，逃向象牙山。李麻子大声地骂着刘怀宗他们，一边向龙嗣斌他们开火。

龙嗣斌他们已经完全没有了退路，警察局的机枪将他们退回的希望完全破灭。他们只有一条出路，那就是杀了李麻子，冲进张公寨，让张公寨子的群众保护他们，那里有张厚德为他准备一切。龙嗣斌见李麻子遭到刘怀宗他们的暗算仍死撑，便再次向属下喊：“杀了李麻了，冲进张公寨！”

李麻子与龙嗣斌的队伍越来越近，双方的交火也越来越集中。刘怀宗与李志明他们反而停了下来。二人笑了，刘怀宗冲李志明说，让他们再“咬”一会儿，我们抽支烟再打！

张公寨里的群众不敢走出家门一步，张厚德更是心急如焚。起初只是见李麻子和龙嗣斌交火，他倒无所谓，知道李麻子在这个开阔地里不是龙嗣斌的对手。当听到后方枪响后，张厚德才知大事不妙，龙嗣斌和李麻子中了警察局的计，可事情到了这个地步已经无法挽回。张厚德想过去搬阎长坤那三十几号人，但转念一想，刘怀宗正愁抓不住阎长坤的通匪把柄，那不是将阎长坤往火坑里推？再说时间也不允许他这么去做，县城离张公寨三十多里地，去一个来回就得三小时，只怕是远水救不了近火了。可眼睁睁地看着龙嗣斌身陷水深火热之中，张厚德又不甘心。有什么好办法能救出龙嗣斌呢？张厚德在苦思中。外面的枪声又一次大作起来，李麻子与龙嗣斌双方相互激烈地交火着。

张厚德突然心生一计，便冲出家门，进了保长的家。保长是一个五十多岁的人，听张厚德一说有些犹豫了。他看着张厚德："厚德呀！你可是咱寨子里的大户人家，这枪子儿是不长眼睛的，他们可都打红了眼，这把村民们弄上去，死了人怎么让我向他们交代呢？"

"张保长，这张公寨可是你管着的，帮警察剿匪也是你分内的事，村民们只到寨前去大喊一阵，相信是不会死人的。要么你看着办？"张厚德见说不动张保长，也就不再强求，给了他一句激将话离开了保长家。

"哎哎！话还没说完你就走？"张保长追了上来，拉住张厚德的手。

"你不是怕吗？"

"可我也没说不按你的去做呀！"张保长虽不很情愿，但也不愿得罪面前这位财主。都是一个寨子的，早相见，晚相逢，他张保长得罪了张厚德恐怕在寨子里日后会失去威信。

"那你就快去呀！"张厚德催着张保长。

"这就去办！这就去办！"张保长硬着头皮回到家里，拿来了铜锣，在寨子边敲边喊："乡亲们，土匪又来骚扰咱们寨子，警察在对面努力剿匪，咱们老老少少去寨前为警察助威，剿了李麻子咱们才得安生！"当！当！

锣声、喊声、远处枪声混在一起，躲在家里的乡亲听得保长的喊话和锣声，都走出了家门，手拿锄头、扁担来到了寨子前头。不多时，寨子前头黑压压地挤满了人，喊“打死土匪”的声音盖过了枪声。李麻子听到身后的喊声知道是张公寨的村民起了众怒。这喊声已经使他别无选择，只有向前冲。于是，他向众匪们再次大喊“冲”。

龙嗣斌见张公寨前挤满了黑压压的人群，他想定是厚德兄在支援自己，为自己助战来了。于是命令队伍与李麻子来一个鱼死网破的决战，不让李麻子的人从张公寨逃走一个。

刘怀宗与李志明烟还没抽完，张公寨那边震耳的喊声使他们吃了一惊。他们没想到这张公寨的村民会集体出来呐喊，看来事情有些复杂。刘怀宗看得出，张公寨的村民是在为龙嗣斌助威，是有组织、有目的的一次抗议。刘怀宗问李志明接下来怎么办？李志明也没有好的办法，龙、李二人的势力虽削弱了不少，可还不到轻而易举收拾他们的时候。现在冲上去，恐怕龙、李二人会合伙吃了他剿匪大队。李志明只是对刘怀宗说，稍等片刻，让他们再打一会儿。

刘怀宗急了，他冲着李志明发火，说照这样打下去，就是到天黑也解决不了这群乌合之众，到那时就给了李麻子和龙嗣斌可乘之机。刘怀宗之所以急，那是因为李麻子识破了他的野心，只要李麻子还活着回象牙山，他刘怀宗日后就没个安生的日子，李麻子非千方百计地杀了他不可。但李志明说的也有道理，警察局只四十人，他们两股土匪的势力不下百十号人，身后还有上千村民。这万一李麻子反水……不，李麻子这次一定会反水。这三方夹击剿匪大队，后果可想而知。刘怀宗看着目前的局势只能干着急，在那里急得来回踱步，巴望李麻子和龙嗣斌的火拼更激烈，更精彩些。

李麻子几乎被背后村民的大喊吓破了胆，那是上千人的大喊，喊声是那么洪亮，分明是想将自己吞没。龙嗣斌这时已经占住了一个有利地形，看着李麻子的队伍算了一下，对方大概还有四十人左右。要想冲出去恐怕困难重重。可这是绝境，只有冲出这绝境他才有获得重新生活的希望；只有冲出这绝境才能获得生命。他要不惜一切代价，就是剩下他一人也要冲出这个使他遭遇灭顶之灾的绝境。

李麻子歇斯底里地朝众匪们大喊："兄弟们，咱们没有了退路，警察这帮狗娘养的把咱们当猴耍，咱们要冲出去，冲呀！"土匪又一次发起了冲锋。

龙嗣斌手中的驳壳枪"叭叭"放倒了几名土匪，将冲过来的土匪压了回去。

龙嗣斌身后的警察已经很久没有向这边开枪了，龙嗣斌想借这个机会尽早撤离这个开阔地。他吩咐黄进财带上十五人，从身后的水沟里慢慢爬向刘怀宗占领的那高地后边，接迎龙嗣斌的后退。

黄进财带着人慢慢移向了水沟边。刚下得水沟，那边的山头上突然响起了枪声，一连串子弹落在黄进财脚下，黄进财一个翻滚落下了水沟，其余的人也按黄进财的动作翻滚落在了水沟里。黄进财他们借着水沟的高坎做掩护，慢慢向龙嗣斌指定的地点向前爬行，当他们爬行二十多分钟后，"突突"，子弹落在水里溅起了点点水珠。前面的去路被李志明的剿匪队封住了，黄进财进退两难，连回到龙嗣斌的身边都十分困难。

刘怀宗见龙嗣斌的队伍开始往后撤，他急得满头大汗，朝李志明大喊："李志明，封住他们往死里打！"说完命令机枪手朝开阔地的龙嗣斌、李麻子他们又开始了第二轮猛烈射击。

李麻子同龙嗣斌的交火中，双方损失不小。李麻子的众匪横七竖八地倒在地上，他的身边大概只在二十几人左右，照这样下去，他很快就会吃不消的。身后的警察大队还在不停地向他开枪，李麻子绝望了，他发疯般地朝龙嗣斌叫骂：“龙嗣斌我日你奶奶的，我李麻子跟你拼了！”李麻子举着枪，带上身后的二十几名土匪，疯狂地向龙嗣斌射击一阵之后，向前冲去。

龙嗣斌见黄进财进退两难，心里十分着急。眼看自己剩下的六十多号人被分割成了两半，前面的李麻子又是那样的疯狂。情急之中，他站了起来，举枪朝冲来的李麻子一伙射击。

李麻子的人离龙嗣斌越来越近，他们就像疯狗一样，左冲右突的使龙嗣斌招架不住。龙嗣斌顾不得许多，他想尽快消灭了李麻子才能停出手救援身陷水沟的黄进财。他举枪朝弟兄们大喊，率先向李麻子冲来的队伍迎去。

李麻子一伙求胜心切，没想到龙嗣斌会走出掩护迎面应战。龙嗣斌的这一举动，反而打了李麻子一个措手不及。李麻子顿时乱了手脚，仓皇往后退去。龙嗣斌带领人马乘胜追击，不到十分钟，李麻子的众匪只剩下了四人。李麻子自知不妙，在一个田坎边埋伏下来，朝冲来的龙嗣斌开枪还击。龙嗣斌离李麻子较近，他瞄准了李麻子，扣动了驳壳枪的扳机，“砰”的一声不偏不歪地正中李麻子的右手，李麻子“哎哟”一声，手中的枪掉在了地上，四名土匪见李麻子中弹，慌忙丢掉了手中的枪，把手高高地举起。

龙嗣斌快步走到了李麻子跟前，朝李麻子冷笑一声后，大声喝道：“李麻子，十六年前夺妻之仇该是报的时候了！”说完他抬起了手中的驳壳枪，将枪口对准了李麻子脑袋。

李麻子并不像别人说的那样是一个软蛋，他吼着：“龙嗣斌，咱变鬼也不会放过你的，老子死在你手里不亏，二十年后又是条好汉，可你今天也别想活着走出这张公寨，身后警察局那帮婊子养的不会放过你，老子冤就冤在听了刘怀宗那狗日的话，来吧！朝老子的头上开枪吧！”李麻子红着双眼，瞪着前面的龙嗣斌。

"砰"的一声，李麻子倒在地上，双脚微微动了一下，便缓缓地伸直了。

龙嗣斌见李麻子已死，便令各弟兄返回掩体内，等待机会营救黄进财。张公寨上千村民看得真切，李麻子死在了枪口之下，真是大快人心，他们站在寨前欢呼。

刘怀宗和李志明也看到了刚才的一幕。他们也在暗自高兴，高兴他们终于少了一个可以抗衡的对手。村民的高呼声又一次提醒了他们什么。刘怀宗忙冲向了架在地上的那把机枪，站在了那个高地上，朝龙嗣斌的队伍疯狂地射击。

龙嗣斌的队伍在距掩体二十米远的地方倒下了一半。

刘怀宗的枪声并没有停下来，反而一阵比一阵更猛烈，一阵比一阵接近他的身边。龙嗣斌感到了刘怀宗他们在步步逼近。黄进财又被分割在一边，他们已经无法形成拳头。照此时的情形，龙嗣斌估计是冲不出包围圈了。

他望了望跟随了他多年的那帮弟兄，望了望张公寨山后的那个土坡，他朝那个方向深深地鞠了一躬。然后，他看着那个方向，眼里流着泪："厚德大哥多保重，金莲，你的仇我报了，我会到阴间来寻你的。"说完，龙嗣斌将剩下的三十几人召集在了一起。龙嗣斌看着大家说："兄弟们，看来我们今天是冲不出这里了。冤有头债有主，他们要找的是我龙嗣斌，我用自己的生命去换大家的生命。"

"龙大哥您千万不能去，千万不能去呀！"

"龙大哥，咱们不能没有您！"

"龙大哥，咱们与那帮崽子们拼了，就是死也死得值呀！"大伙齐声求着龙嗣斌。

龙嗣斌看了大伙，然后摸了摸他们的头，对他们说："你们都是上有老下有小的人，不能跟着我去白白送死。记住日后照顾好咱儿子，冲出后去找张厚德大哥，他会为你们安排后路的。”

龙嗣斌一一惜别弟兄们后，深情地看了他们一眼。然后，一个转身，朝那开阔地走去。

刘怀宗见龙嗣斌只身一人走出了那个高坎，来到了开阔地，忙命令停止射击。龙嗣斌的身后传来黄进财的喊声：“龙大哥您不能这样！您不能这样丢下大伙不管呀！”

龙嗣斌站在那里，朝山那边喊着：“刘怀宗，冤有头债有主。我龙嗣斌向来不与政府作对，你看不惯的是咱龙嗣斌，不是我身后的那些人，他们是无辜的，你放了他们，我跟你们回警察局，这样你们也光彩。李麻子被剿灭了，我龙嗣斌被你们活捉了，这是两全其美的好事。否则，我身后的那帮弟兄不会答应，到时谁胜谁负，只怕难料。请你三思！”

“他妈妈的是条汉子，死到临头了还敢向老子示威，机枪手瞄准他，给我干了！”刘怀宗咬了咬牙。

不知什么时候李志明来到了刘怀宗身边，他按住了机枪手，朝刘怀宗说：“刘探长，你不觉得龙嗣斌的话说得在理吗？”

“你是……”刘怀宗傻了眼，万万没想到李志明在这当头成了个熊包。

“留着他才是我李志明剿匪第一战的政绩。活捉他！”李志明不容刘怀宗解释。

“可他身后有这么多山匪，日后会……”

“不用说，这剿匪的事是我李志明说了算。放了他们！”李志明朝刘怀宗吼道。

接着他朝下面的龙嗣斌喊：“龙侠士，听说你也是个通情理之人，你为弟兄们求情是条好汉，咱就依你放了他们。但不许耍花招，否则，我这歪把子机枪是不会认人的。”

“放心，只要你们不食言，我等着你们来抓。”龙嗣斌喊完话，向身后的弟兄们喊：“弟兄们，你们请回吧！”

“大哥！大哥……”

第十六章　两败俱伤

冯其良从刘怀宗和李志明一大早出发后就没有安静下来，他预感到刘怀宗和李志明打的是另一把算盘。冯其良与刘怀宗共事了七年，他心里在想什么，他现在最需要什么，冯其良一清二楚。刘怀宗极力纵容李志明剿龙嗣斌，那是明摆着冲自己来的，尽管龙嗣斌上山为匪，那可是李麻子逼得他走投无路。冯其良来长河县后听过许多关于龙嗣斌救难的故事，他只当是乡亲们传说罢了。可如今活生生的例子，使他相信了那不是传说，那是长河县的百姓对龙嗣斌的赞美。多少年过去了，苍天没有睁眼，没有给作恶者以惩罚，也没有给行善者以报答。反而，行善者举步艰难，处处遭到灾难。从良心上讲，冯其良是不赞同剿龙嗣斌的。他这局长其实只芝麻大个官，杨县长说了拿龙嗣斌开刀，他冯其良又有何策？冯其良担心龙嗣斌会不会去钻进刘怀宗、李志明设下的圈套。再说了，他们抓了龙嗣斌，刘怀宗、李志明二人就有后话可说了。

冯其良不愿继续想这事，就是龙嗣斌被剿，牵出了阎长坤那也是土匪与商人之间的事，与自己并无什么大碍。为一个土匪和一个生意人着想那有些不值。阎长坤与自己又是什么？什么都不是！不就是自己收了他钱罢了，别的也没什么值得他内疚的事。再说，这年月他冯其良不收礼，别人会收，甚至还收得多点。他认为自己还是一个讲良心的人，给阎长坤办了些好事。对天，对地，对良心，对阎长坤算问心无愧了。

把消息告诉了阎长坤，阎长坤爱管他就去管，管不了也与自己并无干系，想必阎长坤总不会眼睁睁地看着龙嗣斌落入虎口。

冯其良从阎长坤家出来的时候已经是中午时分了，离开阎府的时候，冯其良吩咐过卫兵注意阎长坤家的动向。现在都下午了，卫兵才来报告说阎长坤的三十多条枪才出发赶往晃山的张公寨。此时，冯其良才落下心中的石块。哪知就是冯其良认为最妙的这步棋，给他留下了最大的隐患，使他的人生路走到了尽头。

傍晚掌灯时分，前线归来的快马来报，说刘怀宗、李志明在张公寨全歼李麻子、龙嗣斌两股土匪后，在回城的路上遭到一伙不明身份的土匪拦劫，警察队迎战，消灭了这股无名匪，并活捉一人，杨县长要求全县城男女老幼夹道欢迎。冯其良听到这些惊出了一身冷汗，他感到不幸的命运在步步紧逼。索命的绳索已经套在了他脖子上，并且越勒越紧。

杨春站在城门下，城门两边站满了县城居民。一帮唢呐、锣鼓手已经吹起了欢快的曲子，锣鼓声在寂静的长空久久回荡。

在县内最为热闹的时候，阎府大院内别有一番景象。阎长坤刚从县衙打听到刘怀宗和李志明大获全胜归来的消息，他坐立不安，损失了三十多号人不算，阎府还将大祸降临。他想去见冯其良，可又想这时见冯其良不是时候。他只有等待，等待着一种希望出现。时间过得很慢，就像爬行的蜗牛一样，很难迈动步子。

刘怀宗和李志明走在队伍的前头，龙嗣斌被五花大绑地押在中间，刚踏上城内的石板街时，城内高呼声不断。唢呐的欢快声像插上了翅膀，飞向高高的星空。长河县城沸腾了，鞭炮声将长河县城震得摇摇欲坠。当县城一切安静下来的时候，县衙的食堂里杨春专门为刘怀宗、李志明设宴庆功。杨春高举酒杯与刘怀宗、李志明开怀畅饮三杯之后，已经有些醉意。他又端起了酒杯来到了身后的那席，给剿匪队的弟兄们敬酒。冯其良坐在那里遭到了杨春的冷落，个中的滋味只有冯其良自己心里清楚。冯其良坐也不是走也不能，他尴尬得有些脸红。于是他端起了酒杯，站了起来，冲李志明说："李队长首战告捷，真是警界精英，人才！人才！"

李志明见冯其良给自己敬酒反倒有些局促不安，只是慌忙地站了起来，端起酒杯与冯其良碰杯，一饮而尽后才记得敬冯其良："冯局长，不管怎样我李志明还得仰仗您多多栽培。"

"李志明说得对，能有今天的收获全靠局长的管理有方，这杯酒我敬局座您了！"刘怀宗见冯其良先敬了李志明，不免有些尴尬。他为打破与冯其良之间那种沉默先端起了酒杯敬冯其良。

冯其良敬完李志明后没有坐下，又倒了一杯与刘怀宗碰了杯。他不急着将酒饮下，而是略带提醒似的说："刘探长，这一仗打得够漂亮，真可谓一箭双雕，这次可得看牢了龙嗣斌哟。阎老六和丁香花的教训可要吸取呀！"

餐桌上的气氛顿时紧张起来，刘怀宗、李志明没想到，在这喜庆的场面，竟然当着杨县长的面，他揭了刘、李二人的伤疤。刘怀宗的脸唰的一下变了，变得青中泛黑，嘴角动了动，可没找到合适的话来对付冯其良的挑衅。

李志明慌忙站了起来，为刘怀宗圆场："冯局长，我们这次会让大牢形似铁桶，固若金汤，谅龙嗣斌有三头六臂也插翅难逃。"

"好！我要的就是你李志明这句话。其良呀！我看这剿匪队长的人选还真让你挑选对了。来来来，咱们干了这一杯！"杨春不知道冯其良在与刘怀宗暗中较劲，接过了李志明的话，将酒桌上的气氛再次提了起来……

深夜过后，长河县城经过半夜闹腾渐渐平静下来，窄长的石板街两边，红灯笼在风中摇曳。一条黑影在阎府大院门前停了下来，黑影向大街望了望，随后响起了急促的敲门声。门“吱呀”一声被打开，开门的是麻禄福，他见来人，慌忙地叫了声，来人迅疾闪进了大院内。

麻先生迅速关上了大门，朝来人惊恐地问：“张掌柜，深夜来访不知……”麻禄福疑惑地看着张厚德。

张厚德没与麻禄福多说，焦急地问：“阎老板睡了？”

“他哪里还能睡得下，出去的三十多人没一个回来，他正在里屋发愁呢！”麻禄福边说边将张厚德引向了四合院里的大堂。

“怎么？您家老爷派出了三十多人？”张厚德惊呆了，他迈不动步子，脚下像灌了铅一样沉甸甸的。

“进去吧！老爷这时正愁呢！”麻先生推开了堂屋门，将张厚德送进堂屋。

阎长坤像苍老了许多，他见到张厚德忙起身迎上，眼泪流了出来。他第一句话就是说：“厚德兄，这龙侠士被抓……”阎长坤一时说不出话来。

“阎兄，听说您去了三十多人？”张厚德焦急地问。

“三十人，三十人呐至今无一生还，您说这如何是好！”阎长坤声泪俱下。

“阎兄这只怕是凶多吉少哇！”张厚德坐了下来，他见阎长坤焦急的样子安慰他说，事情即便如此，还是考虑下步吧！

“您深夜来……”阎长坤看着张厚德。

张厚德呷了口茶，一边说出了来阎府的目的。龙嗣斌的事想必他已经听说了，李麻子也中了刘怀宗的计，龙嗣斌他是舍命保住他的队伍才被捉的，现在得考虑怎样营救龙嗣斌才是。

阎长坤很悲观，他说这次龙侠士恐怕难逃厄运了。李志明、刘怀宗视他为眼中钉肉中刺，连冯其良堂堂局长都插不上手，营救他谈何容易？他的话很有道理，张厚德也是这样想的。可他不甘心龙嗣斌这样落入虎口，事在人为，只要龙嗣斌在警察局活着一天，他就有生还的希望。尽管希望多么渺小，尽管警察局对他的看管是多么严格，总会有空隙可钻。

张厚德不语，他在思量阎长坤刚才的话。突然问是谁让他派出三十家丁的？他是怎样得到这个消息的？

阎长坤看着张厚德说，是冯其良！是他告诉自己刘怀宗和李志明要到张公寨围剿龙嗣斌的。

张厚德想问出个缘由，他继续问阎长坤，冯其良告诉他，他们怎样围剿龙嗣斌？

他自己都不知刘怀宗和李志明会采用什么方法将龙嗣斌引向张公寨。阎长坤说完后问张厚德："您认为冯其良在玩我们？"

张厚德苦笑一声之后，对阎长坤说，他们都被刘怀宗、李志明耍了，就连冯其良也被耍了。

阎长坤不解。

接着张厚德告诉阎长坤，说他们要剿龙嗣斌不是说的那样轻松，攻打晃山是自投罗网。只有将龙嗣斌调出晃山，才能达到他的目的。谁能调动龙嗣斌呢？李志明想到了李麻子，李麻子打家劫舍，是龙嗣斌的夺妻仇人，只有李麻子佯装抢劫张公寨才能调动龙嗣斌。于是刘怀宗用了李麻子前往张公寨，果然龙嗣斌上当，在交手中埋伏在身后的剿匪队向龙、李二人开枪，可惜的是李麻子成了他刘怀宗的牺牲品。

刘怀宗为什么要打死李麻子？阎长坤仍然不解。

很简单，出于民愤，他不剿李麻子，县长杨春不得安宁，全县要求清剿李麻子的呼声很高，杨春需要李麻子死，那麻子就不得不死了。再说李麻子表面上与刘怀宗靠得很近，您想那丁香花从大牢里出来一直在李麻子身边，刘怀宗眼睛掺不得半粒沙子的人，他能让李麻子轻松捡了便宜？刘怀宗能放过他吗？在他最恨李麻子的时候机会来了，趁这个机会他们来了个一箭双雕，仇人除了，事也办了，还捞了个清剿有功，李麻子死在了龙嗣斌的枪下。张厚德说到这里，他不无担忧地告诉阎长坤，既然龙嗣斌被安全地押回了县城，那说明他那三十多人就……

阎长坤捶胸顿足地后悔当初为何不冷静想一想，听了冯其良的话，到头来惹火烧了自己。

“开门！开门！”大门被一群人敲得炸耳的响。麻禄福不知所措地跑到堂屋里请示阎长坤。

“老爷，外面来了一帮人，凶得很呢！您还是躲一躲吧！”麻先生催促阎长坤与张厚德赶快躲起来。

“躲？躲哪儿去？厚德兄您先走一步，如有什么闪失，这阎府大院的上上下下就交给您了。”阎长坤起身，给张厚德鞠了一躬。

“阎兄您还是……”

“快走！麻先生带张掌柜的从后门走，快！”

“老爷……”麻先生迟迟不肯迈动步子。

“快！再不走就来不及了。”阎长坤推了把张厚德。

大门外。“开门！开门！”“嘭嘭”已有人开始在砸门了，并有人在大喊：“再不开门就砸门了！”

“您再不走我给您下跪好不？”阎长坤双膝“扑通”一声跪了下去。

张厚德看了一眼阎长坤：“阎兄多保重！”随后跟着麻禄福走出了大院，消失在茫茫夜色中。

大门在一声巨响中被打开。三十多名荷枪实弹的警察冲进了大院内，接着他们搜遍了整个院子，随后才将阎长坤坐着的堂屋围了起来。李志明看了看镇静自若的阎长坤，“嘿嘿”地笑了两声。然后才冲阎长坤大骂：“死老头子，敢在我堂堂剿匪队的身后打黑枪，我看你是活得不耐烦了！”

阎长坤并没有因李志明的凶狠而惧怕。他平静地对着李志明，说他是恶有恶报善有善报！他阎长坤一人做事一人当，打了他黑枪又怎样？

“死到临头还嘴硬，走！给我押回警察局。”李志明把手一挥，命令手下将阎长坤押出了阎府大院。

“老爷，您不能不明不白地被他们抓走哇！老爷……”身后，麻禄福追赶着远去的阎长坤。

张厚德从阎府大院逃出后，在离阎府大院不到五十米的地方躲了起来，他眼睁睁地看着李志明他们推推搡搡将阎长坤押向警察局。张厚德见李志明他们走远，又折身返回到了阎府大院。阎长坤的夫人和麻禄福的堂客守在堂屋里大哭，见张厚德再次回来，夫人冲着他说：“张掌柜，这如何是好？这阎府大院可不能没有长坤呀！”

“张掌柜，您是有能力的人，快想想办法救救咱家老爷吧！”麻禄福的堂客也向张掌柜求情，希望他能想出一个好的办法救出被抓走的阎长坤。

“夫人别急，他们近几天不会把阎兄怎样，再说警察局长冯其良会为阎兄考虑的，有了时间我们就有办法去营救他们。”张厚德此时心里很乱，根本想不出什么好的办法来，只是拿一些安慰的话来稳住面前的两位夫人。

“可我家老爷是落在李志明和刘怀宗手里，冯其良这会儿可能还被蒙在鼓里。一旦他们背着冯其良行事，那老爷的命可就没法保了。”夫人仍然很担心。

“嫂夫人，我尽快想办法，你等天亮后去警察局。”

“去警察局干什么？”阎长坤的夫人瞪着眼睛问。

张厚德告诉她去了警察局后应该怎么做，随后动身离开了阎府大院赶往晃山，他要召集黄进财等人，商议怎样营救龙嗣斌和阎长坤。

天刚放亮，阎长坤的夫人在麻禄福的爱人陪同下，一大早便来到了县府大院的警察局。卫兵拦住了她们两人，说是警察局的人还没上班，不得入内。她们便席地而坐，在那里号啕大哭。卫兵被她们吵得心烦，冲二位妇人吼了句，便转身向警察局大院内走去。过了好一会儿，卫兵出来了，告诉她们，冯局长准许她们入内。

冯其良看到面前两位妇人哭哭啼啼就知道昨晚阎府定遭了不幸，他拖长了嗓子：“别哭，有话好好说！”说完他跷起二郎腿，抽着烟，等着阎夫人把话道来。

阎长坤的夫人把昨晚警察局抓阎长坤的事说给了冯其良听，冯其良的脸“唰”的一下变了。他感到吃惊，一个堂堂局长竟然如此地被一帮下属愚弄，在长河城里抓了一个名震全城的富商，连招呼都不打一下，背着自己干了。他气，他恨，他忽地从坐着的椅子上站了起来，将手中只燃掉一半的半截香烟扔在地上，大头皮鞋严严实实地踩在烟蒂上，然后使劲一踱，他咬着牙，蹦出一句话：“他娘的，你们不要欺人太甚。”

“冯局长，我家老爷的为人您是最清楚的，他可是几十年的本分生意人，他与土匪有何关系？这次出兵也是您冯局长面授机宜，想不到最后成了通土匪的证据。冯局长您可得为我家老爷做主哇！”阎夫人一边哭，一边数落着冯其良。

“夫人莫哭、莫哭，待我慢慢查清楚，想必他们还不敢把您家老爷怎样，我会想办法的。回去吧。”冯其良的语气软绵绵的，二位妇人也找不到更好的办法，只得按冯其良的话，哭哭啼啼地走出了警察局大院。

刘怀宗和李志明上班时间很迟，快要到上午十点才哼着曲子走进警察局大院。冯其良见他们高兴的样子，心里就感到气愤。他叫了李志明。李志明见冯其良在叫他，冲刘怀宗扮了个鬼脸，然后才回应了一句，朝冯其良的办公室走来。李志明没等局长请坐，他一屁股便坐在了桌前的一张木椅上，跷起二郎腿，一副功臣自居的样子让冯其良没问便气了个半死。

“你们昨晚抓了阎长坤？”冯其良不想与这类流氓似的人物多说，干脆直来直去。

“嗯！他可是通匪的老匪了。”李志明拿话先封住了冯其良。

“他通匪？不是上次查过了没通匪吗？”冯其良见李志明爱理不理的样子，心里很不好受，他心里在骂：才当上几天队长，竟在老子面前摆资格。

“冯局长，您别站着说话不腰疼，打李麻子、抓龙嗣斌、半路上遭阎老头子家丁的伏击，幸好刘探长早就防着您这一手，不然咱们都成了您计划中的枪下鬼了。到现在您还来问我阎长坤是不是通匪，您是何意？”李志明站了起来，怒气冲冲地与冯其良挑明干上了。

“我计划？我计划什么了？我计划阎长坤的家丁半路拦截你们？我计划阎长坤串通李麻子还是龙嗣斌打了你们？今儿把话说明白了，不然老子一枪崩了你！”冯其良忍无可忍了，“唰”地从腰间掏出驳壳枪顶着李志明。

“何必动怒？有话好好说，都是一个局子里的人，干吗非得动刀动枪的？”身后响起了刘怀宗的话。不知刘怀宗站在身后多久，冯其良相信，他与李志明的谈话，刘怀宗全听到了。

冯其良见刘怀宗插上了一句，更是气愤之极，他马上掉转了枪口，对着了刘怀宗，冲刘怀宗大骂："还有你这狗杂种，暗地里算计本局长，你们统统活够了。"

"哈哈……"刘怀宗大笑，随后，轻轻地说，"冯局长，不就是抓了阎长坤吗？您又何必伤筋动骨呢？"

"刘怀宗，你们不要欺人太甚，你们在背地里做的事，别认为老子一无所知，到时老子在上峰那里一一给你们道出来。"冯其良继续在骂。

"说得好，说得好，上峰昨天晚上就已经清楚你冯其良通匪的事了，你现在要说恐怕已经迟了。"刘怀宗一字一句地说着，然后慢悠悠地抽出一支烟，递给冯其良。

"他妈的，你少来这一套，呸！"冯其良大骂。

刘怀宗讨了个没趣，将那支烟叼在嘴上，划了根火柴点上，吐了口浓浓的烟雾后，"嘿嘿"笑了两声，冲冯其良说："冯其良，你不仁也休怪老子不义，这次看你怎样给阎长坤开脱。"说完，转身走出了警察局大院。

"你他妈的别把老子当瞎子，还有你李志明，不识好歹的东西，看守黄老头是怎么死的，阎老六是怎样脱逃的？你心知肚明，老子一清二楚，到时老子都给你们道出来。"

"说吧，到杨县长那儿去说吧，他会给你行赏的。"李志明推开了冯其良顶在他头上的枪，从容地走出了他的办公室。

一场暴风雨过后，冯其良发泄完淤积已久的怨恨，心里感到了舒坦。这种舒坦只是暂时的，是一种心理压力的缓释。等稍回过神来时，另一种恐惧和惊慌再次侵袭他的内脏，这种恐惧像一块巨石，沉重地压在他的内心，使他感到了阵阵疼痛和坐立不安。李志明的话没有错，他们去打李麻子、龙嗣斌，而自己都干了些什么？他为什么要这样干？是为阎长坤对他的厚道仁义？还是为阎府每年给他提供的花销就屈膝？还是忌恨刘怀宗、李志明之流而背道而驰呢？他没有一个目标，他坚信自己在警察局的地位岌岌可危才这样铤而走险。他没有料到刘怀宗、李志明在他掌握黄老头被谋杀，阎老六、丁香花脱逃的大量证据面前，还是那样的有恃无恐。是谁在为他们撑腰？是谁在为他们暗地里鼓动？这一切使冯其良感到茫然，使他感到了恐惧和惊慌。

冯其良从预感的恐惧中已经回到了现实。上午，杨县长来到了警察局，他要亲自监审龙嗣斌和阎长坤，他这个局长反倒成了一个旁观者。

杨春见到他的时候也只是礼貌一笑，但冯其良看得出来，今天杨春的笑里隐藏着某种动机。那是一种不易察觉，又能让人感到明显变化的笑。

整整一个上午的提审，冯其良没有插言一句，他的心思早已飞出了这间既潮湿又阴暗的审讯室，心里在默默地祈祷龙嗣斌和阎长坤能闯过这一关，不让他们拔出萝卜带出泥来。冯其良的担心是多余的，审讯接近了尾声，龙嗣斌和阎长坤受尽了刑讯之后，没提半句有关冯其良让阎长坤出兵的事。在他们被带出审讯室的那一刻，冯其良才算松了口气，提着的心总算得到一丝镇静。

回到办公室，冯其良也顾不上别的事，就连杨春的宴请他也以人不舒服为由推辞了。他坐在办公室里不再沉默，奋笔疾书将刘怀宗、李志明勾结土匪李麻子，谋杀看守黄老头，帮助通匪嫌疑犯阎老六、丁香花越狱之事呈上省府。他要做最后一搏，他要看到刘怀宗、李志明之流死无葬身之地。

冯其良陈词有力，句句实际，他看过两遍后，才将书信装入信封。然后冲门外的勤务兵喊了声，勤务兵走了进来。冯其良将那封他期待能给自己带来转机的信交给了勤务兵，并吩咐他赶快前往邮局发送。勤务兵答了一声，转身走了。冯其良这才放下心，靠在了木椅上闭目养神。冯其良的勤务兵刚踏出冯其良的办公室，便被剿匪大队的一个警察叫住了，勤务兵跟着那人朝县府里走去，冯其良却被蒙在鼓里……

冯其良在家待了四天，他哪儿也不去，就连杨春叫他参加审龙嗣斌也懒得去。他在等，在等他发出的那封救命信。他相信省府对他书信的内容不会不重视，那是关系党国长河政权的稳定和国家生计的大事。

第五天过去了，冯其良屈指一算，应该是省府来人的时候。好容易挨到了中午，县府的宪兵队来人叫冯其良，冯其良心里一阵惊喜，总算盼来省府来人了。于是，他急匆匆地跟着宪兵走向县府。杨春坐在办公桌前，见冯其良走来也不向他打招呼，冯其良从杨春的表情中预感到将发生一件他料想不到的事。他叫了一声杨春，杨春没有答应，仍然沉着脸。冯其良刚落座，杨春突然喊："给我下了冯其良的枪，押入大牢听候审理！"

冯其良身后五六个宪兵一拥而上，按住冯其良，下了他的枪，将他五花大绑地捆了起来。然后，押往了警察局大牢。

冯其良做梦也不会想到，事情发生了戏剧性的变化，本想入牢的应该是刘怀宗和李志明，可自己反倒进了这个跟棺材一般的黑屋子里。一切都变了，变得那样陌生，变得让他不可思议，变得使他不敢去想。冯其良只得听天由命，浑浑噩噩地蹲在大牢里，等待死神的召唤。

长河县城很不平静，大街小巷里贴满了布告，每张布告前围满了人，人们在小声议论，"李麻子该死，没有想到警察局局长竟然通匪，龙嗣斌虽是山匪，可没做过有损乡民的恶事，也算得上劫富济贫的侠义之人。”布告上还说，长河城里的犁口匠，靠自己的一份手艺堆积了财源，成了长河城里的第一富商，居然买通土匪，买枪与警察局作对，还在剿匪队剿匪时打黑枪，这太让他们觉得不可思议了。

人群堆里有人摇头不信，有人为之叹息，更有人为今后长河城里少了一个绝好犁口手艺的匠人感到惋惜。

他们不信，世上会有无缘无故的灾难降临到向来慈善仁爱的阎长坤头上。更有知情者在那大骂：“这都是那狗日的阎老六一家给人家逼得走投无路才这样做的。”

也有人在骂：“他妈的，警察局和县衙当差的他们要拉人垫背，好坏不分地抓几个，杀鸡给猴看呗！”

麻禄福看完布告不敢久留，他怕被警察局的人瞧着盯上，他怕被抓，要是把他抓了，这阎府就没一人能为老爷申冤了。于是，他匆匆走向了阎府，他要向夫人禀报，让她早些拿主意，在警察局没有开刀问斩阎老爷前，想法救出老爷。

夫人听麻禄福说，当场被气晕过去。她想不到警察局竟这么快做出决定，将自家的男人同龙嗣斌那样一起问斩。可麻禄福说的是事实，大街上贴满了布告。现在怎么办，夫人也束手无策，还是麻先生机灵，想事想得周全，如今也只有一步棋可走，他不知道这步棋能否走，这可是一招险而又险的险棋。那就来一个真正意义上的通匪，通过土匪来救出他家老爷。

夫人听麻先生如是说，他说麻先生是晕了头还是被事气糊涂了？李麻子死了，龙嗣斌被抓了，长河县就只这两股占山为王的土匪，就是想通匪现在都无法通呢，他去通谁呀？这不是睁着眼睛说瞎话。

可麻禄福像胸有成竹，他让夫人别急，这长河县里除了李麻子和龙嗣斌是没有能与警察局抗衡较量的土匪了，可别的地方有哇，四川就有，能想办法与他们联系上，他想老爷就有救了。

“那你还不快去，尽说空话！”麻先生的女人瞪了麻禄福一眼，急着催男人快去办事。

“我去？家里夫人怎么办？我去还说不定能不能找到四川的土匪呢！”麻禄福不愿去。

“那谁去？”夫人问了声，她见麻禄福说得在理，才问他。

麻禄福跟夫人说找张厚德大哥，他会找到的。麻先生是怎么知道张厚德与四川的人熟悉的？其实张厚德托龙嗣斌买枪时，龙嗣斌回来说过，四川的一个叫舒志强的人与张厚德的交情不一般，那人又会带兵又会打仗，在四川一带很有名气。不过听厚德跟老爷说过，舒志强不是土匪，也不是国民党军，他是哪方面的人物自己也弄不清楚，在这紧要关头，只要他舒志强能出兵救出老爷，管他是哪方面人物，他都愿意结交他。

张厚德自龙嗣斌、阎长坤被抓后，预感到事情的复杂性，起初他没有料到阎长坤的出兵会有这个后果。他高估了冯其良的能力，认为刘怀宗、李志明只是冯其良的一名下属，能把堂堂局长怎样。事情来了个倒转，冯其良反而成了他们的阶下囚，落在了刘怀宗、李志明的手心里，成了他们案板上的肉，想剁就剁。他急！他一直在寻思解决这一问题的方法。

县府的布告贴出去之后，张厚德心里就更加紧张了。离他们行刑只有七天时间，这七天时间救不出他们俩，他张厚德一世不得安宁，良心上会受到谴责。在龙嗣斌没有被抓前，他有一件事想跟龙嗣斌商量，但一直没有开口，龙嗣斌不了解共产党，不知共产党会给他们带来什么样的幸福。他想用自己的潜移默化来慢慢让龙嗣斌感受到共产党对他们的作用，给他们带来的新出路。当龙嗣斌从四川买枪回到晃山，提起舒志强那个人时，张厚德就想通过组织将龙嗣斌发展起来。然而，机遇总是在龙嗣斌的身边擦肩而过，稍纵即逝。不久他就被警察局当成了山匪与李麻子相提并论。

麻先生到了张公寨。不久张厚德收拾行李与麻先生一道出了家门……

象牙山脚下的那栋小木屋里。老周对闷闷不乐的阎老六说，他终于有了出头之日了！

阎老六不情愿跟这号人多说话。待在这里是出于无奈，不然与他搭腔使自己的身份掉价。自他清楚老周是刘怀宗和李麻子安排监视自己的那时起，他就是这样认为的。于是他骂了老周，说在他面前穷开心了，跟林子里的麻雀一样，有什么开心的？

“阎老爷，山下派来人送信，李麻子被毙了，冯其良、阎长坤、龙嗣斌他们都被关进了大牢里，您说这长河县还没有您立足之地吗？”老周像是在巴结阎老六。

“什么？你说什么？”阎老六不敢相信老周这话是真的。

老周又复述了一遍刚才所说的话，直到阎老六听清了，相信了才罢。

阎老六终于抑制不住自己的泪水，眼球上爬满了血丝。他冲出了囚禁他两个多月时间的小木屋，站在那棵参天的古槐树下，向苍天大吼一阵之后，哇的一声大哭起来，像小孩失散亲人后又重逢时那样激动。

阎老六的吼声在密集的树林里像鬼哭狼嚎般的恐怖，并在林中久久回荡，惊得树枝上的鸟儿叽叽喳喳地叫着乱飞。

“老爷，该是你熬出头的时候了。”阎老六的身后传来了既温柔又轻盈的声音，是彩菊，阎老六不用回头，他听得出声音。六十多个日日夜夜，正是因为身边有了这个女人，有了她的慰藉，他阎老六才没有想到死，才死乞白赖般地在这个千变万化的世间活了下来。阎老六没有说什么，转身用充满感激的眼神看着彩菊，接着他上前抱住彩菊，孩子般地大哭起来。

“老爷，我们可以回家了，可以回到从前那个富裕的小镇了，可以过那无忧无虑的生活了。”彩菊抚摸着阎老六的头，万般疼爱地抱住她的男人。

“不！我要阎长坤倾家荡产，我要他家的犁铺，我要他家的百亩良田。”阎老六松开手，歇斯底里地在那里大喊大叫，他就是一个十足的疯子，一个十足的贪婪狂。

在阎老六得到这一消息的同时，象牙山也不平静。留下的五十多名土匪像无头的苍蝇，四处乱窜不知所措。唯有向来爱在土匪堆里左右摇晃，水性杨花的丁香花在此时十分沉静。她平静得恰似湖面里的一潭死水，没有一丝波澜。这个结果是她不想看到的，六十多天，象牙山与她为伴，粗放和狂野给她流着野性的血液里注入了新的活力。野蛮充斥下的各种恐怖，刺激着她全身的每一根神经。她接受了这一切，慢慢地开始喜欢上了这样漫无目标、游离于世间的生活，也开始喜欢满嘴黄牙，满嘴粗话、脏话的李麻子了。

李麻子的突然离去，不能不说是对丁香花的一个打击。她是一个女人，是一个曾经接受过多个男人的女人，转眼间的得失，她经历过太多太多，使她对这个山头有了感情，对这群近似野兽的疯狂男人们有了认识。他们都是为了生存，为了在世间取得一席立足之地，才选择了这种不被大众接受、认同的生存方式而已。

失去了李麻子就意味着失去象牙山，意味着失去这里的一草一木、一丁一卒，失去这里的喝酒猜拳划令声和朝天骂娘发泄不满的粗野声。她将失去这里的一切、一切。

丁香花坐在石堆上，看着已经乱得不成样子的人群，眼睛有些红肿，分不清是为失去李麻子而哭，还是因为要失去这里的一切，留恋这里的一切而泣。反正她有些麻木，麻木得没能感觉到内心深处的绞痛。她像一只被玩累了的猴子，目光呆板而且无精打采地坐在那里，任凭那些土匪们嘶声吼叫。她不想自己以后会是一个什么样的结果，不想自己是否还会回到阎老六的身边。她憎恨这一切，憎恨把她当成一件礼品在男人之间送来推去的男人。

土匪们疯狂地开始叫嚣要分了山上的所有财物，有的已经走到了洞口，嚷嚷着先分了李麻子洞内的物品，说那是大伙用命换来的，现在人没了，就该分给大家。土匪们没有把丁香花当成洞内的主人，而是一拥而上，疯狂地挤进洞内，像老鼠偷食样地拖出了绸缎布匹之类的东西。

不知是什么力量，也不知是出于什么考虑，丁香花突然愤怒地站了起来，抽出了麻子临走时送给她防身用的勃朗宁手枪，朝天“砰”的一声，大声朝乱哄哄的土匪喊道：“谁敢再抢，姑奶奶就打死谁！”

土匪们见向来打扮花枝招展、涂脂抹粉的女人突然变脸，平常连杀鸡都不敢看的女人突然鸣枪，众匪呆若木鸡地站在那里，愣愣地看着这个女人。过了一会儿，土匪们才回过神来，其中一名土匪冲丁香花嬉皮笑脸地说：“老爷去了，你能领着大伙干吗？”

“嘿嘿，娘们也敢管咱们大老爷们！”

土匪们又起哄了，冲着丁香花说：“这么漂亮的女人拿着枪也够骇人的，放下枪陪爷们玩玩，反正大哥不在了，你一个人也够孤单的。”

“哈哈……”群匪大笑不止。

又有土匪在人群里骂：“你不看看你的长相，能与人家这戏子般配吗？让老子上那才叫天生的一对呢！”又是一阵哄笑声。

“都给我闭嘴，不然姑奶奶的枪不认人了。”丁香花虽很放纵，可还从来没有在这么多人面前受过侮辱，她气直了双眼，瞪住冲她说话的男人。

“哟哟哟！今儿是吃了火药啦！你枪子不认人，我这里有支枪可专认你这样的娘们呢！”刚才调戏丁香花的男人接上了话，并引得众匪们捧腹大笑起来。

“过来，让我瞧瞧你那支枪是否真认得我？”丁香花笑了，笑得脸有些变形。

那男人真走上了前，在丁香花跟前双手捂着裤裆，冲丁香花说：“它呀，只在天黑的时候，或是被窝里就认出你来了，要不今晚就让它试一试如何？”坪子里的土匪们吼得不成样子，为刚才精彩的一幕喝彩。众匪齐声地嚷着：“就让他试试，兴许他是朝廷太监的转世，他是在说大话呢。”

丁香花跳下了石堆，来到了这名土匪的面前，脸上仍挂着笑。她一手握枪，一手伸向那男人裤裆，朝男人说：“它真能认我？”

“认得，认得，不信今晚就试试。”男人满脸淫笑。

“试你妈个头，去阴曹地府里与你老妈试吧！”丁香花不知是从哪儿借来的胆量，“砰”的一枪，子弹从那男子的太阳穴穿过，男子应声倒地，这一枪镇住了土匪，丁香花又走到了石堆上，看着面前面面相觑的众匪，她扯长了嗓子，“谁要再分李麻子的东西，与咱丁香花过不去，他就是你们的下场。”

过了好久，有土匪斗胆问：“李爷去了，谁在象牙山为头，我们可不能一日无主呀！”

“老娘！老娘今后领着大伙干！”丁香花说完转身跳下了石堆，钻进了山洞……

第十七章　厄运连连

丁香花在钻进山洞的刹那间，心里掠过一丝寒意。她怎么了？竟然稀里糊涂地答应了面前这帮乌合之众，当上了土匪山大王？冷静过后，她有些后悔，她毕竟只是个女流之辈，毕竟只在这个象牙山里待过两个月，毕竟没有经过烧杀淫掠的血腥场面。她能像李麻子那样叱咤风云游离于官场商贾之间？丁香花从一个水性杨花、卖弄风情，穿梭在男人间的女人瞬间成为了一个众匪吹捧的山大王。

她没有为阎老六考虑，没有为正在春风得意的官场情人刘怀宗想过，这个变化，就像她曾经唱过的戏一样，按照戏文的安排，主人公也开始了大起大落。可这不是戏，这是活生生的现实，她将面对的是五十多个扛枪的男人，她将领着他们去打家劫舍，领着他们去烧杀淫掠。

丁香花从来没有像现在这样受到尊重。五十多个扛枪的男人，只要她一声号令，他们都得为自己舍生忘死，直到拼尽全身最后一点力气。

丁香花上山为匪的消息传到了阎老六的耳朵，他没有吃惊，只是“嘿嘿”冷笑一声，这是他早已料到的事。她跟了李麻子就必定会有这样一个结果，他认为都是这个不平的世道逼着她去这样做。

不过，阎老六对丁香花还是有些眷恋，他们是多年的夫妻，一日夫妻百日恩，他不能这样丢下丁香花独自回到黄桥古寨，回到曾经带给他富裕的犁口铺子去勾画美好的未来。

老周领着老六上了趟象牙山，见着了已是威风凛凛的丁香花。尽管她腰插双枪，尽管她对身边的土匪们吆三喝四，从她骄横的影子里，阎老六还是看到了她留有戏子的痕迹。

丁香花见了阎老六不再像从前那样矫揉造作嗲声嗲气，说话的语气里夹杂着训人的匪气。她是他明媒正娶的女人，在男人面前她已经失去了女人的温柔和天性，只是冷冷地看着他，冲他说了一句："您来干什么？这不是您待的地方。"

"花儿，咱们的仇人已经没了，咱们有自己的家，回家吧！"阎老六几乎是在向丁香花哀求。

"回家？家在哪儿？是在黄桥还是在县城的虹桥，是在象牙山？我的家太多太多，您不会又把我当成礼品去送给别人吧？"丁香花没有表情，几乎是一种麻木状态在与阎老六对话。

"谁把你当成礼物了？你与刘怀宗，与李麻子都是你自愿的，怎么说成是我把你当成礼物了？"阎老六听丁香花说的反倒是自己的过错，他有些怒了。

"可在大牢里除了冯其良，就连一个小小的看守也敢在老娘的身上占便宜，你那时到哪儿去了？你能保护好你的女人？"丁香花愤怒地瞪着眼睛，像要看透阎老六似的。

"那时咱也在受难中，你不能因那事儿就……"阎老六没有再向下说，说一千道一万，他终归没有保护好自己的女人。可这一切又能怪谁？怪他阎老六，怪他的黄桥铺子，还是怪这个多事之秋的世道？

阎老六不再与丁香花谈论下山回家的事，他知道丁香花的脾性，认准了的事她是不会更改的，就是天大的变故她也不会改变自己当初的决定，就像她跟刘怀宗一样，直到与自己结婚后，还是与他保持着那种暧昧的关系。

“呃，夫妻本是同林鸟，大难临头各自飞！老六，咱们夫妻的缘分已尽，老娘已厌倦了在黄桥铺子的生活，老娘想换一种活法，做一回女匪首，做一次万人见了跪拜，众人拥戴的人上人。”丁香花咬着牙，蹦出了这句话。

“既然你主意已定，我老六也不再勉强你，你就好自为之，有空回黄桥看看吧。”阎老六几乎快要掉眼泪。

“去吧，我会回去看你的，谁要我们做过夫妻呢！还有我会帮你收拾阎家大院，会让你得到阎府的百亩良田。”丁香花虽然铁了心，可在真正要离开阎老六的节骨眼上，心软了，她想多少年来，她做过多少对不住面前这个男人的事，说这话的声音有些哽咽。

阎老六走下象牙山了，当那条下山的弯弯曲曲石板路上，阎老六孤单的影子落在她的眼里时，丁香花有一种失落，有一种孤雁单飞的惆怅。她站在高高的石堆上，目送着那个孤单的影子。眼泪悄然从她那稍有些红肿的双眼唰唰流了下来，这泪是咸是涩她无法分辨，她的心在隐隐绞痛着。

阎老六走了，他不会再来象牙山，这里留给他太多太多的恩怨与耻辱。他是男人，是一个具有血性的男人，女人跟了另一个男人，带给他人格上的欺凌，虽然没有爆发他的血性，可耻辱和怨恨会永远隐藏在他的心里，等待最佳的时机爆发。阎老六就是这样一种人。

阎老六离开象牙山，离开那几乎算是囚禁了他两个多月的小木屋，同彩菊走在回黄桥的石板路上，心情并不平静。黄桥已经久别了他，长河县城久别了他，他能重整旗鼓，吞并阎记犁铺吗？阎老六没有数。据石根说，县府斩首龙嗣斌和阎长坤的时间还有两天，这两天会不会又发生翻天覆地的变化？他有些担心，在这个世界上，瞬息万变的事情经常发生。总认为一定死在大牢里的自己，一夜之间逃离牢笼，并且重新获得了更好生活的希望。

石板路光溜溜，石根穿着一双草鞋走在前头，他肩上的担子不沉，只是阎老六与彩菊的生活用品。彩菊走路的速度很慢，在石板路上左右摇晃着，阎老六生怕彩菊摔着，扶着她两人并肩在石板路上行着……

阎府大院的上上下下，几乎在一种恐慌和悲哀中度过了七天。

麻禄福去了张公寨回来后，大院里的人每天在祈盼中度日如年。庭院十分冷清，参天大树的黄叶飘落四合院内的天井，瓦片上橙黄的落叶已经覆盖了屋顶。鲜红的月季花凋零得只剩下光秃秃的枝干。黄叶像雪花样在四合院的天井飘着，最终落在了屋脚的柱子边，风拍打着门窗发出“啪嗒啪嗒”声。

长河大街上的石板街行人稀少，街两旁的摊位仍然是空空荡荡的，秋风夹杂着细小的雨丝向墨黑的石板上扑去，将光洁的石板打上点点烙印。

石板街的西头，从县府大院的不远处传来震耳的铜锣声，锣声响过之后，便是一阵喊声，这喊声慢慢由远而近，街两旁的住户渐渐能听到喊话的内容。石板街两旁突然有了开门的声音，有人从门缝里探出头来，向喊声发出的地方望去。

石板街西头，一个身着警察制服的人自西往东一路敲着铜锣，扯着嗓子朝街两旁的住户大喊：“各位乡民，县警察局决定中午在西头操坪刑场处决匪首龙嗣斌、通匪要犯阎长坤、纵匪要犯冯其良，午时行刑示众！”“哐哐哐……”“各位乡民……”

街两旁人突然增多，无数双眼睛瞪着敲锣的人，人们在交头接耳，纷纷议论。

麻禄福身穿长衫，脚穿一双布鞋，在石板街上匆匆行着，在阎府大院的门前稍作停留后，望了一眼门前的那对石狮，长长地叹了一口气，“吁”地冲进了院内。

阎夫人舒氏坐在里屋，已经将白布缠在了头上，一身素装打扮。麻禄福的堂客也腰缠白布，她们神情自若，看来阎夫人早已有了心理准备。麻禄福来到阎夫人跟前时，她什么也不让说，只是冷冷地对麻先生说：“通知家仆们准备为老爷安排后事吧。”

“夫人，夫人，麻禄福不才，没能保住老爷，我该死，我有罪呀！”麻禄福说完，“哇”的一声哭了，双膝跪在了阎夫人跟前。

“起来，老爷生前是怎么教你的，咱们阎家大院没有软蛋！”阎夫人瞪着眼睛，看着麻禄福。

“夫人，我有罪呀！”麻禄福死活不肯起来。

“麻禄福，你给我听着，老爷在时从不把你当成外人，老爷走后，咱阎府上上下下就你一个大老爷们了，谁为老爷安顿后事？谁为阎府把持家业？想不到你是这样的软弱，你……”阎夫人说着说着流泪了。

麻禄福听阎夫人骂，终于明白了夫人不让他下跪、大骂他的原因。阎府家就是死也要死得惊天地泣鬼神。麻禄福擦干了眼泪，慢慢地站了起来，他在阎夫人面前自惭形秽，远不如一个妇道人家临危不乱。他看了看夫人：“夫人有什么吩咐，我麻禄福万死不辞。”

阎夫人稍稍擦了把眼泪，她看着麻禄福，“去吧，给老爷弄些酒菜，给咱家老爷送行。”阎夫人说到最后时声音很轻，几乎挨着身子才能听清。

“夫人，放心，就是掏了我麻禄福心脏，我也愿意这么干。咱给老爷备上最好的酒菜。”麻禄福说完转身去了伙房。

“回来，给他们准备三份！”阎夫人叫住了麻禄福。

“三份？”麻禄福疑惑地看着阎夫人。

“给龙嗣斌、冯其良他们也备上一份，他们都是因为咱们阎府的事受到拖累，临行前咱们也得送送他们。”阎夫人吩咐完之后，转向麻先生的老婆，要麻先生的老婆快去张公寨，在中午前把莲英和连军带到刑场见上他们爹最后一面，然后立刻送回张公寨。并且要她千万记住，不管这里发生了什么事，都不得留在长河城内。

崇山峻岭的山道上，一群带枪的人骑着马，飞奔向长河县城，为首的不停在马屁股上狠狠抽打，身后六十多匹马一路狂奔。最前头，身着长衫，头戴礼帽的正是张厚德，接着是一位身材魁伟的中年汉子，双眼炯炯有神，腰间插着两支二十响驳壳枪。

张厚德的衣服已经被汗水湿透。他一边在马屁股上抽着鞭子，一边回头朝身后的中年男子大声说：“志强，看来午时赶不到长河城了。”

“还有多少里地？”中年男子说话声音洪亮。

“八十里。”

“晃山的弟兄们都准备好了吗？”

“他们都在晃山脚下等着，只等咱们一到，他们一起出发。”张厚德十分焦急。

中年男子朝身后的马队大喊：“同志们，咱们再加把劲，还有八十里地就到长河城了！”中年汉子喊完，朝自己的马屁股上又是狠狠一鞭，然后冲马喊了声“驾”，就不再作声。

天阴沉沉的，马队通过一片密集的树林时，天突然下起了小雨，溜光溜光的石板路上，马队不得不放慢了前进的速度。

“志强呀，照这样的速度看来……”张厚德忍住了要说的话。

“看来什么？”中年汉子似乎明白了张厚德的心思，但他还是不禁要问。

“只怕是徒劳了。”张厚德很悲伤。

"同志们，路滑也得赶，就是摔死了战马，爬也要在午时前爬到长河城。"中年汉子向身后的马队大喊。

"队长，放心吧，我们就是爬也要爬到长河城。"身后的马队响应着中年男子。

马队又向前进发了，冲过树林，前面是高高的山峰，翻过那座山才是晃山，晃山离长河城里还有三十余里地，从晃山出发到长河城至少要一个多小时，下雨路滑，照这样的行军速度至少要两个多小时才能到达长河城。现在离午时还有一个半小时，能不能出现奇迹，就要看中年汉子了。

这中年汉子就是龙嗣斌在四川买枪时见过的那人，名叫舒志强，四川人，是带部队专与国民党政府对着干的，是在四川一带非常受贫苦人欢迎的人。

张厚德是早年与舒志强结交的挚友，张厚德就是舒志强在湘西发展的第一名党员。张厚德早就给舒志强介绍过龙嗣斌和阎长坤的情况，只因时机尚未成熟，才没有接纳他们为中共党员。龙嗣斌和阎长坤的遭遇舒志强心里难受，当他接到张厚德的报告后，立刻带兵赶往了湘西长河。哪知天公不作美，山道崎岖，下雨路滑影响了行军的速度，舒志强从张厚德的说话中，已经感到在这么短的时间内赶到长河城，并且在行刑前救出龙嗣斌和阎长坤几乎没有可能。事实上，舒志强屈指一算，也无法在警察局行刑前赶到长河。然而，他们来了，就要在长河城里亮相，让长河城里的百姓知道还有这么支队伍，敢公开与国民党腐败政府叫板。

雨越下越大，山高路滑，战士只得下马，牵马向山腰间爬去……

长河城操坪上人山人海，围观的人群将操坪围得水泄不通。操坪门前头扎着一个高高的台子，台上摆了两张办公桌，桌子用浅蓝色的布罩着，背后是国民党党旗和徽章，上方挂有写着"严惩土匪、通匪、窝匪首犯”字样的黑布白字横幅。

台子背后，三名五花大绑的人站在那里，刽子手荷枪实弹地站在三名要犯的两旁。

阎夫人和麻禄福身着孝装，手提篮子绕过人群走向台后。她看到了五花大绑的阎长坤，“扑通”一声跪在那儿：“老爷，老爷咱来看您来了！”麻禄福扶起阎夫人慢步走到了阎长坤面前，阎长坤眼睛红红的。他冲夫人说：“夫人，咱们夫妻的缘分已尽，带好孩子，把孩子养大成人，长坤在九泉之下谢您！”阎长坤单膝下跪，朝夫人叩首。

“老爷快别这样，您安生去吧！等儿子长大后为您报仇雪恨！”阎夫人猛扑向了阎长坤。

“走开！走开！”李志明来了，看到一个穿孝装的女子扑在阎长坤的身上，忙冲看守的警察喊。

“老爷，可能等不来救兵了，张德厚带的人路远，一时半会儿怕是赶不来了。咱一个妇道人家救不出你们，就算咱欠上您阎家的一笔重债吧！”阎夫人伏在长坤的肩上悄悄地告诉阎长坤。

“夫人，孩儿送给张兄照管，当心刘怀宗、李志明他们下毒手，保住他们，就是保住了咱们阎家的根呀！”阎长坤告诉夫人。

“快赶走他们，不能让他们说话呀！”李志明再次警告看守阎长坤的警察，三名警察走上前，将阎夫人强行拖开。

阎夫人抹了把眼泪，从篮子里取出酒菜，在小盅里倒了酒，端了起来，然后往地上一倒，冲阎长坤：“老爷，这杯酒是我替您敬给地神，在您西去时打通正道。”接着，夫人倒上了二杯，她双膝跪地，双手端杯，高高举过头顶，她大喊：“老爷，您冤枉地成了他们的刀下鬼，我敬您一杯壮行酒，到阴曹地府里您寻仇人，捍我阎府。”

阎长坤低下头，将嘴凑到夫人高举的酒杯上，一饮而尽，然后，

“哈哈”大笑，冲围观的人说：“老子二十年后又是条好汉！”

“老爷您就放心地去吧！”

“老爷，我就是做牛做马也会服侍好夫人和孩子的！”麻禄福跪在阎长坤跟前。

“麻先生，咱一生中最对不住的就是您了。您老了，还在为我阎府尽心尽力，咱对不住您呐。”阎长坤泪水纵横。

“老爷快别这么说，是我无用救不了您，是咱的罪过呀！”麻禄福朝阎长坤叩了三叩，然后站了起来，为阎长坤整理衣服。

“龙侠士，您是咱阎府的大恩人，咱今生今世忘不了您的恩德，请受大嫂一拜，喝了这杯壮行酒，转世还是一条顶天立地的汉子。”阎夫人给龙嗣斌行过礼后，将酒送到龙嗣斌的嘴边，龙嗣斌二话没说喝了夫人端来的酒，当夫人快要离开他的时候，龙嗣斌叫住了阎夫人：“大嫂，小弟有一事相求。”

“说！别把嫂子当外人，我早已把您当成了我的亲弟弟了。”阎夫人泪水涟涟。

“小弟孩儿还小，我这一去就永远无法照顾他了，他母亲去世早，如能不嫌弃我龙嗣斌山匪出身，我替孩儿向阎府求亲，让他们结成连理，为父报仇。”

“小弟，您的话大嫂记在心上，您就放心去吧！”阎夫人向龙嗣斌再次行了礼。

麻禄福给冯其良敬完酒后，将酒瓶摔烂在地，他告诉冯其良阎府不是孬种，不会让他们白死的。

这时台上的杨春已经坐在了主席台上，主持会议的是刘怀宗，他扯着嗓子向围观的人喊“安静”，会场顿时鸦雀无声。杨春开始讲话，就在杨春演说快接近尾声的时候，一名警员匆匆地从外面跑上台，在刘怀宗的耳边说了几句话后，刘怀宗问了句：“还有多远？”

警员答道："还有五里地的样子！"

刘怀宗向杨春报告了情况，杨春脸色突变，冲刘怀宗说："立即行刑！"

"是！县长！"刘怀宗站了起来，杨春这个时候走下了台，他叫上了李志明如此这般地交代了一会儿后，溜出了会场。

刘怀宗站在台上，向围观的人群宣布了几条禁令后，大喊："午时已到，将山匪龙嗣斌、通匪首犯阎长坤、窝藏首犯冯其良押上刑场，插上斩牌就地处决！"

六名刽子手押着身后被插上了斩牌的三名重犯走上了台，这时围观的人群一起下跪，他们高喊："阎老爷，龙侠士你们走好哇！"

"爹！""我要爹爹！"人群中两个小孩冲台上哭喊，麻先生老婆死死抓住莲英、连军不放。阎长坤冲喊他的声音望去，大喊："听妈的话，给爹报仇呀！"

"行刑！"刘怀宗向刽子手们下达了执行命令。

"砰！砰！砰！"三声枪响，台上三名五花大绑的男子重重地倒在了台上，鲜血从胸口上汩汩流出。台下小孩喊爹的声音在上空久久回旋。

"刘探长，山匪已经冲过来了，怎么办？"正在发愣的刘怀宗突然惊了一下，然后冲向他报告的警员："队长呢？"

"报告，李队长已经半途拦截去了。"

"快带上警局的宪兵队，封住进城的路，让他们休想进城一步！"刘怀宗快步走下了台，向他的下属们指手画脚的。

围观的人群见刘怀宗他们草草处决了阎长坤他们，料定会有人来劫法场。他们从刘怀宗的神态和杨春的匆匆离去，已经猜出劫法场的人已经离这儿不远，于是，法场上大乱，围观人群四散逃离。

正在法场混乱的时候，长河大街通往县城的东头响起了枪声。

麻禄福估计是张厚德已经带人赶到了县城，与县城的宪兵队干上了。阎夫人处在万分悲痛之中，她抱住阎长坤的头，没有哭，只是用手帕为阎长坤擦着脸上的尘土，莲英和连军冲上了台，跪在爹爹身前，哭喊着爹爹。麻禄福和堂客跪在长坤尸体前看着夫人，还是麻禄福清醒，他冲夫人说："夫人，老爷的话您要切记呀，阎府大院可不能没有根呀！您快带孩子走，老爷的后事我来安排。"

阎夫人一半清醒一半痛苦地对孩子说："莲英、连军听妈的话，记住这一天，快去张伯家，等妈为你爹办完后事妈再来找你们！"

"妈妈，我们不走，我们要为爹爹守灵尽孝！"莲英和连军不肯走，他们舍不得离开爹爹。

东头的枪声越来越响，到了最为紧张的关头。阎夫人叫了声麻先生老婆，让他带莲英、连军快走。

"麻先生赶快去通知张掌柜的，人已经死了，不要让他们再拼命，等日后寻仇吧！"阎夫人没有糊涂，他想到了张厚德的处境。

"夫人您？"麻先生迟迟不肯离去。

"快去，不然就来不及了！"

"是，夫人！"麻先生转身走了。

麻先生走后不到半个小时，东头的枪声渐渐稀少下来，没过多久，东头不再有枪响的声音。

麻先生找了一帮人，将阎老爷和龙嗣斌的尸首抬回了阎府大院。当麻先生他们刚安排好老爷的遗体后，县城的上空响起了刺耳的警报声，这是城里戒严了，可能是因刚才枪战的事，警察局和宪兵队又要挨家挨户来搜查山匪了。

麻先生的老婆匆匆来到了老爷的灵堂，她拉了一下麻先生的衣角："莲英、连军他们送不出去了，出城的各个路口都被他们封断了，快想法子吧！"

“要你快点让莲英、连军他们看老爷一眼就走，你就是不听，让夫人听到了又该多伤心！”麻禄福有点怒了。

“您吼啥？他是莲英的爹，您不让他多看一眼？您好，守在老爷的身边看个够，过几天老爷就没了，再也看不到老爷了，谁不想多看他一眼。”麻先生老婆边说边哭。

阎夫人在里屋听到了麻先生两口子的争论。“麻先生不要怪她，现在封城了，孩子们是出不去了，快去给他们领回来，晚上再想想办法。”阎夫人有气无力地向麻先生喊着。

“哎！我这就去。”麻先生奔向了院外，去寻莲英、连军俩。

阎府大院哀乐回旋，大院内因设灵堂成了一片白色。大堂内两副漆黑的棺木放在堂屋中央，阎夫人说，龙嗣斌是因自家的事而落难，不能将他抛在野外，于是将龙嗣斌的遗体排放在那里。唢呐的哀乐催人泪下，道士的超度揪人肚肠，在灵前的人个个长跪于灵前，低声地为失去的亲人而泣，哭得最为伤心的莫过于莲英和连军。头戴的孝布被泪水浸了个透，声音也哭得嘶哑。

阎长坤因通匪而死，加上又有龙嗣斌这个山匪的遗体放在阎府，来吊唁的人少而又少，不是阎长坤挚交的好友和商人，别人是不敢来的，生怕到阎府沾上通匪的名声。

接近傍晚的时候，阎老六来到了阎府门前，被麻先生拦在了门外。阎老六装着一副可怜兮兮的样子，冲屋内的阎夫人大喊：“婶子，就让侄子给叔尽一次孝道吧！”

“滚！给我滚远点！”阎夫人勃然大怒，冲门外的阎老六大骂。

莲英和连军各拿了一根扁担冲在门口，朝阎老六砸去。阎老六厚颜无耻地冲着大院说：“婶，咱好歹也是阎府的后代，如今叔去了，阎府不能没有掌门人哇。再说了，当年叔就像现在一样收养了我，我不能不记他的恩情呀！”

“你给我住嘴，猫哭耗子假慈悲，恩情？你也敢在你叔的灵前谈恩情，你叔早知道，当初非宰了你不可，不知好歹的白眼狼，给我滚远点！”阎夫人走到门口痛骂了阎老六一顿。

“婶，那是过去的事了，现在此一时彼一时，阎府这么大的家业总不能去让外姓人去打理吧！”阎老六死乞白赖地赖在门口，看来不进得灵堂他是不想走的。

“麻先生，给我找些人来，把这个无赖之徒给我轰出去！”阎夫人转身进了灵堂，脸被气得发青。

莲英和连军用扁担朝老六打去，麻先生找来几个人，手抄家伙一阵乱棍，阎老六才跑向大街。

傍晚时分，阎长坤邻居悄悄来到阎府，告诉阎夫人，警察抓不住下午劫法场的那帮人，非要在城里挨家挨户搜查。有士兵透露说，他们要斩草除根，不能让阎府留下后患，这分明是冲着阎府的两个孩子来的，让孩子们快找个地方躲上一阵子，等风声过了再回到阎府来。

阎夫人听了邻居的话突然想起了刑场上长坤交代自己的一件事，于是喊来了麻先生，麻先生听夫人吩咐后左右为难，县城各个要道都有重兵把守，只能进城，不许出城一人，阎府的人又是重点盘查对象，谁又能将这两个孩子安全送出长河城呢！

天黑了下来，麻先生很是着急，他没有寻到送出莲英和连军的好方法。就在这时，邻居又来报，警察局的已经搜到了中街了，再想不出办法来恐怕孩子们要受到连累了。

门外来了个大汉，麻先生与那大汉说了声就将大汉领进了灵堂，来人在阎长坤的遗体前跪拜后，又在龙嗣斌的遗体前下跪。拜完后才来到阎夫人跟前，阎夫人借着灯光才看清是张厚德。张厚德向夫人施了礼后，说了句：“夫人，我们来迟了，我对不住阎兄和嗣斌老弟呀！”说完他抬头放声痛哭。

麻先生走过来冲张厚德说：“张掌柜，现在不是哭的时候，还有当急的事要办呢。”麻先生拦着张厚德走出堂屋。

“都什么时候了，您还往里钻，警察局不正在寻你们吗？”麻先生责备张厚德大意。

“麻先生放心吧！他们暂时还不知是我带人干的。”张厚德不以为然。

“他们连几岁的孩子也不放过，很快就会搜到阎府，莲英、连军还在这里，县城的通道又被封了，真是急死人了。”麻先生说。

“放心吧！走水路，那儿安全，不会出事的。”张厚德拍一下麻先生的肩，然后吩咐麻先生准备好两个孩子的生活用品随后立刻启程。

莲英和连军在爹的遗体前最后看了一眼，用嘶哑的声音告诉他们爹，两人长大后一定杀了警察局的那帮坏蛋为爹爹报仇。张厚德为莲英、连军脱了孝服，换了一件褴褛的衣服，拉着他们俩一步三回头地走出了阎府大院。

小雨在淅沥沥地下，码头上点着火把，宪兵队的几名士兵站在那里。张厚德让莲英、连军蹲下，他看了一会儿后，带着两个孩子悄悄离开码头，朝上游走去。在离码头约二百米的地方，张厚德停了下来，就从那条小路下到了江边。

一艘渔船停靠在江边，张厚德将两个孩子送进船舱里，然后要船工开船。

撑篙的声音惊动了码头的士兵，士兵冲上来，朝离岸的渔船大喊：“什么人，把船靠过来检查。”

“老总，咱就是城里打鱼的，天天在河里捞鱼，就别麻烦你们检查了。”船工不是别人，是黄进财。他对打鱼这工作很熟，晚上打鱼的船江边有的是，想必这些士兵不会注意。

"打鱼？打鱼也不行，上面有令。所有走动的人员全得盘查。"岸上的士兵推动了枪机。

"兄弟算了，这打鱼的船满江都是，你能查得过来吗？再说了听那口音是城里人，让他们去捞鱼去，人家可是靠打鱼生活。"

黄进财听岸上的士兵说，心里觉得有戏了。他冲岸上的士兵说："老总，还要上岸检查吗？"

岸上的士兵骂道："去去去！少在那儿添乱！"

"哎，谢谢老总了。"黄进财猛撑篙，将船送到了江心。

张厚德领着孩子刚离开阎府大院，李志明带着一帮人就冲进了阎府，他们在阎府翻了个底朝天后，见没发现什么可疑人才收兵回去。阎府再次遭到惊吓后，又开始响起低哀的唢呐声。

警察局大院内热闹了一阵之后，刘怀宗和李志明坐在会议室的主席台上，杨春戴着礼帽穿着笔挺的中山装向会议室走来，身后是群手握长枪的宪兵，那样子俨然一个军统的高级官员。

杨春摘下礼帽，坐了下来，他拿出了份文件，向全体成员宣布一项决定，决定对剿匪有功的刘怀宗、李志明记功一次，并批准刘怀宗为长河县警察局局长。当杨春将两枚勋章戴在刘怀宗、李志明的脖子上时，全场响起了掌声。

刘怀宗盼望已久的愿望终于实现了，他高兴得像喝了杯五百年陈酝的美酒一样，甘醇得回味无穷。

在刘怀宗高兴时，李志明感到了失落，感到了遭人愚弄。长河县城剿匪，是他李志明任剿匪队长，按说头功应由他李志明享受。可事儿背道而驰，头功给了刘怀宗不说，局长的位置让他轻而易举地占了，从此，他又可以站在自己的上方向他发号施令。

人在烦心的时候最怕有人打扰，李志明在家闷了几天，他不想理刘怀宗。他敢与刘怀宗较劲那是因为刘怀宗是踩着自己肩膀上去的，他向自己发号施令，这刘怀宗也太阴了点，怪不得阎长坤、冯其良他们对刘怀宗这么恨之入骨，就连一向求着刘怀宗的阎老六也对他不是那样感冒。

如今李志明为刘怀宗扫去了障碍，刘怀宗对他还是那样不冷不热。他最看不惯的是刘怀宗在他面前拿局长的架子，有事无事地对他发号施令来体现他手中的特权。李志明想到这里就恶心，恶心得想吐。刘怀宗的勤务兵已经在门口叫了几次了，他说自己不舒服搪塞了事。刘怀宗不亲自来请他，他就不给他这个面子。李志明估计错了。到了晚上，刘怀宗喝得酩酊大醉后指着李志明鼻梁骂，说李志明给他脸色看，让他在县长面前丢脸。

李志明才懒得理他，自己关上门上街溜达去了，弄得刘怀宗碰了一鼻子灰。

刘怀宗与李志明的矛盾加深了，就从那次县长请客起，他们就走不到一起。然而，刘怀宗自然是局长，上面还有县长护着，他李志明又奈他何？日子就这样挨着过，反正他们井水不犯河水。

阎老六在黄桥与彩菊拜堂成了亲，这事丁香花不怪，谁让她自己在象牙山成了山大王？对阎老六，丁香花说心里话还心存感激之情。尽管阎老六缺少像李麻子那样的胆量，但他终归从戏班子里把她赎了出来，不顾刘怀宗和阎长坤的反对，居然大张旗鼓地与自己结婚成家，从爱情这点看，阎老六与自己是真心相爱的，随后他睁只眼闭只眼地让自己同了刘怀宗，然后又同了李麻子，阎老六只是发发脾气，指甲尖儿也没碰自己一下。这样的男人长河城里怕是难得找到，他与彩菊好了，那是他们的缘分。这年月有钱的说上个三房六妾到处可见，何况自己待在这象牙山上，不兴别人找了？

丁香花想到这里，寻思着找一个合适的机会去一趟黄桥古寨。

阎老六从阎府被阎夫人骂了个狗血淋头回来，他没觉得自己受了委屈，他高兴的就是这妇人骂破了天，阎府也得迟早完蛋。等到那一天，他阎老六去给阎府收场哟。

阎老六在家里平息了几日后，他大操大办地在黄桥与丫环彩菊成了亲。酒席办了十几桌，请帖发了几十张，到开饭的时候就来了二十几个人。阎老六心里不快，要说阎长坤和龙嗣斌在世时他们不来给阎老六凑热闹还算说得过去，可如今，这黄桥，这长河县做犁口铺子生意的仅此他阎老六，怎就没人给他面子？

阎老六喝了个酩酊大醉后，朝天骂了一通娘，然后呼噜着睡到第二天中午。

要说黄桥古寨与阎老六阔别了两个多月后，有些变了的话，那就是变得让阎老六有些陌生。是黄桥不认了阎老六，还是阎老六不认得黄桥？黄桥寨子的人不认他阎老六，还是阎老六不认得他们？他不知道，也分不清是对还是错，他不需要弄清这些，只要能在黄桥，在长河县过上舒坦的日子就行。

丁香花来了黄桥，给阎老六送过了一些礼物之后又去了象牙山。她交给阎老六一句话，说他想从阎长坤那儿得到什么，由他阎老六说了算，半月内她去给阎老六弄百亩良田，收了他家的犁口铺子。

阎老六相信丁香花这话，她能做到，因为她身后有刘怀宗给她撑着，现在刘怀宗是警察局局长，闹他阎府个天翻地覆还是易如反掌的事。

阎老六也算是一个有心计的人，他不急着去阎府大院索要什么。在他看来阎府大院的那摊子迟早会归了自己，他又何必太急呢。于是他静观其变，想袖手旁观地看着阎府大院慢慢瓦解，慢慢从长河城里消失，直到他愿意，想要阎府大院时为止。

春去春又回，花开花又落。几年过去了，长河县城的犁口生意虽然没有前几年那样兴隆，但阎记犁铺在麻禄福的掌管下，还是占据了湘西的半壁江山。

黄桥阎老六家虽有些红火了，阎老六可并不满足。长河城里的犁口生意按理说应该正是阎老六红火的季节，阎长坤去了该轮到他阎老六了。可是，生意没有像他所想的，大部分店铺就像吸上鸦片成瘾一样，仍然只认阎记犁铺的货，这使阎老六大伤脑筋。

阎老六去了象牙山。去象牙山干什么，只有阎老六和石根知道……

第十八章　戏子匪王

刘怀宗干上了警察局局长后就一直没有见着丁香花。他听李志明说，丁香花不愿离开象牙山，在象牙山为了匪。刘怀宗的本意是让丁香花上山避过冯其良一阵之后，借李麻子的势力保护她。哪承想她还真的当上了土匪，竟然连阎老六也甩了。

在长河城里刘怀宗不敢四处拈花惹草，他的堂客就像一头母夜叉，终日陪在他的身边。这女人也会狐假虎威，很多事她还做了主，弄得刘怀宗在别人面前很尴尬。不出一年，刘怀宗对丁香花有了思念。

最懂刘怀宗心事的李志明看出了几分刘怀宗的心事，他暗自高兴，猛然想到了刘怀宗还有丁香花这个软肋，他暗地里差人去了象牙山。丁香花也顺了李志明的意，卖了李志明一次面子，去了县城虹桥那栋吊脚楼，在那里与刘怀宗厮混了一个晚上，第二天便又回到了象牙山。

丁香花卖了李志明的面子，也不是白干。与刘怀宗重温旧梦带有目的，要说以前跟了刘怀宗那是她丁香花心理上的需求，满足自己的空虚。现在丁香花离开了黄桥古寨，来到象牙山已经与世隔绝，生意上的纷争对她没有丝毫的意义和兴趣，人生最大的耻辱莫过于蹲过大牢，她蹲过大牢，这是她一辈子无法忘记的，而且是深深烙在她心里的一个烙印。她要让把她关进大牢的人得到报复，得到惩罚。她去了县城那栋吊脚楼，她又一次与刘怀宗睡在了一起。

李志明同刘怀宗答应了丁香花，只要她不在长河城里四处掠夺，只要她不四处杀人放火，警察局允许她的存在。

即便是这样，丁香花也感到上山为匪的艰难，感受到当年李麻子上山为匪的艰辛。丁香花理解李志明和刘怀宗，尽管刘怀宗干上了局长，可他的上头还有杨春，仍然人在矮檐下。当丁香花思量这一切，回首经过的那番风雨人生时，她潸然泪下。

洞口的哨兵进洞来报，说石根带着阎老六来了。丁香花抹了把眼泪去见阎老六，她还吩咐伙房好酒好菜上了一桌，同阎老六痛喝了一顿。

阎老六酒过饭毕，打着酒嗝求丁香花帮他收拾阎记犁铺。阎长坤死了，冯其良被铲除了，这要霸占阎记犁铺还不是轻而易举的事。丁香花曾经给阎老六夸过海口，要帮阎老六收拾阎记犁铺，要了他家的百亩良田。现在阎老六开口了，看在过去夫妻的分上，她满口应承了下来。怎么去做，丁香花有些为难，她总不能带人去强行霸占阎记犁铺，那样让刘怀宗在长河县城里交不了差。

想了好一阵，丁香花终于一笑，将嘴凑到阎老六的耳边，说了好一阵，只见阎老六的脸慢慢露出了笑。阎老六带着石根下了山，一路上鬼哭狼嚎似的唱着山歌。

时至深秋，金黄的树叶像雪花样飘散落地，树枝成了光秃秃的枝干，好一片萧条凄凉。

阎老六带着石根来到县城，在阎记犁铺前稍停了一会儿后，摇了摇头，推门进了阎府大院。麻禄福见又是阎老六，忙摸起扁担拦在了四合院门前，冲着阎老六：“你再敢往前跨一步，我就打断你的腿！”

“哎！你这是何必呢？我又不是土匪，好歹还是阎家的后代，现在我叔没了，来看我婶，你拦在中间，莫非你想吞了我阎府的财产？”阎老六真是无耻到了极点，口口声声在麻先生面前称“我们阎府”。

麻禄福瞪着阎老六，指着他的手在发抖：“你……你无耻！”

“无耻？谁无耻？我看无耻的倒是赖在阎府不走的人。”阎老六朝麻禄福骂了一句，直接进了四合院，他边走边朝院内喊：“婶子！婶子！”

阎夫人听到阎老六的声音就气：“阎老六你真要将我们阎府里的人斩尽杀绝是吗？”

“哎哟我的婶子！我阎老六好歹也是阎府后代，就你住着的这四合院也是咱祖上的产业，咱们是一家人，我有这么坏吗？”阎老六嘴里含着金烟斗，一副地痞的样子。

“有事快说，有屁快放，少给我阎府沾上晦气！”阎夫人看也不看阎老六，只当阎老六不存在一样。

阎老六在阎夫人旁边的凳子上坐了下来，左右瞧瞧，然后又在那支宝贝烟斗上添了些烟丝，划了根火柴，吞云吐雾吸了一阵。之后才慢吞吞地说：“婶子，大叔一去，阎府大院啊就显得萧条了许多，我又是阎府的后人，看着心痛啊！”

“少在这儿说屁话，我眼没花，心里明白，你在这猫哭耗子假慈悲什么？”阎夫人看阎老六说话的样子真是气得不行，可阎老六就是赶也赶不走，拿他没有半点办法可施。

“可我告诉你一个坏消息，山上的丁香花却想收了你这阎府大院和犁口铺子，还有你那百亩良田啊！”阎老六终于说出了来阎府的目的。

“只怕是你在打阎府的主意吧，我告诉你，不管是丁香花还是你阎老六都休想！”阎夫人站了起来，她想冲上去给阎老六几个耳光，让他知道面前的女人也敢教训他。

“婶子，她可是山上的土匪呀！这万一惹急了，还不把弟弟妹妹怎么了？到那时就来不及了。退一步海阔天空，你又何必守着这份家业，拿自己的儿女生命开玩笑？”阎老六他不怕阎夫人发怒，自个儿磕磕烟斗的烟屎，说话也是声轻意重。

“你们欺人太甚！”阎夫人终于忍无可忍，“啪”的一巴掌落在了阎老六的脸上。

阎老六挨了一巴掌，不但不怒，反而朝阎夫人“嘿嘿”冷笑了两声。然后站了起来，冲阎夫人嬉皮笑脸说：“婶子打吧，打了我会让你后悔的。你想丁香花如今可是土匪婆子，她可什么事都能做得出来的，我看你不要敬酒不吃吃罚酒。”阎老六脸沉了下来。

“阎老六你给我听着，我就不信天底下没有了公理。”麻禄福朝阎老六吼着。

“公理？我阎老六多年来生意就一直被你盖着，阎府的产业我阎老六父亲也有一半，谁给我阎老六公理了？我说婶子，你得想想，如今不比从前了，护你的警察局局长死了，丁香花与刘怀宗是什么关系你也清楚，我可把话说明白，到那时我看由不得你，不如做一个人情，看在我阎老六的面子上，他们要什么就给他们什么，我可是为弟弟连军着想啊！”阎老六冲麻禄福看了眼，说话的声音不阴不阳的。

“你敢打我儿子的主意，我就跟你拼了！”阎夫人抡起扁担朝阎老六砸去，阎老六把身子一偏，扁担落空。

阎老六退了几步，从身上掏出一沓白纸，仍然不想走。他停了停后，将那沓白纸放在了桌上，转身走了几步，过后回过头朝阎夫人说：“婶子，这契约我已经给你拟好了，同不同意是你的事，我倒希望不要把事情弄复杂哟！”说完阎老六吹了一声口哨走了。

阎府还真是屋漏偏遭连夜雨，行船却遇迎头风。阎长坤离去不到两年，阎老六就上门打起了阎府大院和百亩良田的主意。阎夫人和麻禄福他们伤心，伤心得连老天爷也要为他们掉眼泪。阎府大院的人虽然不多了，可上上下下的人都为阎夫人担心，他们担心的不是怕阎夫人将这大院和犁口铺子给了阎老六，他们是在为连军他们姐弟俩的安全考虑。阎老六已经把话挑明了，阎府不答应他的条件，他会让土匪找警察局出面收拾他们阎府。

阎老六知不知道阎连军和莲英的隐藏地点？从阎老六的口气中，阎夫人看得出他们已经知道了他们姐弟俩藏在张公寨，他们可是阎府大院的后人，就是死也要保住他们成人。家产可以给，那些都是些身外之物，等他们成人之后，再计议财产的事。阎夫人想到这里，她拿起了桌上那沓白纸，翻开看了看，那是阎老六写的契约，大意是要买阎府大院和犁口铺子还有百亩良田，他出价是三百块大洋。

看来事情没有周旋的余地，阎老六肯花这么大的精力来经营这事，他达不到目的是不会善罢甘休的，况且他一贯心狠手毒。阎夫人看着麻禄福，麻禄福也拿不出主意来。

阎夫人突然眼睛一亮想起了张厚德："麻先生陪我去趟张公寨。"

"好嘞！我现在就去备轿！"麻先生转身要走，被阎夫人叫住了："走路去，坐轿目标太大了。"

"是！夫人。"麻禄福去收拾行李去了。

张厚德的家里先是热闹了一番，连军围着母亲闹了阵之后，阎夫人向张厚德说明了来意。

自从舒志强劫法场未果后，警察局对张公寨产生了怀疑，刘怀宗已经把张公寨列为了剿匪队调查的重点，张厚德的行动受到了很大的影响，就连莲英、连军他们都很少出门，以防被剿匪队的便衣发现。

如今一波未平，又掀起一波。阎老六将手伸向了阎府大院的产业，这让张厚德感到棘手。象牙山丁香花的势力渐渐在扩大，晃山黄进财的队伍又跟了舒志强去了四川，那是远水救不了近火。一旦阎老六达不到目的，那莲英、连军他们恐怕随时都有危险。张厚德通过深思熟虑后，建议阎夫人放弃阎府产业，保全莲英和连军。

张厚德的话让阎夫人听了吃惊，可又拿不出比放弃还要好的办法。俗话说留得青山在，不怕没柴烧。只要儿女们有出息，再过几年后，收回自己的产业。

阎夫人去张公寨不仅是因阎老六要霸占产业的事，她去张公寨还有一个目的，龙嗣斌在刑场的最后一刻跪求将莲英许配给龙永生那一幕终生难忘。阎夫人主意已定，请张厚德保媒将莲英许配给龙永生。张厚德心里自然很乐意，莲英也有十五岁了，在湘西也到了谈论婚嫁的年纪，可现在刘怀宗和丁香花他们正愁找不到莲英的下落，这时为他们举办订婚仪式恐怕不太现实。阎夫人很理解张厚德，她说只要张厚德保媒，在龙姓族人和祠堂里说清楚莲英许配给了龙永生就行，并非要举行什么仪式。张厚德想了也是，这个时候也没什么讲究可言了。

第二天一早，张厚德便去了龙嗣斌的村子龙潭溪，他找到了龙潭溪的保长说明了阎夫人的意思，保长很开心，说他们这么多年与阎府关系非常不一般，阎府这时落难他们应该伸手，况且对龙家的子孙也是一件好事，他愿意帮这个忙。可保长有点为难，他说龙永生现在不在家，同黄进财去了四川，这订婚仪式怎么办？张厚德说就按这里的规矩，明天在祠堂里让大伙知道就行。

龙姓祠堂里十分热闹。六十多位乡亲来到了祠堂，他们是来给龙、阎两家助势的。昨天晚上保长说阎、龙两家要结亲，大家个个都争着来祠堂见证。保长在列祖列宗的牌位前烧了香纸后，从门外的鸡笼里抓起那只大红公鸡，将公鸡罩上红布，然后在牌位前捧着公鸡鞠了躬，随后向在场的乡亲们宣布，阎、龙两家正式结亲，莲英以后就是他们龙家的媳妇了，以后谁要是对阎府不尊，龙姓定以死相拼。

从张公寨回到长河县城之后，阎夫人就一病不起。麻禄福按阎夫人意图逐步将阎府内的财产向外转移，能拿的全部转移到了晃山。阎老六在黄桥等了半月后，仍未见阎府有人回话，他说出去的话是泼出去的水收不回的。既然契约都给他阎府拟了，就得用行动去兑现他的话。阎老六想了一个妙招，他再次去了象牙山找到丁香花，丁香花看在多年夫妻分上，答应了阎老六。

冬日的太阳落山早，在六点钟样子山林间就已断黑。山间的石板路上，一群人打着火把，肩扛长枪急急忙忙地朝长河城开去。深夜，长河城里格外宁静，石板街两旁的灯全部熄灭。突然大街上的狗叫声一阵高过一阵，夜行人丢掉了火把，跑向阎府大院。不到几分钟，阎府大院被围得水泄不通。

“开门！”“嘭！嘭！嘭！”阎府大院响起了猛烈敲门声。

“再不开门老子就砸门了！”门外的人像是等不及了，有的已经开始用枪托砸门了。

麻禄福早就听到了砸门声，他跑到了四合院的房里，叫醒了阎夫人，让阎夫人从后门逃走，避过一阵子再说，阎夫人打开后门，门外几条黑影在来回晃动，她已经被外面的人堵住了去路。阎夫人关上门，走回到了堂屋，她点上了灯，朝麻先生：“开门！”

“这……”麻禄福有些迟疑。

“是福不用躲，是祸躲不过！”阎夫人昂然坐在堂屋中央。

麻禄福拉开门闩，一帮端着长枪的男人冲了进来，他们什么也不说就在屋子里翻箱倒柜的。不过一会儿，披着红披风，脚穿高跟马靴，腰插双枪的女子走进了阎府大院。这女人走到四合院后，冲堂屋中的阎夫人笑了一声，那笑声在屋子里显得恐怖阴森。随后她冲阎夫人说："阎夫人，这大院住着够舒坦，怪不得阎老六想着这宅子。"

"丁香花你不要欺人太甚，终有一天你会遭报应的。"阎夫人一字一句。

"报应？你抢了黄桥阎老六的犁口生意，把铺子都摆在人家家门口，多少年你弄得阎老六家鸡犬不宁，你就不遭报应？"丁香花冲着阎夫人，简直是歇斯底里。

"夫人少与这土匪婆辩理，大不了拼个你死我活！"麻禄福手里抄一根扁担，护在阎夫人身旁。

"司令，这老婆子早就将所有东西转移了！"一位头缠黑色丝帕的土匪在丁香花面前报告。

"嗯"，她随后哈哈大笑起来。接着丁香花从裤兜里掏出一沓纸，递给麻禄福："麻先生你是认字的，将这个念给夫人听听！"麻先生瞪了一眼，接过了那沓纸。

"念！"丁香花猛地抽出了腰间的枪，对准了麻禄福。

"念！"阎夫人看了看麻先生。

麻先生打开了那沓纸，看了看："夫人，是阎老六的契约！"

"念！"阎夫人瞪着丁香花仍要麻禄福念那份契约。

麻禄福不知夫人何意，只得念完阎老六草拟的契约。

阎夫人忽地站了起来，一字一句地骂丁香花："你休想得到阎府的半点产业！"

"夫人，此一时彼一时，河东河西三十年，风水也该轮流转。你们一家子占尽了祖上的风光，阎老六也是阎家的后代，他也有权得到这份家产，况且他还花钱从你的手上买呢。”丁香花双眼瞄着自己手中的枪。

“放屁！”阎夫人一跺脚，朝麻禄福喊道：“麻先生一把火把阎府大院给我烧了！”

“是，夫人！”麻禄福就要动身。

“慢着！”丁香花拦住了麻禄福。“想死！”丁香花枪顶住了麻禄福，逼着阎夫人：“答不答应？不答应他就是第一个死在这屋子里的人，我可不想让这老宅子染上血迹啊！”

“你不得好死！”阎夫人愤愤地骂着丁香花。

“快说答不答应？否则连你儿子性命难保！”丁香花与阎夫人争理，握在手枪扳机里的手指在慢慢地向后扣动。

阎夫人见丁香花真是红了眼，再这样僵持下去，麻禄福的生命恐怕难保了。于是，阎夫人慢慢地打开了丁香花带来的契约喊：“拿笔来！”

“夫人你可千万使不得，千万使不得啊。那可是阎老爷大半辈子的心血啊！”麻禄福在那儿阻止正要签字画押的阎夫人。

“多嘴姑奶奶一枪崩了你！”丁香花的枪口顶在麻禄福的头上。

阎夫人在那张契约上签了字，在名字上按了手印。丁香花哈哈大笑一阵过后，收起了那张契约，然后朝身边的那土匪喊了声，那土匪将三百块大洋放在了桌子上。丁香花才收起了枪，手一挥，众匪撤出了阎府大院。临走时，丁香花朝阎夫人冷笑一声：“想不到堂堂阎府也有今天！”

“我 × 你八辈子祖宗！”麻禄福见丁香花已经走出了大门，朝门外骂了一声……

张厚德何曾想到曾经在长河县城名扬一时的阎府，这么快就被丁香花一伙土匪给逼得家破人亡。张公寨已经不是阎府人的久留藏身之地，他得想办法将莲英和连军他们送出去，他们可比任何人都重要。送哪里才安全？张厚德想了很久，最后同阎夫人商量决定去四川黄进财那里，丁香花和刘怀宗他们不会追至四川。

阎夫人给麻先生夫妇俩发了一些钱，让他们回家安度晚年。麻禄福夫妇跪在地上，泪流满面，在张厚德的一再劝说下才依依不舍地离开张公寨。阎夫人望着他们远去的背影，泪水早已模糊了她的视线，只有莲英和连军站在门槛前朝远去的背影大喊："大叔，您可要常来看我们，我们想您！"

风夹着细雨，飘飘洒洒地散落在林间石板路上。凉风嗖嗖，一行人带着两个小孩一步一回头地朝山腰间爬去。过了一会儿，小孩拉住母亲的手停在了路中，他望着母亲问："妈妈，我们为什么要离开长河城，为什么离开我们的阎府大院？"

"孩子，咱阎府被土匪占了，妈妈是指望你们离开这里长大后再回来。回来收回阎府，给你死去的爹爹报仇！"阎夫人抚摸着儿子连军的脸蛋，她泣不成声地告诉儿子。

"妈放心吧，等弟长大定回来收回阎府，替死去的爹爹报仇。"莲英扶着母亲，一行人又向林间的石板路走去……

阎老六如愿以偿地得到了阎府大院以及阎府的所有财产后，他成了长河县首富。一晃就是好几年，时局在不断地动荡，国民政府不安宁，湘西土匪四处烧杀掠夺民不聊生，为抵抗共产党解放湘西，他们四处收编湘西土匪，建立湘西反共救国军。杨春为保住长河县县长的位置，在刘怀宗的纵容下，收编了丁香花象牙山几十名土匪，并命名为长河县护卫队，丁香花被任命为护卫队司令。半老徐娘的丁香花从象牙山移师驻进了长河县城，直接管理县衙内的宪兵队。一时间，长河县城狼烟四起，恐怖阴云笼罩着这个美丽古城。

警察局相继接到上级命令，对辖区的共产党进行清理，刘怀宗同李志明早已将目标锁定在张公寨的张厚德了。

自张厚德送走阎夫人和莲英、连军后，他来往于四川与张公寨之间，这引起了警察局李志明的怀疑，于是李志明对张厚德开始了调查。六年过去了，张公寨张厚德组织农民抗租抗税，联系共产党劫法场的事实，被李志明基本查清，杨春听了汇报后，下令抓捕张厚德。

天刚蒙蒙亮。李志明带着警察大队和丁香花的护卫队，将张公寨围了个水泄不通。

李志明同丁香花各带十多人进了村子，悄悄地围住张厚德的屋子。一切准备停当，李志明开始了叫门。门“吱呀”一声被打开，张厚德从门缝里探出头，就在这时，丁香花带人冲进了家，几条枪对准了张厚德。

“想犯上作乱，共产党还没打到湘西呢！给我绑上！”李志明狡诈一笑，命令手下将张厚德绑了起来。

警察大队在张厚德家里搜查了一遍后，没有找到有价值的东西，便将张厚德押回了警察局……

第十九章　官匪勾结

长河县晃山。

晃山的阔叶树枝刚刚吐绿，阳雀正扯着尖尖的嗓子在枝头上拼命地叫唤。

一支带枪的队伍在晃山的半山腰安营扎寨。不到一个时辰，山腰间突然冒出许多像土丘似的小帐篷。

两位极为标志的年轻男子，向一位留有胡须的老者说了几句后，那位老者点点头。然后领着一位身材苗条，天真活泼的少妇向山下走去。行走间，那位长者不停地向两位年轻男女讲着当年的事，并不时地用手比画着。

两个小时后，三人来到一块坟地里，三位年轻男女，在两块墓碑前跪了下来。两块高大的墓碑上分别刻着“先父阎长坤之墓”“先父龙嗣斌之墓”。这三位年轻男女不是别人，就是七年前从长河县背井离乡的龙嗣斌之子龙永生和阎长坤的一双儿女阎莲英、阎连军。

龙永生与阎连军在父亲的坟前行了个礼，然后对着面前的墓碑说：“爹！我们回来了，为你们报仇，为死去的弟兄报仇来了！”

“孩子，你们快起来吧！你们的父亲是多么希望你们成才，希望你们成为顶天立地的男子汉……”身后的老者将墓前的三位男女青年一一拉起来。然后，他对着龙嗣斌的墓深深鞠了一躬，他眼睛有些湿润，声音有点嘶哑。他望着墓碑说：“老兄弟，你们的孩子都已长大，都成为你们希望的有用之才了，你们就安息吧，等湘西解放，我黄进财每年清明来看你们。”说完又鞠了躬。然后才带着三位年轻人离开坟地。

自那年龙嗣斌中计后，龙嗣斌为救队伍，用生命保住了黄进财他们。黄进财脱离危险后不再在晃山营地停留。在张厚德的推荐下，带着龙永生和队伍移师四川，随后加入了四川舒志强的队伍。过后不久阎夫人将阎莲英、阎连军带至四川。黄进财得到阎夫人定居四川的消息后，设法联系上了他们，并收留了两个小孩。一九四三年秋，阎夫人重病死于四川。此时的阎莲英、阎连军已经长大成人，黄进财根据龙嗣斌的遗愿，通过组织批准，让龙永生与阎莲英结成伉俪，龙永生因战功卓著还被任命为大队长，阎连军被任命为排长。随着国内形势和战局的好转，四川支队向周边地区的国民党统治区推进，考虑湘西地形复杂、土匪猖獗的情况，支队特派遣副支队长黄进财率龙永生、阎连军攻打长河县城。

晃山仍然是老样子，在龙永生的记忆里这里的一草一木没有变。唯有这块曾经热闹过一阵子的晃山，多了些沉寂和冷落。那栋曾经带给他欢乐的小屋已经破烂得无法住人，屋顶上的瓦片被厚厚的残叶覆盖，梁上的蜘蛛在屋上的横枋上拉起了道道“电网”。龙永生对孩提时光记忆犹新，面对空洞洞的木屋他有很多感慨和悲伤，他有多少伤悲无法向屋子的主人诉说。只有树枝上的喜鹊在欢快地跳来飞去，不停地朝屋子新来的主人“叽叽喳喳”叫着。

山峰依然叠连在一起，吐出嫩绿的枝芽将连绵起伏的大山打扮出一片春的气息。龙永生望了望连绵山峰后，走向了半山腰的营地。

营地里，黄进财正在给一群四川小伙子讲长河城里的故事，当讲到伤心处，黄进财流出了眼泪。围着黄进财的那群小伙子咬着牙，将拳头攥得紧紧的，纷纷向黄进财请战："黄队长，快下命令吧，让我们打下长河城，杀了县长杨春和警察局那帮王八蛋！"

"黄队长只要您下命令，我们立马将阎老六抓来，让他碎尸万段。"

"阎老六这狗日的，该是与他算账的时候了，让我们收回阎府大院给阎排长一家报仇！"小伙子们纷纷嚷了起来，嚷着要黄进财快下命令攻打长河县城。

黄进财看着这群情绪高涨的战士，他有些激动，他先让大家安静下来，然后摸了一把留得不长的胡须，冲大伙说这长河城自然要打，龙、阎两家的仇也要报，可现在不是时候。我们离开了长河这么多年，现在长河城里把守很严，有一个连的兵力驻扎在城内，还有新收编的护卫队，是当年李麻子的土匪余部，对夜战十分精通，贸然攻打会造成麻烦。要大家安心在山上休息一段时间，等时机成熟。黄进财说完拍了拍一位小伙子的肩，站了起来，向张公寨方向望去。龙永生来到了黄进财的身边，他知道黄进财这会儿在想什么。他不打扰他，只是呆呆地陪着他，望着隐约可见的张公寨。

过了好一阵，黄进财才叹了口气，看着龙永生，龙永生会意，向黄进财问："黄叔是不是在想张厚德大伯了？"

"是呀！他可是长河县第一个，也是长河县唯一一名共产党员。当年就是他保住了你和阎连军的命，不知他现在怎样了？"黄进财说完后仍然朝飘着袅袅炊烟的村庄望着。

"大叔，让我和连军进村，先摸摸情况，看看大伯他家人怎样？"龙永生何尝不想去张公寨，在他的记忆中，在张厚德家逗留的那段日子最为快乐。"现在不行，等天黑带上连军，你们去趟张公寨，记住不能让村子里的人认出你们来。"黄进财总算同意了龙永生。

山林间的天黑得早，帐篷外开始下起蒙蒙春雨，龙永生披上蓑衣，带着阎连军下了山。

两条身影很快靠近了张公寨，张公寨的每家每户早早地熄灯关上家门，只有门前的狗“汪汪”地叫得十分厉害。

龙永生和阎连军凭着依稀的记忆摸到了张厚德的家门前，一阵敲门之后，屋内没有一点动静，他们再次敲门，只听得对面的屋子里伸出一个人头，冲龙永生他们俩说：“别敲啦，人早被警察局的抓走了。”说话的是一个老头儿，说完他“吱呀”一声关上了大门。

龙永生迟疑了一会儿后，再次敲开了那老头儿家门，老头手把着门问：“你们是什么人？这张厚德被抓了好几年了，你还不知道？要看他到县城警察局去，说是还关在大牢里呢！”

“大伯，我们是张大伯的亲戚，我们知道他早些年被抓了，只是想来看看他的家人。能不能让我们进屋说话呀？”阎连军忙对面前的老伯说，他怕面前的老人又关上大门。

“你们是他家的亲戚？”老头儿有些怀疑，因为天黑龙永生他们看不清老头儿的脸，不知他是惊喜还是害怕，听他说话的声音有些异常。

“大伯我们是好人，不会为难您老人家的！”龙永生忙向老人解释。

老人考虑了一会儿后，拦在大门上的手松了下来，将龙永生和阎连军领进了屋子。他边走边问：“听口音你们是县城边的人吧，按理说张厚德被抓你们应该知道，这全县的百姓都知道这事。”

“大伯我们知道，我们出去好些年了，这次想看看伯母！”龙永生扶着老头儿走进堂屋。

老头抖着手划上火柴，点着了煤油灯，屋内顿时亮了起来。老头儿给他们两人搬了凳子，坐下后叹了口气：“唉！这年月真难过呀，这张厚德就挨着咱对门，都过了六十岁了，他们硬说他是什么党，给人家抓了。”

“大伯，听说过他关在哪儿吗？”阎连军借着煤油灯亮，看着这老头儿。

“还有什么地方？在警察局呗！不过还好，总算把命给保了下来。”老头儿含着烟斗，吸着烟。这时候屋内响起了一个老太婆的声音：“老头子，深更半夜地与谁说话？”

“嘿嘿，来人了，是找咱张老弟的人。”老头儿冲屋内的老太婆说了声，又自顾自抽了起来。

屋内一阵窸窣声之后，房门开了，一位老太太跨过门槛，冲老头子骂：“你是想找死哇，这三更半夜的大声说话别人听了是要遭连累的。”

“伯母我们不会让您受连累的，我们问清了就走。”阎连军扶了把老太婆，让她坐在了凳子上。

“孩子听口音好熟哇！”老太婆朝龙永生瞧了瞧，然后又瞧了瞧阎连军。接着她拿着桌上的煤油灯凑到了他们两人的脸前，端详了好一会，她突然转身，冲老头子说：“老头子你猜他们是谁？”

“是谁？”老头儿有些惊愕。

“他们是生子、军子哇！”老太婆有些激动得掉了眼泪。

“什么？是生子、军子？怪不得声音好熟，让咱瞧瞧！”老头儿抢过老太婆手中的煤油灯，在龙永生和阎连军的面前晃来晃去，最后停在了连军脸上：“像，真像！真像他爹。”

老太婆与老头儿的一唱一和使龙永生和阎连军二人摸不着头脑，龙永生看着一对老人，疑惑地问：“你们……”

“阎府炉子房李掌柜他爹，军子还记得你家李掌柜吗？”老人忙帮连军提供记忆。

“记得！记得，您就是李爷爷？”连军记得李蛮子的模样。

“唉！”老人又叹息了声，“可惜了阎老爷呀！”老人这话分明是在为死去的儿子叹息。

连军依稀记得，那次在营救龙嗣斌的途中，是李蛮子带着三十多家丁半路拦劫刘怀宗和李志明，在那场战斗中李蛮子不幸牺牲。

老头儿知道了面前两位年轻人的底细，话也多了，也格外亲热。他和盘托出了张厚德被抓，张太太远离他乡的前前后后。

离开张公寨的时候，已经是半夜过后。龙永生没有合眼，他们没有想到张伯母会远走他乡，并且张厚德还被关押在警察局的大牢里。他发誓要救出张厚德。

长河县城仍然是原样，光溜溜的石板街照常是人来人往，吊脚楼下的摊位主人在向赶集的人们吆喝不停，身背篾篓的苗家女人，在拥挤的人群中被挤得乱窜。卖姜糖的老头儿将很稠的姜丝扯得老长，不时地骂着拥挤的人群碍事。

三个年轻男女头缠丝帕，身穿黑色对襟衣，在石板街待了一会儿后向大街的西头走去。

西头，高高的烟囱冒着浓烟，那是阎老六的犁炉子房。三位年轻人在那石阶下看了看关着大门的炉子房，随后，转向了石板街的东头。

阎府大院前，四名荷枪实弹的家丁穿着灰色的长衫站在大门前，门前的那对石狮落满了灰尘，失去了原有的光泽。连英走上了石阶，在那对石狮上摸了摸，然后又看了看那道漆黑的大门。门前高挂着一面三角旗，旗上写着“老六犁铺”字样。就在这时，大门内走出一个大腹便便五十来岁的男子，身后跟着一帮带枪的人。走下台阶，那男子朝守门的家丁喊道：“你们得给我看好喽。现在时局不安，不能让那些穷鬼们混进我家的大院子里！”

“六爷您放心吧！就是连一只苍蝇也别想让它飞进！”站在门口

的家丁忙向六爷讨好。

“石根，陪老爷去一趟县衙，丁香花那臭婊子又在打老子的主意了。”六爷边喊边骂。

“六爷，您可小声点，让丁队长知道了，那还不把您吃了才怪呢！”被喊着石根的男人忙上前提醒六爷。

“嘿嘿！她就是不吃咱阎老六，她要吃呀，咱还愿意给她呢！”六老说这话时嘴有些歪。石根知道阎老六说的是啥话，也冲着阎老六“嘿嘿”笑了。

“不过六爷也仰仗了丁香花才有了这阎府大院，这情您得记她的。”石根是好意，可阎老六听起来别扭，她丁香花算老几？不就是身段儿好点，皮肤白点，凭什么就甩了他阎老六。如今大不同了，杨春县长给他阎老六撑腰，他谅丁香花、刘怀宗他们也不敢怎样。

于是骂了石根一句：“你懂个屁！快走！”

“是，老爷！”石根讨个没趣，低着头跟在老六的屁股后面。

“小生，他就是阎老六！”连英挨近龙永生，低声告诉他。身边的阎连军把手伸进了腰间，被龙永生一把抓住。龙永生瞪了连军一眼，低声说：“现在不是时候，留着他多活几天！”

“走开！走开！”大门口守门的家丁朝他们三人吼着。

“嚷什么，这又不是你家，看看不行吗？”连军听守门的家丁吼，气一下子蹿了上来。

“这是咱六爷的家，怎么还没看够？等你长本事了再来！”家丁说着朝他们走了过来。

连军不示弱，他恨恨地朝家丁骂了句：“等我真长了本事夺了你这宅子！”

“哟哟哟！我看你小子口气不小哇！有本事跟你爷来较量一下？”家丁在连军的胸口上就是一拳。

连军忙后退一步，握紧拳头。莲英见情况不妙，忙拉住了连军，冲那家丁说：“他只是说说你何必当真呢？”然后转身冲连军大声骂了一句：“还不走！”拉着连军走向了石板街……

龙永生、阎连军、莲英三人在长河县城转了一圈后，去了县城的河对岸山上，在山上观察了很长一段时间后，悄然回到了晃山。

晃山的山腰间，黄进财带着队伍正在操练，见他们三人归来，忙停了手里的活儿，迎了上去，把他们三人接进了自己的帐篷。帐篷里的摆设非常简单，几只装弹药的木箱是黄进财的办公桌，桌上摆放着一张地图，旁边就是叠放整齐的被子。四人席地而坐，黄进财抽出了烟斗，装上烟丝点上，然后吐了口烟雾问：“你们心里有底了吗？”

“没问题，就是县衙把守很严，在短时间内拿下有一定的困难！”龙永生对黄进财说。

“那连军和莲英意思呢？”黄进财看着连军和莲英他们姐弟。“我看还是先围城，给他们造成恐慌，然后再打，那样容易得手。”连军提出了一个新的方案。

黄进财不语，看着龙永生。龙永生知道连军的用意，连军的方案是将对方拖垮后再打，自己的队伍伤亡就小。可龙永生想，先困城队伍的供养成问题，不能让战士们饿着肚子去打仗。下午看到县城河对岸的山上是攻打县城的主战场，那儿没有住户，后续的供养就很难补上，要真是用连军的方案，给对方造成大兵压境的态势，使城内的对方弃城而逃，少说也得三四天工夫，这能达到目的吗？

黄进财猜着龙永生在想什么。其实阎连军的想法很好，他对长河城太熟悉了，不过龙永生的想法并不多余，战争一旦打响，后续的给养确实是一大难题。只要攻进了城，就能解决这方面的问题了。于是他冲莲英问：“英子，队伍现成的粮食还能用几天？”

“大概还能用七天！”英子看着黄进财，知道这有戏了，离攻打县城的日子不远了。

“这样吧！”黄进财手指地图，“明天拂晓前，我们将队伍带到长河县城的河对岸占领制高点埋伏好。天亮后龙永生带一拨人进城公开散发传单，要速战速决。然后，我们在对河岸向城内喊话，只是围而不打。三天后，也就是三月二日的凌晨六点准时打响这场战斗，务必在一个上午拿下城门的三个岗楼，下午全部队伍占领县政府。”他看着三位年轻人：“这样有没有问题？”

“没问题！”三位年轻人同时回答。

“动员队伍，明天凌晨两点出发，五点前赶到长河城河对岸高地。战斗打响后，连军进城第一件事就是占领警察局，救出张厚德！”黄进财看着阎连军。

“放心，一定完成任务！”连军忙站了起来。

凌晨两点，沉寂的晃山被队伍集合的哨声打破，五百多人的队伍整齐地排在半山腰的那个大空坪里。黄进财做了简短的战前动员后，一声令下，向山下进发。

石板路上响起了整齐的脚步，一支带着机枪的队伍在夜色中穿出山林，翻过山坡后，在一个高高的山顶上停了下来。紧接着便是战士们选择最佳位置，摆放机枪的声音。

早餐过后，龙永生划着船唱着山歌赶到了河对岸。他们在城门前的岗楼下观察了很久后，才随赶集的人群进了城。

中午时分，龙永生见时机成熟了，便从背篓里取出了传单，向石板街中心抛出。传单像雪花一样，满天飞舞。石板街乱成了一团，不多久赶集的人中就有人大喊：“共产党来了！”这一喊，赶集的人群乱哄哄地四处乱窜。

龙永生他们见已达到了目的，便抓紧时间离开了长河城，过河进入了高地。半个小时的光景，长河城内响起了刺耳的警报声。

杨春早就听说共产党迟早会打进长河城来，他看着刘怀宗手里的传单，身子在抖，眼睛呆呆的。唯有刘怀宗强打精神："杨县长，这回可不是传言，说不定他们就躲藏在附近呢。"

"关上城门，加强把守。"杨春坐了下来。

"那城里不成了……"刘怀宗见杨春一脸阴云，停住了要说的话。

"不管这么多，只要守住城，就是胜利。"杨春懒懒地靠在椅子上。

长河城对岸的高山头上，突然响起了喊话的声音。杨春接到岗楼的哨兵来报，说共产党部队在河对岸的山头上，把长河城围得死死的，并且说让城内的所有驻军和警察局的队伍缴枪投降，不然他们攻城后要严惩不贷。

"屁话！让他们喊话，我就不信这坚固的城门他们能攻得开！"杨春骂了句来报信的哨兵。

刘怀宗和李志明带着丁香花的队伍，在城门边的城墙上设伏，河对岸的山头上，黑压压的人群人头攒动，这阵势李志明还从没见过。他躲在墙脚边直叫："刘局长，这如何是好？"

"怕个屌！杨县长说了，只要守住城与他们耗，他们能坚持多久？"刘怀宗在为李志明鼓劲，也是在为丁香花打气。

天渐渐黑了下来，长河城静悄悄的。经过一整天折腾的城内居民，早早关上了大门，蜷缩在自家的屋子里，默默祈祷着上天的保佑。

公鸡没有因战事的紧张和长河城内的恐慌而放弃打鸣，当鸡叫二遍的时候，长河城内的石板街响起杂乱的脚步声。宪兵队来来往往地穿梭于城门与县政府之间，他们正在搬运着各种军用物资。

长河城在恐慌中度过了两天，河对岸的队伍每天只是对城内喊话，并未对城内放出一枪。丁香花此时在纳闷，看来共产党只是困城，并无攻城之意。于是她命令她的护卫队原地休息。三月二日凌晨六点，太阳刚从东边吐出点点红晕，长河城河对岸的山头上，突然响起了密集的枪声，只打得城门的铁皮“噼啪”作响。长河城上空硝烟四起，枪声像炒豆子一样。枪声整整响了一个上午，到中午时分，对岸山头上突然喊杀声四起，黑压压的人群向山下冲来，四十多条渡船直逼城门脚下。

城门口的两座岗楼里机枪封住了上岸的队伍。黄进财一声令下，阎连军飞身一跃跳上了河岸，接着像一阵风似的便到了岗楼的脚下。他瞄准了机会，将一枚手榴弹扔进了岗楼。“轰”的一声巨响，岗楼的屋顶被掀开，朝河岸扫射的机枪瞬间停了下来。另一岗楼听到巨响，知道对方的队伍已经上岸接近了岗楼，纷纷弃枪跑出了岗楼，奔向了城内。

丁香花看到这一切肺都气炸了，她抬起手中的枪朝奔跑的士兵“砰”的一枪，那士兵应声倒下。然后她咬着牙一字一句对身边的士兵说：“谁敢临阵脱逃，他就是下场！给我打！”

城墙上，再次响起刺耳的枪声。

“龙永生！”黄进财盯着城墙上的护卫队大声喊道。

“到！”

“炸开城门，拿下城墙上的护卫队！”

“是！”龙永生一把抄起身边的炸药包，朝城门边摸着。“突突突”城墙上一梭子弹落在龙永生跟前，封住了向前的路。阎连军端起机枪，朝城墙上的护卫队一阵点射，压住了对方的火力。岸边所有的火力都集中在了城墙上，城墙上的护卫队没有还手的机会。

龙永生趁这机会，猛地向城门边冲去。只见他将炸药包堆放在城门脚下，点燃炸药包，随后冲向了河岸。

“轰”的一声。长河城像地震似的抖了一下，一股浓烟向空中冲去，随后城门敞开了一个大洞。黄进财一声令下，五百多人的队伍呐喊着向打开的城门冲去。枪声喊杀声响成了一片，城墙上的护卫队哭爹叫娘地弃枪抱头乱窜。

丁香花见城门被打开，面前是一支训练有素的队伍，自知难以守城，于是带着几名亲信急忙跑回了县政府。

县长杨春早已收拾了行李，穿着一件破烂的衣服，走出了县政府大院，与迎面跑来的丁香花撞了个满怀。丁香花看了看面前衣衫褴褛的男子，傻了眼。杨春看了看狼狈不堪的丁香花："逃命去吧！长河城暂时留给他们，等打回来，再来收拾这帮乱党分子。"

丁香花没想到堂堂县长大人会如此不堪一击。别人在前面为他卖命，自己倒提前溜之大吉。丁香花瞪了一眼杨春，便向警察局跑去。

城内枪声和喊杀声由远而近，从城墙上撤下来的护卫队已经跑回了警察局。丁香花气喘吁吁地来到警察局，刘怀宗正要带着李志明离开警察局，看样子他们并不是去上前线。刘怀宗看到丁香花，他惊讶道："你怎么还等在这里，快去逃命呀！"

"呸！老娘在城墙上与敌人死拼活打，你们这几个龟孙子大老爷们却顾着逃命！当心冷枪子儿穿了你们胸膛！"丁香花干脆坐了下来，她不急着逃命。

"哎呀我的姑奶奶，这是什么时候了，还在这说那些君子之道，快走吧！"刘怀宗忙上前来拉丁香花。

就在这时，门口的哨兵来报，共产党的队伍已经在警察局门口形成了包围圈，正在向警察局攻来。

刘怀宗瞪直了眼："李队长给我顶住，他妈的谁也别想离开警察局。"

警察局门口一阵枪战之后，枪声渐渐稀少起来。阎连军带着队伍冲进了警察局，战士们喊杀声四起。大院内刘怀宗和李志明两人面面相觑，知道这是他们的末日到了，吓得跟筛糠似的发抖。

正在二人发呆的时候，阎连军他们冲进了大院内的办公室。几十条枪口一齐对准了刘怀宗和李志明两人。刘怀宗叹了口气，低下了头，将手中的枪丢在了地上。阎连军大声朝士兵们喊："将他们二人拿下！"接着龙永生他们冲进了警察局关押人犯的大牢。看守听到攻城的枪声后，早已跑得无影无踪。龙永生几人三下五除二地砸开牢房大门，朝几间关押犯人的号子走去，在一间阴暗潮湿的号子里，将一位花白头发的老人放了出来。龙永生上前打量了这位老人一会后，突然扑向了这位老人。"张大伯，让您受苦了！"

老人瞪大了眼睛："小生子？真是小生子……"

阎连军在警察局大院里搜了个底朝天也没见丁香花的影子。这时黄进财带领的队伍也来报说，不费一枪一弹就占领了县政府大院，就是杨春查无实处，丁香花和杨春逃向了哪里？

阎府大院内的阎老六早已成了惊弓之鸟。阎府内的几十个枪丁听到城内枪声停了下来，便知大势已去，弃枪逃离了阎府。

阎老六急得乱撞，不知如何是好。彩菊正在屋内翻箱倒柜收拾行李。就在这个时候，门外进来一个衣衫褴褛的人，他一进门便冲阎老六问："刘怀宗他们来了吗？"

"来个屁！就连丁香花也没来过！"阎老六听出了来人是谁，是杨春。

"快走，这里已经不能待了！"杨春说了一句转身向门口走去。

石板街东头冲来一支队伍，迅速将阎府大院围了起来，为首的是阎连军。他昂然站在那对石狮前，看了看久违了的那个四合院，说了声："爹妈，孩儿终于又回到了自己的家！"随后他一挥手，士兵们一拥而上冲进了四合院。

士兵们从床底下抓来了二男一女。这女人阎连军不认识，其中一个肥头大耳的男人，阎连军一眼看了出来。他冲上前一把抓住阎老六的衣领，“阎老六没想到你也有这一天！”

“长官饶命，我没干过坏事呀！”阎老六忙跪地求饶。

“睁开你的狗眼看看我是谁？”阎连军踢了阎老六一脚。阎老六抬头看着阎连军，问：“你……”

“军子！阎连军！”连军一字一句地说给阎老六。

阎老六“啪”的一声倒在了地上，当场昏了过去。阎连军命令押上三人，与龙永生会合。

石板街上两旁的居民听枪声停了下来，便站在了街两旁看热闹，看到一拨人马押着阎老六和彩菊他们，都围了上来，朝阎老六吐唾沫，扔果皮，强烈要求杀了阎老六，还阎长坤公道。不知人群中谁认出了杨春，朝人群里喊了一声：“那是狗官杨春，打死他！”

“打死那个狗官！”

阎连军被愤怒的人群围住了，人群中的拳头雨点般地落在了杨春头上。连军抓住了杨春，心里一阵高兴，忙拦住了大家。他朝围着的人群喊：“乡亲们，杨春该杀也得由咱们来处理，大家看在我军子的面子上，让开一条道！”

“真是军子回来了？没错是军子，看与他爹长得多像！”围住的人群自然让开了一条道，连军他们押着杨春和阎老六与龙永生、黄进财他们会合。

第二十章　重返阎府大院

长河县城沸腾了几日，城上城下到处站满了百姓。石板街成了人海，只见密密麻麻的人头攒动。

龙永生和阎连军带兵对丁香花的下落搜索了几天后，没有发现她的踪迹，便回到了设在县政府大院内的临时指挥部。黄进财准了阎连军和阎莲英的假，让他们回一趟阎府大院。

阎府大院已经显得有些破烂，唯有四合院天井处的那盆长青松依然是那样挺拔。莲英将父母的灵位摆放在大厅的桌子上，然后拉着连军，在双亲的灵位前下跪祭拜。

“爹爹！我们回来了，我们又收回了阎府大院，为您报了仇！”莲英想着当年父亲所经历的往事已经泣不成声。

高高的亭子上，戏班子的锣鼓又响了起来，阎府大院重现阎长坤把酒相敬各路商贾的场面。连军望着四合大院，回想过去的阎府兴衰，眼前飘过父亲矫健的身影。

就在连军他们望着四合院，回首往事的时候，四合院的大门口突然走来一人。他身着黑布对襟衣，头戴斗笠。在天井处“扑通”一声双膝跪地，朝连军他们双亲灵位叩了三个响头。然后说：“阎老爷我有罪，我不该去跟着阎老六那个王八蛋干呀！”

连军看到来人便引起了警惕。突然听来人说不该跟着阎老六干，说明来人曾经是阎府大院的人。于是，他上前去问究竟。

来人不是别人，是老六的家院梁石根。石根告诉连军，他曾经同阎老六都在阎府一起生活，后来长坤与老六闹了矛盾，老六死活要与长坤分灶立户。石根从那时起，就跟了阎老六去了黄桥古寨。石根随老六久了，知道老六是在干一些违背天良的事想离开老六。哪知老六早就看出了石根的心事，防着石根，石根没有逃离的机会。龙嗣斌与李麻子黄桥溪边之战，除了黄进财送了信外，他石根也算告诉了龙嗣斌。这样，龙嗣斌才打了个大胜仗。

石根还告诉连军，在他们攻城后丁香花来过阎府，想带走阎老六。老六守财如命，未同丁香花一起逃走。丁香花告诉老六，等她去州府搬来大部队后，杀回长河县，重整他的护卫队。

丁香花去了州府，这个情况很重要。州府离长河三百里地，按说丁香花已经到了州府。连军听这消息后，便同莲英去了临时指挥部。石根在他们后面，死活要跟着他们干。连军一笑，冲石根说："等着吧！等我们领导批准后，我会通知你的！"石根才停下脚步，不再追赶连军。他冲连军喊："阎老六认贼作父，丁香花是你们阎府最大仇家！"

连军停住了脚步看着石根。石根给连军讲了一个故事。

这个故事是石根从老六要麻子请蛊师放蛊，暗算阎长坤一家那时听来的。老六当时急于打压长坤一家生意，在麻子提议下请蛊师。阎老六认为这是一个好办法，要麻子去请，这为难了麻子。丁香花过后告诉麻子南山里有一个蛊师，是罗氏蛊婆的传人，于是有了阎府莲英、炉子房狗娃遭蛊毒的下文。麻子不解丁香花怎知南山有蛊师？丁香花后来上山后，麻子老是追问，那时阎府家人都已背井离乡，丁香花也没了顾忌，就把实情告诉了老六，说她就是罗氏蛊婆的孙女。老六的爷爷和老六他爹是因与罗氏家族的一场婚姻纠纷中结下了仇恨。过后不到两年阎府就连遭不幸。按理说罗氏仇恨已解，一切都应平息。哪知丁香花的奶奶罗氏无故死在了长河城里，丁香花的父亲认为是阎长坤为寻仇在长河害了罗氏，于是有了丁香花进戏班的一幕。说到这里石根说下文他也不知，只有猜测丁香花为什么老与阎府作对了。

黄进财听了连军的汇报后，认为石根所反映的情况应该是准确的。湘西这块地方仍然是国民党的统治区，丁香花搬部队的可能性很大。他认为长河不是他们的久留之地，虽然攻打了杨春和刘怀宗他们，可自己的队伍还是处于势单力薄的状况。于是黄进财与龙永生他们商量决定半路拦劫丁香花先头部队后，撤离长河。县城这一块暂交给张厚德秘密管理长河县。

张厚德捋了一把胡须，望着龙永生、连军他们笑了，笑得很灿烂。他乐意接受这个重任。张厚德笑过之后，他向黄进财提了个要求。阎府大院的接管问题建议自己出面，请麻禄福先生重回阎府，重新开起那犁口铺子。春耕在即，不能耽误了全县几千户农户的春耕，这样也好稳定民心。黄进财和连军都同意了他的建议。

丁香花离开长河县城，确实去了州府。长河县城失守已震惊了国民政府高层。他们没有想到，偏远的山区里也进驻了解放军，还竟然攻下了把守很严的长河县城。为收复长河县城，州政府经请示上级决定派出驻扎在州府的一个团的兵力，围剿长河县城黄进财部队。

一支装备精良的部队从州府出发，匆匆向长河县城开进。

长河县城的操坪前人山人海。黄进财在台上向围观的百姓宣读了杨春、刘怀宗、李志明、阎老六相互勾结，欺压百姓的十大罪状。最后，在百姓的一片愤怒声中，黄进财宣布，给杨春、刘怀宗、李志明、阎老六四人插上斩牌，推向台后的刑场。四声枪响过后，操坪里上万人响起了雷鸣般的掌声。

麻禄福的背已经驼了，但他的精神依然不减。他看了看这相隔好些年的大院，看了看已经长大成人的莲英、连军。然后冲张厚德笑笑地说："张掌柜的，我就知道有这么一天。这一天啊还真来了，您看看这阎府大院，您看看这挺拔的青松，阎府将再现盛兴时期！"

三月十日凌晨六点，一支三百多人的队伍在长河县城的政府大院前整装待发。已知黄进财的队伍要撤离长河消息的百姓们纷纷奔走相告。不多时，长河县城人声鼎沸，全城的百姓站在石板街两旁，等待这支攻城的队伍从这里路过。他们要送走这支爱民的队伍，期待这支队伍的再次归来。

麻禄福在部队前看了看阎连军，他爬满皱纹的手在阎连军的额头上摸了摸，意味深长地说："孩子，大叔等着你们归来，长河的百姓们等着你们归来。"

"大叔就放心吧！我们会回来的，一定会回来的，这日子不会太久。"阎连军朝老人行了个礼，算是临行前的告别。

"麻先生，阎府大院的一切就交给你们了，我们走后这里的情况会更复杂，不管怎样您都要坚持住。"黄进财来到了麻禄福的身边。

队伍走入了石板街，站立在街两旁的百姓一片沉寂，期待的目光望着渐渐远去的队伍……

太阳西斜，阴云在山顶上来回飘浮。突然，在离长河县城不远的南边响起了枪炮声。张厚德同麻禄福一起站在阎府门前的石阶上，望着南边的远处，听着密集的枪声，麻禄福叹了口气，张厚德看了看满脸忧虑的麻禄福说："放心吧！我们定能回到长河。回到这块生养我们的地方……"

两年之后。长河县城石板街，一个衣衫不整、满脸污垢的女人在石板街上飞奔，不时唱着，笑着。石板街断断续续地能听到这个女人唱着"哥哥耶，你是妹的心头肉，妹把哥哥放心间………间"

阎府大院里。麻禄福拄着拐杖，招呼着一帮后生摆放着崭新犁口。远处炉子高高的烟囱冒着滚滚浓烟。炉子房内响起一群男子汉清脆悦耳的声音："开炉喽！快整模哟！倒模喽——掀开模呀——起水嘞！"

东边一轮红彤彤太阳冉冉升起，一支队伍在向长河县城进发。长河县城上空回荡着"倒模喽！"的声音。

图书在版编目（CIP）数据

长河遗恨 / 颜永江著. -- 北京：作家出版社，2017. 10（2023.2重印）
（中国少数民族文学发展工程・出版扶持专项丛书）
ISBN 978-7-5063-9737-7

Ⅰ. ①长… Ⅱ. ①颜… Ⅲ. ①长篇小说 - 中国 - 当代 Ⅳ.
① I247.5

中国版本图书馆CIP数据核字（2017）第257193号

长河遗恨

作　　者：颜永江
责任编辑：史佳丽　李亚梓
特约编辑：张绍锋　郑　函
装帧设计：孙惟静
出版发行：作家出版社
社　　址：北京农展馆南里10号　　　邮　　编：100125
电话传真：86-10-65930756（出版发行部）
86-10-65004079（总编室）
86-10-65015116（邮购部）
E-mail:zuojia@zuojia.net.cn
http://www.haozuojia.com（作家在线）
印　　刷：固安兰星球彩色印刷有限公司
成品尺寸：170 × 240
字　　数：178千
印　　张：20
版　　次：2017年12月第1版
印　　次：2023年2月第2次印刷
ISBN　978-7-5063-9737-7
定　　价：38.00元